Sabine Küppersbusch

neobooks

Impressum
Texte: © Copyright by Sabine Küppersbusch
Umschlag: © Copyright by Sabine Küppersbusch
Verlag: Sabine Küppersbusch
Blankenbergstr. 8
12161 Berlin
sabine.kueppersbusch@gmail.com
Druck: epubli, ein Service der
neopubli GmbH, Berlin

Printed in Germany

Sabine Küppersbusch ist mit diesem Werk ein großer Wurf gelungen: In herausragender Akribie und mit großer Ehrlichkeit stellt sie sich der Genese und Heilung ihrer komplexen Erkrankungen, zu denen u. a. wiederkehrende, depressive Verstimmungen und multiple Sklerose zählten. Den Weg ihrer Heilung zeigt sie nachvollziehbar und konkret auf. Ein Schlüssel für diese Nachvollziehbarkeit liegt in ihrem konsequenten Verzicht auf Vereinfachungen und Beschönigungen in den Darstellungen ihres Lebenswegs, ohne dass sie in Larmoyanz verfällt. Literarische Qualitäten erhält dieses Werk durch Spannungsbögen in der anschaulichen erzählerischen Gestaltung. Darüber hinaus werden auch Erfolge dargestellt, z. T. filigran, immer glaubwürdig. Der Leserschaft in vergleichbaren Situationen bietet dieses Buch ein großes Potenzial an Ermutigungen und Anregungen. Es stellt keine Rezepte vor, zeigt jedoch vielfältige Möglichkeiten und konkrete Einstiege auf, die Menschen in vergleichbaren Situationen ermutigen können.

Dieter Chilla, Coach

Mit zarter Kraft

Eine Wanderung zur Heilung

Es fing so furchtbar schön an

Von einer sanften Berührung werde ich geweckt. Toni hebt mich aus dem Kinderbett und nimmt mich zärtlich auf den Arm. Schlaftrunken lege ich Vierjährige meine Ärmchen um ihren Hals, während sie mit mir durchs schwach beleuchtete Zimmer schreitet. Sie öffnet das Fenster weit und flüstert: „Horch mal, Nati, (mein Kindername) draußen im Garten singt eine Nachtigall.“ Ich hebe mein Köpfchen und horche hinaus in die Dunkelheit. Eine wundersame Vogelstimme umhüllt uns, weich und voller Wonne schmiege ich mich an ihren warmen, weichen Körper. Tonis Arme halten mich sanft. Während wir so hinauslauschen, ergreift mich ein wohliges Schauern. Lange verharren wir still.

Ach, meine Toni, welch großes Glück ich mit meinem Kindermädchen hatte.

mit Toni 1948

Im November 1986 schrieb ich ins Tagebuch:
„Mein Leben ist mir kaum noch etwas wert. Ich habe viel an mir gearbeitet, viel geschafft, aber es reicht vorn und hinten nicht. Nun bin ich 39 Jahre alt und kämpfe, ohne ein Ende in Sicht zu haben, von einem Tief durchs nächste. Dieses vor mir liegende Tief kann ich nicht mehr durchmachen. Seit Stunden geht es mir besser, weil ich mich für meinen Freitod entschieden habe.“

Meine starken Seiten haben mich überleben lassen. In dieser Zeit besuchte ich die Eltern im geliebten Ferienhäuschen in Rottach-Egern am Tegernsee und schrieb weiter ins Tagebuch:

„Durch Mutters Anwesenheit noch einsamer verließ ich den gemütlichen Erker und im Bett liegend kamen meine Tränen tröstend zum Fließen. Mutter tauchte auf: „*Geht es dir wirklich so schlecht! Nimm eine Tablette.*“ Diese drückte sie mir in meinen vom Weinen geöffneten Mund. Beide sind sie nicht imstande, sich die einfachsten netten Dinge zu sagen oder zu zeigen. Kleinkrieg, Kampf, Verletzungen, Rechthabereien in tausend Varianten. Wie kreativ Menschen sein können! Ich halte es nicht mehr aus. Mehrmals bemühte ich mich darum, zu schlichten, Ratschläge zu geben, wie sie besser miteinander umgehen könnten. Aber helfen kann ich ihnen nicht, nehme mir vor, damit aufzuhören. Es war ein Fehler, so lange so eng mit meinen Eltern zu sein. Niemals wieder!“

Durch wiederholte Gehässigkeiten Vaters gegen mich verletzt, reiste ich vorzeitig ab und schrieb ins Tagebuch:

„Unendliche Einsamkeit. Die endgültige Trennung von meinen Eltern nimmt mir nichts weg, tut mir nicht weh, bin aber traurig, weil ich jetzt mit letzter Konsequenz deutlich sehe, wie sie sind und wie sie mich gequält haben. Der Traum letzte Nacht zeigt mir, dass mein „ES“ wohl noch immer an seinem Wert zweifelt. Solche Eltern haben zu tiefe Spuren hinterlassen, die ich nicht vollständig zuheilen lassen kann, so sehr ich mich auch darum bemühe. Sie sind es, die nicht lieben können! Ich konnte lieben, obwohl sie es mir nicht vorlebten. Und ich werde meine Liebe zu anderen auch wiederfinden. Jetzt muss ich noch eine Weile um meine Selbstliebe kämpfen, die mich hin und wieder verlässt. Ich werde glücklich werden!"

Da wusste ich noch nicht, dass es nicht Kampf ist, der zu Selbstliebe führt.

Als der Nikolaus auf uns zukam, frage ich verängstigt: „Soll ich mal spucken?" Das hatte Jochen, mein großer Bruder, mir beigebracht. Der forderte mich einmal zu einer streng verbotenen Tat auf, nachdem wir ins Bett gebracht worden waren: „Steig mal auf die Truhe und mach das Licht an." Au ja. Ich kletterte hoch und reckte mich zum Lichtschalter. Jochen: „Mutti, Mutti, die Nati (mein Kindername) macht immer das Licht an!" Erstarrt vor Schreck stand ich auf der Truhe, als Mutti die Tür aufriss. Mit einem Klaps auf den Po stopfte sie mich schimpfend zurück ins Bett, löschte das Licht und verschwand. Jochen hatte mich reingelegt.
Ich kuschele mich an mein kleines Kisschen. Da, ein lautes Tuten und stampfendes Fauchen weht ins dunkle Kinderzimmer. Dieses vertraute Geräusch - eine Dampflokomotive fährt durch die Nacht - beruhigt mich.
Zum Anziehen werde ich Kleinkind auf die Truhe gesetzt. Mutti zerrt mir einen kratzenden, rotweiß gestreiften Pulli mit kurzen Ärmeln über. Ich erstarrte kreischend. Mutti lachend: „Sei nicht so eine Zimperliese!"
Aber mein Widerstand half. Toni sorgte dafür, dass er aussortiert wurde. Froh gestimmt hockte ich mich zum Spielen vor den großen Bauernhof meines Bruders, klappte das Dach auf und schob Kühe und Hühner umher. Dabei beseelte mich eine Mischung von trotziger Freude und schlechtem Gewissen. Das nämlich hatte Jochen mir verboten. Hinterher gelang es mir nicht, alle Spuren sorgsam zu verwischen, sodass ich Haue vom ihm einstecken musste. Dafür habe ich mich gerächt: Als einmal die Nachbarskinder unter unserem

Balkon spielten, rief ich ihnen zu: „Ich hab was für euch", und warf ihnen zwei Kühe hinunter. In heller Freude, es meinem doofen Bruder mal so richtig gegeben zu haben. Das hat er jetzt davon! Jochen, knapp vier Jahre älter als ich, spielte fast nie mit mir, triezte mich lieber mal.

Mit Ende 30 hatte ich einen Traum:
Ich bin Säugling und mein Bruder versucht mich zu erdrücken. Ich schreie. Voller Kraft. Bis er von mir ablässt, wovon ich wimmernd aufwache und wahrnehme, dass ich mich mit starker Energie gerettet hatte!

Ich konfrontierte Jochen kurz danach mit diesem Traum. Er wandte sich zunächst, räumte dann leise ein: „Ja, da war so was. Deine Delle in den Rippen ist wohl davon." Und nochmals, Jahre später, war das Thema in einer Therapiestunde:

Tagebuch, 25. November 1991:
„Heute kam noch einmal der Traum hoch, dass mein Bruder mich töten wollte. Ich tröstete als Mutter mich Baby, beruhigte und wiegte es in meinen Armen: „Du brauchst keine Angst zu haben. Ich bin bei dir und beschütze dich."

mit Bruder 1949

Toni war eines Tages nicht mehr da. Mir wurde mitgeteilt: „Du kommst jetzt in den Kindergarten." Mit ein wenig Furcht, aber auch stolz auf ein Kindergartentäschchen, das ich dafür bekommen hatte, stapfte ich los. Und? Da war es schön! Die vielen Kinder und die liebe Kindergärtnerin bescherten mir fröhliche Wochen. Als Mutti und Papi wieder zurück waren von ihrer Reise, hörte ich:
„Da gehst du jetzt nicht mehr hin."

> „Doooch!" rufe ich, „Es ist so schön im Kindergarten. Da will ich bleiben."

Schroff wurde ich abgebürstet: „Schluss jetzt! Keine Widerworte."
Meine lebendige Zeit im Kindergarten war vorbei. Endgültig.
Mein Bruder hatte es gut, der durfte in die Schule.
Aufgrund dieses Erlebnisses, späteren beruflichen Erfahrungen und gesellschaftlichen Überlegungen werde ich als erwachsene Frau die Vision entwickeln, dass alle Kinder von Geburt an, von gut ausgebildeten Fachkräften angeleitet, Zugang haben sollten zu sozialem Miteinander außerhalb der Familie. Kognitive Bildung in der Schule kann unserer Gesellschaft positiv dienen, wenn sie auf gesunde emotionale Bildung aufbaut, die in den ersten Lebensjahren erworben worden ist. Dazu mehr im Kapitel „Gehirnkarussell mal anders"

Meinen Freiheitsdrang habe ich Kleinkind später anders befriedigt. Morgens entdeckte ich auf dem Küchenschrank Papis Frühstücksbrötchen. Pfiffig dachte ich: Das bring ich ihm in die Fabrik, dann freut er sich und Mutti kann nicht schimpfen. Heimlich stopfte ich das Brötchen ins Kindergartentäschchen und schlich aus dem Haus. Als ich nach langem Weg von der Zeppelinallee zur Küppersbuschstraße mit klopfendem Herzen die Bürotür öffnete, sprang Papi freudig auf mich zu. Welch schönes Abenteuer!
Morgens spielte er mit mir Flugzeug im Bett: Mit dem Bauch lag

ich auf Papis Fußsohlen, während er, mich an den Händen haltend, langsam mit den Beinen hin und her schwankte. Ich flog! Ach, mein Papi.

Im Sommer verbrachten Jochen und ich die Ferien im Kinderheim der Küppersbusch-Fabrik in Brilon. Ringelreihenspiele der Mädchen mochte ich nicht und versuchte, mich an den spannenderen Spielen der Jungen zu beteiligen. Die aber ließen mich nicht mitmachen. Doof. In einem Glasschrank auf der Krankenstube entdeckte ich eine Schere und in einem unbeobachteten Moment, ohne Spiegel, schnipp schnapp, waren meine Mädchenhaare ab. Mir standen alle Haare zu Berge und ich erlebte mich lebendig und stark. Am nächsten Tag nahm ich frech an allen Jungenspielen teil. Geduldet! Ich war ein anderes Mädchen!

Als ich fünf war zogen wir um. Zu Vorarbeiten fuhren Mutti und das neue Kindermädchen, die jetzt Inge hieß, in die neue Wohnung in Buer. Ich durfte nicht mit. Deshalb versteckte ich mich im hinteren Fußraum des Autos. Von da unten sah ich durchs Fenster düstere Ruinen vorbeiziehen. So erlebte ich einen spannenden Tag.

Oben unterm Dach wohnte Onkel Reimann, der stets ein freundliches Wort für mich hatte: „Meine Glucke bekommt heute ihre Küken. Möchtest du dabei sein?“, fragte er mich und nahm mich mit in seinen Schrebergarten. Als er sein Huhn vorsichtig vom Nest nahm, war in einem Ei schon tatsächlich ein Sprung zu sehen, durch den sich langsam ein kleines Schnäbelchen zwängte und nach einer Weile keck herauslugte. Onkel Reimann: „Jetzt kommt es gleich heraus.“ Mühsam, aber zartkräftig drückte es nach einer Weile die Schale auseinander und plumpste ins Stroh.

> Ein kleiner Juchzer dringt aus meinem Kindermund und ich strahle Onkel Reimann an, der mit einem milden Lächeln mein Händchen drückt. Zerzaust wackelt der Winzling vor uns durchs Stroh und mich ergreift eine schöne Ruhe, während wir auf die anderen Küken warteten.

Auf dem Nachhauseweg hüpfte ich fröhlich an Onkel Reimanns Hand. Dieses wundersame Schlüpfen der Küken miterleben zu dürfen, war ein schönes Erlebnis. Papi guckte beim Mittagessen unwirsch: „Da musst du aufpassen. Der ist Kommunist."
Unsicher schaute ich drein: „Wieso denn? Die bösen Russen sind doch Kommunisten."
Papi: „Das verstehst du nicht."
Ich war fünf Jahre alt. Kommunisten kannte ich als bedrohliche Soldaten in der Ostzone. Und da Hitler auch ein böser Mann war, schloss ich kurz. Man ahnt es schon. Jahrelang dachte ich, Hitler wäre ein böser Russe gewesen. Erst Jochen klärte mich auf, als ich an die 13 Jahre alt war.

Während eines Waldspaziergangs im Münsterland hatte ich mich bei einer Pause im Bastel-Spiel mit Stöckchen verloren. Als ich hochblickte, waren Mutti und Papi verschwunden. Allein im Wald erschrak ich, wimmerte: „Mutti, Mutti" Nichts. Da tauchte nah vor mir ein Reh auf, und schaute mich lieb an. Gebannt verstummte ich, bewegte mich nicht. Bis Mutti und Papi hinter einem Busch hervorkamen. Gleich weinte ich wieder los. Mutti laut lachend: „Stell dich nicht so an, wir haben uns doch nur mal ein bisschen versteckt."
Verkrampft zog ich die Schultern hoch und schluchzte: „Gerade war ein Reh bei mir."
Papi: „Das glaubst du doch selbst nicht."
Auf der Heimfahrt tröstete mich „Bella Bimba" aus dem Autoradio.

Ausflug 1952

Ferien auf Baltrum: Andere Kinder, weicher Sand und helle Weite mit Möwenrufen. Toni half mir beim Bau von Gräben und Dämmen, um muntere Wellen in bestimmte Bahnen zu lenken.

Als Erwachsene musste ich mir von Mutter mit miesem Tonfall anhören: „Damals meinte eine Frau aus der Nachbarburg, eine Psychiaterin, die dich beobachtet hatte, du seiest gestört, musst behandelt werden.“ Sauer dachte ich: Diese Mitteilung soll mir offenbar suggerieren, wie minderwertig ich von Anfang an war. „Enfant terrible“ war ich häufig genannt worden.

Im nächsten Sommer fuhren wir mit unserem neuen Käfer über den Großglockner. Langsam ging es, Kurve um Kurve, immer höher hinauf. Ich drückte meine Nase an der Scheibe platt. Ein beeindruckender Blick in die Ferne auf Berge ringsum! Oben angekommen stiegen wir alle aus. Da lag Schnee! Mitten im Sommer. Fröstelnd im frischen Wind hörte ich über uns die Rufe der Alpendohlen. Weit hallten sie durch die weite Stille und mich erfasste eine kolossale Stimmung. Regelrecht ergriffen war ich sechsjährige.
Auf Grado stromerte ich mit Heidenspaß stundenlang in meinem Gummiböötchen über das Meer, die Händchen als Paddel nutzend, munter am Ufer entlang, juchend bei kleinen Wellen. Die Erwachsenen erzählten eines Tages: „Weit draußen gibt es eine Sandbank, wo man wieder stehen kann. Da kannst du mal mitkommen.“
Au ja, das lockte mich. Und ich paddelte abenteuerlustig neben den schwimmenden Erwachsenen über das tiefe Meer, weit hinaus. Freudig, in der Vorstellung, dass es an der flachen Stelle bestimmt keine Krebse mehr gibt und ich mal prima planschen kann.

Da plötzlich: Das Böötchen dreht sich und ich falle ins Meer.

Unter Wasser strampele ich panisch. Tauche wieder auf. Sehe

Muttis schrecklich lachendes Gesicht nah vor mir. Hektisch schnappe ich nach Luft und begreife: Sie hat das Böötchen umgestoßen. Onkel Paul hilft mir wieder hinauf. Keuchend halte ich inne. Mit Abscheu gegen Mutti.

In den folgenden Tagen lernte ich schwimmen.

In vollkommener Glückseligkeit erlebte ich Hausbootfahren in Holland. Herr Stoffers, ein Geschäftsfreund Papis, hatte uns eingeladen. Mit unbändiger Freude schrubbte ich das Deck und hielt bei Möwenrufen meine Nase in den Wind. Als Anhänger zappelte stetig ein Ruderboot, mit dem Jochen schon mal allein herumschippern durfte, ich Kleine natürlich nicht. Indes, da habe ich alle ausgetrickst. In aller Frühe schlich ich mich aus der Koje, durch die noch Schlafenden hinaus und ruderte los:
Puh, geht das schwer. Weit weg vom Hausboot landet mein Boot im sperrigen Schilf. Oh, jeh. Wild stochere ich darin herum. Da kommt auf einmal das Hausboot langsam näher. Papi wirft mir ein Seil hinunter. Eifrig ergreife ich es. Gerettet.
Wenn ich mal groß bin, werde ich Kapitän, nahm ich mir vor.

Als größeres Kind versuchte ich brav zu sein damit der „Liebe Gott" mich liebhat. Das funktionierte oft gar nicht. Mutti nahm den Kleiderbügel von der Garderobe und prügelte mir den Po voll, sperrte mich ein und ließ am helligten Tag die Rollladen herunter. Es durchdrang mich: Ich bin ein schlechter Mensch.
Als ich die Masern hatte, beschenkte Mutti mich mit viel Aufmerksamkeit, las mir Märchen vor. Ich wollte immer wieder das gleiche hören, weil ich mich so freute, wie Joringel ausdauernd nach einer Perle suchte, mit welcher er Jorinde rettete. Mit ca. 40 ließ ich mir im Liebeskummer einen Ohrring mit einer Perle anfertigen.

Opa in der Ostzone, Muttis Vater, war ein vornehmer Herr mit

Pelzkragen am Mantel, Zylinderhut und goldenem Griff am Krückstock. Aber ich ekelte mich etwas vor ihm, weil er nach Pipi stank. Außerdem war der uralt, wohl aber ein guter Mensch. Mutter erzählte mir, dass er gegen die Nazis war und einem Bekannten, der als Jude in ein Konzentrationslager geschickt werden sollte, einen Rasierapparat geschenkt hat.

mit Ostzonen-Opa 1952

Endlich Schulkind - Heile Welt

Mit fast sieben Jahren, kam ich endlich in die Schule. So viele Kinder um mich herum. Wie aufregend. Gleich am Einschulungstag gefiel mir Petra, und noch am selben Tag besuchte ich sie zu Hause. Sie hatte drei Schwestern, und im Haus ging es fröhlich zu. Leidenschaftlich gern und nahezu dauernd hielt ich mich dort auf, auch zum Übernachten im großen Vier-Kinder-Zimmer. Im Bett kuschelten wir miteinander, streichelten uns gegenseitig den Rücken mit unseren Händchen, bei denen mich wohlige Schauer durchströmten. Bald fühlte ich mich als fünfte

Schwester in dieser Familie. Ein zweites Zuhause für mich. Ein neues Leben hatte begonnen.

1954

Für unsere Lehrerin, Fräulein Mai, schwärmte ich. Hingerissen beobachtete ich ihre anmutigen Bewegungen beim Dirigieren unserer fröhlichen Lieder. Und das Lesen lernen machte richtig Spaß. Als einmal während einer Rechenstunde durchs geöffnete Fenster ein Lied aus einer anderen Klasse zu uns drang, kribbelte es wohlig in mir. Schule war das Schönste im Leben.
Am Ende der dritten Klasse lagen auf dem Pult unseres Lehrers die Stapel mit allen Klassenarbeitsheften der verschiedenen Fächer. Obenauf jeweils meins. Herr Kregeler kommentierte die Leistung eines jeden Kindes. Mit offenem Mund staunte ich: Boaah, ich bin Klassenbeste.
Hansi, ein Neuer in unserer Klasse, gefiel mir gleich mit seinen roten Wangen und vorwitzigem Gesicht. In seinem verwunschenen Pfarrhausgarten mit verfallenen Schuppen spielten wir Indianer, wobei wir uns mühsam einigten, wer von uns Häuptling sein durfte.
Beim Versteckspiel mit seiner kleinen Schwester flüsterte Hansi: „Wenn Püppe gleich dran ist, verstecken wir uns im Keller und küssen uns.“ Und dann … Hansi stand auf der Kartoffelkiste, sprang mutig herunter, schlang seine Arme um mich und küsste mich. Ooh, … Ich regte ich mich kein bisschen. Hansi aufgeregt: „Musst auch tun!“ Da schlang auch ich, ganz schön

schüchtern, meine Arme um ihn.
In seiner Familie fühlte ich mich genauso wohl wie in Petras. Vater Fronemann, der uns später konfirmierte, strahlte eine väterliche ruhige Freundlichkeit aus.
Unser Dienstmädchen, schmierte uns Schulbrote, Mutti mischte sich ein: „Nicht diese Wurst, die ist zu schade für die Kinder!" Gertud, eine freundliche Bauerntochter aus dem Münsterland, begehrte auf: „Zu schade für die Kinder! Wenn ich das schon höre!" Überrascht schaute ich Gertrud an und wurde frech: „Du kannst ruhig mal erlauben, dass wir Salami aufs Brot bekommen."
„Du hast hier überhaupt nichts zu sagen!"
„Doch, habe ich!"
„Keine Widerworte, sonst passiert was!"

Papi war wenig zu Hause, viel auf Reisen für die Fabrik, in der weiten Welt, von denen er mir immer etwas mitbrachte. Heitere selbstsichere Momente mit ihm bereitete mir das Federballspiel im Garten. Ich holte kräftig aus, stoppte dann ab und ließe den Ball locker hinter dem Netz abtropfen. Da kam Papi so schnell nicht hin. Ha!
Erzogen hat er mich bei der Taschengeldausgabe. Bei diesem sonntäglichen Ritus musste ich regelrecht zu Kreuze kriechen, alle Verfehlungen der Woche nennen. Aufrichtig gestand ich, stolz, ehrlich zu sein. Dafür bekam ich je einen Abzug, somit selten die volle Summe.
Papi hatte einen aufmerksamen Blick in der Natur und erweckte häufig unsere Aufmerksamkeit für etwas Besonderes. In Kärnten fuhr er einmal spontan an den Straßenrand, ließ uns alle aussteigen und hochschauen. Mit offenem Mund staunte ich in den Himmel, hin und weg von einem Adlerpaar, welches hoch oben segelnd um eine Felsspitze kreiste.
In einem Kinderheim behandelte mich die Leiterin gemein. Als ich zu spät zum Essen kam, durfte ich nicht mitessen. Und dabei

hatte ich für die Suppe den ganzen Sauerampfer gepflückt. An der rächte ich Zehnjährige mich. Im Steinhaufen unter dem Regenabflussrohr, suchte ich nach ihrem „Haustier“, eine Kröte, und kniff dieser mit den Fingernägeln in die Haut des Rückens, so wie mein Bruder es oft mit mir gemacht hatte. Dabei erschreckte mich ein komisches Lustgefühl und das arme wehrlose Tierchen tat mir auf einmal leid. Behutsam legte ich es zurück. Doofe Rache.

In unserem bayrischen Holz-Ferienhäuschen wurden wir durch lautes Rumoren im Kachelofen geweckt.
Papi rüttelt die Asche herunter. Danach höre ich draußen das schabende Geräusch des Schneeschiebers, das Scheppen der Eier-Kohlen mit Nachrieseln. Vor der Haus-Tür schlägt er sich mit einem dumpfen Plopp, Plopp den Schnee von den Schuhen, öffnet die Tür - für einen kurzen Moment dringen Krähenrufe herein - und stapft durch den schmalen hölzernen Flur an unserer Kammertür vorbei in die Stube. Dumpfes Poltern der schweren Kohlenschütte. Quietschen der Ofentür. Unter Getöse schüttet er neue Kohlen nach, mit Nachruckeln. Ach, unser Papi.

Die Oster-Ferien durfte ich in Hesselbach auf dem Bauernhof bei Verwandten verbringen. Früh morgens hörte ich den Hahn vor dem Fenster krähen und lauschte dem gemütlichen Gacksen der Hühner und dem Muhen der Kühe, ein liebliches Konzert in meinen Ohren.
Tante Ida, im Blümchen-Kittel und mit Knoten, sorgte warmherzig für mich. Sie stopfte mich mit leckerem Essen voll, und ich durfte in der Scheune Eier suchen.
Mit Onkel Walter durfte ich beim Kühe füttern helfen und den Stall ausmisten. Sogar das Anlegen des Jochs zeigte er mir und wie gesät wurde. Cousin Wilfried baute mit mir im Wald eine Hütte: „Sieh mal da vorn sitzt ein Specht.“ Gebannt lernte ich,

aufmerksam um mich herum zu schauen. Meine schönsten Ferien.

Hesselbach 1962

Erst nach dem Dunkelwerden nach Hause gekommen, schimpfte Edith, unser Dienstmädchen: „Zur Strafe kommst du jetzt ins Gefängnis." Sonntagskleider angezogen ging sie mit mir zur Polizeiwache. Mit hoch gezogenen Schultern drückte ich mich an die Wand. Da ergriff mich ein streng blickender Polizist am Oberärmchen und schob mich in einen düsteren Raum.
Die Tür rumst zu. Wie gelähmt stehe ich im Stockdunklen. Unheimlich. Bloß nicht bewegen. Ewig lange. Ich bin ein schlechter Mensch, durchdringt es mich.
Bis die Tür endlich wieder aufging und ein Lichtschein hereindrang. Mit schlechtem Gewissen taperte ich kleinlaut hinaus.
Zuhause schaute ich mir im Spiegel in die Augen und stellte mir schaudernd vor: Meine Augen sind böse, in mir steckt der Teufel. Jeden Abend im Bett entschuldigte ich mich im Gebet beim lieben Gott dafür, dass ich ein schlechter Mensch bin und teilte ihm Reue über meine Sünden mit. Jedoch traute ich mich auch, Wünsche zu äußern: „Bitte mach, dass…," Am nächsten Tag strengte ich mich an, lieb zu sein, damit der liebe Gott sieht, dass ich doch ein guter Mensch bin.

Ein Alptraum, den ich in diesen Jahren hatte:
Ich werde bedroht, will weglaufen, komme nicht von der Stelle.
Ich fahre, auf einer Art Lore sitzend, auf Schienen bergab. Es wird immer schneller und lustvoll düse ich dahin. Mitten hinein in diese Freude entgleist plötzlich die Lore, und ich stürze über harten Schotter-Boden rumpelnd und lärmend ins Chaos. Der Spaß wechselte abrupt zu schwindeligem Horror.

Herbert, Teo und Albrecht spielten in unserer Straße Fußball. Das fand ich toll, und nach meinem Drängeln ließen sie mich mitmachen. Mit unbändiger Freude fummelte ich Zehnjährige mit ihnen auf der Wiese vor unserem Haus in der Turmstraße. Das war tofte, wie wir damals im Ruhrgebiet sagten. Aber, das musste ich für mich behalten. Die Mädchen hätten mich bestimmt doof gefunden deswegen. Ein tolles Geheimnis. So hatte ich meine verschiedenen kleinen Welten. Puppenspiele mit Mädchen und Herumtoben mit Jungen.
Mein Lieblingsbuch war: „Hilde die Wilde" von Margarete Haller. Wie Hilde fühlte ich Wildfang, wie ich oft genannt wurde, mich auch. Mit ihr konnte ich mich identifizieren. Wie schön, dass es noch keinen Fernseher gab und ich meinen Bewegungsdrang munter habe ausleben können.

Karneval mit Freundin Petra und ihrer Schwester Christa

Zur Oberschule wollte ich überhaupt nicht. „Da hab ich ja nichts mehr vom Leben.“ Mein großer Bruder hockte nämlich stundenlang über seinen Hausaufgaben.
Fahrig, wie oft, vergeigte ich die Aufnahmeprüfung. Das traf mich dann doch. Ein weiteres Jahr auf der Volksschule wurde schlimm. Unsere neue Klassenlehrerin entpuppte sich als Biest. Bei jedem kleinen Schwatzen schlug sie mit dem Rohrstock auf die Kinderfinger. Wenn das nicht reichte, gab sie Strafarbeiten auf. Das hieß, zwei Seiten aus dem Lesebuch abschreiben. Wenn auch das nicht half, griff sie ein Kind fest am Arm und drosch ihm wie eine teuflische Hexe mit dem Rohrstock den Hintern voll. Ihr dicker Knoten am Hinterkopf zappelte dabei. Grauenvoll.
Wütend schrieb ich ein Gedicht über sie. Auf dem Pausenhof trug ich es den anderen Kindern vor. Dann wanderte es zum Abschrieben reihum. Nach der großen Pause saß die Lehrsche schweigend an ihrem Pult und las etwas.
Das ist doch nicht … ich halte die Luft an. Doch, ist es. Mein Gedicht. Diese Petzen!
„Von wem ist das?“, ihre scharfe Stimme im Raum. Mit einem Gefühl der tapferen Ehrlichkeit melde ich mich.
Dafür musste ich in der Ecke stehen und mir die weiße Wand besehen. Bedrückt, eine ganze Stunde lang. Wenigstens hat sie mich nicht verhauen. In der nächsten Pause musste ich mit ihr zum Rektor Fiebinger. Ängstlich taperte ich mit. Und? Der schimpfte nicht mit mir, schickte mich nach Hause. Mutti wusste es schon und empfing mich kühl: „Du darfst morgen nicht in die Schule gehen.“ Mit schlechtem Gewissen schlich ich ins Kinderzimmer, erleichtert, nicht verhauen worden zu sein.
In der nächsten Zeit behandelte mich diese Lehrerin kühl, ließ mich aber in Ruhe, wählte sogar oft mich für Botengänge und andere kleine Aufgaben, um die wir uns alle rissen.
Jahrzehnte später erzählte Mutter mir, dass der Rektor empfohlen hatte, mich zu meinem Schutz am nächsten Tag nicht in die

Schule zu schicken. Das hätte sie mir ja damals mal mitteilen müssen! Später wurde diese Lehrerin an eine Hilfsschule versetzt, was mich empörte: Die armen Kinder, doof und dazu auch noch so eine gemeine Lehrerin.

Einige Zeilen des Gedichts:
… Bei den Strafarbeiten
Hagelt es dann viele Seiten
Und mit dem Stocke prügeln
Macht ihr viel mehr Spaß als beim Bügeln …

Das Ende der vorwiegend unbeschwerten, fröhlichen Volksschulzeit kam doch. Auf dem Gymnasium schaute ich während des Unterrichts gern verträumt aus dem Fenster, erhielt dafür einen Eintrag ins Klassenbuch.
Während der Englischarbeit knibbelte ich hibbelig an meinen Fingern. „Mangelhaft“ das Ergebnis.
„Wenn du dich nicht auf den Hosenboden setzt, kommst du ins Internat“, drohte Papi.
Erschreckt stellte ich mir vor, dass es dort mit so grässlichem Drill zuging, wie ich es von der gemeinen Erzieherin in der Trappfamilie kannte. Mein Lieblingsfilm, in dem später mit einer neuen Mutti - ach, die bezaubernde Ruth Leuwerik - Liebe eingezogen war.
Von da an begleitete mich Angst, und ich schaffte es nicht, bessere Leistungen abzuliefern. Nach einem Mittagessen eröffnete Mutti: „Wir haben dich im Internat angemeldet.“
Ich lasse den Löffel fallen, schnappe nach Luft, springe auf und rase zum Fenster. Bei dem panischen Sprung in den Vorgarten rutscht mein Schienbein an der Marmorkante ab. Mit heftigem Schmerz renne ich blutend zur Nachbarin.
Die liebe Frau Teuchert versorgte die tiefe Wunde und tröstete mich. Anschließend durfte ich ihrem Baby Katrin Fläschchen geben und ein wenig Aletepulver naschen.

Bald darauf fuhr Mutti mit mir 12-jähriger nach Königsfeld. Zinzendorf-Brüder-Gemeine. Die Erzieherinnen dort waren „Schwestern“ mit komischen Hauben auf dem Kopf, welche sie zum Kirchgang trugen. Glücklicherweise durfte ich gleich in einem Chor mitsingen, der gerade für die Adventszeit probte. Dieses Singen mit den anderen Mädchen, Hosianna im Canon – kichernd „Hosen-Anna“ genannt - gefiel mir, und ich fand schnell Freundinnen. Als Mutti wieder abreiste, demonstrierte ich, dass ich gar nicht traurig bin, vermied jeden Körperkontakt, speiste sie beim Abschied nur kurz ab. Nachts aber weinte ich ins Kissen, „Mutti, Mutti“ wimmernd.
Ich bekam eine vier Jahre ältere Pflegeschwester, Brigitte, die sich liebevoll um mich kümmerte. Abends kam sie zum Gutenachtkuss an mein Bett. Sie liebte ich. Mehr als Mutti, wie ich bewusst dachte. Eva, zwei Jahre älter als ich, wurde meine Freundin. Abends schlüpfte ich, streng verboten, gern zu ihr ins Bett. Wenn Eva mich im dunklen Schlafsaal heranrobben hörte schlug sie die Bettdecke zurück, um mich aufzunehmen. Mit kribbelnden Schauern um die Schultern kuschelte ich mich an ihren warmen, weichen Körper.
Dennoch plagte mich Heimweh. Als ich eines Morgens auf dem Schulhof in der Schlange fürs Pausenbrot stand, sagte Eva: „Schau mal, da vorne stehen deine Eltern.“
Mein Kopf fliegt herum. Ja, da stehen sie auf der Treppe der Knabenanstalt und blicken suchend umher. Welche Überraschung! Mit einem Affenzahn rase ich auf sie zu, springe Mutti an und klammere mich schluchzend vor Freude fest an sie. Sie schüttelt mich ab: „Jetzt ist aber gut!“ Aufgewühlt stehe ich regungslos da, sehe zu Papi. Der blickt teilnahmslos. Ganz allein bin ich auf einmal.
Beide reisten anschließend gleich weiter.
Bald wurde ich in eine besondere „Lernzeit“ gesteckt, in die wenige, schwierige Kinder zum Hausaufgaben erledigen ver-

donnert waren. Bei der strengen Frau Dörnte, in graublauer Kleidung mit scharfem Blick und strengen Kommandos. Schüchtern, mit gehörigen Manschetten vor ihr fügte ich mich in das zusätzliche Abschreiben des aktuellen Kapitels im Englischbuch. x-mal. Mir tat die Hand weh. Jedoch, irgendwie beeindruckt von ihr, fühlte ich mich ernst genommen und gemocht. Sie war es, die meinen zweiten Vornamen Sabine erstmals zu meinem Rufnamen kürte und auf wundersame Weise fühlte ich mich damit als ein anderer, ein guter Mensch. Ich bin wer! Und bald hatte ich mich um zwei Schulnoten verbessert.
Eva und Brigitte jedoch sollten zu Ostern abgehen. In mir jammerte es: Allein kann ich nicht zurückbleiben. In Furcht vor dem Verlassenwerden wollte auch abgehen dürfen und schrieb einen Bettelbrief nach dem anderen nach Hause. Schließlich hatte ich es erreicht. Omma hatte, wie ich später erfuhr, dazu ermuntert: „Wenn sie es doch so gern möchte."
Aus dem Internat zurück, blickte ich am ersten Morgen zu Hause beim Aufwachen fasziniert auf das Muster, welches die Sonnenstrahlen durch die Ritzen der Rollladen auf dem Boden fabrizierten. Draußen das vertraute Getrappel der Polizei-Pferde auf ihrem täglichen Weg in den Stadtwald. Und das Glockengeläut der nahen Kirche. Wieder in Buer. Ich ging auf in Glückseligkeit.
Es begann eine wilde Zeit mit meiner Klassenkameradin Hanna. Während der Quarta lebten wir Backfische eine burschikose Freundschaft, heckten allerhand Streiche zusammen aus. In Nietenhosen – die hatte sonst keine - rasten wir mit lauten Radlaufklingeln an unseren Fahrrädern nach dem Schulgottesdienst an den anderen vorbei. Oder wir schmissen einen Aufnehmer so durchs Treppenhaus, dass er weit oben auf einer Lampe hängen blieb. Das sah lustig aus. Ungefähr 20 Eintragungen im Klassenbuch bekam ich dafür in einem Halbjahr.
Bei der ersten Lateinarbeit brüte ich über dem Text. Man, ist's mir schwer im Kopf. Irre langsam, quäle ich mich zum Überset-

zen. Eigentlich doch gar nicht soo schwer. Da, es klingelt. Nein! Noch nicht! schrecke ich hoch. „So, jetzt alle Hefte zuklappen“, ertönt die Stimme der Lehrerin. Wie gemein. Ich bin doch noch gar nicht fertig. Den Rest hätte ich auch noch gekonnt!
Nur ein „Ausreichend“ bekam ich, obwohl alles richtig war. Ziemlich durcheinander dachte ich: Mit mir stimmt was nicht. Verunsichert schlidderte ich ins Schulversagen. Außer in Mathe. Logische Lösungsansätze, Gleichungen aufstellen, fielen mir leicht aus der Birne. Doch, wie in der Lateinarbeit, hatte ich trotzdem nur ein „Ausreichend“ bekommen, weil ich mich am Ende mehrmals verrechnet hatte. Anita - mit meinen Ansätzen, die ich sie hatte abschreiben lassen - alles perfekt ausgerechnet, hatte ein „Gut“ bekommen. Enttäuscht fand ich: Schule ist ungerecht.
Im Sport rettete ich mich darüber hinweg. Beim Turnen fühlte sich mein Körper geschmeidig und kräftig an. Ein körperlicher Genuss, mich mit kräftiger Leichtigkeit auf dem Stufenbarren zu winden, oder mit Schnellkraft über die Latte zu schweben. Wenn wir doch jeden Tag Sportunterricht hätten! Die allermeisten Punkte der gesamten Schule auf der Ehrenurkunde bescherten mir einen Buchpreis.

Abends ging Mutti mit uns hinaus in den Garten und zeigte in kristallklarer Nacht den funkelnden Sternenhimmel mit der Milchstraße und manchen Sternbildern. Eine wundervolle Stimmung erfasste mich! „Weißt du, wie viel Sternlein stehen an dem blauen Himmelszelt?“, sang ich leise. Ein Highlight für immer! Welch traumhaft schöne Erlebnisse Mutti doch ab und an ermöglichte.
Ja, 1960 war über dem Ruhrpott noch die Milchstraße zu sehen.

An meinem 14. Geburtstag wanderte ich früh morgens in die Amrumer Dünen, um Mutti einen Blumenstrauß zu pflücken. Die würzig frische Luft und das Licht des anbrechenden Tages

erzeugen eine wundersame Stimmung in mir. Tau auf den Gräsern, über mir Mövenrufe, in der Ferne Wellenrauschen. Glücklich stapfe ich mit meinem Strauß durch den weichen Sand zur Pension gleich hinter den Dünen zurück. „Ich danke dir, dass du mich geboren hast“, strahlte ich Mutti freudig an. „Was soll ich denn damit? Ich habe doch nicht Geburtstag“, ihre kühle Reaktion. Enttäuscht und verwirrt, habe ich ihr doch eine Freude bereiten wollen, verstehe ich nichts.
Abends im „Urold Ömmering“, die Insel-Kneipe in Norddorf, sangen wir laut mit allen Gästen Seemannslieder. Das machte Spaß weil Mutti laut und fröhlich mitsang, dabei das Lied um textete: „Rolling home to dear old Amrum“. - Jetzt, in Erinnerung an ihren Gesang, spüre ich wieder die damalige kindliche Liebe zu meiner begeisterungsfähigen Mutter.
Morgens redeten die Erwachsenen im Frühstücksraum aufgeregt alle durcheinander: „Die Kommunisten haben eine Mauer gebaut“. Befremdet fragte ich: „Können wir jetzt nicht mehr nach Zella-Mehlis fahren? Wie geht es wohl Onkel Walter“?

2

Das aufregende Teenager-Leben

Mittlerweile in der Untertertia wurde Barbara meine Freundin. Wir tanzten mit Chubby Checkers „Let‘s Twist again“ und im Roxi-Kino sahen wir „El Sid“, Boaah! Die leidenschaftliche Liebe zwischen Mann und Frau, die schöne Sophia Loren und der tolle Charlton Heston. Kolossale Gänsehaut. Überwältigend! Etwas ganz Neues erschien in meinem Leben. Dass es so eine Liebe gibt, ging mir unter die Haut und ich tappte wie auf Wolken aus dem Roxi-Kino. Als ich Mutti begeistert von diesem Liebespaar erzählte, holte sie mich runter: „So ein Kitsch“. Was wusste die schon.
Im Fernsehen knutschte ein Paar. Peinlich berührt rutschte ich auf dem Sessel herum, griff nach einem Glas. Mutti zum Dienstmädchen, in frohlockendem Tonfall: „Das ist ihr jetzt peinlich.“
Ich erstarrte vor Scham. Aber auch Ärger kam hinzu: Diese gemeine Mutter, meine Wut zeige ich ihr nicht, das will sie doch bloß. Den Gefallen tue ich ihr nicht.
Im Landschulheim tat ich in unserem Vier-Mädels-Zimmer kund, dass ich im Internat abends einen Gute-Nachtkuss von meiner Pflegeschwester bekommen hatte. Und? Es hat geklappt! Ich konnte einen Kuss von der hübschen Gabriele ergattern. Mein Herz hopste dabei ein klein wenig. Wie gern hätte ich sie auch geküsst, traute mich nicht. Taumelig spürte ich etwas Unbekanntes. Beim Waldspaziergargang am nächsten Tag traute ich mich, eine Weile mit Barbara Händchen haltend zu gehen und war froh, dass sie das zuließ.
Wieder allein zu Hause saß ich ewig lange regungslos in einer Zimmerecke, sann verloren diesen magischen Tagen hinterher.

Vorbei. Für mein Verliebtsein in Mädchen schämte ich mich, galt das doch als pervers. Auf unserer Straße schritten täglich zwei Frauen entlang, die Turnlehrerin unseres Gymnasiums und die Kriminalkommissarin. Mutti gehässig: „Wenn die beiden man nicht lesbisch sind!"
So also durfte man nicht sein, entnahm ich diesem Tonfall. Die beiden jedoch fand ich spannend, besonders Frau Stäritz mit ihrem feschen Kurzhaarschnitt. Im Kinofilm - „Liebesgrüße aus Moskau"- wurde eine sich widerlich gebärdende Frau dargestellt, hartes Gesicht, männliche Frisur und Kleidung, gewalttätiges Handeln. Ich fragte mich: Ist das eine Lesbierin?
Wegen einer Erkältung hatte ich von Montag bis Freitag gefehlt. Am Samstag, wieder wohlauf, freute ich mich, in die Schule gehen zu können. Als ich in den Klasseraum betrat juchten meine Klassenkameradinnen, überrascht über meine Rückkehr, freudig auf. In mir kribbelte es: Ich bin beliebt.

Erste Flirts

Hermann, ein Freund meines Bruders, pussierte mit mir fünfzehnjährigem Teenager. Nach seinem Besuch bei uns, obwohl schon nach 22 Uhr, erlaubte Mutti, ihn bis zur nächsten Ecke begleiten zu dürfen. Zum Abschied auf der Goldbergstraße küsste er mich überraschend, es wurde sogar ein Knutschen! Aber El Sid war irgendwie toller. Unaufgeregt schlenderte ich wieder nach Hause. Dabei hatte mich eine Lehrerin gesehen, und dies Mutter berichtet. Die nahm mich vor: „Du bist verworfen. Wenn Du nicht in unserem guten Elternhaus aufgewachsen wärst, wärst Du in der Gosse gelandet!"
Ich zucke zusammen, schiebe meine Schultern nach vorn und mit einem Kloß im Hals verschwinde ich im Kinderzimmer. Ich schämte mich: Bin ich jetzt eine Schickse? - Im Ruhrgebiet

damals ein gängiger Ausdruck für billige Mädchen. - Langsam aber steigt Ärger in mir hoch: Wie fies sie das gesagt hat! Fortan bemühte ich mich stärker zu beweisen, dass ich ein „Guter Mensch“ bin.
Ewald, schon 21, blendend aussehend mit strahlenden blauen Augen unter buschigen Augenbrauen, temperamentvoll und selbstbewusst, sorgte in unserem Reiterverein stets für fröhliche Stimmung. Und dieser tolle Kerl flirtete mit mir. Eines Tages der große Clou: Für unsere neue Reithalle brauchten wir Sägespäne. Ewald fuhr mit einem großen LKW zur Zeche Graf Bismarck und nahm mich mit. „Du musst dich nachher ducken, wenn wir beim Pförtner die Schranke passieren. Frauen dürfen nicht aufs Zechengelände.“ Nachdem er den Laster vor der Luke des Silos, in dem Späne aus der Grubenholzfertigung gespeichert waren, abgestellt hatte stapften wir außen herum über eine Wendeltreppe nach oben und stiegen ein. Welch ein riesiger heller Berg da drin! Mit Riesenspass rutschten wir mit den Sägespänen zwischen den Beinen zur Luke hinunter und schoben es über eine Rutsche auf den LKW. Ja und dann, beim x-ten Mal, stand Ewald plötzlich breitbeinig über der Luke und sah mir, als ich fröhlich angerauscht kam, mit seinem strahlenden Lachen entgegen. Ich tat so, als könne ich nicht bremsen und rutschte halb durch, gerettet von seinen starken Armen. Und schwamm dahin in meinem ersten romantischen Kuss. Zerzaust saß ich hinterher wie im Rausch neben ihm im rumpelnden LKW. Hatte keinen Gedanken mehr dafür übrig, dass wir gleich unsere Ladung in der Reithalle verteilen werden. Ich spürte nur noch eins: Ich bin verliebt. Mit leuchtenden Augen angesehen zu werden ging mir durch und durch und abends schmiegte ich beim Tanzen zu Billy Vaughns „Sail Along Silv`ry Moon“ meinen Kopf an seine Brust. Noch wochenlang hüpfte mein Herz bei jedem Gedanken an ihn. Als Ewald mich eines Abends nach Hause brachte und wir zum Abschied in seinem Auto knutschten, sprach ich vom Heiraten. Das, dachte ich, sei

die normale Folge vom Verliebtsein. Er rutschte hinter sein Steuer und meinte, dass er jetzt losmüsse. Wie naiv ich doch war. Danach ging er mir schlicht aus dem Weg. Was ist nur mit mir? Monika, unsere Kantinenwirtin, steckte mir: „Du bist zu jung für ihn, hat er mir gesagt.“ Verunsichert und traurig traute ich mich nicht, Ewald anzusprechen. Still und passiv ergab ich mich in meinen ersten Liebeskummer.
Wenigstens konnte ich ein wenig Selbstbewusstsein tanken durch ein Lob unseres Reitlehrers, der zu Mutter äußerte: „Ihre Tochter könnte eine zweite Lieselott Linsenhoff werden.“

Turnierreiten 1968

Kalte Bäder

Martin Luther King hatte mich mit „We have a dream“ politisch wachgerüttelt. So half ich Mutti bei ihren Arbeiten für Unicef. Unsere Gespräche dabei führten bei mir jedoch eher zu einer miesen Stimmung wegen ihrer abfälligen Äußerungen über andere Leute: „,… die ist ordinär… “, „,… dieses Gesox … “ oder „Das tut man nicht.“ Ich war genervt. Als sie über eine Nachbarin herzog: „Wenn die man nicht in anderen Umständen ist“, wurde ich restlos sauer. Inge, in wilder Ehe lebend, mochte

ich, und genoss es, als Fünfzehnjährige von ihr wie eine Erwachsene behandelt zu werden.
Öfter äußerte Mutti schon mal erstaunt: „Du hast ja immer gute Ideen!“ So ging es mir zwischendurch oft gut mit Mutter und ich wurde zum perfekten Opfer für ihre neuen Attacken.
Eines Abends spazierten wir eine dunkle Straße entlang, auf der uns ein betrunkener Mann mit langem Vollbart aggressiv lallend, entgegen torkelte. Als er uns erreichte, rannte sie schnell auf die andere Straßenseite. Diesem Monster allein ausgeliefert, konnte ich mich durch gewandtes Ausweichen geradeso retten. Empört lernte ich weiter, Mutti kritisch zu sehen.
Als ich mich bei nächster Gelegenheit wieder mal ungerecht behandelt fühlte, begehrte ich auf und schwieg anschließend lange, um ihr zu zeigen, dass sie das mit mir nicht machen kann. Da herrschte sie mich an: „Antworte gefälligst!“ Und verfolgte mich durch sämtliche Zimmer. In der Küche stellte sie mich und schrie laut: „Du redest jetzt mit mir!“
Selbstsicher blieb ich stehen, schaute sie weiter schweigend, fast stolz an. Da schlug sie mir heftig mit der Hand ins Gesicht. Ich wich nicht aus, sondern fragte kühl: „Geht es dir jetzt besser?“ Meine Erregung wollte ich ihr nicht zeigen. In diesem Moment habe ich aufgehört, sie zu lieben. Mit fünfzehn. Wortlos verschwand ich in meinem Zimmer.
In dieser Zeit ging sie mit mir, völlig grundlos, zum Frauenarzt. Verkrampft stand ich vor dem schrecklichen Stuhl, Mutter davor. Da forderte der Arzt sie zum Glück auf, den Raum zu verlassen.
Bei einem Besuch in ihrer thüringischen Heimat erzählte sie mir ein wenig von ihrer Kindheit, dass ein Freund zu ihr gesagt haben soll: „Deine Mutter hätte dir mehr Zärtlichkeit geben müssen.“
Diesem Thema ging ich hilflos aus dem Weg.

Samstagsabends in unserer Schüler-Studenten-Künstler-

Stammkneipe „Landsknecht", wo es bei etlichen Alt-Bier fröhlich zuging, erzählten Jupp und Klaus von Schalke 04. Das, so fand ich Achtzehnjährige, ist doch ein echt primitiver Proleten-Sport, bei dem die Kerle sich brutal in die Knochen treten. In unserer Diskussion zofften wir uns heftig. Ich cool gegen die Jungs. - „Cool" hatte früher eine andere Bedeutung als heute, „kühl" eben, bzw. keine Gefühle zeigend. - Nach längerer Debatte meinte Jupp: „Du verstehst gar nichts. Komm mal mit uns auf Schalke. Danach kannste wieder mitreden."
Da ließ ich mich nicht lumpen. Gesagt, getan. Am nächsten Samstagnachmittag stand ich in der Glückauf-Kampfbahn, eng eingezwängt zwischen meinen Jungs. Als ich die große Werbetafel von „Küppersbusch" entdeckte, war ich etwas befremdet. Aber, Überraschung: Mittenmang von lauter Malochern war ich bestens unterhalten von netten Sprüchen. Bei einem misslungenen Angriff: „Mann, Oppa Pohlschmidt, den hätts'te doch mit'm Hintan reinschupsn könn'n!" Oder beim Gegentor: „Den hätt doch unsa Omma gehalten!" Und: „Für datt Geld, datt die kriegen, müssten die jeden Tach n Spiel habm." Rührung beschlich mich. - Schade, denke ich grad, dass ich damals nicht gleich alle Sprüche aufgeschrieben habe. - Dann fiel das Tor für Schalke. Boaah ging da was los! Um mich herum entbrannte ein Wahnsinns Jubel, und meine Jungs umarmten mich, hakten mich unter und hüpften begeistert mit mir rauf und runter. Welch ein Spaß! So ein intensives Freudengefühl kannte ich noch überhaupt gar nicht! - Körperberührungen unter uns Jugendlichen gab es damals nicht. - Schließlich warf ich alle Hemmungen über Bord und hüpfte übermütig juchend mit, als wenn ich schon immer dazu gehört hätte. Wie schön! So war es um mich geschehen: Ich war Fußballfan geworden!
Mittlerweile las ich in „Gehirn und Geist" die wissenschaftliche Begründung: „Durch die Resonanz mit anderen jubelnden Menschen wird die eigene Freude verstärkt bis zu einem Hochgefühl." Irgendwo las ich auch, dass im Fußball archaische

menschliche Eigenschaften in kontrollierte Regel gefasst sind und theatermäßig dargestellt werden: Aggression – Spaß – Ernst – Leidenschaft. Kooperation und Flexibilität nicht zu vergessen. Das Publikum geniest intensiv einen kollektiven Rausch. Also voll das Leben in gemeinschaftlichem Miteinander.

Papi nahm mich einmal mit auf die Jagd. Lange, lange saßen wir still da. Nichts passierte. Doch: In die Waldesstille hinein, die mich berührte wie etwas Heiliges, tönte hie und da mal das Summen einer Hummel, oder das Krächzen eines Eichelhähers hallte durch den Wald. An Stellen, wo die Sonne durchkam, dampfte und duftete die feuchte Erde. Tau benetzte Spinnennetze glitzerten im Gras. Und wir schwiegen. Mit allen Sinnen genoss ich diese ergreifende Stimmung. Einmal nur mit meinem Papi sein. Irgendwann wurde es doch fürchterlich laut. Die Treiber lärmten auf uns zu und Papi schoss. Ein Vogel fiel vom Himmel, und ich musste ihn aufheben. Wehmütig steckte ich das leblose Tierchen mit seinem hübschen Gefieder in meine Jacke und hielt es an meiner Brust stundenlang warm. Unterwegs wusste ich: Nie wieder gehe ich mit zur Jagd. Auf dem Halali-Platz legte ich traurig meinen Eichelhäher neben die toten Rehe und Hasen. Die starren Augen der Tiere ließen mich frösteln. Wenn auch Vater auf Tiere schoss, war ich einen eher friedlichen Umgang von ihm gewöhnt.
Von Mutters Erzählungen wusste ich, dass er einmal von einem Erlebnis während des Krieges berichtet hatte. Zufällig war er mit einem Menschen-Transport in ein KZ konfrontiert worden. Lautes Jammern und Schreien drang aus einem Güterwaggon. Dies hatte ihn mitgenommen und entsetzt gegen die Nazis aufgebracht. Als ich ihn auf dieses, sein persönliches NS-Grauen-Erlebnis ansprach, blickte ich in ein versteinertes Gesicht und bekam eine knappe Antwort: „Das war fürchterlich."
Von Papi wurde ich häufig gebremst: „Du hast hier überhaupt

keine Ansprüche anzumelden." Früh sollte ich lernen, mich zurückzunehmen. Doch hartnäckig versuchte ich weiter, meist ohne Erfolg, Wünsche zu äußern.
Meine Großeltern organisierten regelmäßig große Familienfeste. Beim den förmlichen Begrüßungen im Industrieclub schämte ich mich für meine kalten, nassen Hände. Tanten und Onkel, in Smoking, Rauschenden Roben, Gold und Diamanten umhangen nahmen an langen Tischen sieben Gänge zu sich. Schildkrötensuppe und so.
Erste Foxtrottschritte versuchten wir bei „Wheels" von Billy Vaughn. Jochen und meine Cousinen und Cousins hatten Spaß miteinander. Ich fühlte mich nicht richtig dazugehörig. Einmal wurde es so zur krampfigen Angelegenheit für mich, dass ich es nicht mehr aushielt. Ich stapfte durch die Luxuskarossen vor dem Klub und floh mit der Straßenbahn nach Hause. In der folgenden Zeit hatte ich meinen Ruf weg: „Schwarzes Schaf". Ich gehörte nicht mehr dazu.
Mit einer Ausnahme. Papi fragte mich, ob ich am Sonntag - auf der Galopprennbahn wurde der Küppersbusch-Preis gelaufen - den Preis übergeben will. Das fand ich schon spannend und sagte zu. Da stand ich Siebzehnjährige dann etwas verklemmt im Sonntagskleid mit Kackstelzen, wie ungemütlich, und überreichte dem Sieger-Jockey einen Pokal und so. Hinterher sprach mich neben dem Ring Herr Underberg an und lud mich ein, mit ihm auf der Ehrentribüne Platz zu nehmen und seinem Rennen zu folgen. Ein Päckchen Underberg hat er mir leider nicht geschenkt.

Als ich schlechte Schul-Noten heimbrachte, drohte Papi mir: „Wenn du nicht spurst, dann wirst du Krankenschwester und musst alten Leuten den Hintern abwischen." Lange schwebte dieser Satz wie ein Damoklesschwert über mir, verhalf mir aber keineswegs zu besseren Noten.
Beeindruckt hat mich ein Vater als er sich bei seinem Zweijähri-

gen Kind entschuldigte und ich wusste: So werde ich auch eines Tages mit meinem Kind umgehen.

Bildung, ein gesellschaftliches Muss!

Die Möglichkeit von Bildung als etwas Wertvollem wurde mir nicht nahegebracht. Stattdessen lastete der Druck auf mir, mit dem Abitur gesellschaftliches Ansehen zu erlangen.
Für die Schule tat ich so wenig wie nötig. Was bei meiner Konzentrationsschwäche nicht gut gehen konnte. Gegen Ende der Untersekunda wurde Weltpolitik zu meinem Schicksal: Die USA hatten Russland mit Krieg gedroht, wenn sie nicht ihre Raketen von Kuba abziehen. Im Fernsehen wurde gezeigt, wie die Atomraketen-Schächte geöffnet wurden! Unheimliche Bilder. Atomkrieg! Angst saß mir im Nacken. Und? Meine Reaktion: Da brauche ich auch nicht mehr für die Schule büffeln. Deshalb stellte den Fleiß ein, den Lernstoff für die letzten Klassenarbeiten aufzuholen. So blieb ich nach der Untertertia sitzen. Papi: „Versager!"
Unglücklich, weil ich all meine Freundinnen verlieren werde, beschloss ich, auf eine andere Schule zu wechseln. Dort fand ich eine neue Freundin, Uli, die mich mit souveränem Auftreten beeindruckte. Sie besaß, ohne auch nur ein bisschen albern oder affig zu sein wie viele Mädchen, einen besonderen Humor, der meinen traf, so dass wir uns oft köstlich amüsierten. In einem Brief von ihr las ich erstaunt: „… Ich find Dich ehrlich dufte. Du bist so anders als alle anderen. Du bist so natürlich …"
Berührt ahnte ich, was Freundschaft bedeutet. Leider nicht lange. Nach zwei Jahren blieb ich wieder sitzen und Uli kam ins Internat. Jahrelang schrieben wir uns Briefe und besuchten uns in den Ferien.
Auf einer Realschule wurde ich Klassensprecherin, erlangte die

Mittlere Reife, und besuchte anschließend eine Aufbauklasse des Leibniz-Gymnasiums in Buer, mit einer prima Klassengemeinschaft und teils spannendem Unterricht. Ach, wie gern ich doch zur Schule gegangen bin! Herr Schmidt nahm mit uns Werbetexte auseinander, so dass wir etwas von Psychologie und Manipulation begriffen. Goethes Gedicht „Auf dem See" berührte mich. Und der Vergleich von Eichendorffs „Taugenichts" mit Gammlern unserer 60iger Jahre-Zeit machte Spaß. Aber schade war, dass wir im Unterricht keine zeitgenössische Literatur lasen, war ich doch begeistert von „Der Fänger im Roggen" von Jerome Salinger.

Mein bestes Fach war Mathematik. Mutter allerdings redete mir das madig: „Mathematik ist doch ungeistig, nichts wert". Das führte bei mir irrwitziger Weise dazu, dass ich mich nahezu schämte, darin so gut zu sein. Als Herr Surmann, unser Mathelehrer, mich eines Tages zur Seite nahm - „Sie sind sehr begabt und könnten sich auf eine glatte Eins steigern" - antwortete ich unsensibel und dumm, wie Mutter es gern gehört hätte: „Ach, Mathe ist doch nicht so wichtig." Sein Gesicht vereiste. Natürlich.

Bis heute hört man in diversen Talkshows und anderswo kokettierende Bemerkungen von allen möglichen Promis zur eigenen Matheschwäche, was mich stets auf die Palme bringt. Die Leute tun so, als seien sie sympathisch, weil sie etwas nicht können. Das wurmt mich jedes Mal aufs Neue.

Jochen hatte mir von Karl Marx erzählt, und wie ungerecht Geld, und Ansehen in unserer Welt verteilt sind. Das empörte mich Christin. Eine Politisierung begann in mir und ich nahm an der Arbeitsgruppe teil, die ein Lehrer, Herr Finzen, nachmittags für Freiwillige anbot, um die Notstandsgesetze zu erörtern. In diesen Sonderstunden fühlte ich mich erwachsen und verantwortungsbewusst, begriff ein wenig vom Geist der Demokratie und dachte erstmals darüber nach, ob ich aktiv etwas tun kann

für unsre Gesellschaft.
Bei Alain Ehrenberg las ich später: „Unsere neue Gesellschaft ist eigeninitiativ also handlungsbereit."
Nachmittags trafen wir uns oft zum gemeinsamen Lernen. Meistens bei Liese, weil sie nicht von zu Hause wegkonnte. Als Bauerntochter musste sie regelmäßig auf dem Hof mithelfen. Eines Tages - Melken war angesagt - fuhren Liese, Betty und Anne mit dem Trecker samt Melkanhänger Richtung Kuhweide. Mangels Platz auf dem Trecker fuhr ich mit dem NSU-Sportprinz meiner Mutter voraus. Neben der Weide setze ich mich auf die Böschung und wartete eine Weile auf meine Klassenkameradinnen. Ein Polizeiauto taucht auf, weil auf diesem kleinen Weg öfter Prostituierte auf Kunden warteten. Und da saß ich nun, in diesen Jahren voll auf antispießig programmiert, im 1920iger-Jahren-Tenniskleid meiner Mutter, abgeschnitten zum Minirock, einem kessen breitkrempigen Strohhut, und rauchend mit langer Zigarettenspitze!
„Ihre Papiere bitte. Was machen Sie hier?", fragte mich der Polizist.
„Kühe melken", gab ich trocken zur Auskunft.
Sie sahen mich schräg an und ich frohlockte innerlich, weil ich wusste, wofür sie mich hielten. Zum meinem Spaß kamen in dem Moment die Mädels mit dem Trecker um die Ecke. Ich sprang auf, öffnete das Gatter, und rief fröhlich „Hallo", als Liese vorbeituckerte. Herrlich die verdutzten Gesichter der Polente. Vergnügt half ich, die Kühe zusammen zu treiben.

Unser Direx, SPD-Mitglied, bei ihm hatten wir Geschichtsunterricht, äußerte einmal süffisant: „Das müssten Sie als Fräulein Küppersbusch doch wissen." Perplex dachte ich sprachlos: Was hat der denn? Hat der was gegen mich Fabrikantenkind? Ich bin doch ich!
Wie auch immer, das wollte ich ihm eines Tages zeigen und wagte etwas Kühnes: Klassenarbeiten wurden damals zu unser

aller Stress nicht angekündigt. Meine Überzeugung reifte: Das könnte doch auch anders gehen und mir schwebte eine Änderung vor. Forsch nahm ich mir vor, diese unserem Direx vorzuschlagen, und ließ mir mutig bei der Sekretärin einen Termin bei ihm geben. Da musste er mich ernst nehmen. Mit skeptischer Miene empfing er mich, und ich erläuterte selbstbewusst meine Argumente. Das nahm er kommentarlos, eher abweisend zur Kenntnis. Aber, ich hatte es ihm gezeigt. Ich bin ich. Und? Überraschung: Einige Zeit später wurden tatsächlich die Klassenarbeiten angekündigt. Offensichtlich war meine Argumentation einleuchtend. Da war ich echt stolz! Und wir alle profitierten von dieser bahnbrechenden Neuerung. Eine Anerkennung allerdings - das musste ich schlucken - sprang nicht für mich heraus.

Der Schulalltag und meine Klassengemeinschaft taten mir immens gut, halfen mir über etliche, schreckliche Erlebnisse, unter denen ich mit meinem damaligen Freund, Robin, leiden musste, hinweg: Bei einer Kulturveranstaltung im buerschen Heimatmuseum, bei der ich mich gut mit dem Schriftsteller Philipp Wiebe und Günter Tollmann, unserem Bueraner Künstler unterhalten hatte, trank Robin reichlich. Spät nachts fuhr ich mit ihm ins Haus meiner Eltern, die verreist waren. Er wollte Sex mit mir, ich aber verweigerte mich: „Du bist doch betrunken.“

> Robin wütet, tobt, bedroht mich, reißt meine Bettdecke weg, wirft sie aus dem Fenster. Ich hocke heulend in der Ecke meines Bettes mit dem großen Kopfkissen im Arm: „Lass mich in Ruhe!“ Er wütet. Lange, lange. Schließlich mit eiserner Miene: „Ich bringe mich jetzt um“. Er verschwindet. Verkrampft verharre ich und lausche hinaus. Als die Haustür laut zuschlägt, surren meine Gedanken: Ich bin frei.
>
> Nach einer Weile kann ich mich wieder rühren, steige aus dem Fenster, hole mein Bettzeug herein und krieche wei-

nend darunter. Da höre ich ein Geräusch. Robin steht am Fußende meines Bettes. Mit einem langen Küchenmesser in der Hand. Seine eiskalte Stimme: „Du bist nicht hinter mir hergelaufen, um mich zu retten. Jetzt werde ich uns beide töten.“ Er knipst das Licht aus. Todesangst schnürt mir die Kehle zu. Hektisch taste ich zum Lichtschalter am Kopfende meines Bettes. Sofort macht Robin das Licht wieder aus. Ich wieder an. Robin wieder aus. Etliche Male. Mein Herz rast. Irgendwie geht plötzlich ein Ruck durch mich. Gefasst stehe ich auf, gehe vorsichtig auf ihn zu, rede langsam mit tiefer, fester Stimme auf ihn ein: „Robin, das willst du doch gar nicht.“ Ruhig, aber bestimmt nehme ich ihm das Messer aus der Hand. Robin lässt los. Und bricht weinend zusammen. „Komm, ich mach dir nebenan das Bett zurecht und koch dir eine heiße Milch mit Honig“, sage ich freundlich. Ich bringe ich das Messer in die Küche, erhitze die Milch und träufele zittrig Honig hinein. Robin trinkt wie ein Kind und schläft gleich darauf ein.

Nach ruhelosen Stunden wird es draußen langsam hell.

An diesem Morgen, noch in beklemmender Stimmung, verstellte ich mich, spielte ihm vor, alles sei gut und brachte ihn zum Bahnhof. - er studierte Regie in München. - Äußerlich gefasst und in innerlicher Erstarrung ließ ich mich auf dem Bahnsteig auch noch von ihm küssen. Dabei wusste ich: Diese Beziehung ist zu Ende. Das werde ich ihm am Telefon mitteilen.

Übungen fürs mündliche Abitur standen an. Referate vortragen. Sonst forsch saß ich beklommen vor der Klasse am Lehrerpult.

Meine Stimme versagt. Mein Kopf ist heiß. Rot angelaufen schwitze ich vor mich hin und schäme mich. Was ist bloß los

mit mir? So bin ich doch sonst nicht.
Nach diesem Desaster nahm ich mir vor, Psychologie zu studieren, um Erklärungen zu finden.

Bei einem Reitunfall hatte ich mir einen Haarriss im Halswirbel zugezogen, musste monatelang Tabletten gegen den steifen Hals einnehmen und konnte zu meinem großen Frust die gesamte Oberprima nicht am Sportunterricht teilnehmen.
Kurz vor dem Abi hatte unser Klassenlehrer für uns auf dem Arbeitsamt einen Termin zur Berufsberatung anberaumt. Dabei wurden wir einem Intelligenztest unterzogen: „Sie haben einen sehr hohen IQ, deutlich über dem Durchschnitt." Ja? durchströmte es mich stolz. Meine Benommenheit durch die Medikamente haben mir nichts anhaben können.
Eines Mittags empfing mich Mutter mit einem Brief in der Hand: „Du bist durchs schriftliche Abitur gefallen, darfst nicht an der mündlichen Prüfung teilnehmen und gehst ab morgen nicht mehr in die Schule." Ich erstarrte. Und Mutter verschwand zu ihrem obligatorischen Mittagsschlaf.

> Aufgelöst stehe ich in der Küche. Durchbreche schließlich meine Erstarrung und reiße aus dem Kühlschrank eine Wodka-Pulle. Der verdammten Korken lässt sich nicht herausziehen. Wild schlage ich mit einem Hammer den Flaschenhals ab, winzige Scherben sinken hinab, ergreife einen Kaffeefilter und gieße den Inhalt in eine leere Milchflasche.
> Damit begab mich zu Fuß auf den Weg in den Stadtwald. Am Ufer eines kleinen Teiches setzte ich mich.
> In mir brummt es: Ich kann nicht weiterleben, betrunken kann ich es schaffen, ins Wasser zu gehen. Entschlossen setze ich die Flasche an meinen Hals. Und nochmal. Mit einem Mal, widerlich angeekelt, schmeiße ich die Flasche in die Büsche. Und mein Ansinnen.

Wohin jetzt? Zu Betty. Der kilometerlange Fußmarsch zu meiner Klassenkameradin drückte mir wieder etwas Energie in

die Knochen. Mutter Winkelmann kam gerade aus dem Garten und rief erfreut: „Da bist du ja. Wie schön. Komm rein." Sie wusste bereits von meinem Unglück und empfing mich warmherzig. Ich war aufgefangen.
Wenigstens ging der Kelch des mündlichen Geprüft-Werdens an mir vorüber. Meine Stimme konnte nicht versagen und ich brauchte nicht rot zu werden.

Mein Versuch, mich in der neuen Klasse erneut zum Abitur zu robben, währte nur kurz: Wie gehabt demütigte mich Herr Bescheuert: In WISO hatte ich meine Hausaufgaben in ein Heft geschrieben, das ich noch aus der alten Klasse hatte. Sparsam, wie ich es als Nachkriegskind gelernt hatte, benutzte ich es umgedreht, von hinten angefangen. Er ließ mich nach vorn kommen, schaute sich das an und warf, mich vor der Klasse lächerlich machend, vorwurfsvoll mit den Worten: „Was soll das denn?" das Heft in die Luft so dass es zu Boden segelte. „Legen Sie mir morgen ein neues Heft vor!"
Wütend dachte ich: Der hat sie doch nicht mehr alle. Mein Stolz ließ mich das Heft auf dem Boden neben dem Lehrerschreibtisch liegen lassen und gemessenen Schrittes schweigend zu meinem Platz zurückkehren. Das Lachen der Mitschüler erstarb.
Abends lag ich gequält im Bett: Wie soll ich das noch ein Jahr aushalten? Mitten in der Nacht ging ein Ruck durch mich. Ich setzte mich an den Schreibtisch und verfasste meine Kündigung. Etwa so „Sehr geehrter Herr Direktor Weigelt, hiermit teile ich Ihnen mit, dass ich nicht mehr zur Schule kommen werde."
Meinen Berufswunsch, Psychologin, musste ich in dieser grauen Novembernacht begraben. Und resignierte: Was mit mir los ist, werde ich nicht herausbekommen.
Am nächsten Morgen schob ich den Brief in den gelben Kasten und begab mich zu meinen elterlichen Freunden, Philipp Wiebe und Guni Kunz, die ich zwei Jahre zuvor bei

einer Literaturveranstaltung im „Tempel“, einem von der Kirche angebotenen Treffpunkt für Jugendliche, kennengelernt hatte und die meine außergewöhnlichen Freunde geworden waren. Von ihnen bekam ich Verständnis und Hilfe: „Du bist so ein gescheites Mädchen, aus dir wird auch ohne Abitur etwas.“ Philipp schlug mir vor, Cutterin zu werden und ließ seine Beziehungen spielen. Tatsächlich erhielt er sofort einen Vorstellungstermin für mich im „Hadeko-Filmwerk“ in Neuss.
Abends traf ich in der „Landse“ Gero, mit dem ich gerade ging, und verabredete mit ihm, dass er mich Montagmorgen um sechs zuhause abholt. Meinen Eltern legte ich einen Brief auf den Tisch. So kam ich erst mal in seiner Kölner Studentenbude unter und jobbte mich durch die nächsten Wochen. Zuerst für drei Mark 60 die Stunde als Schuhverkäuferin im Kaufhof.

Noch ewig träumte ich vom Unglück:
Tagebuch, 23. März 1994, 46 Jahre alt
„Traum: *Ich habe Abitur nachgeholt. Eine von mir bewunderte, warmherzige souveräne Lehrerin gratuliert mir mit respektvollem anerkennendem Blick.*“

In der Jugendzeit fehlte mir nicht, was ich nicht kannte: ein direkter warmer Blick, liebevolle Umarmung.

Tagebuch, 25. September 1989 - Nach einem Klassentreffen in Buer:
„Peter wußte noch, dass er sein Mathe Abi mir zu verdanken hat und dankte mir tatsächlich heute. Das freute mich ja wirklich. Aber mehrere erzählten auch, wie sauer alle Lehrer auf mich waren, weil ich durch Beziehungen überhaupt einen Platz in der Aufbauklasse bekommen haben soll und meine Eltern zudem noch gefordert haben, dass mich die Lehrer während meiner

langen Hepatitis am Bett unterrichten sollten. Ich war überrascht. Aber so arrogant war Mutter ja wirklich. Und ich musste es ausbaden! Kaum ein Lehrer mochte mich."

1999, Klassetreffen, 30 Jahre nach dem Abi
In der Mitte mit Fliege: Dieter Chilla
In der Mitte links mit Brille:
Deutsch- und Klassenlehrer Schmitt

3

Das spannende Lernen, erwachsen zu sein

Ein eigenes Leben in einer fremden Stadt

Eine lebendige spannende Zeit in meinem Leben begann. Wenn auch mit der Schule gescheitert, sah ich mit froher Energie nach vorn ins Leben. Dafür nahm ich nun endgültig meinen zweiten Vornamen als Rufnamen an. Sabine bedeutete für mich: Jetzt bin ich erwachsen, gehe meinen Weg. Es fühlte sich hervorragend an. Für den toten Onkel Günter, der als Soldat am letzten Kriegstag im Oderbruch gestorben war, sollte ich da sein und erhielt deshalb den Namen Renate, die Wiedergeborene. Wenn der auch nett gewesen sein mag, das wollte ich nicht. Ich bin ich, Sabine.
Während dieser Zeit, mit diversen Jobs als Verkäuferin, stellte ich mich bei „Hadeko" vor. Bei der Führung durchs Werk fiel mir in einem Studio ein Feldbett auf. „Ja, manchmal ist die Arbeit einer Cutterin so stressig, dass sie zwischendurch hier schlafen muss", belehrte mich der Cutterfuzzi. Da wusste ich, dieser Beruf ist nichts für mich.
Ich bestand die Aufnahmeprüfung an die Werkkunstschule Köln, und wurde nach einem lebendigen Probesemester, unter täglicher Begleitung von „Abby Road" von den Beatles, Studentin in der Keramikklasse. Das Leben zeigte sich von einer prima Seite. In heiterer Runde entwarf und fertigte ich freudig Tongefäße. Die Produkte der Mitstudis fand ich alle klasse, meine teilweise gut, weil anders. Heute mag ich zum Beispiel meine kleine Tetraeder-Vase für eine einzige Blume. Leider dunkelgrau, weil wir Anfängerinnen nur Abfallglasur bekamen.

Vom mondänen Bungalow meiner Eltern zog ich in eine Ein-

Zimmerbude ohne Heizung mit Waschbecken und Außenklo und genoss meine Selbstständigkeit. Mein schmales väterliches Budget von 350 Mark im Monat reichte natürlich vorn und hinten nicht. So wusste ich dies mit diversen, zum Teil harten Fabrikjobs, aufzubessern. Das teils luxuriöse Leben meiner Kindheit und Jugend, welches ich als normal empfunden hatte, mit eigenem Pferd und so, gab es nicht mehr.
Ich nahm an meiner ersten Demo teil: Aufgekratzt hakte ich mich mit wildfremden Leuten unter und marschierte laut rufend durch die Kölner Innenstadt: „Amis raus aus Vietnam!“
Ein Polizist, mit dem ich ein Gespräch suchte, warf mir vor: „So wie Sie angezogen sind, gehe ich nicht einmal in den Keller.“ Verblüfft nahm ich mir vor, bei nächsten Demos unauffällig gekleidet zu sein.
Mir kam eine Idee: Es müsste mal ein Spielfilm gedreht werden, in dem es schon sozial gerecht und friedlich in der Welt zugehen würde. Sozusagen ein Sience-Fiction-Film der guten Art. Ein vorweggenommenes Paradies.
Die Bundestagswahl 1972 stand an. Jochen und ich waren für die SPD. Mit den Eltern zettelten wir eine Diskussion an. Mutter, FDP-affin, laberte scheißliberal daher, Vater verstockt eisern auf CDU-Kurs. Nach längerem Gefecht schnaufte er plötzlich erschöpft: „Ihr habt ja recht. Man sollte jetzt die SPD wählen“ und nach kurzem Atem holen leise hinterher: „Aber ich kann nicht.“ Da war mir klar: Eine frühe Prägung ist schwer zu überwinden.
Als ich ihn nach seiner Vergangenheit in der SA fragte, konnte er glaubhaft versichern, dass diese Gruppe eher ein Abenteuer für ihn gewesen war. Als es da mal ernst wurde, hatte er sich gedrückt: „Ein Kamerad klingelte an meiner Wohnungstür, ich solle sofort zu einem Einsatz kommen. Danach stand es mir gar nicht und ich sagte ihm, er solle melden, mich nicht angetroffen zu haben. Ich bin lieber zum Paddeln an den Wannsee gefahren“, verschmitzt lächelte Vater dabei. Ja, so kannte ich ihn –

Spaß haben, wenn er sein Ding macht, in diesem Fall zu seinem und letztlich meinem Glück. Womöglich wäre er, nur 20 Jahre alt, bei diesem Röhm-Putsch ums Leben gekommen. Jahrzehnte später erzählte mir seine Schwester: „Ich sehe ihn noch mit seiner Uniform in der Esszimmertür stehen, in demonstrativer Haltung." Mir kam der Gedanke: Vermutlich hatte er damals genauso einen Spaß daran wie wir jungen Leute heute, Opposition gegen die Alten. Oppa, Freimaurer, war ja kein Nazi, aber Unternehmer. In der SA waren eher Arbeiter.

In meinem Zwang, ein guter Mensch sein zu wollen, suchte ich als neuen Halt mein Heil im Humanismus, las Erasmus von Rotterdam, und wurde ehrenamtliche Mitarbeiterin des Kölner Vereins, „SSK", der sich innovativ um Trebegänger kümmerte. Diese sollten nicht der damals üblichen Fürsorgeerziehung anheimfallen, in welcher Minderjährige demütigend behandelt worden waren. Von den älteren erfahrenen Leuten des SSK lernte ich viel und durch meine Mitarbeit habe ich wenigstens einen Jugendlichen vor unwürdigen Lebensumständen bewahren können, indem ich ihm wochenlang bei mir Unterschlupf gewährte. Mein politisches Engagement in der Treberhilfe erzeugte in mir ein produktives Lebensgefühl.
Während der wilden Streiks 1972 kam im Haus meiner Eltern ein Anruf von einem Küppersbusch-Arbeiter an. Der glaubte in der Chefetage angerufen zu haben und denunzierte einen Kollegen als Aufwiegler. Ich tat so, als sei ich die Sekretärin meines Vaters, notierte mir genau Namen und Adresse besagten Aufwieglers.
„Ich kann Ihnen auch meinen Namen sagen", insistierte der noch.
„Nein, ist schon gut, den brauchen wir nicht." bügelte ich den Verräter kurz ab, wollte ich doch nicht auch zur Denunziantin werden. Am gleichen Tag fuhr ich in meiner Revoluzzer-Kleidung mit meinem lila Käfer zu dem „Aufwiegler", um ihn

zu warnen. Der rätselte mit seiner Frau wer das wohl gewesen sein könnte. Nun ärgerte ich mich, ihm den Namen des Denunzianten nicht mitteilen zu können. Damit hätte ich wahrscheinlich mehr geholfen. Ich Hornochse! Hinterher ist man ja immer schlauer. Meine verdammte christliche Ethik! So hatte meine Aktion vermutlich keine effektive Durchschlagskraft.

In einer „Konkret" las ich bedrückende Artikel, unter anderem über ein demütigendes Verfahren des Kaufhauses Horten gegen die Verkäuferinnen. Das wühlte mich so auf, dass sich mein Gut-Sein-Wollen in Wut wandelte und ich tatsächlich daran dachte, mich der RAF anzuschließen.

Traum in der darauffolgenden Nacht:
„Ich war mit RAF-Leuten unterwegs. Als wir aus den Autos stiegen, erklomm mich Angst vor dem was jetzt kommt. Da wurde mir eine Pistole in die Hand gedrückt. Entsetzt weigerte ich mich, sie anzunehmen. Nein! Zu Fuß seilte ich mich in die dunkle Nacht ab."

Am nächsten Tag war ich froh, über diesen Traum Klarheit gefunden zu haben. Kampf gegen Ungerechtigkeiten ja. Aber ohne Gewalt.
Marcuse hielt einen Vortrag in Köln. Gebannt versuchte ich ihm zuzuhören, beeindruckt von dem alten Mann und seiner Souveränität, die er ausstrahlte und begann, mich wieder für Psychologie zu interessieren. Warum war Hitler so? fragte ich mich und las Erich Fromm: „Die Kunst des Liebens". Meine Fragen fand ich darin aber nicht alle beantwortet. Auf jeden Fall musste Hitler ein Problem mit Liebe gehabt haben, dachte ich mir nach dieser Lektüre.

Wie alle Menschen war dieser als gesundes Baby mit allen guten menschlichen Eigenschaften geboren worden. Hans Joachim Neumann schreibt in „War Hitler krank?": „Für eine medizinisch objektivierbare Geisteskrankheit Hitlers gibt es keine Anzeichen." Heute weiß man, dass er schwer traumatisiert worden war durch seinen gewalttätigen Vater und seine depressive Mutter. Mangels adäquater Zuwendung hat er diese mit Hilfe zahlreicher anderer Traumatisierter in bekannte Grausamkeiten umgesetzt, die weder ihn noch seine Mittäter glücklich gemacht haben.

Einen Abend verbrachten wir im „George Sand", einer Lesbisch-Schwulen Kneipe in Köln. Äußerlich cool, innerlich reichlich gespannt schaute ich mir die lesbischen Frauen an. Die wirkten alle völlig normal auf mich und zudem gutaussehend. „Ah!", Gero flippte aus, als er einen Dozenten seiner Fakultät dort entdeckte und zynisch äußerte: „Den habe ich ertappt, schwul!" Beeindruckend fand ich Ma, die Chefin. Sie stand aufrecht, freundlich gelassen an der Bar und konversierte souverän. Sie hatte so gar nichts mit dem Bild perverser Weiber, wie mir Lesbierinnen einst suggeriert worden waren, zu tun. Nein, kein bisschen. Ein spannender Abend.

Wie jeden Freitagnachmittag wartete ich in meiner Müngersdorfer Bude auf Gero, weil wir zum Wochenende nach Buer fahren wollten. Er kam nicht, und ich fiel in ein tiefes Loch.
Ich springe aus dem Fenster. Nein! Ich muss mich retten. Hektisch verklebe ich alle drei Fensterchen mit Zeitungspapier. In der Küche steht eine Pulle Rose-Wein. Meine Rettung. Betrunken schlafe ich ein. Mitten in der Nacht wache ich halb nüchtern auf, fühle mich schrecklich. Wo ist die Pulle? Verzweifelt setze ich die Flasche direkt an den Mund, kippte den Rest runter.

Am nächsten Morgen ergriff mich der Katzenjammer. Entsetzt sah ich klar: So würde ich zur Alkoholikerin. Ich schämte mich vor mir selbst. Und holte mein starkes Ich heraus. Da stand es im Raum und untersagte mir, mich jemals wieder zu betrinken. Voller Entschlusskraft schritt ich ans Waschbecken und knallte mir eine ordentliche Ladung eisigen Wassers ins Gesicht. Danach räumte ich auf. Meine Mitbewohnerinnen, Elke und Ulla, waren nicht da. Ein langes Wochenende allein lag vor mir. Aus Elkes Zimmer holte ich mir ihren kleinen Fernseher, welcher mich einen gesamten Tag mit schneeigem Bild begleitete. Jeden Mist habe ich mir angeschaut. 1971 gab es nur zwei Programme. Einen Film erinnere ich noch: Zur bevorstehenden Olympiade in München wurde eine herrliche Komödie gesendet: Ein Stabhochspringer hatte Probleme beim Transport seines Sportgerätes mit der Eisenbahn. Nach saukomischen Steckenbleiben und Abbrechen des Stabes gescheitert, beschloss sein Trainer schließlich, er solle Marathon laufen. Und dazu lief der Trainer die gesamte Strecke neben ihm her und quatschte ihn mit Ratschlägen voll – zwischendurch mal eben kurz zurück und schnell wieder vor mit einem Getränk und so. Dabei lief der Trainer ungefähr die doppelte Strecke. Ein lustiger Klamauk. Ich habe mich weggeschmissen, konnte in meiner Tristesse lachen. Diese Heiterkeit verlor sich allerdings um Mitternacht: Das Deutschlandlied mit anschließendem Sendeschlussrauschen holte mich brutal in meine peinigende Stimmung zurück.

In der Folgezeit tauchte ich als Single in den Kreis Bueraner Freaks ein, mit denen ich an einem Wochenende – Mutter und Vater waren verreist - eine Party in meinem Elternhaus feierte. Angehaucht durch die 68-iger fühlten wir uns als Sozialisten. So hissten wir die rote Fahne auf dem Dach des schicken Bungalows. Ein rotes Frotteehandtuch an den Schrubber genagelt wurde mit einer Wäscheleine am Schornstein befestigt. Die Nachbarn, alle gut betuchte Großbürger, mokierten sich später bei meinen armen Eltern.
Um eine Tanzfläche zu schaffen hatten wir die Möbel an die Seite geschoben und die Teppiche aufgerollt. Wir rauchten

Haschisch und ernährten uns zwei Tage nur von Bier, Pommes und Currywurst. Alle Pappen und Papiere mit Senf- und Ketchup-Resten lagen chaotisch neben leeren Bierflaschen herum.
Und da - vom Plattenspieler dröhnt gerade „In a Gadadawida“ von Iron Butterfly - habe ich eine Halluzination? Im Rausch auf dem Boden liegend, sehe ich durch den verglasten Innenhof am Esstisch oben meine Eltern stehen. Mit offenen Mündern. Oh Schreck! surrt es durch meinen zu gedröhnten Schädel. So plötzlich wie sie aufgetaucht waren verschwinden sie kommentarlos in ihrem Schlafzimmertrakt. Punkt. Ich raffe mich auf. Und scheuche meine Freunde hoch.
Die sammelten hurtig ihre Siebensachen ein, und suchten das Weite. Na prima. Irgendwie habe ich es geschafft, wieder halbwegs Ordnung zu machen und verzog mich in mein Zimmer. Am nächsten Morgen schlich ich ängstlich heraus und konnte erleichtert konstatieren, dass die Eltern mir keine Szene machten! Im Grunde genommen liberal und modern, hatten sie regelrecht nette Seiten.

Nach vier Semestern in Köln zog es mich nach Berlin, an die „HfbK“, Hochschule für bildende Künste. Als mir zum ersten Mal auf der Drehscheibe eine riesige Schale gelungen war, jubelte ich in die Runde: „Jetzt geb ich einen aus“, und verschwand, um einzukaufen. Als ich zurückkam, strahlte Brigitte übers ganze Gesicht: „Seht ihr, hab ich doch gesagt, wenn Sabine das sagt, dann macht sie das auch!“ Ach, wie schön solche Bezeugungen.

Während der häufigen Fahrten zwischen Berlin und der alten Heimat erlebte ich auf der Transitstrecke manch Kurioses. Bei den obligatorischen Fragen der steinernen Soldatengesichter: „Haben Sie Kinder im Auto?“ konnte ich mir, verärgert über diese impertinente Fragerei, nicht verkneifen, meinem Bauch

streichelnd, keck zu antworten: „Ich hoffe nicht“. Die bekloppte Frage im fast gleichen Atemzug: „Führen Sie Waffen mit?“ brachte mich auf die Palme. Eigentlich blieb einem ja, aus Furcht vor Schikanen, nichts weiter übrig, als zu kuschen und brav wie in der Schule alles zu beantworten. Eines Tages jedoch, bevor sie diese Fragen stellen konnten, machte ich meinem Ärger Luft und platzte militärisch heraus: „Keine Kinder, keine Waffen an Bord.“ Eines Nachts, so gut wie allein auf der Bahn zwischen Berlin und dem Pott, fuhr ich Kilometer lang auf der linken Spur, weil die rechte so holperig war. Da leuchtete unversehens eine rote Vopo-Kelle auf. Frustriert hielt ich an. Sie hatten mich von weitem mit dem Fernglas im Visier: „Sie sind unerlaubter Weise auf der falschen Spur gefahren.“
„Ja, klar! Haben Sie mal gesehen, wie schlecht die andere ist? Bei der Rumpelei kann man kaum die Blase dichthalten. Ich muss dringend aufs Klo.“
Verblüfft mit verkniffenen Lachen gaben sie mir meine Papiere zurück und ich war mit zehn Mark billig davongekommen.
Unsicher auf dem S-Bahnsteig Friedrichstraße zwischen mehreren Treppenabgängen herumtapernd fragte ich einen Uniformierten:
„Wo bitte geht’s denn hier nach Ostberlin?“
Er mit autoritärer, bedrohlicher Stimme: „Wohin bitte?“
Ich hatte verstanden. Mit strammer Körperhaltung und korrektem Sound verbesserte ich mich:
„Oh, Entschuldigung. Wie komme ich bitte in die Hauptstadt der DDR?“
Es hätte nur noch gefehlt, dass ich dabei die Hacken zusammengeschlagen hätte.
„Aha!“ wies er mich zur richtigen Treppe.

Dieses spannende Berlin mit neuem Gedankengut durch die Studentenbewegung gefiel mir. Neben der Arbeit in der Keramikwerkstatt nahm ich an freiwilligem Unterricht teil. Psycholo-

gie, Französisch, Literatur. Eine Aussage unserer Psychologiedozentin, Carla Berke: „Sie müssen eins wissen: Alle Gefühle sind nur Chemie.“
Ach, wie unromantisch! Verblüfft bahnte sich neues Denken in mir an.
Das passt zu dem, was ich 40 Jahre später lernte. „Das Gehirn kann nichts fühlen. Es sendet nur Botenstoffe und Signale an die verschiedenen Körperregionen.“
Lernen faszinierte mich und durch diese Kurse erwarb ich mit dem Examen zudem noch die volle Hochschulreife. Wahnsinn! Welch ein Glück, so unterhaltsam und ohne Leistungsdruck mein Abiturdesaster wieder ausgebügelt zu haben. Happy End! Ein Universitätsstudium nach dem Abschluss an der Kunsthochschule war wieder drin und ich schaute zuversichtlich nach vorn.
Lehrerin wollte ich werden, um später einmal mit den Schülern alles viel besser zu machen als meine fiese Mutter und manch blöde Lehrer. Und wenn ich nur einem einzigen Kind etwas mitgeben kann, dass es sich wider Erwarten positiv entwickelt, tröstete ich mich gedanklich schon im Voraus, habe ich es richtig gemacht.

Jetzt muss ich gerade lachen, wenn ich an das heutige Effizienzprinzip denke. Aber es gibt ja auch den Spruch: „Wer den Pfennig nicht ehrt …“ Ja, Ja. Mal so, mal so. -

Meine außergewöhnlichen Freunde - Aufleben

Während meiner Kölner Zeit fuhr ich übers Wochenende meistens nach Buer, wo ich mich fast nur noch bei Guni und Philipp aufhielt, die sich immer auf mich freuten. Meine Besuche bei ihnen wurden eine regelrechte Institution. Da saß ich, heimelig geborgen, immer auf der gleichen Sofa-Ecke, fühlte

mich gemocht und geachtet, hatte ein neues Zuhause gefunden. Eine mütterliche Freundin, 17 Jahre älter und einen väterlichen Freund, 24 Jahre älter als ich, gewonnen, die ich lieben lernte. Guni erzählte vom Reichsarbeitsdienst in ihrer Jugend und wies auf ihre nachhaltig geschädigten Hände. Bis dahin kannte ich lediglich die Erzählungen Mutters vom fröhlichen Leben im „BDM“, Bund deutscher Mädchen bei den Nazis. Ich bewunderte Gunis Kochkünste und half gern beim Gemüse schnibbeln. „Pass auf, schneid dich nicht“, warf Philipp einmal ein: Guni trocken: „Sabine ist eine Geschickte.“
Noch heute erfreue ich bisweilen meine Gäste mit ihrem Chicorée-Auflauf. Besonders beeindruckte mich ihre Arbeit an der Schreibmaschine, wenn sie stundenlang konzentriert für ihre Literaturagentur „Ruhr Story“ Kurzgeschichten und Romanfolgen vervielfältigte. Eine starke Frau. Wie Guni, wollte ich auch werden, war aber unsicher, ob ich das schaffen kann.
Guni rief mich an: „Philipp hatte einen Herzinfarkt. Er liegt im Bergmannsheil.“ Besorgt eilte ich an sein Krankenlager. Er wirkte munter und freute sich riesig über meinen Besuch. In heiterem Tonfall sagte er: „Die gucken schon auf mein Zahngold. Ich muss schnell wieder raus hier, aus diesem Bergmannselend.“ Recht bald bekrabbelte er sich und ich konnte ihn vom „Elend“ abholen. Aus Dankbarkeit für meine häufigen Besuche schenkte er mir seinen Roman „Vor unserer Tür“ mit Widmung. Gefesselt las ich ihn in einem durch. Darin kommt auch meine Familie vor. Seine Eltern waren Nachbarn meiner Großeltern, seine Mutter Gertruda, von der Krim stammend, mit meiner Omma befreundet.
Philipp postulierte Dinge, die damals völlig neu für mich waren. Schon 1968 lernte ich von ihm Zusammenhänge kennen, die erst Jahrzehnte später gängige Themen wurden:
Er machte mir die Möglichkeit und Wichtigkeit des Energiesparens klar. Dabei konnte ich mithelfen, sein kleines Fertighaus aus den Nachkriegs-Jahren gegen Wärmeverlust zu dämmen, erwarb

so handwerkliche Fähigkeiten. Und er schimpfte: „Mit der Klospülung wird kostbares Trinkwasser für die Kacke verschwendet.“ Mein Staunen, die Welt unter einem ganz anderen Blickwinkel zu sehen, setzte sich fort. „Frauen sind in allem die besseren, damit sie sich in unserer Welt zu behaupten wissen.“ „Gewinne werden privatisiert, Verluste sozialisiert. Die Schere zwischen arm und reich geht immer weiter auseinander.“
Staunend hörte ich zu. So lernte ich zwanzigjährige gesellschaftliche Probleme kennen und schaute den Wohlstand meiner Familie mit anderen Augen an.
Bis dahin kannte ich bei kritischen Texten lediglich Mutters abfällige Bemerkung: „Das ist tendenziös.“
Philipp, mit einer starken Mutter, nebst starkem Vater, und zwei Schwestern aufgewachsen, berichtete von seinem Internat, Burg Nordeck, auf dem sich damals viele Nazigegner-Lehrer gesammelt hatten und den Schülern demokratisches Denken in modernem Unterricht nahegebracht hatten: „Dort bin ich geprägt worden. Im Krieg später habe ich gezielt danebengeschossen.“ Gerührt nahm ich ein kleines gerahmtes Bild als Geschenk an, welches er im Kunstunterricht auf Nordeck gemalt hatte.
Vollständig eingenommen von Philipps Persönlichkeit sog ich in meiner Bedürftigkeit nach ehrlichen geraden Gefühlen und Engagement für elementare Inhalte des Lebens durstig seine Lebendigkeit auf, beeindruckt von seinem Ideenreichtum und mitgerissen von seinem Humor und seinem Temperament. Ein beeindruckender Mensch. Klingt übertrieben? Ist es nicht!
„Das solltest du mal lesen“, drückte er mir ein Buch nach dem anderen in die Hand. „Die Unfähigkeit zu trauern“ von den Mitscherlichs gab mir einen ersten Einblick in die entsetzliche Nazizeit. John Reed „Zehn Tage, die die Welt erschütterten“, faszinierte mich als nächstes, eine Möglichkeit, die russische Revolution als spannendes persönliches Erlebnis zu erfahren. Am liebsten wäre ich auch dabei gewesen. Und Norman Mailer

„Heere der Nacht“ motivierte mich, für politische Überzeugungen einzutreten. Beeindruckend fand ich, wie Mailer zu seinen Kumpels sagte: „…los gehen wir“, oder so ähnlich, um sich an der Mauer des Pentagon verhaften zu lassen. Auch erhielt ich Unterhaltungsliteratur im Hause Kunz, z. B.: Jack Kerouac „On the Road“. Eingetaucht in die große weite Welt von Amerika war ich angetan, wie man sich als junger Mensch die Welt erobern kann. Lebensfreude anders, als ich sie bis dahin kannte. Und Spannende TV-Sendungen von Carola Stern zu aktuellen politischen und sozialen Themen faszinierten mich. Philipp hatte nichts Lehrerhaftes, wie mein Bruder, an sich. Er sprach mit mir über Ursachen und Folgen von menschlichem Verhalten. Begierig nahm ich alles auf, lernte und lernte. Nach und nach traute ich mich, eine eigene Meinung zu probieren und befand mich erstmalig inmitten einer Diskussion. Mir wurde zugehört, auf mich wurde eingegangen und gebannt begriff ich ein wenig von Politik. Das Leben zeigte sich kolossal spannend und ich blühte auf. Unsere Freundschaft vertiefte sich. Anfangs war ich befremdet über sein schon mal aufbrausendes Wesen. Mit der Zeit mochte ich ihn deswegen. Das Leben zeigte sich nun absolut spannend.

Guni liebte ich wie eine große Schwester, die fürsorglich mit mir umging. An sie kuschelte ich mich gern. Eines Abends im Badezimmer lachten wir zusammen über irgendetwas.

Da umarmt sie mich spontan, lässt ihre Hände unter meinen Pulli gleiten, schiebt sie erregt atmend meinen Rücken hoch. Ich halte die Luft an und rege mich verunsichert nicht.

In meinem ganzen Körper prickelt es und es denkt mich glücklich: Guni liebt mich.

Ich besuchte die beiden in ihrem Ferienhaus in Piemont, transportierte ihnen ein Boot von Buer nach Cireggio. Während einer nächtlichen Rückfahrt von einer Baita in den Bergen habe ich mich auf der Rückbank hemmungslos an sie gekuschelt. Guni legte ihre Arme um mich, gab mir Wärme. So konnte ich

schweigend und lange körperlichen Kontakt genießen, fühlte dabei aber auch eine Traurigkeit, fand mich etwas gestört. Am nächsten Tag war es mir schon ein bisschen peinlich mit Anfang zwanzig so kindlich Umarmung zu brauchen. Jahrzehnte später wurde ich daran erinnert als ich eine Mutter mit Baby auf dem Arm beobachtete:
Tagebuch, 2. August 1990:
„Angekuschelt auf dem Arm seiner Mutter fühlte es sich im aufregenden Menschengewimmel ganz geborgen, wie ich als 23-jährige bei Guni. Jetzt weiß ich, dass es eine Regression war. Ich brauchte von Guni diese Geborgenheit und sie gab sie mir."

In der Nähe von Buer gab es den verwunschenen, weil seit Jahrzehnten verschlossenen Schlosspark Herten. Öfter mal war ich mit Freunden heimlich über die Mauer geklettert und darin herumgestreift. Märchenhaft der Dschungel dort! Ein Buchsbaum, den ich nur als Hecke kannte, Jahrzehnte unbeschnitten, war tatsächlich zu einem Baum herangewachsen. Dieses Paradies zeigte ich nun Philipp. Die große Wiese vor dem Schloss, im April über und über voller wilder Narzissen, bot im Sommer nur noch eine Brennnesselwüste. Da stand ich blöd da in meiner abgeschnittenen Jeans. Und plötzlich befand ich mich ritterlich beschützt auf Philipps Armen, die mich über die Wiese trugen. Da musste ich erst mal dreiundzwanzig Jahre alt werden, um so etwas Wundervolles zu erleben.
Äußerst spannend für mich waren alle Besucher im Hause Kunz, weil ich am Geist und Humor dieser interessanten Gesellschaft habe teilnehmen können.
Nach und nach traute ich, ernst genommen, mich häufiger, an Diskussionen zu beteiligen, Gesellschaftliches kritisch zu beleuchten. Zum Beispiel schlug ich zur Belustigung Philipps vor, dass in der Gesellschaft Vorstellungen mal anders vorgenommen werden könnten: statt „Herr und Frau Müller", „Dame und Mann Müller"!

Durch Philipp lernte ich eine andere Seite von mir kennen. Ich lernte, eine Meinung zu haben und zu vertreten. So ging es zwischen uns auch schon mal hoch her. Eine lebendige intensive Zeit. Alles wichtige, was man fürs geistige Leben braucht, aufmerksam Sein und Kritisches Denken, lernte ich in diesen Jahren von meinen Freunden, wurde respektiert und geliebt. Irgendwo las ich später einmal: „Wichtig ist, wer man ist in der Freundschaft mit anderen.“ Ja, dies wurde eine wichtige Erkenntnis für mich bei meiner späteren Auswahl von Freundis.

Meine außergewöhnlichen Freunde - Wechselbäder

Als ich, in den Semesterferien zu Hause, gerade beim Mittagessen saß, passierte es: Mutter kommt grinsend aus dem Schlafzimmertrakt auf mich zu, hebt ihren Arm und richtet eine Pistole direkt auf mich. Sie drückt drei Mal ab.

Zu Tode erschrocken springe ich auf. Mein Stuhl kracht polternd gegen die große Glasscheibe zum Innenhof: „Spinnst du! Du hast sie wohl nicht mehr alle!“, schreie ich sie an.

Mutter: „Hab dich doch nicht so, ist doch nur Spaß. Die ist ja gar nicht geladen.“

In meiner Erregung floh ich zu Guni und Philipp. Die beiden hörten mir mit geradem Blick zu. Langsam ging ihre Ruhe auf mich über. Dankbar, die beiden als Freunde zu haben, entspannte ich mich ein wenig und tobte mich mit Philipp beim Federballspiel aus.

Spät abends oben im Gästezimmerbett kreisten meine Gedanken, reichlich mitgenommen von diesem Tag, um diese schreckliche Mutter, hin und her und weg. Da klopfte Philipp an die Tür, setzte sich auf meine Bettkante und fragte mich liebevoll: „Wir machen uns noch Sorgen um dich. Wie geht es dir jetzt?“

Berührt werfe ich meine Arme um seinen Hals und weine spontan. Philipp hält mich weich an seiner Brust. Da spüre ich seine Lippen auf meinem Hals, meiner Wange, meinem Mund. Eine Welle der Leidenschaft durchfährt mich und ich lasse mich verführen.

Dahingeschwommen sannen meine Gedanken wild durcheinander. Ein tiefes Glücksempfinden - Philipp liebt mich! - wechselte sich ab mit schlechtem Gewissen – ich habe Guni betrogen!
Die Zeit des Versteckspielens begann. Wie im Rausch begannen wir eine heimliche Liaison. Unsere Sexualität empfand ich als edel, ganz anders als jene, die ich bis dahin kennengelernt hatte. Im turbulenten Leben waren wir viel allein unterwegs. In einer Imbissbude meinte er einmal: „Ich stelle mir grad vor, wir sind ein verliebtes junges Paar in einem amerikanischen Highway-Restaurant." Spontan entschwand ich in meiner Fantasie mit ihm in eine ferne Welt, sah uns in einem romantischen amerikanischen Spielfilm, nur so kannte ich ja Amerika. Welch eine Schwerelosigkeit! Und das in einer bueraner Wurstbude! Hinweg geschwemmt von seiner unwiderstehlichen Anziehungskraft, schwebte ich im rosaroten Nirgendwo, war ihm leidenschaftlich verfallen, erlebte mich an seiner Seite in selbstvergessener Leichtigkeit. Durch unsere Dreiecksgeschichte empfand ich mich in bizarrer Weise auch Guni etwas näher, träumte davon, auch mit ihr intim zu sein.

Philipp fragte: „Wir wollen Hein und Annemarie besuchen. Willst du mitkommen?" Das haute mich um, ich konnte Heinrich Böll kennenlernen! Natürlich wollte ich das. Ja, und dann saß ich da, etwas verklemmt inmitten der munter plaudernden Ehepaare und hörte bewundernd zu. Herr Böll mokierte sich einmal lustig über irgendeinen Kultur-Fuzzi. Seine Art und der Tonfall dabei gefielen mir. Etwas bissige Kritik zwar, für irgendein Fehlverhalten dieses Fuzzis, aber, anders als ich es von meinen Eltern gewöhnt war, nahm ich dabei gelassenen Humor

wahr und amüsierte mich. An dem Tag konnte ich - einerseits jung, andererseits noch wenig gebildet - nur begierig etwas vom Geist der Intellektuellen aufsaugen.
Bei einem weiteren Besuch, diesmal im Ferienhaus in der Eifel, ging es mir ähnlich. Philipp hatte mich auch noch verraten: „Sabine hat deinen neuen Roman – „Gruppenbild mit Dame“ - noch gar nicht gelesen.“ Ich hätte unter meinen Stuhl rutschen mögen. Wieso sagt der das? Immerhin knipste Philipp ein Foto vor dem Haus mit mir und Heinrich Böll. Das zeige ich Mutter, die wird neidisch sein, freute ich mich heimlich.

1972, mit Heinrich Böll

Häufig kam Philipp nach Berlin, weil er Features, Treatments und Drehbücher für den SFB schrieb. „So zärtlich war Suleyken“ von Siegfried Lenz war eins davon. Ich dachte mir schöne Unternehmungen für uns aus: Fotografierte ihn unter dem Straßenschild „Wiebestraße“.

1972, Philipp Wiebe in Berlin

Während einer Sight-Seeing-Tour mit der S-Bahn - 1972 noch von Westberlinern boykottiert - knutschten wir, einzige Fahrgäste im Waggon, inniglich wie zwei Teenies. Wir spazierten auf den Feldern rund um Lübars und fuhren durch die Havelchaussee. Damals alles fast menschenleer. Mir gefiel sein Staunen, wie idyllisch Westberlin auch ist. Ich lebte im Paradies.
Nachts in meinem kleinen WG-Zimmer genoss ich unsere zärtliche Sexualität, so manches Mal bis zur Morgendämmerung. Das Leben zeigte sich im Rausch. Auch wenn mir klar war, dass ich für ihn in erster Linie seine junge Geliebte war, nahm ich selig seine Begeisterung für mich auf, genoss unsere intensiven Diskussionen und unsere gemeinsamen Unternehmungen im spannenden Berlin. Besonders die Wanderung über den Kudamm am ersten autofreien Sonntag begeisterte uns. Was da alles unterwegs war: Von Einrad-Fahrern bis zu Ponywagen tummelten sich tausende fröhliche Menschen auf dem großen Boulevard. Eine regelrechte Volksfeststimmung ließ uns fröhlich in der Menge umhertanzen als gäbe es keinen Altersunterschied zwischen uns.
Angespannt wartete ich nachts um eins - damals der Deutsche-Post-Billigtarif - am Telefon. Philipps Stimme: „Hallo mein Liebling" Weich und warm strömte sie in mein Herz. Ich lebte davon, von diesem faszinierenden Mann geliebt zu sein und harrte seinen Briefen und Besuchen entgegen.
Seine vielen Briefe, oft zwei in der Woche belebten mich:
Stark gekürzte Auszüge, 1972:
„Liebe Sabine, … wenn ich Dich am Samstag um 1 Uhr anrufe, sag mir alles, was Du getan hast, vielleicht schreibst Du es Dir in Stichworten auf? Dann erfahre ich es. Mich interessiert das! Immer kann ich mir nur vorstellen, wie Du in den Arbeitsraum kommst … sehe Dich mit lehmigen Händen – Deine schönen Hände! -, wo hörst Du deine Vorlesungen? … sehe Dich um Essen anstehen in der Mensa … während des Essens auf die

Straße blicken. …. Ich liebe Dich immer mehr! – PS: SABINE UND PHILIPP LIEBEN SICH MEHR ALS ROMEO UND JULIA! … "
„…nun muss ich mein Hörspiel schreiben … ein wenig von Dir ist darin …"
„Meine schöne Geliebte, sei nicht! -nie! -traurig! … die räumliche Trennung ist schlimm, auch für mich, aber es ist eben nur der Raum, eigentlich sind wir uns doch ganz nah …"
„… Dein Brief … ich bin ganz hingerissen von Deinen Ausdrucksmöglichkeiten … noch nie bekam ich einen so lieben, echten Brief …"
„… dass ich Dich auch deshalb liebe, weil Du manchmal so richtige Intuitionen hast, weil Du plötzlich, aus heiterem Himmel so gute Sachen sagst … ich wünsche Dir, dass Du Deine Fähigkeiten erkennst und nicht glaubst, es seien Komplimente von mir"
„… unsere Kontroverse, die nicht die Spur von bösen, bitteren Erinnerungen in mir hinterließ – im Gegenteil: Ich verstehe Dich, auch wenn ich heftig anderer Ansicht bin."
„… habe ich endlich Deinen Brief abholen können – diesen so schönen, eigentlich poetischen Brief, den ich mehrmals gelesen habe, und ich bin immer wieder erstaunt, wie nahe Du mir bist, wie sehr Du zu mir gehörst. …"

Von Philipps Liebe und solchen Aussagen in seinen Briefen wurde ich getragen. In diesen Jahren hatte ich in Berlin keine engen Freundinnen, verbrachte die Semesterferien und viele Wochenenden in Buer. Mein Leben war angefüllt mit meiner Geborgenheit in Liebe zu Philipp und Guni einerseits, und lebendigem Nachtleben im „Go In" in einer aufregenden, der Nach-68-iger-Zeit.
Furcht, wie alles einmal enden soll? Die habe ich offensichtlich in einem Brief an ihn ausgedrückt.
„Liebe Sabine, … immerzu muss ich an Deinen Brief denken,

der so traurig ist. … ich weiß, dass uns nicht eine flüchtige Liebelei, sondern eine wirklich ernsthafte leidenschaftliche Liebe aneinanderbindet."

„… ich möchte Dir helfen, alle Schatten und Rudimente aus vergangenen unheimlichen Zeiten zu vertreiben, glaub mir, ich habe die Kraft dazu. Schlimm ist für mich nur, Zeuge Deiner Ängste zu sein … Geliebte, das Leben mit Dir spielt sich für mich unter einem großen und festen Dach wunderbaren Vertrauens und großer Zuneigung ab. Wir werden uns immer fest umarmt halten. … ich muss die Balance halten, kann mich nicht wegschwemmen lassen – Dich möchte ich festhalten, an mich pressen, damit dir nichts geschieht. Doch auch Guni kann ich nicht fallen lassen. Täglich wird meine Standfestigkeit auf die Probe gestellt. Auch ich empfinde sie, (die Einsamkeit) ich wehre mich nur, in ihr zu ertrinken. … habe Deinen schwermütigen wie leidenschaftlichen Brief gelesen. Du schreibst: „Ich weiß, dass meine unendlich große Liebe zu Dir das Einzige ist, was immer wieder Auftrieb gibt, und gleichzeitig weiß ich, dass sie es ist, die mich in diesem Zustand aufzuzehren droht." Ach, ich verstehe Dich so gut! … „und mein Zuhause fährt von mir weg…" nie habe ich etwas Richtigeres, Schöneres gelesen. Geliebte, Du gehörst zu mir, auch deshalb, weil Du so kreativ bist wie ich – Du weißt das nur noch nicht!"

„…Du bist wunderbar und einmalig! Unsere Träume ähneln sich…"

„…Ach Sabine, ich müsste Dir eigentlich mal genau erklären, was ich meine, wenn ich mir wünsche, dass Du eine gute Keramikerin wirst. Ich habe manchmal den Eindruck, dass Du diesen Beruf unterbewertest, weil andere das tun, deren Urteilskraft Du überschätzt. …"

„… Letzte Nacht habe ich wieder mal lange mit Guni über Dich gesprochen – sie hat Dich richtig gern, sie benimmt sich sehr vernünftig, obwohl sie natürlich von unserer Zuneigung (!) weiß. Du darfst keine Sorgen haben in dieser Hinsicht. …"

aus Amsterdam, während ich in Moskau war:

„…Unser Telefongespräch hat mich nachdenklicher denn je gemacht. Vielleicht hast Du wirklich recht, und bist nie geliebt worden … ich möchte Dir helfen, alle Schatten und Rudimente aus vergangenen unheimlichen Zeiten zu vertreiben, glaub mir, ich habe die Kraft dazu. Geliebte, das Leben mit Dir spielt sich für mich unter einem ganz großen und festen Dach wunderbaren Vertrauens und großer Zuneigung ab …"

„… Manchmal kommt es mir so vor, als hätte es die Zeit, da ich Dich nicht kannte, nie gegeben, als sei Deine Existenz in meinem Leben ein Anfang…"

„… immerzu muss ich an Deinen Brief denken, der so traurig ist. Du schreibst von der unendlichen Einsamkeit, die Dich umgibt, wenn ich Dich verlassen habe. Freud, den Du zitierst, würde Dir auch widersprechen. Uns ist tatsächlich auferlegt, das schwere Leben zu leben, Trauer zu bewältigen, Sehnsucht umzusetzen in etwas, das vielleicht schöpferisch ist (das z. B. hilft mir ein wenig), Du - unsere Liebe ist viel! „Abstumpfen" – Du schreibst davon, nein. Das darfst Du niemals! Du musst jene Sabine bleiben, die ich liebe, diese manchmal traurige, manchmal fröhliche, manchmal verrückte, manchmal aggressive, manchmal zärtliche, manchmal passive, manchmal aktive Sabine. Wir sehen uns bald wieder und werden darüber reden. Zusammen könnten wir sicher eine neue Relativitätstheorie entwickeln, also werden wir auch einen Weg für uns finden. …"

„Liebe Sabine, … Vieles, vor allem das, was Du über die Anonymität unserer Liebe scheibst, ist richtig und ich möchte wahnsinnig gern hier und jetzt mit Dir reden, mit der es mir Freude macht zu diskutieren. Zum Beispiel: Du schreibst: „… lass uns die Gefahren für unsere Liebe nicht in uns selbst suchen. Sie kommen immer von außen." Hoffentlich ist das richtig; … und gerade darum bin ich so vorsichtig, so behutsam mit unserer Liebe. Wir, Du und ich sind beide keine unkomplizierten Charaktere, zwischen uns werden immer Funken entstehen…"

Mit flatterndem Herzen reiste ich von einem Urlaub mit Freunden an der Riviera durchs heiße Italien, in unsäglicher Vorfreude auf Philipp und Guni, und verbrachte zehn Tage bei den beiden in ihrem piemontesischen Ferienhaus. Wie in den Jahren zuvor, unternahmen wir Vieles zu dritt und mit ihren italienischen Freunden. Schweren Herzens reiste ich ab. Mein Leben musste woanders weitergehen.

Meine außergewöhnlichen Freunde - Abschied

Der Briefschlitz klapperte und in Erwartung eines neuen Liebesbriefes eilte ich in die Diele, entdeckte gleich Philipps Handschrift auf einem der Briefe, die auf dem Boden lagen und öffnete hastig den Umschlag:

Philipp schrieb im September 1973:
„Liebe Sabine, … G. hat meinen Brief an Dich vom 10.8. gelesen. … sie weiß nun, was sie schon lange ahnte … ratlos und bedrückend … bis Guni nach ein paar Tagen sagte, sie wolle nicht kämpfen, sie habe sich abgefunden, wir hätten nun jede Freiheit. … G. betonte mehrmals, - und ich glaube ihr das - dass sie Dich weiterhin gern hat…"

Mit flatternden Herzen lasse ich den Brief fallen: Jetzt ist alles aus. Nie wieder werde ich die beiden besuchen können.
Der Bruch krachte schlagartig ein. Meine alte diffuse Scham, ich sei ein „Schlechter Mensch" kroch hoch. Philipp schrieb mir weiter Briefe voller Zuversicht für ein Irgendwie-Weitergehen unserer Gemeinsamkeit:

Herbst 1973:
„Liebe Sabine, … wir haben letzte Nacht fünf Stunden diskutiert … zwischendurch denke ich an Dich, Deine geliebten Augen, Deine sinnlichen Lippen … auch natürlich an Deine kluge Lebendigkeit, an unsere Kongruenz der Gedanken – wie schön das ist! … Wir – Du und ich – tun nichts Böses, wenn wir uns lieben… „
„… habe ihr erklärt, dass meine Liebe zu Dir eine separate Liebe ist, eine die ihr nicht weggenommen wird. Sie fordert nicht, dass wir uns trennen…"

Dennoch: Die beiden hatten abgesprochen, dass Philipp mich zum Abschiednehmen noch einmal in Berlin besuchen wird. Eine Woche durften wir miteinander sein. Was haben wir unternommen? Wie sind unsere Gespräche gelaufen? Vermutlich stand ich neben mir, habe versucht, seine Wärme, seinen Intellekt zu genießen.
Mit zugeschnürter Brust, ohne Tränen schaue ich am Bahnhof Zoo dem Zug hinterher. Langsam, wie in Zeitlupe, wird er immer kleiner, bis er in der Häuserschlucht verschwindet. Abermals durchdringt mich: Mein Zu-Hause fährt von mir fort.

In meinem WG-Zimmer legte ich mir „I's A Bautiful Day" von Bomby Calling auf den Plattenspieler, drehte es voll auf, schmiss mich aufs Bett und heulte Rotz und Wasser. Bis meine Mitbewohnerin Gitta die Tür aufstieß: „Du musst aber jetzt nicht übertreiben." Es gab niemanden, bei dem ich mich ausweinen mochte, fand keinen Trost. Unsere Liebe war endgültig Geschichte.

Auszüge aus seinen langen Abschiedsbriefen:
29. Oktober 1973:
„… Sabine, meine Geliebte, dies muss ein trauriger, schmerzli-

cher Brief werden … Viel verdanke ich Dir. Ganz bestimmt hast Du meine Batterie für Kreativität aufgefüllt, was auch immer ich künftig schreiben werde, Deine Erfahrungen und Erkenntnisse werden mir helfen, denn nie habe ich so viel von einem Mädchen erfahren können wie von Dir. Deine Fähigkeit, gescheit zu reflektieren, ist schon etwas Besonderes. Ich liebe alle deine Fähigkeiten – sie sind zahlreich. Nicht nur für meine Sensualität, auch für meinen Intellekt warst Du ein richtiges Fest. ICH WÄRE SO GERN FÜR IMMER FÜR DICH DAGEWESEN. … Sabine, fast zwei Jahre hatten wir das Glück uns zu gehören, wie man so sagt. Du warst fair und intelligent, Du hast nichts gefordert … Ich habe ein gutes Gedächtnis und es wird irgendwann Deine so ungewöhnliche humane Haltung aufzeichnen, Du wirst also ewig leben."

Seine Briefe spendeten mir Wärme und halfen mir, mich nicht unendlich verloren zu fühlen.

3. Januar 1974:
„Liebe Sabine, …ich konnte nicht ahnen, dass dieser Verlust die Lebenssubstanz so tief beschädigen würde. Du hast mir kurz vor unserem Abschied gesagt: „Ich tu einfach so, als würden wir uns wiedersehen" Da habe ich gedacht: Sie sollte wissen, dass ich immer für sie existiere! Ja, wenn Du das Gefühl haben solltest, irgendwann mal, keiner sei wirklich auf Deiner Seite, keiner könne Dich verstehen, keiner liebe Dich, dann musst Du Dich an mich erinnern, dann musst Du Dir sagen: „Egal wo Philipp jetzt ist, er denkt an mich und weiß, wer ich bin." Ich weiß, wer Du bist, Sabine! Und ich liebe Dich wie Du bist. Wahrscheinlich kenne ich Dich besser als alle anderen, … Ganz sicher habe ich viele Seiten an Dir entdeckt, die bisher unbekannt waren…"

Mit 69 las ich diese Zeilen wieder und dachte wehmütig: Ja, jetzt erinnere ich mich an Dich. Du weißt wer ich bin. Du liebst mich wie ich bin. Wo auch immer Du bist, Du denkst an mich. Ach, meinen religiösen Glauben, ihn hätte ich gern wieder.

19. Februar 1974:
„Meine schöne kluge Sabine, Guni sagte mir, sie wisse, dass ich immer an Dich dächte. … Heute weiß ich sicher: Du und ich hätten ein ganzes Leben zusammen verbringen können, wir wären zu immer größerem gegenseitigen Verständnis gelangt, wir hätten eine Menge zusammentun können und hätten sogar Erfolg gehabt. Es ist gut, Dich getroffen zu haben, Dich so gut kennengelernt zu haben. Eigentlich habe ich mich nie mit jemandem so gut verstanden wie mit Dir. Du darfst mir nicht ganz verloren gehen! Du bist nach wie vor ein Teil meines Lebens, ein Stück von mir. Mitten in jetzigen Diskussionen überfällt mich oft ein regelrechtes Verlustgefühl. Es war immer so spannend, Deine Reaktionen zu sehen, zu spüren, ich fühlte mich immer so wohl, wenn wir in wichtigen Dingen einer Meinung waren oder schließlich zu einer Meinung kamen. Noch nie war mir so klar wie jetzt, dass unsere Liebe nicht sterben wird…"

Mir kam in den Sinn: Eine neue fremde Stadt wird meine Depression zudecken, Guni und Philipp verloren zu haben. So beschloss ich, Berlin wieder zu verlassen und bewarb mich an verschiedenen Unis in Westdeutschland für ein Studium des Lehramtes. Eine beschauliche Kleinstadt in schöner Landschaft versprach ich mir. Besonders die Möglichkeit politischen Einfluss auf eine menschlichere Pädagogik nehmen zu können. Deshalb wollte ich an die Grundschule. Reine Wissensvermittlung am Gymnasium hätte dafür keinen Raum geboten, fand ich.

Monate vergingen im Trüben. In meinem Schmerz stürzte ich mich in den Abschluss meines Studiums. Das lenkte mich ab. Im März 1974 gelang mir mit viel Fleiß der Abschluss an der HfbK

als graduierte Designerin für Keramik und Porzellan, die volle Hochschulreife inclusive. Für ein paar Tage versetzte mich dies in eine kleine Euphorie. Endlich mal eine wichtige Prüfung auf Anhieb bestanden!
Meine Sehnsucht nach meinen geliebten Freunden und mein Wunsch nach Versöhnung trieben mich. Schließlich, wenige Wochen nach meinem Examen, fasste ich mir ein Herz und schrieb Guni einen Brief. Sie antworte mir sogleich und wir begannen einen jahrelangen Briefwechsel. Diese unsägliche Beziehung aufzuarbeiten, wurde schmerzhaft für uns beide. Aber auch schön.

Meine außergewöhnlichen Freunde - Verarbeiten

Auszüge aus langen Briefen von Guni:
15. März 74:
„Liebe Sabine, … Du hast es sicher nicht so gemeint, wie Du es geschrieben hast: sei gelassen, aber es war mir natürlich nicht möglich, denn wenn Du Deinen Brief genau liest, ist fast jeder Satz ein Vorwurf. Ich war so langsam dabei, meine Schuldgefühle Euch gegenüber abzubauen, denn so schön ist das Wissen nicht, dass durch meine Existenz etwas auseinander gegangen ist, was für Dich wichtig und für Philipp nicht ohne Vergnüglichkeit war. Da wir so viel gemeinsam gemacht haben, warst Du noch sehr gegenwärtig für mich, viel mehr als für Philipp …“
„… Als ich hörte, dass Du Dein Examen bestanden hast, habe ich mich sehr gefreut: dass Du es geschafft hast und dass die Angst davor nun von dir genommen ist, gleichzeitig war ich traurig, weil ich mir vorstellte, wie vergnüglich wir unter anderen Umständen Deinen Erfolg gefeiert hätten. … Unser Verhältnis war einmal gut, vergiss nur bitte nicht, dass Du es warst, die sich immer mehr mir gegenüber abgekapselt hat. … Glaubst Du

wirklich, ich habe meine „Bemühungen, eure Liebe zu tolerieren“ so schnell aufgegeben? …“
„… Versuche doch Dir mal vorzustellen, wie Deine Gemütslage sich entwickeln würde, wenn Dir durch Gesten, Blicke und Anspielungen zu verstehen gegeben wird: wie schön, jetzt liegt eine Woche Berlin vor uns, … nach Italien zu fahren mit dem Wissen, dass die Tage für den einen hier und den anderen dort nur aus dem Warten bestehen … bis Ihr Euch wiedersehen könnt? … Natürlich hat man es gern, wenn andere einen mögen, wenn man Anerkennung findet – aber wirklich existenziell … notwendig ist das Verhältnis zum anderen auch wenn es Abhängigkeit und weniger Selbständigkeit bedeutet … sei gewiss, dass ich eine andere Entscheidung von ihm akzeptiert hätte. … Bitte nimm nichts, was in diesem Brief steht als Vorwurf … Ich denke oft daran, dass Du dieses ‚Zu-Hause‘ noch haben könntest, wenn das freundschaftliche Verhältnis zwischen uns dreien so geblieben wäre, denn ich weiß, was Dir dieses Hierseinkönnen bedeutet hat. … ich kann Dir jetzt nichts Hoffnungsvolleres schreiben. … es tut mir weh, Dich leiden zu wissen … ich möchte Dich gern mal anrufen. Trotz allem immer noch Deine Guni“

Wie kritisch, aber auch liebevoll, diese Zeilen! Ja, dieses Zuhause hat mir unendlich viel bedeutet. Ich stelle mir vor, mich heute als Endsechzigerin mit Guni zu umarmen und umarme mich selbst. Wieder traurig nach so vielen Jahren. Keine Depression schützt mich mehr. Was ich geantwortet habe, kann ich zum Teil Philipps Brief entnehmen:

25. März 1974
„Liebe Sabine, Dein zweiter Brief an Guni hat bei ihr wieder eine Kette von Schuldgefühlen ausgelöst. Sie erlaubte nicht, dass ich den Brief lese, las mir einige Passagen vor, und ich konnte nur jeden Deiner gescheiten Sätze unterstreichen. … Ich habe

ihr gesagt, dass diese Auseinandersetzung, die nicht mündlich stattgefunden hat, nun brieflich dringend notwendig sei; hab ihr gesagt, wie richtig ich es fände, dass Du tapfer geschrieben habest. G. findet es auch richtig, aber offenbar fürchtet sie sich vor den Erinnerungen. ... Die Passagen Deines Briefes, die ich kenne, sind so verständnisvoll und aufrichtig und fair, möglich dass G. sich deshalb so mies vorkommt. Gestern in einer langen nächtlichen Diskussion hat sie mir gesagt, sie habe schon vor den Briefen mit Dir sprechen wollen, habe angerufen, ... Du warst nicht zu Hause. ... Ehe ich Dir Ende Oktober den traurigen Brief schrieb, habe ich G. gesagt, dass ich mich von Dir trennen würde, dass meine Liebe zu Dir jedoch nicht wie eine Lampe ausgeknipst werden könnte. Ich umarme Dich und küsse Dich - Dein Philipp"

Diese Zeilen begleiteten mich tröstlich durch die folgenden Wochen. Ich jobbte in einer Porzellanfabrik in Spandau und Vorbereitungen für meinen Neuanfang in einer fremden Stadt nahmen mich ein.

Umbruch

Noch ohne neue Wohnung zog ich für ein paar Tage zu meinen Eltern. Ein hohles Unterfangen, konnte ich doch mit ihnen nicht über mein Leid sprechen. Sie sollten nichts von unserem Dreiecksverhältnis wissen. Und ohnehin war es ja nicht möglich, feinfühlige Gespräche mit ihnen zu führen. Ich pflanzte in ihren Garten einen Ginkgo Baum und stellte mich auf Zukunft ein. In meiner alten Heimat Buer, erinnerte mich in diesen Tagen alles an Guni und Philipp und ich litt unsäglich. In meiner Verzweiflung schrieb ich Philipp einen bösen Kurzschlussbrief:

Buer, 13. April 1974:
„Lieber Philipp, weißt Du nicht, dass ich keine Freunde mehr hier habe, durch mein Zusammensein mit Dir? Jeder Pflasterstein hier ist für mich ein Denkmal für das verlorene Paradies und kann nur noch grenzenlose Traurigkeit auslösen. Leider ist es nötig, dass ich Dir dies alles sagen muss, Deine Gedanken reichen nicht so weit, dass Du Dir das vorstellen kannst. Dies ist jetzt mein letzter Versuch, Dir klarzumachen, was ich von Dir will. Ich will nichts mehr von Dir hören. Ich will besonders nicht mit Dir telefonieren, will ich keinen Brief, kein Päckchen, kein Tonband nichts mehr von Dir geschickt haben. Deshalb mache ich Dich jetzt darauf aufmerksam, dass Dein Verhalten in den letzten vier Monaten nichts anderes bewirkte, als meine Gefühle und Gedanken an Dich zu ketten. Du gibst mich nicht frei! Und ich bin zu schwach, mir meine Freiheit zu nehmen. Ich bitte Dich, denke einmal ehrlich darüber nach und handele so, dass Du es verantworten kannst. Versteh doch bitte, ich kann gar nicht mit Dir sprechen. Ich will nicht mehr an Dich denken. Es geht nur so. Man muss eine wunderbare Sache zerschlagen, um existieren zu können. Ich warte auf kein Wiedersehen. Leb wohl. Deine Sabine“

Das schrieb ich? Vermutlich habe ich den Brief so abgeschickt, im Glauben, vernünftig zu sein. Wie konnte ich so hart sein, denke ich jetzt. Wie kann ich ihm so wehgetan haben? Ich war wieder in mein altes Muster gefallen: Nur keinen Schmerz fühlen! Und irrte, ich wäre ihm vorwiegend sexuell wichtig gewesen. Vermutlich wird das für ihn im Vordergrund gewesen sein. Jedoch, all unsere spannenden Diskussionen und seine liebevollen Worte in den Abschiedsbriefen, in denen er mir schrieb, wie sehr er mich schätzte. „…ich fragte mich, was wohl Sabine dazu sagen würde“ oder: „Ich liebe Dich so wie Du bist“, hatte ich nicht verinnerlicht, wusste ich 26-jährige doch zu diesem Zeitpunkt nicht wirklich etwas über Liebe.

Heute tut es mir abgrundtief leid, dass ich damals nicht in der Lage gewesen war, ihm Liebe zu geben. Wenn ich könnte, würde ich heute einen anderen Brief schreiben:

„Mein lieber Philipp, es ist wahnsinnig schmerzlich, Dich, meinen kostbarsten Freund verloren zu haben. Durch Deine Freundschaft und Liebe war ich geborgen. Du hast mir unfassbar viel gegeben. Und ich habe immens viel von Dir gelernt. Besonders wohltuend war es für mich, zu wissen, dass ich Dir auch intellektuell wichtig war. Danke für die kostbaren Jahre mit Dir und Deine herzlichen Abschiedsbriefe. In der nächsten Zeit möchte ich mich auf mein neues Leben konzentrieren. Deshalb brauche ich es, eine Weile unseren Kontakt zu unterbrechen. Bitte gib mich frei.“

Heute, wo ich dies schreibe, erfasst mich erneut eine ungeahnte Traurigkeit und Sehnsucht nach Philipp. Wie erfüllend wäre es, wenn ich eine Tochter von ihm hätte.

Ein vernünftiger Beruf

Nun war ich in Wuppertal angekommen, fand zum Glück eine schöne Unterkunft am grünen Stadtrand in Vohwinkel, mit Familienanschluss in zwei kleinen Mansardenzimmern. Der Wuppertaler Künstler Oberhoff wohnte mit seiner Frau im Erdgeschoss. Tochter, Schwiegersohn mit drei Kindern im ersten Stock. Eine freundliche heitere Atmosphäre in dieser Großfamilie fing mich auf. Nette gemeinsame Abende im Garten und gemeinsames Gucken der Fußball-WM 1974 mit dem göttlichen Gerd Müller sorgten für fröhliche Stunden. Unversehens war ich in eine kleine heile Welt geraten. Wenn ich nachts aus meiner Jazzkneipe nach Hause kam und durch den Garten ums Haus stapfte, strömte mir der sinnliche Duft des

Rhododendrons in die Nase. Im Atelier neben dem Wohnhaus brannte manchmal noch Licht und ich schaute für eine kurze Plauderei noch hinein.
All die vielen Menschen in meinem neuen Umfeld und das Studieren füllte mich aus. Verdrängung kann erst mal etwas Gutes haben. Mein Leiden war weniger geworden.
Mit Elan startete ich ins Lehramt-Studium. Bei der Immatrikulierung schrieb ich mich für die Fächer Deutsch und Kunst ein. Als ich danach überrascht auf der Fächerliste „Arbeitslehre/Technisches Werken" entdeckte, strich ich, begeistert dass es so ein Fach gibt, spontan „Kunst" dafür. So konnte ich eine uralte Leidenschaft professionell angehen. In der Volksschule neidisch auf den Werkunterricht der Jungen war ich sauer mit Mädchen häkeln zu müssen. So ein Blödsinn! - Heute kann ich übrigens häkeln und schweißen. -
Alles was ich dort lernte, begeisterte mich. Ich spürte viel Selbstbewusstsein, weil ich sowohl im Werkraum, unter anderem an der Drehbank, als auch in den Seminaren die Erfahrung machte, etwas gut zu können. Von einzelnen Dozenten erhielt ich auch ausgesprochene Anerkennung. Zum Beispiel für meinen exzellenten Praktikumsbericht.
Die Pädagogikprofessorin: „Den werde ich in unserer Konferenz vorstellen."

Nebenher töpferte ich im Nachbarschaftsheim mit Kindern. Sie fabrizierten Figuren und Gefäße aller Art. Ein Junge brachte eines Tages sein Kriegsspielzeug mit und baute aus Ton Schützengräben dafür. Am Ende der Stunde sagte ich ihm, dessen Vater in der SPD aktiv war, dass in Kriegen vorwiegend Arbeiter auf Arbeiter schießen und sterben. Reinhold sah mich mit großen Augen an und Wochen später teilte er mir fröhlich mit: „Du, Sabine, ich habe auf dem Flohmarkt all mein Kriegsspielzeug verkauft."
Ach, wie schön.

Gleich zu Beginn stieg ich in die Hochschulpolitik ein, gründete mit Kommilitonen zusammen die Basisgruppe „SOUS“ - Studenten-Organisation-Unabhängiger-Sozialisten. Durch die politische Arbeit ergaben sich Freundschaften. Wir fuhren als Gruppe einige Male zusammen in die Jugendherberge nach Baccum ans holländische Meer, wo wir unter Rainers Federführung, der kreative Kopf unserer Gruppe, Konzepte für die Hochschulpolitik erarbeiteten, und viel Spaß beim Volleyballspiel am Strand miteinander hatten. Das Leben zeigte sich von einer brillanten Seite.
Bei der ersten Wahl gewannen wir gleich gegen die dogmatische Konkurrenz (DKP, KBW) und zogen voller Elan ins Studentenparlament ein, stellten den ASTA und ich wurde Fachschaftsrat und Mitglied im Studentenparlament. Die Arbeit in der Hochschulpolitik förderte mein Selbstbewusstsein enorm. Bei einer größeren Veranstaltung saß ich mit meinen SOUS-Genossen vom ASTA auf dem Podium. Unsicher wusste ich: Gleich komme ich zu Wort. Fürchterlichen Schiss hatte ich, wieder rot zu werden und mich zu verhaspeln wie früher in der Oberprima als wir fürs mündliche Abitur reden üben sollten. Vor Aufregung zitternd redete ich mir innerlich gut zu: Jetzt bin ich doch erwachsen und viel reifer! Nun also wollte ich es anders hinkriegen, und das vor einer knacke vollen Aula. Ich atmete tief durch und überspielte cool meine Angst, indem ich meinem Redebeitrag zum aktuellen Thema humorvoll beitrug. Und? Überraschung: 500 Studies lachten laut. Welch ein kolossal berauschendes Gefühl, eine große Menschenmenge zum Lachen gebracht zu haben! Das empfand ich wie Applaus. Mein blöder Schiss, vor so viel Menschen zu sprechen war spontan einem famosen Selbstbewusstsein gewichen. Unser Technikprof hatte hinten in der Aula gestanden: „Du warst richtig gut“, lobte er mich hinterher. Dieses Kompliment von jemandem, dem ich deutlich unterlegen war, ging runter wie Öl.

Wir lasen mit unserer SOUS-Gruppe das „Kommunistische Manifest“ und ich vertrat die Meinung, dass es doch kein Wirtschaftswachstum braucht. Wir leben doch gut! Da wurde ich belehrt: „Das funktioniert nicht ohne!“. So ein Mist!
Auf einer außerordentlichen Veranstaltung bestaunte ich drei alte KPD-Genoss:innen. Nachdem ihre Partei 1956 verboten worden war, hatten sich die drei und viele andere ihrer ehemaligen Genossen im Naturfreundeverein gesammelt und hatten so noch einen Zusammenhalt. Das gefiel mir.
Die „Angst im Kapitalismus“ von Dieter Duhm las ich gebannt und war danach absolut überzeugt, dass wir auf dem richtigen Pfad sind, unsere Gesellschaft zu verbessern.

Probleme bereitete mir die pazifistische Stimmung in unseren Kreisen. Ich war den Alliierten so dankbar, dass sie uns 1945 von den Nazis befreit hatten. Ohne Waffengewalt hätte das Jahrzehnte gebraucht, bis Menschen das friedlich bewerkstelligt hätten, wenn überhaupt. Unsere Generation wäre unter grässlichsten Bedingungen aufgewachsen. Aber, wenn ich an die Szene in einem Kino-Film denke, die zeigte, wie junge amerikanischen Männer in der Normandie durch das Meer zum Strand watend von den Nazis dahingemetzelt worden waren, überkommt mich ein Schaudern: Entsetzlich! Als Mutter hätte ich meinen Sohn vor dem Militär versteckt.

In einem Lokal stand ein Typ vor meiner Klotür und drückte mich rückwärts in die Zelle zurück. Mein Herz raste. Dann ging alles rasend schnell. Während er versuchte hinter sich die Tür abzuschließen, erfasste mich eine unbekannte Energie. Mit der Faust haute ich ihm voll auf die Nase und stieß gleichzeitig ein Knie in seine Eier. Doppelter Volltreffer! Aufjaulend brach er zusammen. Und ich sprang über den am Boden stöhnenden Kerl ins Freie. Ohne je einen Selbstverteidigungskurs besucht zu

haben - gab es die damals überhaupt schon? – hatte ich ihn niedergestreckt, intuitiv alles richtig gemacht und mein Selbstvertrauen ordentlich in die Höhe gepuscht.
Am schwarzen Brett der Turnhalle entdeckte ich eine Einladung für ein Frauenfußballspiel auf dem nächsten Hochschulsportfest. So was gibt es? Meine Erinnerungen an den Straßenfußball der Kinderzeit, und die sich gelegentlich ergebenden Fußballspiele in Reithallen tauchten gleich auf. Jetzt so richtig in einer Mannschaft im Dress mit Rückennummer und fester Position auf großem Platz! Klasse.
Libero sollte ich spielen, entschied der Trainer. Mit 27 stieg ich in dieses Abenteuer ein. Natürlich klappte nur einiges von meinem früheren Können. Als ich den Beckenbauer versuchte - durch eine Pirouette mit dem Ball eng am Fuß sich den Gegner vom Hals schaffen - musste ich frustriert feststellen: eng am Fuß war nicht. Schwuppdiwupp luchste mir eine freche Gegnerin den Ball ab und zog davon. So 'n Mist, hatte ich mir das doch so schön ausgedacht, elegant wie der „Kaiser". Immerhin gehörte ich zu den Guten im Team und wurde von da an zu jedem Hochschulturnier mitgenommen.
Mittlerweile war Frauenfußball nicht mehr verboten und es gab eine erste Kreisklasse in Wuppertal. Mit 29 Jahren begann ich also dann meine „Fußball-Karriere". Linker Läufer mit der Nummer acht beim ASV Wuppertal. Montags stand ich als Torschützin sogar namentlich im „Wuppertaler General Anzeiger" erwähnt, wie ich von Lena, der 11-jährigen Tochter meiner Großfamilie in Vohwinkel erfuhr. Nur, den Ball mit dem Kopf zu spielen - dabei hörte ich hübsch die Englein in meinem Kopf singen - vermied ich.
Mit all diesen Aktivitäten ließ sich das Leben leicht an.

Alles klar im Damen-Fußball

ASV-Damen schafften Sprung in die Landesliga

Acht Siege in Serie machten es möglich

Die erfolgreiche Damenfußball-Mannschaft des ASV Wuppertal mit Trainer Friedel Geenen. Jetzt in der Landesliga.
Foto: Rainer Haldenwang

Wuppertaler Generalanzeiger 1981

Meine außergewöhnlichen Freunde – Weiter Verarbeiten

Guni und ich hielten unseren Kontakt aufrecht und durch unseren Briefwechsel spürte ich, Guni wichtig zu sein.

Mein Brief an Guni vom Sommer 1974:
„Liebe Guni, Wenn Du mich gern hast, wie ich Dich gern habe, dann kann ich es jetzt nachvollziehen, wie es Dich damals belastet haben muss. Wirklich, das wollte ich nicht. Im Moment bin ich ziemlich durcheinander. Ich war nicht in jeder Situation fair Dir gegenüber, habe unüberlegt, unsensibel gehandelt. Weißt Du wie es ist, wenn man zwei Menschen verliert, die man liebt? Immer wieder sehe ich Dich auf dem Sofa sitzen als ich zur Tür hinausgehe und Dir irgendeine gleichgültige Abschiedsformel über die Schulter zuwerfe. Ich wusste in dem Moment, dass ich Dich lange nicht wiedersehen würde und dass ich Dich so gern

umarmt hätte. Der Abschied zwischen Philipp und mir verlief ähnlich. Ich war leer innerlich. Ich wünsche mir, dass Du mich begriffen, nicht ausgelöscht hast."

Am 22.10.74 schrieb Guni mir:
„Liebe Sabine, ... Dank für Deinen Brief – und dieser Dank ist nicht als Floskel geschrieben ... ich hatte manchmal gedacht, einen unverfänglichen Kartengruß aus Italien zu schicken, aber das erschien mir zu wenig für Dich. Denn: die Welt war für mich auch nach Deinem Juli-Brief noch keineswegs in Ordnung. So sehr ich mich dagegen wehrte, tauchte doch immer wieder der Verdacht in mir auf, Du schriebst das alles nur, um mich milde zu stimmen und dadurch wieder Verbindung mit Ph. aufnehmen zu können. Die ersten Wochen in Italien waren gar nicht leicht für mich, da es ja da kaum einen Ort oder Unternehmung gibt, die wir nicht mit Dir zusammen gemacht haben. Und wie viele meiner Gefühle ... war die Belastung ein Gemisch aus Angst, dass Ph. traurig sein könnte ..., dass er dadurch ärgerlich auf mich sein würde und Traurigkeit, dass Du das nun nie wieder mit uns erleben kannst, denn ich kenne ja auch deine Fröhlichkeit und die Ruhe, die Dir früher ein Zusammensein mit uns gab. ... mir fiel immer wieder ein, dass Du ja alles – unseren Tageslauf, die Orte und die Menschen kennst, mit denen wir zusammen sind, ... dass ich, wenn ich dir dies und jenes munter berichte, Wunden aufreiße, weil Du jetzt ausgeschlossen von allem bist. Und ich weiß, wie man sich fühlt, wenn man ausgeschlossen ist. ... Nun kannst Du aufatmen, denn Dein letzter Brief hat alles verändert – positiv. Was ich monatelang vergebens versucht habe, mich aus diesem Sumpf und Wust von Gefühlen – Aggression, Trauer über mich und Euch, Mitleid mit Euch, Selbstvorwürfen, Schuldgefühlen, Selbstmitleid, wieder Aggressionen, dem nicht enden wollenden Kampf in mir mit dem Widerspruch zwischen intellektueller Einsicht und dem emotionalen Unvermögen, das in die Praxis umzusetzen, der

mich krank macht – ich kann das bei niemandem ausstehen, am wenigsten natürlich bei mir selbst, denn wie kann ich von anderen verlangen, Worte und Einsichten in Taten umzusetzen, wenn ich es selbst nicht schaffe … das ist Dir mit Deinem letzten Brief gelungen … Dass Dir meine Freundschaft so viel bedeutet, nach allem, was an Quälendem und Verzichtendem Du durch mich hast erleben müssen, überwältigt mich … Ich bin Dir sehr dankbar und ich kann mir vorstellen, dass das, was in Zukunft aus unserer Beziehung werden kann, eine wirkliche Freundschaft wird. Dass meine Gefühle Dir gegenüber so ambivalent waren wie Deine zu mir … Ich bin Dir sehr dankbar … dass ich wieder wirklich fröhlich bin, dass ich das genießen kann, was an Schönem oder Angenehmen da ist … müsste Dir also auch einen kleinen Trost geben, auch wenn Du noch nicht fröhlich sein kannst. Sabine, Liebes, Du weißt, wie selten ich es tue, aber ich möchte Dich jetzt in die Arme nehmen, Dein Gesicht in meinen Händen halten, Dir übers Haar streichen und Dir die Ruhe geben, die ich Dir geben kann …"

Guni hatte mir vergeben. Mein Herz wurde weich und ich sehnte mich nach einer Umarmung mit ihr.

Eine Antwort von mir:
„Liebe Guni, Dein Brief hat mich so befreit. Du hast mich wirklich glücklich damit gemacht … Ich habe versucht von Dir zu lernen, und ich hoffe, dass ich anderen damit helfen kann … Die Schwierigkeit ist die, frühzeitig zu erkennen, wann ein Ungleichgewicht entsteht, wann ein Lernerfolg nicht mehr im rechten Verhältnis zur Zumutbarkeit einerseits und zur Bedürfnisbefriedigung andererseits steht. Philipp und ich haben zu viel von Dir verlangt. Wir hatten nicht die Kraft, von uns aus ein Ende einzuleiten. … So wie mich der Gedanke belastet, wie Du gelitten hast – ich habe nicht gewusst wie sehr - so sehr freue ich mich jetzt darüber, Dich wieder glücklich zu wissen. Ich habe

Dich immer gern lachen gehört. Ich versuche es mir jetzt vorzustellen."

Diesen Brief fand ich als Vorgeschriebenen in der Sammlung.

11. November 1974:

„Liebe Sabine, … Was die Befriedigung der eigenen Bedürfnisse betrifft, stellst Du wieder so eine schöne edle Maxime auf: ´Wenn man die Rücksicht auf Freunde aus seinen eigenen Bedürfnissen ausschließt … wird man unglaubwürdig, dann ist Rücksichtnahme nicht mehr Achtung vor dem anderen, sondern erfüllte Norm.` – Ich frage mich, aufgrund dieses Satzes mehr denn je, wo und wann Ihr Rücksicht auf mich genommen habt … Die Ängste und Schuldgefühle, von denen Du schreibst, (übrigens, was sollte noch passieren?) haben euch nicht davon abgehalten, alles zu tun, um eure Bedürfnisse zu befriedigen. … Es ist schon schwer genug, an sich selbst Ansprüche zu stellen, aber es ist noch unendlich viel schwerer, wenn man weiß, dass Menschen Haltungen von einem erwarten, die man auch mit größter Anstrengung nicht erfüllen kann. Was glaubst Du wie es sich lebt mit dem Wissen, dass man zwei Menschen bei der Erfüllung ihrer Wünsche und Sehnsüchte im Wege steht? … Wenn Bedürfnis gegen Bedürfnis steht, wer hat dann Anspruch darauf, dass seine befriedigt werden? – Ich leide genug unter dem Zwang, den ich durch die Entscheidungsnotwendigkeit auf Euch ausgeübt habe "

12.11.74:

„Liebe Sabine, freudigen Dank für Deinen Brief vom 9.11. Ich habe mich heute so über Deinen Brief gefreut – es klingt blödsinnig pathetisch, aber er wirkt wie einträpfelnder Balsam in meine innere Unruhe. Ich habe Dir nie übelgenommen, dass Du ihn geliebt hast, noch liebst. Was schmerzlich war, ist doch die Tatsache, dass man selbst nicht mehr genug ist für den anderen. Ich weiß, dass nie einer genug sein kann – aber weh tut es eben doch. … herzlich Deine Guni“

Darauf wäre ich nicht gekommen, dass Guni Schwächen bei sich suchte, anstatt nur mich und Philipp zu beschuldigen.

Meine Antwort: 24.11.74
„Liebe Guni, wir haben ständig diskutiert, wie wir Rücksicht auf Dich nehmen können. Dass von wirklich glücklich sein niemals die Rede sein kann – weder für Dich noch für mich – ist mir schon lange klar. … Was kann ich Dir wirklich noch geben? …“
3.12.74:
„Liebe Sabine, … die Ausgeschlossenheit aus der Vertrautheit, die zwischen Euch entstanden ist, war so schlimm und tat so weh. Was meinst Du, wie mir zumute war, wenn ich durch ein paar kleine Bemerkungen zwischen Euch erfuhr, was Ph. für Arbeitspläne hat … Ich weiß, dass der Kuss … mir nicht weggenommen wird, wenn Du ihn kriegst…“
5.12.74
„Liebe Sabine, … Noch ein Zitat (Kursbuch 39): „Die Familie schafft emotionale Bedürfnisse für eine Art von sexueller Liebesbeziehung, die die Identität sichert. … Diese monogame Struktur und die abstrakten individualistischen Gefühle, auf die sich sexuelle Liebe gründet, gehören zusammen. … Eifersucht tritt auf, weil die die Grundlage einer Liebesbeziehung und die Identität eines der Partner wirklich bedroht ist, wenn der eine Partner eine sexuelle Beziehung zu jemand anders hat.“ Zunächst ein Kommentar: ich glaube, dass die Fixierung an einen anderen umso stärker auftritt, je weniger Liebe man in der Familie erfahren hat … sich sein ganzes Leben danach gesehnt hat … man ist für sich selbst verantwortlich, weil man ja denken kann …“

Guni arbeitete neben ihrer Literaturagentur bei der Caritas als Italienisch-Übersetzerin und gab Gastarbeitern Deutschunter-

richt. Das beeindruckte mich.
14.1.75
„Liebe Sabine, … Bei Mitscherlich … las ich: “bewältigen“ bedeutet: „erinnern, wiederholen, durcharbeiten“ …, wenn ich das mache, lande ich immer bei dem Schluss … wie bewältigen … Herzliche Grüße Deine Guni“

5.3.1975:
„Liebe Sabine, … Dein letzter Brief enthält so viele unterschiedliche Gedanken, dass ich noch nicht weiß, ob ich sie für Dich und mich in die richtige Dimension bringen kann, trotz der drei Wochen, die ich diesen Brief nun schon habe. … zunächst so etwas wie eine Richtigstellung: An dem Zitat aus dem Kursbuch hat mich am meisten der Passus über den Identitätsverlust getroffen. Ein Mensch, der überhaupt nur durch die Zuneigung und Anerkennung anderer – und ´meist` zählt nur die Zuneigung ganz bestimmter Menschen – leben kann, muss doch in sich völlig verbogen sein, der nichts mehr mit sich anfangen kann …, wenn ihm diese Zuneigung entzogen wird. Da aber die Eifersucht dem Besitzdenken entspringt, ist sie das Gegenteil von Liebe. … dann wäre eine Situation wie unsere auch nicht von Opfer und Selbstaufgabe oder Zerstörung verbunden gewesen. … aber der Stachel bleibt, versagt zu haben und der Zweifel, wie weit das Gefühl für den anderen wirklich da ist oder wie weit es nur Bestätigung für einen selbst ist … Ich muss Dir glauben, wenn Du schreibst, dass Du nicht hättest glücklich sein können mit dem Gedanken an mein Unglücklich-Sein … Wie kannst Du sagen, ich hätte niemandes Glück zerstört? … wie hättest Du es lösen können, wollen, wenn ich Euch nicht vor die Entscheidung gestellt hätte, aus der, wie Du meinst, für uns drei das geringste Übel entstanden ist. – Die Antwort ist sehr wichtig für mich und damit vielleicht auch für Dich. …“

Es gelang mir nicht, diese Theorien gänzlich zu verstehen, fand

Gunis Ausführungen jedoch spannend und versuchte daraus zu lernen.

22.6.75:
„Liebe Sabine, … heute habe ich es nun endlich rausgebracht, dass wir uns treffen wollen …“

Nun flatterten meine Nerven. Ja, ich möchte Guni wiedersehen. Und, nein, schaffen wir beiden das so, dass es gut für uns ist?

10.2.76
„… warum hast Du nicht ein bisschen von all Deinen Schwierigkeiten im letzten Jahr bei mir abgeladen …“

Meine Schwangerschaft - ich hatte wieder eine feste Beziehung zu einem neuen Partner, Ferdinand, dazu später mehr - könnte damals mein Problem gewesen sein. Guni allzu sehr mit meinen Schwierigkeiten zu belasten fand ich moralisch falsch.
Nach jahrelangem Briefwechsel wagten wir es, uns wieder zu sehen und verabredeten uns am Telefon. In einem Lokal ihrer Wahl trafen wir uns in Buer. Ich stieg mit klopfendem Herzen die Stufen hoch und stand vor Guni. Nach so langer Zeit, über zwei Jahre. Spontan umarmten wir uns, drückten uns fest aneinander. In lockerem Tonfall erzählte sie mir, wie es in ihrer Agentur und bei der Caritas läuft. Ich erzählte von meinen neuen Erfahrungen im Lehramtsstudium und meiner politischen Arbeit. Eine muntere Unterhaltung über das Leben an sich entspann sich. Wie erlösend, dass wir uns wiederhatten. Ich fühlte mich Guni näher als in unseren Anfangsjahren. Mit herzlicher Erleichterung verabschiedeten wir uns.

Brief, 19.2.76:
„… bin froh, dass wir uns nun gesehen haben. Zeitweise kam es mir so vor, als wären nur zwei oder drei Monate vergangen …

Habe abends Philipp berichtet, dass wir uns gesehen haben und wir uns schon seit einiger Zeit schreiben. Erzählte ihm, dass Du zufrieden bist mit Deinem Studium und Deinem Leben. Ich kann Dir nicht sagen, was er gedacht, empfunden hat, hat ganz ruhig reagiert. War schön, dass Du da warst …"

Von diesem Sommer an hatten wir wieder häufigeren Telefonkontakt und haben uns ab und an gesehen, wenn ich in Buer war.

Jahrzehntelang hatte ich diese Freundschaft meines Lebens nicht vollständig verarbeiten können. Heute, nach 43 Jahren, wieder diese Briefe zu lesen, lässt mein Herz pochen und ich muss seufzen. Aber mein schlechtes Gewissen kriecht anders als damals hoch. Heute kann ich mich in Guni hineinversetzen. Ich sehe unsere Geschichte nicht mehr vorwiegend als moralisches Problem, sondern fühle, wie einsam sie in ihrem Schmerz gewesen sein wird, welche Angst sie gehabt haben muss, Philipp zu verlieren. Ich sehne mich danach, ihr zu sagen, wie leid es mir tut, sie so verletzt zu haben. Ich sehne mich danach, sie um Verzeihung zu bitten, möchte ihr Wärme und Geborgenheit geben, sie in meinen Armen halten, mich für die wunderbare Zeit, die ich an ihrem Leben teilhaben durfte, bedanken.

Eines Tages besuchten mich die Eltern zusammen mit Omar und seiner Frau Yvette. Schon seit Kindertagen kannte ich die beiden, weil wir öfter zusammen Ausflüge unternommen hatten, wenn Omar Dessouky, der Küppersbusch-Vertreter aus Kairo zu Geschäften in Gelsenkirchen weilte. Mein Vater hatte sich mit ihm angefreundet. „He is my best fellow", strahlte Omar mich an, wobei er seinen Arm um Vaters Schultern legte. Gerührt sah ich Vater auf einmal mit anderen Augen. Das gefiel mir. Eine Männerfreundschaft! Einige Großküchen hatten die beiden zusammen an ägyptische Hotels und Krankenhäuser

verkauft.
An diesem Tag, 17. September 1978, hatten sich Begin und Sadat getroffen, um den Friedensvertrag zu unterzeichnen. Omar, der Ägypter, und seine Frau Yvette, die Jüdin, saßen vor meinem alten Schwarzweiß-Fernseher auf zusammen geklappter Schaumstoffmatratze. Damit sie alles genau verfolgen konnten hatte ich den deutschen TV-Ton abgestellt und den englischen Radiosender BFBS eingeschaltet. Ergriffen hielten sich die beiden an den Händen. Angesteckt von ihrer Stimmung saß ich bewegt daneben, spürte kribbelnd mein Glück, dass ich dieses Friedensabkommen so persönlich mit unmittelbar Betroffenen erleben durfte. Zum Abschied umarmte ich beide herzlich.

Ein Versuch mich zu binden

Bei einem Tischtennisturnier, nach heftigem Kampf meiner gleichstarken Gegnerin unterlegen, stand ich abgekämpft mit glühendem Kopf herum. Da war auf einmal Ferdinand neben mir, hängte mir wortlos seine Strickjacke um die Schultern und gab mir etwas zu trinken. Dankbar und weich berührt öffnete ich mich für ihn. Ferdinand, 14 Jahre älter als ich, wurde wieder ein väterlichen Freund, durch den ich mich gestärkt fühlte. Besonders sein Humor und seine Klugheit taten mir gut. Wir begannen, eine lockere Liaison, spielten Tennis zusammen und ich konnte ihn, den rationalen Ingenieur, gewinnen, mit mir an meinem VHS-Kurs in autogenem Training teilzunehmen. Ferdinand streichelte mich viel, was ich genießen konnte, obwohl ich nicht verliebt war. Philipp fehlte mir.

Zu Besuch bei meinen Eltern turtelte Mutter gehörig um ihn herum: „Sie können gern unser Schwimmbad im Keller nutzen. Auch ohne Badehose.“ Ich hatte keine Lust zum Schwimmen

und Ferdinand berichtete mir später empört: „Stell dir vor, deine Mutter erschien vorhin unten, als ich gerade nackend aus der Dusche kam.“ Genervt fragte ich mich: Womit habe ich diese Mutter verdient? Bei anderen Leuten protzt sie ständig damit, dass ihre Tochter mit einem Professor zusammenlebt und den will sie nun offenbar anmachen.
Keinen blassen Schimmer hatte ich natürlich, wie so eine Mutter zu erklären wäre. Noch jahrzehntelang nicht.
Nach zwei Jahren zogen Ferdinand und ich zusammen und hatten nette, wenn auch weniger tiefgehende Jahre miteinander.
Wie es dann passieren konnte, weiß ich nicht. Gerade mal im vierten Semester war ich schwanger. Wie soll ich das schaffen? bedrückten mich meine Gedanken. Wir besprachen eine Abtreibung. Doch dann ertappte ich mich dabei, wie ich mir weich über meinen Bauch streichelte und zärtliche Gefühle für das Kind in mir spürte. Ob sein Herzchen wohl schon schlägt?
Ich fragte Ferdinand: „Und wenn ich es doch bekomme?“
„Das kommt überhaupt nicht in Frage. Ich habe schon zwei Kinder!“
Verloren starrte ich in ein abweisendes Gesicht. Ohne Partner traute ich mir nichts zu und fand mich mit der Abtreibung ab. In Utrecht fand zunächst ein Vorgespräch statt. Ich fragte die Ärztin, ob Ferdinand während des Eingriffes meine Hand halten darf.
Ferdinand: „Oh ja, das würde mich interessieren, wie das funktioniert.“
Schluck, dieser Ingenieur interessiert sich für die Technik, nicht für mich. Verletzt entschied ich, das Entsetzliche allein durchzustehen. Im Ruheraum hinterher weinte ich leise vor mich hin und musste mir die Gespräche einer Reisegruppe vom Frankfurter Frauenzentrum anhören: „Mensch, das war jetzt meine dritte Abtreibung. Mir reicht's.“ „Wann kehren wir eigentlich nachher ein? Ich muss dringend etwas essen.“
Stumm versunken saß ich während der Rückfahrt in meinem

Sitz und stierte dumpf auf die weiße Fahrbahnmarkierung der Autobahn.
Vom beginnenden Frühling bekam ich in diesem Jahr kaum etwas mit. Wie meistens, wenn eine Situation mich überforderte, beschäftigte ich mich mit diversen Aktivitäten, statt mich meiner Trauer zu stellen. Für die Semesterferien suchte ich mir einen Job und lernte das harte Leben der Fabrikarbeiter kennen. Unter einem Höllenlärm, der meinen Schädel brummen ließ, stand ich täglich acht Stunden an einer Presse, um zwei Metallteile für ein Autogetriebe zusammen zu fügen. Die Eintönigkeit dieser Wochen ließ mich abstumpfen. Erst drei Jahre später endlich konnte ich mich von Ferdinand trennen.

Wenige Wochen nach der Abtreibung, 1976, träumte ich, dass ich auf dem Weg zum Fußballplatz den Kinderwagen mit Mühe den Berg hochschiebe. Die anderen spielten bereits und während ich mich am Spielfeldrand eilig umziehe, rede ich auf mein Baby ein: „Mami muss jetzt Fußball spielen. Du kannst ganz ruhig sein, ich bin in der Nähe und achte auf dich." Da schlägt Luise - ich hatte ihr schon einen Namen gegeben - die Augen auf und sagt leicht genervt, aber humorvoll: „Ja, ja"
Der Verlust meines Kindes schmerzte mich jahrelang und hin und wieder träumte ich von ihm. In Tagebuchaufzeichnungen finde ich bis zu meinem 48-igsten Lebensjahr viele Träume:

Tagebuch, August 1987:
„Traum: *Ich weine um meine abgetriebene Tochter.*"

Tagebuch, März 1988:
„Traum: *Ich will zum Fußballspielen, habe eine kleine Tochter, knie mich runter und schaue ihr freundlich ins Gesicht. Da lacht sie mich freudig und laut glucksend an, bin überrascht, wie sehr sie sich über meine Zuwendung freut und mir kommen vor Rührung die Tränen. Ich suche meine Fußballsachen zusammen und bitte eine, meinem Kind etwas zu Essen zu geben,*

bin gleich eifersüchtig, weil sie sich mein Kind schon genommen hatte. Vielleicht kann ich sie erst wickeln und füttern und dann mitnehmen. So wird es jetzt immer sein in meinem Leben. Welche Belastung, aber auch welche Freude.“

Tagebuch, März 1988:
„Traum: *Ich schwamm in einem großen Becken und sah unter Wasser bunte Fische. Am Boden des Beckens saß ein kleines Kind und spielte, brauchte offenbar keinen Sauerstoff. Voller Sorge brachte ich es an die frische Luft.*“

Tagebuch, 22. März 1988
„Traum: *Ich muss meine Referendarzeit wiederholen. Verschlafen. Als ich in der Schule ankomme, sitzt meine Tochter schon mit anderen Kindern im Spiel vertieft. Ich freu mich, dass sie allein hingegangen ist und spreche sie heiter an, habe ein angenehmes Gefühl zu uns beiden, fast so etwas wie Glück.* – Als ich aufwachte waren meine Backenzähne fest aufeinandergepresst.“

Tagebuch, 23. Oktober 1988:
„Traum: *Ich habe ein nacktes Baby auf dem Arm, um es vor irgendjemanden zu schützen.*“

Tagebuch, 30. Oktober 1988:
„Traum: *Beim Schwimmen entdecke ich unter Wasser zweie gerade geborenen Säuglinge, ganz allein. Ich nehme sie in meine Arme und tauche mit ihnen auf. Sie atmen zum ersten Mal, schreien was das Zeug hält. Ich genieße es, ihre Haut auf meiner zu spüren, ihre Lebendigkeit. Sie schmiegen sich an mich. Ich bringe sie zum Arzt. Nachdem er die Nabelschnur entfernt hat, schneidet er noch irgendwie an ihrer Oberlippe herum, um sie fürs Säugen vorzubereiten. Etwas hilflos füttere ich sie mit Milchbrei, den ich ihnen mit dem Finger in ihre Mündchen schiebe. Mir fällt ein, dass die beiden ja noch gar nicht wissen, dass sie zwei sind, und halte sie deshalb so in meinen Armen, dass sie sich berühren und ertasten können.*

Sie werden gleich aktiv, streicheln und küssen sich. Ich spüre eine solche Zuneigung, dass ich sie, obwohl ich ja eigentlich keine Kinder will, behalten möchte.-
- Habe ich in diesem Traum meine zwei Ichs verbunden?“

Tagebuch, 21. April 1990:
„Traum: *Ich lege einen Säugling an meine Brust, von der er lustvoll trinkt, auch ich empfinde Lust dabei, bin überrascht, wie reichlich meine Milch aus meiner Brust quillt.*“

Tagebuch, Mai 1996:
„Traum: *Ich kümmere mich um ein sterbendes Kind, trage es sanft auf meinen Armen zum Bett, decke es zu und erzähle ihm eine schöne Geschichte damit es entspannt in leichter Stimmung stirbt.*“

Tita – meine Liebe

Zu Tita, der kleinen Tochter von Freunden, hatte ich ein inniglíches Verhältnis. Am Tag ihrer Geburt rief mich Heinz an und eine Stunde später stand ich bewegt neben Mute vor einem klitzekleinen Menschlein. Fortan begleitete ich Tita so oft ich konnte in ihrem neuen Leben. Eines Tages, ich hielt Tita liebevoll im Arm, bewegte sich ihr kleines Mündchen zu einem zarten Lächeln. Ein heißer Schauer durchströmte mich und meine Augen füllten sich mit Tränchen, ein Weltwunder!
Sobald Tita laufen konnte gingen wir häufig in den Zoo gleich in der Nachbarschaft. Sie interessierte sich für Vieles, außer für Tiere, konnte z. B. lange den Tür-Feststeller am Elefantenhaus erforschen. Einmal streichelte ich sanft die Blütenblätter eines Gänseblümchens, das zeitig hervorlugte, im Wunsch, sie für Blumen zu sensibilisieren. Später, wie Mute erzählte, wiederholte das kleine Mädchen dieses mit ihrer Tagesmutter. Wie schön!

Als Tita mich ansehend rückwärts durch den Raum taperte geradewegs auf die schmale Kante der offenstehenden Tür zu, signalisierte ich ihr das mit Gestik und „Pass auf." Tita aber wackelte weiter und rumste gegen die Tür, und? … lachte laut los. Über sich selbst. Ein kleines Kind so herzhaft lachen zu hören, wunderschön! Welch netter Augenblick. Toll, dass ein 1 ½ -jähriges Kind schon Humor hat. Ein anderes Mal, als sie in der Badewanne saß, machte ich Faxen, um ihr Lachen hervorzuzaubern. Vergnügt hielt sie auf einmal inne und sagte leise zärtlich: „Bimbi", mein Herz hopste und tiefe Liebe zu ihr durchströmte mich.
Wie Mute mir erzählte, soll Tita in Erwartung meines Besuchs lange am Fenster gesessen und nach mir Ausschau gehalten haben. Rührend, so ein kleines Kind wartet ausdauernd auf mich. Sie war einfach in mein Herz spaziert.
Mute: „Wenn mir mal etwas zustoßen sollte, möchte ich, dass du dich ihrer annimmst." Welches Vertrauen!
Weit weg in Berlin sehnte ich mich nach Tita. Die unüberwindliche Trennung tat so weh, dass ich eines Tages einen schweren Entschluss fasste: Ich kann mich vor diesem Trennungsschmerz nur schützen, wenn ich die Besuche beende. Kaum etwas habe ich jeh mehr bereut. Mein fataler Aktionismus war nicht immer gut für meine und hier wohl auch nicht für Titas Seele.
Tagebuch, 11. Oktober 1987:
„Traum: *Ich besuche Tita nach drei Jahren. Sie spielt gerade mit anderen Kindern, ist sechs Jahre alt, aber erkennt mich, kommt auf mich zu, geht distanziert, aber warm mit mir um. Ich freue mich riesig.*"

Ziemlich erwachsen

Gegen Ende meines Studiums, trat ich einer Frauengruppe bei, die gestartet war, ein Frauenhaus zu gründen. Eine herausfor-

dernde Aufgabe, in der ich viel lernte und weitere Freundschaften schloss. Nach Eröffnung 1979 arbeitete ich ehrenamtlich mit, unter anderem als Kinder-Betreuerin.
Anschließend unternahmen wir, fünf Frauen aus der Gruppe, eine ausgiebige Ferienreise über Frankreich und Spanien bis Portugal.
Kerstin brachte uns bei, unter freiem Himmel zu schlafen. Boaah, welch ein Genuss, nachdem ich die ersten Ängste überwunden hatte. Das Sternenzelt beim Einschlafen und das Farbspiel beim Aufwachen.
Ein abgeerntetes Kornfeld, in dessen Stroh wir uns ein komfortables Riesenbett gebastelt hatten, leuchtete früh morgens dunkelorange um uns herum. Mit kräftig mittelblauen Himmel darüber.
Morgendämmerung, du Schöne. Gleich, gleich geht die Sonne auf. Da, erste lange sanfte Schatten warfen die kurzen Strohhalme auf den rötlichen Ackerboden. „Die güld'ne Sonne voll Freud und Wonne", wie gern möchte ich jetzt in diesem Augenblick Paul Gerhard Lied singen.
Mir blieb ein stummer, tiefer Atemzug. Bei manchen Situationen auf dieser Reise fiel mir ein, was Ferdinand dazu gemeckert hätte, negative Äußerungen am Band, die mir die Stimmung vermiest hätten. Da wurde mir klar: Ich werde mich von ihm trennen.
Froh, wieder mehr mit meinen früheren Kommilitonen zu tun zu haben, fuhr ich mit ihnen zusammen zur Groß-Demo nach Brokdorf, wo wir untergingen in Massen von Menschen irgendwo auf dem Acker ohne je zum AKW gelangt zu sein. Nicht mal einen Polizisten haben wir zu Gesicht bekommen. Wenn man von der lustigen Autofahrt absieht, war es am Ende ein frustrierender Wandertag. - Brokdorfs AKW soll Ende 2021 gut 40 Jahre später endlich stillgelegt werden.

Am Abend vor der ersten schriftlichen Examens-Klausur - man

glaubt es kaum - brach ich mir beim Fußballspiel ein Bein. Im Krankenhaus versorgt, wusste ich: Wenn das Examen schief geht, wäre das ein weiteres Desaster in meinem Leben. Das lasse ich nicht zu. Ich verließ auf eigene Verantwortung das Krankenhaus, hinkte am nächsten Morgen auf Krücken in die Uni und schrieb, oh Wunder, eine gute Klausur. So! Ich werde nicht alten Leuten den Hintern abwischen, wie Vater mir einst gedroht hatte, sondern Lehrerin sein. Das Studium an der Gesamthochschule Wuppertal konnte ich erfolgreich abschließen und es tat gut, meine geistigen Qualitäten mit Anerkennung von Dozenten und Kommilitonen erfahren zu haben. Eine intensive gute Zeit.

Start ins Berufsleben

Andere Kinder sollen es einmal besser haben als ich. Mit diesem Wunsch begann ich meine Lehramtsanwärterzeit an einer Grundschule. Befremdet hatte mich gleich zu Beginn eine Aussage des Seminarleiters: „Fassen Sie Kinder nie an." Berührt werden ist doch schön, dachte ich, aber hielt mich natürlich daran, ohne das zu verstehen.
Voller Engagement und von einigen Ideen beflügelt ging ich meinen Unterricht an. Und dann das: Eine Stunde zum Thema Sonnenuhr lief mir aus dem Ruder. Deshalb verabschiedete ich spontan das Unterrichtsziel, ließ die Kinder Sonnen-Erlebnisse erzählen und versuchte, zu erarbeiten, dass die Sonne auch scheint, wenn sie nicht zu sehen ist. Am Ende rief ich laut in die zur großen Pause aufbrechende Klasse: „Und wann scheint die Sonne?" Da stoppten alle Kinder das Kramen mit ihren Tonnen, sah zu mir und riefen mit freudigen Stimmen laut im Chor: „IMMER!" Als wäre es einstudiert. Mir lief ein Schauer über den Rücken. Ach, wie ich diesen Beruf liebte.
Eines Abends las ich in einem Buch, dass die positive Erwar-

tungshaltung Kinder zu erfolgreichen Lernschritten führen kann. Sogleich nahm ich mir vor, das umzusetzen. Und? Kaum zu glauben, es funktionierte: Für die Technikstunde am nächsten Morgen hatte ich die Parallelschaltung im elektrischen Stromkreis als Thema vorbereitet. In der Pause auf dem Schulhof sprach ich ein lernschwaches Mädchen an: „Gleich im Unterricht ist etwas dran, was Dir, glaube ich, besonders liegt.“ Eifrig wuselten die Kinder nach meiner Schema-Zeichnung mit dem Baukasten und als sie die funktionierende Lösung hatten, fragte ich nach einer weiteren Möglichkeit einer Parallelschaltung. Sie probierten länger mit Drähten, Schaltern und Birnchen herum und ich konnte freudig feststellen, dass gerade dieses Mädchen die zweite Lösung gefunden hatte. Als einzige! Ich war begeistert: „Prima, was du da fabriziert hast. Zeichne das doch mal auf.“ Als sie die Schaltskizze auch noch perfekt hingekriegt hat, ließ ich sie an die Tafel kommen, um ihre Lösung für die anderen Schülern groß aufzuzeichnen. Muksmäuschen still war es in der Klasse. „Das hast du prima hinbekommen“, lobte ich sie laut und wandte mich wieder der Klasse zu, die ihren Augen und Ohren nicht traute. Das hatte keiner von dieser „Niete“ erwartet. Minuten später - inzwischen mit dem Unterricht fortgefahren, ohne zu merken, dass das Mädchen noch hinter mir stand - zupfte es mich am Pulli. Ich drehte mich verdutzt um und schaute in ein leuchtendes Kindergesicht: „Ich find Sie nett, Frau Küppersbusch.“ Gerührt hätte ich sie am liebsten umarmt. Aber man darf Kinder ja nicht anfassen. Verflixte Regel. Mit Kindern zu arbeiten, ihre Lebendigkeit zu genießen und etwas zurückzubekommen war eine beglückende Aufgabe für mich. Nach dem zweiten Staatsexamen stand ich bewegt nachts hinter einer Kneipe im dunklen Wald und plötzlich drang ein gewaltiger Urschrei aus meinen Tiefen empor: Alles ist gut! Ja, ich habe es geschafft! Jetzt bin ich wer!

Trotz mannigfaltiger Erfolgserlebnisse und manchem Lob, das

ich von den Fachleitern erntete, ließen mich manche Erfahrungen in der Schule zu dem Entschluss kommen, dass ich in unserem Schulsystem nicht für diesen Beruf geeignet bin. Deshalb bewarb ich mich in der Freien Schule. Tatsächlich erhielt ich eine Einladung zum Probearbeiten und fuhr neugierig nach Berlin.
Freie Schule. Da ging es vielleicht zu! Die Kinder wussten genau was sie wollen. Wir Erwachsenen mussten sehen, wie wir uns da einfügen. Abenteuer pur für mich Neue. Angetan von der Atmosphäre dort mischte ich eine Woche lang unbefangen mit. Hier bin ich richtig, spürte ich. Am Ende durften die Kinder sich aussuchen, welche von zwei Kandidatinnen sie wollen. Zum Glück wusste ich nicht, dass es eine Konkurrentin gab. Ich wurde die neue Lehrerin. Sagenhaft!

Frauen-Friedensbewegung

In den anschließenden Sommerferien begab ich mich auf den von den Skandinavierinnen veranstalteten Friedensmarsch von Kopenhagen nach Paris. Die Kriegstreiber konnten uns nicht überhören. Und so manche Menschen haben wir bestimmt aufgeweckt, aktiv für den Frieden einzutreten. Bei unserem Einzug in Wesel stand die Bevölkerung Spalier und beklatschte uns. Das ging mir unter die Haut.
In dieser Zeit begann es, dass mich häufig Kopfschmerzen plagten. Eines Tages reichte mir eine Apothekerin klitzekleine Pillen. Globuli. Die sollen helfen? Sie halfen. Mit gemilderten Schmerzen konnte ich die Tage wieder unbeschwert am Geschehen teilnehmen und gut schlafen.
Am Ende der große Marsch über die Champs-Elysees in Paris. Überwältigend!

Beseelt von den vielen Kontakten mit Gleichgesinnten, und schweren Herzens begab ich mich auf den Heimweg. Der Umzug nach Berlin und der Einstieg in meine erste feste Anstellung im Berufsleben standen an.

Im Herbst nahm ich mit Freunden an der großen Friedensdemo im Bonner Hofgarten teil. 300 000 sollen wir gewesen sein. Es war berauschend, zu erleben wie viele Menschen für den Frieden aufstehen. „Jetzt haben wir wirklich etwas bewegt", waren wir einer Meinung.

Im Winter standen wir Samstags eine Stunde vor der Gedächtniskirche: „Schweigen für den Frieden".
Groggy und durchgefroren wärmten wir uns hinterher im Café „Kranzler" bei heißem Kakao und Kuchen wieder auf. Das Leben soll ja auch schön sein!

4

Wie furchtbar schön das Erwachsenenleben

Adieu Paris, die Sommerferien und der Friedensmarsch waren vorbei. Adieu Wuppertal, die Ausbildungszeit war vorbei. Berlin hat mich wieder.
Inge, Freundin seit meiner ersten Berliner Zeit vor neun Jahren, hatte mich eingeladen in ihre WG zu ziehen.
Wir unternahmen allerhand zusammen, nahmen an einem Yoga-Kurs teil, besuchten Inges Familie auf „Hohe Luft", ihrem Geburtsort in Angeln und radelten nachts mit Farbe durch den Tiergarten. Moltke und andere Kriegstreiberstatuen mussten dran glauben. „Nie wieder Krieg" stand am anderen Tag in großen Lettern daran.
Mit ihr und ihrem Freund Eggi hatte ich ein Familiengefühl. In vertrauter Atmosphäre untergekommen. Mein Alleinsein vorbei. Aber eine lange Singlezeit stand vor mir. Dabei tröstete ich mich öfter mit einer ausgiebigen Session: Im Kerzenlicht mit klassischer Musik verspieß ich in der heißen Badewanne einen riesigen Topf süßer Schlagsahne. Zum Geburtstag erhielt ich tröstliche Zeilen von Jochens Freundin Ina: „Behalte Deine Freundlichkeit, Dein Feingefühl und Deinen Idealismus auch in Deinem 34-sten Lebensjahr!"

In der Jungfernheide fand ich einen Frauen-Fußballverein und konnte mich, obwohl schon Mitte 30, wieder herrlich austoben, jetzt als Mittelstürmerin bei „Westend 01". Ein Jahr später lernte ich bei einer Friedensveranstaltung in der Rostlaube der FU-Berlin Allison kennen. Sie spielte auch Fußball und lud mich ein, bei ihrem alternativen Verein mitzuspielen. Der „FC Internationale Berlin" war aktiv in der Friedensbewegung und hatte sich ins Programm geschrieben, Ausländer zu integrieren. Klasse!

Freudig wechselte ich und eine herrliche Zeit begann. Lauter Frauen meiner „Couleur“, oder wie soll ich mich ausdrücken. Wir hatten richtig viel Spaß alle miteinander, feierten nette Feste. Und auf dem Fußball-Platz gaben wir bei einer ersten Teilnahme am Ligaspielbetrieb in der Kreisklasse unser Bestes. Trainer Uwe hatte mich zur Spielführerin ausgesucht. Welch schöne Ehre. Nicht mehr wirklich jung und fast alle Anfängerinnen spielten wir nicht so direkt den feinen Fußball und die gegnerischen Frauschaften sahen ähnlich aus. So kam es, dass ich Geübtere in einer Saison mehr Tore erzielen konnte, als wir Spiele hatten, wie ich meinen Aufzeichnungen kürzlich entnahm. Schön erinnere ich mich an das federleichte feine Gefühl, das ich bei einem Doppelpass hatte, ich traf den Ball so optimal mit dem Spann, dass er im genau richtigen Tempo, exakt getimed, in Marias Lauf landete und sie nur noch einzuschieben brauchte. Ich weiß grad nicht, wie ich das in Worte fassen soll, welch erhebendes Körpergefühl ich in dem Moment der Ballberührung hatte. Das war für mich Ästhetik. Aber es kam auch schon mal vor, dass eine von uns einen Ellbogen in die Rippen bekam, mit aggressivem Zischen: „Du bist auch so ´ne Soziale!“ Offensichtlich waren wir in der übrigen Fußballszene als linker Verein verschrien. Die Männer des „FC-Internationale“ waren etwas Besonderes, mehrheitlich Intellektuelle mit progressiven Einsatz auf der politischen Ebene. Gern feuerten wir sie bei ihren Punktspielen an und feierten gemeinsame Feste. Ein toller Verein.

In einem Sommer fuhren wir Interfrauen in die USA. Wie weitreichend doch so ein Vereinsleben sein kann.
Tagebuch, 16. Juli 1984:
„Morgen geht‘s ab. Yipieeehh! Allison und Maureen wir sehen uns wieder. Bei euch zu Haus.“

Auf unserer Rundreise durch viele Nationalparks, von Minneapolis nach San Franzisco – in einer Nacht schlich mal ein Bär ums Zelt – oder langes Verweilen im Sonnenuntergang auf einer Sandkuppe der „Badlands" - mussten wir bei gelegentlichen Fußballspielen gegen die Amerikanerinnen feststellen: Die sind viel besser als wir! So What. Wir besuchten ein Fußballspiel der Olympiade. Halbfinale Brasilien-Italien. Eine grandiose Stimmung entfachten die Amis im Stadion. Da sind sie einmalig. Insbesondere bei einer Menschenwelle, die durchs Stadion wogte. Aus dem Sitzen, kurz aufspringen, dabei die Arme hochreißen und kräftig juchen, gleich wieder hinsetzen. Voll in Fahrt juchten wir bei dieser Nummer gehörig mit. So alle paar Minuten. Später wurde das als „La Ola-Welle" in vielen Stadien der Fußball-Welt Mode. Erneut hatte mich die fröhliche Begeisterung einer großen Menschenmenge erfasst.

1983, FC-Internationale

Ausstieg – Einstieg - Freie Schule

Erhebliche finanzielle Einbußen hatte ich für diese wundervolle Freie-Schule in Kauf genommen. Wir zwei Lehrerinnen und die

Erzieherin spendeten einen Teil unseres Gehaltes in die Schulkasse, weil diese, damals noch nicht anerkannt, keine staatliche Förderung erhielt. Darüber hinaus musste ich 300 Mark als Barspende an den Kollegen Wolf zahlen, der, zwar hoch gebildet, aber mangels abgeschlossener Berufsausbildung einen niedrigen Lohntarif hatte. Für uns beide jeweils etwas peinlich. So verdienten wir vier Kollegen alle gleich viel, 1200 Mark netto im Monat. Das Kollektiv war ja damals so was von wichtig in unserer Szene. Die Dogmen der 68-iger Generation waren nicht alle schön. Aber ich wollte es ja.
Wolf agierte viel mit den Jungen auf der Fußballwiese und im Werkraum, seine Domäne. Erika, die andere ausgebildete Lehrerin, hatte meist mehrere Mädchen um sich. Motiviert loslegen war schwierig, weil das Konzept „Summerhill“ bremste: Alle Initiative geht von den Kindern aus. Wie komme ich da hinein in den Schulalltag? Schließlich wurde ich erlöst. Zwei Mädchen kamen auf mich zu: „Wir wollen was mit dir machen.“ Ah, so! Es geht nicht um eine Sache, sondern um die persönliche Beziehung. Ich wurde sozusagen eingeladen. Welch eine Freude. „Liest du uns was vor?“ Nun lernte ich die neuen Kinderbücher kennen und eins ergab das andere. Bald kürte ich, auch zum eigenen Vergnügen, Werkraum und Fußballwiese zu meinen Lieblingsorten. Nach dem Buch von Hans Jürgen Press, „Spiel, das Wissen schafft“ bastelte ich mit den Kindern Objekte. Also: Ich machte Angebote. Die allerdings waren verpönt im Team, gehörten nicht zum Konzept. Jedoch mochte ich es, den Alltag engagiert mit Ideen zu gestalten und ignorierte dieses Dogma. Die Kinder nahmen meine Angebote gern an und
suchten in allen Räumen benötigte Materialien zusammen, um zum Beispiel ein Telefon herzustellen. Mit Riesenspaß quatschten sie nach Fertigstellung durch die mit langer Schnur verbundenen Joghurtbecher verrückte Dialoge. Mit Basti, der sich für Raketen interessierte, bastelte ich eine Raketenabschussrampe

aus einer Spüli-Flasche, Strohhalm und so.

Tagebuch, 25. März 1982:
„Ich leg mich ziemlich ins Zeug, um Lars, der nur einige ihn interessierende Beispiele im Buch angekreuzt hatte, meine eigene Lust dazu rüberkommen zu lassen. Inzwischen hatten drei weitere Kinder gesagt, dass sie auch mitmachen wollen. Wir schreiben also mit Essig, Zitronen und Zwiebelsaft auf Papier, halten es anschließend über eine Kerze, wodurch die Schrift sichtbar wird. Habe Boris Robin Hood vorgelesen. Anschließend suche ich die Bibliotheksbücher zusammen und bringe sie allein weg, weil niemand mitwill. Als ich zurückkomme, wollen Juli und Nicole plötzlich doch in die Bibliothek. Das ist mir zu doof. Ich spiele mit drei Jungen Fußball. Andi will auf keinen Fall fummeln. Er will abgeben spielen und aufs Tor schießen üben."
Das war interessant für mich, zu sehen, wie unterschiedlich die Kinder an das Spiel herangingen. Fummeln heißt Zweikampf um den Ball. Abgeben bedeutet Zusammenspiel. Mit den Jungen zusammen hatte ich aus Abfallholz und einem dicken LKW-Netz Tore gebaut. Als ich einmal Wolf beim Fußball umspielte, freute ich mich, dem alten Hasen punktuell überlegen zu sein, weil mich seine dominante Art, den Schulalltag zu bestimmen ärgerte. Ich empfand eine Konkurrenz zwischen uns und schenkte ihm, meine ironisch Kritik, beim Weihnachts-Jule-Club eine Spielführer-Binde.
Mit der Zeit näherte sich das eine oder andere Mädchen der Fußballwiese. Jetzt wurde es lebendig. Die Mädchen spielten mit beim Fußball.

Tagebuch, 27. April 1982:
„Mit Nerea Fußball gespielt. Sie wollte lieber fummeln als abgeben. Mittagessen, einkaufen, kochen spülen usw. danach hatte ich Juli versprochen, mit ihr und Nerea eine Schießbude zu

basteln. Nerea hatte inzwischen schon mit Wolf angefangen. Juli wartete auf mich. Als ich endlich mit aufräumen fertig war, wollte Nerea wieder Fußball spielen, angeblich hatte ich ihr das versprochen: Mit wem mach ich was?? Scheiß Konflikt! Juli meint plötzlich: Kannst ruhig mit Nerea spielen, und war weg. Ich hatte den Eindruck, dass sie, ohne glücklich dabei zu sein, nachgegeben hat, ich hätte lieber mit ihr gewerkelt und hab mich geärgert, dass Wolf sich da in meine Arbeit eingemischt hatte. Deshalb ging ich in dem Moment auf Björn ein, der was mit mir machen wollte. Er wusste aber erst nicht was, dann wollte er mit mir weben. Der Webrahmen (den ich der Schule gespendet hatte und damit ein Angebot machte)- war aber besetzt. Ich schlug vor, einen kleinen Webrahmen zu bauen. Zeichnung gemacht, kein Material da."

Tagebuch, 29. April 1982:
„Leisten eingekauft, mit Björn Webrahmen gebaut"

Tagebuch, 4. Mai 1982:
„Während des Frühstücks meinte Lars, ich solle mal vorlesen, was auf der Milchtüte steht. Das tat ich dann im Tonfall eines Werbesprechers. Als die Kinder laut darüber lachten, bekam ich Lust, weiterzumachen und spielte parodiert Werbefernsehen. Basti hatte auch gleich eine Idee für einen Sketch, Lars ebenfalls. Nachdem wir uns dann einen leeren Bilderrahmen vors Gesicht hielten und einen Sketch nach dem anderen erfanden, lockerte Wieland auf und brachte auch einen. Es ist schön, so früh morgens schon zu lachen. Danach mit den Mädchen Fußball gespielt. Ausflug in den botanischen Garten, Miniaturbilder von Pflanzen gemalt."

Tagebuch, 5. Mai 1982:
„Björn wollte eigentlich „Risiko" spielen. Dazu hatte ich aber keine Lust. Kurze Unterhaltung über Krieg in Argentinien."

Risiko, das war so ein, wie ich fand, ziemlich heißes Kampfspiel. Mochte ich nicht. Ja, und eines Tages lächelte mich Juli selbstbewusst an: „Ich möchte mal zu dir nach Hause.“ Oh, wie schön, freute es mich. Bislang hatte sie nur Erika besucht. Beim Abendbrot erzählte sie mir, dass die Kinder eine Tabelle führen, wer Lieblingslehrer ist. Und da stand ich nun auf Platz eins! Das haute mich um. Was die Kinder alles untereinander veranstalteten, überraschte mich so manches Mal.

Es war spannend zu sehen, wie sie mit Freude lernten, soziale Konflikte allein regelten und sich gruppendynamisch entwickelten, was schon mal Tage dauern konnte. Wir LehrerInnen, die Erzieherin Lore und die beiden ErzieherInnen-Praktikanten, hielten uns möglichst raus, beobachteten aber natürlich genau das Prozedere, oft mit Schmunzeln, um erfreut schließlich Fortschritte und Lösungen feststellen zu können.

Eines Tages wurden wir vom Schulrat überprüft.
Tagebuch, Februar 1982:
„Die Schule war voller Erwachsener. (Erika, Lore, Wolf, Niko, Edeltraut, Norbert, Schulrat Steffen, Schulpsychologe Hensel, Hertha) Die große Claudia spielte mit Herrn Steffen ein Rollenspiel zu „Tim und Struppi“: Die Rolle: Claudia = Prof. Bienlein, Steffen = Captain, Claudia V. = Struppi, Jan = Tim. Später spielte Claudia mit Steffen „Mad“, wobei er voll mitmachte – auf der Erde hocken wie ein Huhn und gackern. Claudia amüsierte sich sichtlich über das Gackern ohne Steffen auszulachen. Ich hatte den Eindruck, dass sie sich sogar zurückhielt, um es ihm nicht noch peinlicher zu machen.“

Tagebuch, 26. Februar 1982:
„Mit Wieland eine Lichtmaschine gebaut. Boris meinte, dass ich das nicht könne, nur Niko (der Erzieher-Praktikant) könne sowas. Mit Wieland und Basti Glühlampe gekauft. Maschine

läuft. Wieland hat zwischendurch ein paarmal aufgeben wollen, weil ihm einiges nicht gleich glückte. Erst als ich Tipps gab, wie es leichter geht, machte er weiter."

Auf den wöchentlichen Lehrerabenden handelte ich mir Kritik für meine Angebotspädagogik ein. Aber diskutieren in der Opferrolle, hatte ich nicht gelernt, lediglich im friedlichen Umfeld bei Philipp und Guni. So verfolgte ich sprachlos weiter mein Ding, weil ich davon überzeugt war. Im Herbst, bei einem Besuch der Freien Schule in Frankfurt sagte mir eine ältere Mitarbeiterin dort unter vier Augen: „Diejenigen, die Neues einbringen, müssen immer irgendwann gehen." Mein Nacken verkrampfte. Wie ungerecht, nein, das wäre schrecklich. Ich muss kämpfen.
Einmal die Woche gingen wir rüber in die Turnhalle der Paul-Klee-Schule.
Tagebuch, 18. März 1982:
„Turnen war eine wilde Toberei hat richtig Spaß gemacht. Anna und Nicole haben sich im Geräteraum aus allen möglichen Teilen ein Fantasieding gebaut (Barren, Matten, kl. Kästen, kl. Balken, Ringe) und sich dann eine tolle Kür ausgedacht, ich war echt begeistert."
Tagebuch: 3. April 1982
„Mit vier Kindern das Fußball-Tor repariert. Dabei meinte Nerea, dass sie noch mehr so etwas machen will. Ich schlug vor, etwas zu bauen, z. B. eine Puppenstube. Wir fertigten sofort eine Zeichnung an, wie sie aussehen soll."

Das gefiel mir, wie sich aus einer Tätigkeit eine neue ergab. Als sich einmal Anna auf meinen Schoß setzte, schrieb ich mit dem Finger Wörter auf ihren Rücken, so dass sie genussvoll Lesen üben konnte, ein schöner Moment. Abends in der Teambesprechung äußerte Wolf: „Das war gut. Ich habe mich direkt ein wenig geärgert, dass *mir* das nicht eingefallen ist."

Tagebuch, 23. April 1982:
„Mit Lars und Juli Fußball gespielt. Während Juli in den Forsythien herumkrabbelte, um den Ball zu holen, meinte ich zu Lars, er soll mal hochgucken, wie schön die gelben Blüten gegen den blauen Himmel aussehen. Das hat ihn offenbar so beeindruckt, dass er mich umarmte und seinen Kopf an mich lehnte. Juli kam dazu und umarmte mich auch. Fußballspielen war spontan vorbei und wir erzählten uns kuschelnd auf der Wiese Geschichten."

In aller Unschuld bereitete Kuscheln in unserer Schule ein harmloses Miteinander. Still wusste ich in vielen Momenten: Meinem eigenen Kind werde ich eines Tages alle Liebe und Zärtlichkeit geben, die ich als Kind unbewusst vermisst hatte. Die Erfahrung, einfühlsam zu sein im Umgang mit Kindern und viel von ihnen zurückzubekommen bescherte mir ein tiefes Glück. An einem Nachmittag stieg ich die drei Treppen zu unserer Wohnung hoch und in einem Anfall von Glückgefühl schwappte ich über, blieb spontan an einem geöffneten Fenster auf halber Treppe stehen, steckte meinen Kopf hinaus, atmete tief die frische Luft ein und sagte mir bewusst: „Welch eine wunderbare Arbeit habe ich in der Freien Schule gefunden." Auf U-Bahnhöfen entdeckte ich die Aushänge der Schulbehörde, dass Eltern ihre Kinder zum Einschulen anmelden sollen. Darauf schrieb ich damals, so oft ich konnte: „Die Schule ist eine Zwangsanstalt, in der Kindern die natürliche Freude am Lernen ausgetrieben wird"

Weil ich ja wusste, dass positive Verstärkung immens wichtig ist für die Entwicklung eines Kindes lobte ich sie häufiger, suchte das Lernen so zu gestalten, wie ich es mir als Kind gewünscht hätte. Die Kollegen allerdings rügten mich dafür: „Die Kinder wissen selbst, was sie gut können." Unverstanden nahm ich mich zurück, konnte meine Haltung dazu nicht erläutern. Wollte ich doch den Kindern nur Anerkennung schenken, die Anerkennung, die ich bislang aller Orten in unserer Gesellschaft vermisste.

An einem Elternabend äußerte Wolf unversehens: „Ich will nicht mehr mit Sabine arbeiten."
Mir stockt der Atem. Wie gelähmt schweige ich. Die Luft im Raum steht. Jäh durchbricht die Schulchefin (die Vorsitzende des Schulvereins) die Stille: „Kannst du vielleicht mal Stellung dazu beziehen?" Mit bedeckter leiser Stimme druckse ich irgendetwas hervor. Hertha: „Wenn man dich gesehen hat vor ein paar Monaten im Café Savigny (zufällig, mit einem Geliebten von mir, einem gestandenen Mann) und jetzt hier so. Zwei verschiedene Menschen!" In einem unsagbar tiefen Loch versunken starre ich dumpf vor mich hin, schier ohnmächtig schäme ich mich.
Vorbei mein Lebenstraum. Meine Schwäche, mich nicht sprachlich behaupten zu können, bewirkte, dieser Situation hilflos ausgeliefert zu sein. Erst Wochen später beim Tagebuchschreiben fand ich Worte, konnte meine Wut finden und meinem Ärger ein wenig Luft machen.
Tagebuch, September 1982:
„Ich passe nicht in ein Kollektiv, das sich dem Job und den Kindern gegenüber Laissez-faire verhält."
Tagebuch, 18. Oktober 1982
„Traum: *Ich will ein dünnes Seil hinaufklettern, um auf einen hohen schönen Baum zu kommen. Es ist schwer, aber ich schaffe es. Auf der Hälfte hängt auf einmal irgendeine Frau an mir. Durch dies Gewicht verlassen mich nach ein paar Metern meine Kräfte. Ich sage ihr, sie soll mich loslassen, was sie aber nicht tut. So komme ich nicht auf den Baum und muss aufgeben.*"

In meinen Fantasien rächte ich mich wenigstens an Wolf: Ich

stellte mir vor, all seine Lieblingskassetten, gregorianische Chöre, mit bayrischer Blasmusik überspielt zu haben. Sein in meiner Vorstellung saublödes Antlitz beim Anhören ließ mich herrlich böse kichern.

In dieser Zeit überreichte Mutter mir die Beurteilungen meiner Internatserzieherin, in denen in etwa stand: „Konzentrationsschwäche, unruhig, nervös ... etc." Zermürbt fragte ich mich: Warum gibt sie mir die jetzt? Hätte ich ihr doch bloß nichts von meinem Scheitern erzählt und warf die Papiere zornig weg. Ich war bei null.
Nach diesen Erfahrungen, wie Kinder mit Eigeninitiative und Spaß lernen und zu Persönlichkeiten heranwachsen, konnte ich mich nicht an eine Regelschule zurückdenken.
Nach einiger Zeit taute ich wieder auf. Was kann ich tun? Mir kam die Idee, die verwaiste Keramik-Werkstatt im Nachbargebäude der Freien Schule wieder zu beleben. So konnte ich mit den Kindern, die mir so ans Herz gewachsen waren, über das Töpfern in Verbindung bleiben. Besonders erinnere ich den Augenblick, wo drei Mädchen zum ersten Mal nach meinem Ausscheiden auf mich zu gerannt kamen und schon von weitem laut riefen: „Sabine, Sabine" und mir freudig in die Arme flogen. Ich schmolz dahin.

Auch für die Tempelhofer Nachbarschaft gab ich Töpfer-Kurse und produzierte für die Ufa-Kommune auf der Drehscheibe Gebrauchsgegenstände für ihre Küche oder den Laden. Dafür konnte ich dort am Mittagstisch teilnehmen und erhielt mein Brot im Laden gratis. Tauschgesellschaft, klasse. Mein Arbeitslosengeld überstieg das bisherige Eintopfgehalt um 300 Mark.

Noch jahrelang träumte ich von der Freien Schule.
Tagebuch, 18. Mai 1985:
„<u>Traum:</u> *Ich gehöre zu einer Sanitäter-Gruppe. Wir werden zu einem*

Selbstmörder in ein Hochhaus gerufen, es ist Wolf, und pumpen ihm den Magen aus. Aber ich denke: Vielleicht stirbt er ja doch noch und ich kann wieder in der Freien Schule arbeiten. Dann wacht er auf. Ich will schnell den Raum verlassen, da greift er mich mit den Worten an: Jetzt erwürge ich dich und dann springe ich aus dem Fenster. Ich will verzweifelt um Hilfe schreien, bekomme aber keinen Ton heraus, weil seine Hände mir die Kehle zudrücken."

Meine außergewöhnlichen Freunde
Wieder vereint, wieder Drama

In den Herbstferien 1981 weilte ich in Buer und traf Guni. Beim Abschied lächelte sie mich mild an: „Es ist wohl an der Zeit, dass du uns wieder zu Hause besuchst." Ich holte tief Luft. Wie wundervoll, es gab ein Weiter. Wenige Tage darauf, nach acht Jahren unserer Trennung, klingelte ich, an der vertrauten Haustür, Hausfeld 5. Philipp öffnete mir und wir lagen uns den Armen. Ich schloss die Augen, spürte mein Herz klopfen. Einen Moment lang schwiegen wir. Nachdem wir uns voneinander gelöst hatten, schauten wir uns in die Augen, spürten unsere Vertrautheit, unsere alte Liebe.

Als ich, im Nach-Hause-Gekommen-Gefühl, glücklich wieder auf meiner Sofaecke saß, achtete ich darauf, dass ich die neue Distanz und meine Liebe zu Guni vergegenwärtige. Alsbald, wie in all den früheren Jahren, wogte eine lebendige Unterhaltung zwischen uns. Beide zeigten sich angetan von meiner Arbeit in der Freien Schule und ich war selig, wieder mit beiden vereint zu sein.

Wenige Wochen später, ich kam vom Alternativschultreffen in Bochum, besuchte ich meine mir so wertvollen Freunde wieder. Mit spannenden Gesprächen über Politik und unser Schulsys-

tem.
Am Ende ging Philipp mit mir und Edeltraud, meiner Kollegin, Erzieher-Praktikantin in der freien Schule, in sein Arbeitszimmer, um uns Bücher zu schenken. Während wir diese begutachteten, spürte ich plötzlich Philipps Arm um meine Schultern gelegt. Sanft drückte er mich an sich. Mit einem kleinen Hüpfer im Herzen und unsicherem Lächeln schmolz ich innerlich dahin, durfte diese liebevolle Geste aber nur heimlich genießen, wie gern hätte ich mich inniglich mit ihm umarmt.

Einige Tage danach rief er mich in Berlin an. Seine Stimme gedämpft: „Mir geht es nicht gut. Die Ärzte wollen mir einen Ballon in die Adern schieben und dort aufblasen.“ Ich erschrak, bekam kein Wort heraus. Philipps leise Stimme: „Bist du noch da? Was meinst du? Soll ich mich diesem Eingriff unterziehen?“ Erschreckt durchfuhr es mich: Ja! Bitte tue alles, um gesund zu bleiben. Aber das brachte ich nicht hervor. In einer so wichtigen Situation konnte doch nicht ICH ihm einen Rat geben und wich aus: „Das musst du entscheiden.“
In dieser Nacht lag ich lange bedrückt wach, dachte an unsere letzte Begegnung vor wenigen Tagen bei der ich seine Umarmung im Nebenzimmer nicht erwidert hatte. Am 10. November klingelte das Telefon. Mutters kalte Stimme: „Philipp Wiebe ist tot.“ Mir drehte sich alles. Nein. In mein atemloses Schweigen schrillten ihre Worte: „Sein Nachbar hat es im Industrieclub erzählt.“

Da liege ich auf meiner Matratze, starre an die Decke. Vorbei. Für immer. Philipps traurige Stimme vom Telefonat vor ein paar Tagen taucht wieder auf und ich spreche innerlich mit ihm: Oh, Philipp, ich habe Dir nicht geholfen. Im wichtigsten Augenblick. Wäre ich dir doch wärmer begegnet, hätte dir gesagt, wie wichtig Du mir bist, dass ich mir wünsche, Dich noch lange leben zu wissen, dich als Freund zu haben. Wie soll ich ohne Dich sein?

Du hast so gerne gelebt. Du warst der kostbarste Mensch in meinem Leben.

Nach Halt suchend rief ich Guni an, dachte, mit ihr zusammen zu trauern: „Guni, Liebe, Philipps Tod, wie furchtbar. Wie geht es dir?“
Gunis Stimme, eher schroff: „Woher weißt du das?“
Kühl und hilflos endete unser Gespräch nach wenigen Minuten. Am nächsten Tag lief ich stumm - mein Gesicht schmerzte - in der Schule umher, an den Kindern vorbei, schleppte mich abends zu meinem Massagekurs. Das Thema an diesem Tag war Gesichtsmassage. Da lag ich auf der Matte, spürte behutsame Hände auf meinen Wangen, dem Kinn und auf den Augen. Und allmählich wich die Verkrampfung aus meinem Gesicht. Als ich aufstand und in die Runde blickte, fühlte ich mich weich und liebevoll mit mir selbst, ruhte plötzlich in mir und einfache Trauer erfüllte mich. Zu Hause konnte ich weinen. Meine Depression hatte sich aufgelöst.
In meinem Notizbuch finde ich neben Terminen einen Eintrag am 1. Dezember 1981 mit rotem Stift: „Ich gehe den Leuten mit meiner Trauer auf die Nerven, ich möchte niemanden nerven, möchte nicht traurig sein, muss trauern!“

Dezember 1981
„Traum: *Philipp sitzt auf einer Tapezierleiter und wir unterhalten uns über seinen Tod.*“

In dieser schweren Zeit rettete mich die Lebendigkeit der Schulkinder. Zu sehen, wie sie direkt, ehrlich, fröhlich und kuschelig wie freie Kinder nur sein können, in kreativer Intensität ihren Tag gestalteten, mich bisweilen mit einbezogen, oder auf meine Anregungen eingingen. Das lenkte mich für ein paar Stunden von meine Trauer ab.

Nach meinen schönen Erfahrungen in der Freien Schule und der Vier-Schwestern-Familie meiner Kindheitsfreundin Petra wollte ich auch gern vier Kinder haben. Als Studentin musste ich mir jahrelang sagen: Jetzt passt es noch nicht. Mittlerweile 35 Jahre alt musste ich mich entscheiden. Wie soll ich das schaffen? Ohne Partner und ohne berufliche Perspektive? Allein auf mich gestellt. Und ich spürte eine Unsicherheit wegen meiner diffusen seelischen Probleme, die ich zwar nicht klar kannte, wohl aber erahnte. Ein halbes Jahr lang beschäftigte mich dieser Widerspruch. Schließlich entschied ich mich schweren Herzens gegen ein eigenes Kind. Und? Ich bekam keine Regelblutung mehr. Dafür Hitzewellen die mich zu einer Frauenärztin trieben. Im Wartezimmer saßen lauter Hoch-Schwangere und ich schweiß gebadet dazwischen, wäre am liebsten geflohen.
„Ihr Hormonspiegel ist ganz unten. Sie sind in den Wechseljahren“, vernahm ich. Und von ganz weit weg noch: „Sie müssen von nun an Östrogene nehmen damit ihr Alterungsprozess nicht zu schnell einsetzt.“
Meine Eierstöcke hatten die Konsequenzen gezogen. Diesem Schicksal musste ich mich ergeben.

Tagebuch 21. März 1984:
„Traum: *Ich bin bei meiner Frauenärztin wegen meiner Hormonstörungen. Während ich verzweifelt dasitze, weil meine Eierstöcke sich nun schon seit drei Monaten weigern, zu produzieren wird nebenan ein Baby geboren. Dann kommt die neue Mutter (es ist schon ihr 2. Kind) mit dem winzigen Säugling auf dem Arm herein und die Ärztin stellt sich zwischen uns und nimmt uns beide in den Arm.*“

Verdammtes Rauchen

Philipp hatte es letztlich nicht geholfen, mit dem Rauchen aufgehört zu haben. Zu lange hatte er seinem Herzen damit zugesetzt. Und ich rauchte immer noch, nach mindestens sieben Versuchen, damit aufzuhören und den üblichen Rückfällen.
In einer Kneipe ist mir die schlimme verqualmte Luft einmal so zu viel geworden, dass ich es genoss, auf dem rauchfreien Klo Frischluft schnappen zu können. Das ist die Berliner Luft, so mit ihrem holden Duft, mal anders. Ungefähr 30 schwarze filterlose Zigaretten täglich waren mein Schicksal. Scheußliche Vorstellung heute. Ungesund! Teuer! Ja, Ja. Aber nein, dieses Motiv hatte bei mir nicht gegriffen, um diese Sucht wirksam zu stoppen. Bis? Ja, bis etwas Überraschendes auftauchte. Eines Morgens kam ich aus dem Bad in mein Zimmer und fiel fast um, bei dem widerlichen Gestank nach kaltem Rauch. Darin habe ich die stundenlang geschlafen?! Boah, wie ekelig! Entsetzt wusste ich: Jetzt ist Schluss. Ein neues Motiv war geboren. Brachial ging ich mein Vorhaben an. In einer alten Kaffedose sammelte ich den Inhalt des letzten Aschenbechers und immer, wenn die Sucht hochkam, öffnete ich den Deckel und nahm einen tiefen Atemzug durch die Nase aus dieser fiesen Dose. Heftigster Ekel ergriff mich und mir war nicht mehr nach Rauchen.
Nun musste ich mir noch etwas ausdenken, damit ich auch stark bleibe. Des Öfteren rief ich mir, mich positiv manipulierend, fröhlich zu: „Ich brauch ja gar nicht zu rauchen!“ Und wenn ich mal merkte: Oh, seit Stunden nicht geraucht und gar nicht gelitten, atmete ich locker ein und lobte mich mit dem Satz: „Siehste, jetzt bist du frei.“ Eigenlob stinkt nicht unbedingt. Kaum etwas ist doch schöner als Erleichterung. Schwierig wurde es abends, wenn ich mir ein Bierchen genehmigte. Da stieg die Rückfallgefahr an. So musste ich auch auf mein Lieblingsgetränk verzichten. Ebbe. Geschafft. Für immer.

Tagebuch, 1982:
„Heute Abend habe ich mit Jochen geredet. Ich glaube, es geht ihm viel schlechter als mir. Er hat keine Freunde, vermisst keine Freunde, vermisst keine Emotionalität, keine Sexualität, all dies ist ihm nicht wichtig. Wenn er drei Wünsche offen hätte (oder vier oder fünf): einen Architekturauftrag, bei dem er so viel Geld verdient, dass seine Existenz für immer abgesichert ist. Weitere Wünsche? Nein! Ich fühle, dass ich meinen Bruder liebe, Trauer in meiner Brust. Ich könnte heulen um Jochen und fürchte, ihm meine Betroffenheit zu zeigen. Als ich ihm sage, dass ich in eine Gruppentherapie gehen werde, äußert er seine Geringschätzigkeit über diese Psychoscheiße und bricht wenig später das Gespräch ab."

Tagebuch, 25. Dezember 1984:
„Bei meinen Eltern lässt es sich gerade eben aushalten. Ich merke Mutter an, wie schwer es ihr fällt, mich in Ruhe zu lassen. Es reizt sie ungeheuer, irgendwas an mir mies zu machen."

In dieser Zeit las ich Alice Miller „Das Drama des begabten Kindes." Betroffen fiel es mir wie Schuppen von den Augen: Die meisten Probleme werden von Generation zu Generation weitergegeben. Mich dünkte, dass Mutter als Kind schlecht behandelt worden sein musste und gab ihr dieses Buch zu lesen in der diffusen Hoffnung, wir könnten in einem Gespräch offen über unsere Familie reden. Ihre Reaktion: „So was liest du? Ein schlimmes Buch! Da werden nur die Eltern schlecht gemacht. Ich habe als junge Mutter ein gutes Buch über Kindererziehung gelesen."
Ich ließ nicht locker: „Wahrscheinlich ein mieses Schwarze-Pädagogik-Buch, in dem Müttern beigebracht worden war, wie

sie den Willen des Kindes brechen sollen."
In der Vorstellung, dass ein echtes Gespräch zwischen uns entstehen könnte, fragte ich sie nach ihrer Mutter, und wurde brüsk abgebügelt: „Da war alles in Ordnung."
Das glaubte ich ihr nicht, vermutete, dass es so schlimm gewesen sein, dass sie darüber nicht nachsinnen wollte.

Meine Seele krabbelt Richtung Rettung

Mit 36 dämmerte mir, dass all meine gescheiterten Partnerschaften nicht nur an den Männern lagen, mit denen ich eine Verbindung eingegangen war, sondern auch an mir, die ich diese ausgesucht hatte und wie schlecht ich mich meist ihnen gegenüber behaupten konnte.
Um mich ganz auf mich konzentrieren zu können, stoppte ich meine Aktivitäten in der Friedenspolitik, absolvierte eine gestaltpsychologische Gruppentherapie, in der ich meine anfängliche Angst vor diesem Thema verlor, und startete danach in die Psychoanalyse.
Tagebuch, 12. Februar 1984:
„Ab morgen dreimal die Woche zur Psychoanalyse. Jesus, jetzt kommt alles auf einmal. Die Analytikerin wirkt auf mich erst mal ganz gut, weil ich sie nicht gleich zu nett finde, eine angenehme Distanz zwischen uns spüre."

Schutzlos lag ich 200 Stunden mit geschlossenen Augen auf der Couch, die Analytikerin hinter mir. Ihre Fragen brachten mich fürchterlich in Bedrängnis. Das ganze verdrängte Elend kam hoch. Mir ging es kein bisschen besser, wie ich eigentlich gedacht hatte. Ich fragte sie, ob sie Kinder hat. Ihre Antwort: Schweigen. Sie sprach von meiner Krankheit. „Ich bin doch nicht krank", empörte ich mich.

„Und dann lassen Sie sich die Behandlung bei mir von der Krankenkasse bezahlen?“, ihre strenge Frage.
Konsterniert fragte ich mich: Bin ich wirklich krank? Und begab mich sinnend auf Kompensationstour: Ich bin doch eine Frau, die schon viel Gutes geleistet hat.
Sie warnte mich vor Einsamkeit. „Nein“, beeilte ich mich meinen klaren Protest sofort gegen diese gemeine Drohung zu schleudern, „Ich habe doch viele Freundinnen.“ „Ntz“ hörte ich daraufhin leise hinter mir, dem ich entnahm, dass sie das anders sieht. Ich verstand sie nicht. Verunsichert verfiel ich in Schweigen. Tausend Gedanken, wie ich mich rechtfertigen kann, um klarzustellen, dass ich ein guter Mensch bin, jagten durch meinen Kopf, ohne dass ich diese zu äußern in der Lage gewesen wäre. Mein Gehirnkarussell wurde geboren. Innerlich hob ich mehrmals an, auszusprechen, was mein Karussell gerade produzierte und, weiterhin blockiert, bekam kein Wort heraus. Wahnsinnig bedrückend. Innerlich flehte ich: Wenn sie doch bloß mal was Freundliches sagen würde. Wie eine strenge Lehrerin empfand ich meine Analytikerin, ohne ein Wohlwollen von ihr. Plötzlich erhob sie sich unerwartet. Mich durchfuhr es: Jetzt schmeißt sie mich raus. Sie schritt durch den Raum, öffnete eine Schublade, schob sie laut wieder zu und raschelte mit Papier. Mein innerer Protest: Sie will mich provozieren. Und mein Versager-Gefühl wich Trotz: Ich bin doch ein guter Mensch, was will die bloß?
Sie hatte keine weitere Idee mehr und nach einer Ewigkeit wurde ich erlöst durch ihren Hinweis, dass die Stunde vorbei ist. In der Sauna danach gelang mir keine Entspannung. Mein Gehirnkarussell drehte und drehte: Wer ich bin, wie ich bin, wie ich besser sein sollte, wer mich falsch sieht, wie ich mich in dieser oder jener Situation besser verhalten hätte. Und, und, und.
Zu dieser Zeit war ich unglücklich, weil aussichtslos verliebt.

Tagebuch, 3. Mai 1984:

„Ein paar Tage war ich in Gefahr, Depressionen zu bekommen. Mit aller Kraft habe ich mich bemüht, mich nicht hängen zu lassen. Ich hab's geschafft. Mit geht's wieder gut. Ich habe mir überlegt, meine Liebe nicht mehr so cool und souverän zu verbergen. Es ist erst mal eine Stärke von mir, so viel Gefühl und Zuneigung für jemanden zu besitzen. Irgendwo muss ich eine enorme Stärke haben, die mir ein Dennoch ermöglicht. Diese Stärke will ich jetzt mal suchen und kennenlernen."

Tagebuch, 1. Januar 1985:
„Meine Muskelverkrampfungen in der linken Nackenseite steigerten sich zu schwer erträglichen Kopfschmerzen und ich nahm ein Moorbad. In der Nacht habe ich geträumt, meine Analytikerin hat mich mit einem besonders warmen Lächeln begrüßt. Ich konnte mir einbilden, dass sie sich auf mich gefreut hat."

Tagebuch, 18. Januar 1985:
„Alles durcheinander geträumt. Klitsch nass geschwitzt aufgewacht. In der Stunde, verkrampft und hilflos, fiel mir kaum etwas ein, schwieg lange. Gefrustet. Zeitverschwendung. Überrascht, dass meine Analytikerin gar nicht sauer auf mich war. Große Angst, das Tabu zu brechen über unser Verhältnis zu reden. Ich erzähle fast alles von mir, sie fast nichts von sich. Ich kann ihr nicht erzählen, dass ich erotische und auch mütterliche Träume von ihr hatte, weil ich Angst vor ihrer kühlen abweisenden Reaktion habe. Und ich habe Angst, mich in sie zu verlieben, völlig abhängig von ihr zu werden. Möchte mein Leben selbst in der Hand behalten. Ich habe Angst, klein und schwach als psychisches Wrack vor ihr zu liegen, meine letzte Selbstachtung, ihre Achtung zu verlieren und dass sie dann, weil es ihr Job ist, sich teilnahmslos weiter mit mir abgibt. Ich weiß kaum etwas von ihr und merke, dass ich sie trotzdem irgendwie mag. Eine Analyse funktioniert nun mal durch Distanz und

Trennung. Das akzeptiere ich ja. Aber meine Emotionen bringen alles durcheinander. Ich könnte heulen. Wenn sie mich doch bloß mal in den Arm nehmen würde. Sie hielt mir mal vor, ich sei nicht spontan. Letzte Stunde habe ich ihr zuliebe spontan reagiert. Sie dazu. „Das war mir jetzt zu schnell. Da stimmt was nicht.“ Also wirklich! Sie lockt mich in die Falle und äußert dann Misstrauen.“

Tagebuch, 28. Januar 1985:
„Geschafft! Zwar vorsichtig, aber doch konsequent habe ich ihr mitgeteilt, dass meine Ängste mit ihr zu tun haben, dass Vieles um sie herum für mich tabu ist. Sie reagierte mit weicher freundlicher Stimme so dass ich mich sicher und geborgen bei ihr fühlte. Ich kann jetzt vor Rührung lachen, wenn ich mich erinnere, wie sie z. B. zur Spontangeschichte sagte:
„Da war ich ihre Mutter, nicht? Sie können machen, was sie wollen. Alles falsch!“
„Ja, erwarten sie denn gar nicht Spontaneität von mir?“ „Keineswegs.“
Also da bin ich auf mich selbst reingefallen. Und sie hat dabei natürlich geschnallt, dass ich ihre Liebe mit Wohlverhalten erreichen will. Mein Gott, bin ich naiv manchmal. Gegen Ende der Stunde ging sie dann doch zu weit. Sie brachte meine häufigen Liebes-Träume über M. mit ihr in Verbindung. Nun wollte sie ja wirklich hören, was es mit meinen erotischen Gefühlen ihr gegenüber auf sich hat. Da habe ich sie ganz schön abblitzen lassen: „Das finde ich jetzt aber an den Haaren herbeigezogen.“ Sie meinte, dass ich nicht die Angst verlieren solle, ihr bestimmte Dinge mitzuteilen, sondern sie trotz der Angst aussprechen. Was ich ja heute getan habe. Sie will also mein Vertrauen in sie.“

Als ich ihr von einer Begebenheit erzählte, in welcher Mutter mir doof erschienen war, überfiel mich in Erinnerung daran ein irres Lachen. Vernünftig versuchte ich mich zu beherrschen. Bei jedem Versuch aber, weiter zu erzählen, brach es erneut aus mir heraus. Ein Lachanfall am nächsten schleuderte mich fast von der Couch. Ich konnte mich gar nicht wieder einkriegen. Frau Hansen ärgerliches „ntz“ mit einem vorwurfsvollen Atemgeräusch brachte mich zur Raison. Ich riss mich zusammen. Aber es ging beim besten Willen nicht. Sobald ich den Mund aufmachte, um ihre Fragen zu beantworten, mit denen sie mich zu einem sachlichen Gespräch zu bewegen suchte, prustete ich wieder los. Ich hätte mich wegschmeißen können, kein Ende in Sicht. Die Stunde war gelaufen. Schließlich wischte ich mir die Tränen aus dem Gesicht, stand auf und verließ die Praxis. Zu gern würde ich heute wissen, wie es ihr dabei gegangen ist. Sie hat sich kein bisschen von mir zum Lachen anstecken lassen. Hoch professionell. Haben ihre Spiegelneuronen da gepennt? Mir tat das Lachen ungemein gut. Von dem Druck, ein „Guter Mensch“ sein zu wollen, hatte ich mich, ohne schlechtes Gewissen endlich mal köstlich befreit.

Tagebuch, 15. Februar 1985:
„Sie hat mir nahegelegt, ich soll eine Zeit lang kein Tagebuch schreiben. Ich habe es versucht, aber es muss jetzt sein. Gestern habe ich 90 Prozent der Stunde geschwiegen. Sie hat mich wieder ans heiße Eisen (Angst vor Abhängigkeit vor ihr) getrieben. Weil ich das Schweigen so schwer ertragen konnte, habe ich versucht, mich in das Gefühl zu versetzen, wie es sein würde, wenn ich ihr alles sage. Dann habe ich einen Moment etwas gefühlt. Verzweiflung, Schmerz, Trauer. Ich möchte mich richtig ausheulen, mir alles was mich bedrückt von der Seele reden. Warum habe ich diese verdammte Situation provoziert? Jetzt, wo ich dies aufschreibe, fühle ich Vertrauen in sie, verstehe nicht, warum ich solche Hemmungen ihr gegenüber habe. Oh mein Gott, was ist es nur? Habe ich überhaupt noch eine Chance in diesem Leben? Bei einem Schwindelanfall habe

ich die Augen geöffnet. Damit ich mich nicht da liegen zu sehen, habe ich einen Punkt an der Decke fixiert. Ich stellte mir vor, ich würde etwas sagen, mit offenen Augen. Da klingelt das Telefon. Als sie aufstand bekam ich Angst, sie würde mich ansehen und schloss die Augen. Dieses verdammte Schweigen. Ich kann mir nicht vorstellen, was Übertragung bedeutet. Empfinde ich sie als Mutter? Positiv oder negativ? Empfinde ich sie als Geliebte? Ich will das nicht. Ich scheue eine Auseinandersetzung mit ihr. Dabei sind die Chancen so ungleich verteilt. Am Ende werde ich klein, unwichtig, lebensunwert daliegen. Eine schwache Person, die sich anmaßt, eine starke auf gleicher Ebene zu begehren. Aber vielleicht ist es ja noch etwas ganz anderes, was hinter meinem heißen Eisen steckt. Was? Als ich unterschreibe ist mir mein Versagen peinlich. Sie aber tat so als wäre es eine schöne Stunde gewesen, sagte locker lächelnd: „Dann bis Montag." Verblüfft und erleichtert zugleich fragte ich mich, wie oft kann ich mir noch so ein Versagen erlauben, bis sie mich rauswirft? Als ich die Treppe hinunterging, spürte ich, dass meine Möse feucht war. Ich konnte es nicht glauben. Während meines Schweigens habe ich nicht annähernd etwas wie Lust empfunden, geschweige denn sexuelle Lust. Antje aus meiner „Zu-sehr-lieben-Gruppe" meinte: „Verlieb dich doch in sie. Das bringt dich besser voran." Nein, nein, nein brodelte es in mir. Mein heißes Eisen."

Diese Tagebucheintragungen lese ich heute überrascht, kann mich überhaupt nicht mehr erinnern, dass ich irgendetwas Sexuelles mit meiner Analytikerin zu laufen gehabt haben sollte. Die erotischen Träume lebten von verliebtem Küssen. Weiter nichts.

Tagebuch, 2. April 1985

„Heute Mutters 65. Geburtstag. Ich überlegte, ob ich anrufen soll. Angst, daß sie mich wieder moralisch verurteilt: Ich, der gefühlsarme Mensch. Ich weiß, daß ich es nicht bin. Entschlossen, mir aus ihren zukünftigen Angriffen nicht mehr viel zu machen, ließ ich es sein. Anrufen wäre reine Höflichkeit gewesen. – Traum: Ein Pilot startete die Maschine bevor der Motor warm genug war und ich sah die Maschine zerbersten, Menschen tot durch die Luft fliegen. Ich befreite die noch lebenden Piloten aus dem Cockpit."

Tagebuch, 12. April 1985:
„Ich habe mir fest vorgenommen, trotz aller Peinlichkeiten das zu sagen was mir einfällt. Dabei wird mir jetzt schon heiß. Frau Hansen ist sicher nicht nur wegen unserer Rollenverteilung so distanziert, sondern weil sie mich überdies persönlich unsympathisch findet. Aber das darf doch bestimmt gar nicht sein. Sie hat doch ihre Analyseregeln. Wahrscheinlich muss sie in so einer Situation den Fall abgeben."

Inmitten meiner Psychoanalyse hatte ich mein Coming Out und meine Schweigephasen waren logischer Weise vorbei. Euphorisch schwärmte ich von meinem Glück. Die Analytikerin war, glaube ich, ziemlich hilflos im Umgang damit. Das kam ihr bestimmt nicht zu pass, hatte ich doch anfangs unterschreiben müssen, dass ich während der Analyse nicht heiraten werde. Das war ja nun viel schlimmer! Oder?

Mahatma Gandhi meinte einst: „Ein Mensch ist ausschließlich das Produkt seiner Gedanken." Also: Positive Gedanken zu fördern wäre doch mal eine Sache gewesen. Selbstliebe? Nein, die habe ich in der Psychoanalyse nicht erworben.

Noch Jahre nach der Beendigung träumte ich:

4. August 1987
„Traum: *Frau Hansen verfolgt mich mit dem Auto. Ich liege im Bett und*

sie legt sich zu mir. Ich nehme sie in meine Arme und beginne sexuelle Zärtlichkeiten. Sie ist erregt, löst sich. Steht wieder auf. Sie wollte mich damit nur provozieren.
- Wieso träume ich von meiner früheren Analytikerin? Will ich sie wirklich noch einmal sprechen? Was habe ich bei ihr gelernt? Sie hat mich schon in einigen wesentlichen Punkten weitergebracht. Ich habe meine kindliche Protestphase aufgegeben. Endlich! Anpassung, den Realitäten ins Auge sehen."

Tagebuch, 12. August 1987:
„Ich lebe und lerne und halte durch, kann mir Rückfälle zugestehen und verzeihen, sehne mich nach Berührungen, Umarmungen."

28. März 1990:
„Traum: *Frau Hansen fährt mich nach Beendigung der Analyse an die Adresse meiner Kindheit. Zum Abschied umarme und herze ich sie. Sie beschwert sich bei meinen Eltern über deren verletzendes Verhalten. Da fängt Jochen an zu weinen, bitterlich kommen all seine Schmerzen heraus. Berührt muss ich mitweinen.*"

5

Neuanfang

Beruflich musste ich völlig neu denken. Beim Kanufahren durch Berliner Schleusen gefiel mir, wie entspannend langsam und ruhig es dort zugeht. Ich stieg hoch und fragte, wie man Schleusenwärter wird. „Na, Mädel, da musste aber ganz schön trinkfest sein“, grinste der mich an, mit dem Fingerzeig auf die leeren Flaschen neben seinem Häuschen. Dieser Beruf also nicht. Als nächstes dachte ich an Schiffskapitänin. Aber nach der Information, dass man da erst mal drei Jahre lang als Matrose niedere Arbeiten erledigen muss, war das ebenfalls erledigt. Ich traute mir zu, in wenigen Monaten einen großen Ausflugsdampfer steuern zu lernen. Ach, wäre das schön gewesen.
Erst mal steckte ich Energie in die Friedenspolitik. Friedensmarsch, Berlin-Wien. Eines Morgens während des Frühstücks in meiner kleinen Gruppe, sah ich unsere Mönche ein Stück von uns entfernt still dasitzen. Ich schaute mich um. Die öffentliche Frühstücksausgabe war ausgefallen. Spontan stellte ich einiges zusammen und brachte den Mönchen Frühstück. Schweigend dankten sie. Nachmittags bei einer Pause unseres Marsches stand plötzlich einer der Mönche vor mir und überreichte mir einen aus goldenem Papier gefalteten Kranich. Der Vogel des Glücks in Japan. Wie das Leben doch immer mal aus wundervollen Momenten gesteht. Aufgeregt beobachtete ich eine Begegnung unserer Mönche mit europäischen Mönchen. Freundlich standen sie sich gegenüber. Und meine Kamera versagte. Mist! Fix Margret informiert, sie sprang schnell auf und So wurde dieser Moment doch noch fotographisch festhalten.

Friedensmarsch 1982

Auf einer Berliner Friedens-Demo entwich meine Frauengruppe den bunten Reihen, erklomm die Siegessäule und hängte von oben ein langes Transparent hinab. Darauf war in großen Lettern „Kriegssäule“ zu lesen. - Diese Säule steht mit ihren vergoldeten Kanonenrohren für die Kriege von 1864 bis 1871 zwischen Deutschland, Dänemark, Österreich und Frankreich. – Nun standen wir also bei schönem Wetter da oben und blickten forsch hinunter. Da enterte eine Gruppe von Polizisten unsere „Kriegssäule“ und stochte im Laufschritt über die eiserne Wendeltreppe zu uns hoch. Ihre Stiefel dröhnten minutenlang auf den 285 Stufen, kamen immer näher. Unheimlich! Schließlich, nach einer gefühlten Ewigkeit, drängte ein Polizist nach dem andern auf die Plattform. Sie rissen unser Transparent hoch und stopften es lieblos zusammen. Schade, schade. Dann waren wir dran, wurden zusammengetrieben, zur Treppe gedrängt und mit lautem Stiefelgepolter im Rücken, stolperten wir die eisernen Stufen hinunter, gehetzt, einerseits, auch trotzig langsam, andererseits. Zu meiner großen Erleichterung erfolgte unten nur das Feststellen der Personalien, keine Festnahme. Wieder frei reihten wir uns gleich in die Demo ein, die immer noch um die Säule marschierte. So Viele waren wir an diesem Tag!

Ab Herbst standen wir samstags zur Mahnwache an der Gedächtniskirche. Eine Stunde schweigen. Ohne uns durch manche Provokation beirren zu lassen. Danach wärmten wir uns durchgefroren im Café Kranzler bei heißem Kakao und Kuchen auf. Das Leben soll ja auch schön sein.

Im Sommer 1983 nahm ich am Frauen-Widerstandscamp im Hunsrück teil, um dort den Kampf gegen die Stationierung von Atom-Raketen, Cruise-Missiles und Pershing II, zu unterstützen. In diesen aufregenden Wochen zog meine Gruppe, „Organisiertes Chaos", vom großen Zeltlager aus direkt vor das Tor der US-Militärbasis Hasselbach. Dort errichteten wir ein lichtes „Haus" aus Holzstämmchen des nahen Waldes und richteten uns mit Sperrmüllmöbeln aus einem nahen Dorf ein regelrechtes Wohnzimmer unter freiem Himmel ein. Auf unserem Beutezug traf ich vor einem Haus einen jungen Mann an, der gerade sein halbes Zimmer entsorgte. „Ich hau hier ab. Meine Mutter ist lesbisch geworden und zieht ständig mit ihrer Freundin über Männer her. Mir reicht's. Ich fahr zur See. Da bin ich dann nur noch unter Männern." Sprachlos dachte ich: Ja, das ist verständlich.

Zivile Männer bewachten uns, in ihrem Auto sitzend, rund um die Uhr. Das fand ich nett, brauchten wir doch so nachts keine Angst zu haben. Eines Abends marschierten wir im Dunklen die Landstraße entlang, um an einer Kreuzung ein Straßenschild mit.

Friedenssymbolen zu bemalen. Als in der Ferne hinter uns Autoscheinwerfer auftauchten war klar, das sind unsere Bewacher. Hurtig warfen wir uns flach in den Straßengraben, hörten das Auto vorbei rasen und wanderten fröhlich weiter. Logischer weise kam es kurz drauf zurück. Gleich wiederholten wir die Nummer. Die haben sich wahrscheinlich blöd gefragt: Wo sind die Weiber bloß abgeblieben? Widerstand gegen Krieg kann auch lustig sein.
Und dann kam der große Tag. Mit Riesen-Tamtam zogen fast alle Frauen aus dem Camp vor das Tor des Militärgeländes. Die Sambagruppe versetzte uns in mutige Stimmung, während das Tor aufgeknackt wurde. Und wir eroberten friedlich das Gelände. Eine Frau säte Blumensamen so aus, dass dort eine Friedenstaube mit Frauensymbol wachsen wird. Tolle Idee!

Tagebuch, 8. November 1987:
„Heute haben Gorbatschow und Reagan den ersten Abrüstungsvertrag über Atomraketen unterschrieben. Ich bin aufgeregt, habe große Freude aber auch Misstrauen, dass die Großmächte längst gefährlichere Waffen besitzen."

Eine große Wende im Beruf

Ein Seminar an der TU-Berlin zum Thema „Alternative Energie" zog mich Technikaffine an. Statt nur gegen Atomenergie zu sein, war ich brennend interessiert, etwas neues Gutes für unsere Welt zu entdecken und mitzugestalten. Hochmotiviert und mit meinen Kenntnissen konnte ich mich gut einbringen. Und? erhielt kurz danach einen Anruf der Dozentin.
Biggi: „Bist du an einer Stelle in dem Projekt „Frauen entwickeln Einfachtechnologie" interessiert?"
Wahnsinn! ergriff es mich, und wie! Begeistert sagte ich sofort

zu. Mit Kindern werde ich nun beruflich nichts mehr zu tun haben, dachte ich auch etwas wehmütig, schon schade. Manch intensive schöne Erlebnisse fielen mir noch einmal ein.
Nun also: Modellprojekt an der Technischen Universität für Punks, Aussteigerinnen und Nie-Einsteigerinnen aller Art, die über die Arbeit mit Umweltthemen motiviert werden sollten, ins Berufsleben einzusteigen. Biggis hervorragende Fähigkeit, Konzepte zu schreiben, richtige Leute zusammen zu bringen und Fördergelder aufzutreiben beeindruckte mich, die ich auf diesem Gebiet unerfahren war. Eine spannende völlig neue Herausforderung. Ich wurde die rechte Hand der Fachlehrer in den verschiedenen Bereichen, Solar-, Windtechnik, Hinterhof- und Dach-Begrünung und Biogärtnern. Im Learning-by-Doingverfahren lernte ich viel Interessantes von den Kolleg:innen, erfuhr so eine rasante Weiterbildung meiner Kenntnisse. Aber, wie gehabt, mit zwischenmenschlichen Problemen.

Tagebuch, 9. Februar 1986:
„Das Büro-Team ist zurückhaltend mir gegenüber. Die Frauenclique macht ihren Klüngel. Ich bekomme wenig Informationen, sie beziehen mich kaum ein."

Die Teilnehmerinnen waren größtenteils gut drauf, nannten sich selbst Uschis. Junge Menschen brauchen für ihre Sicherheit souveräne Vorbilder. Das konnte ich ihnen mit meinem technischen Können und meinem Engagement bieten, nicht jedoch mit Souveränität.
So versuchten die Uschis mit Abitur mich schon mal aus der Reserve zu holen, indem sie wegen Kleinigkeiten ruppig an mir herummeckerten, ihre Autoritätskonflikte an mir arbeiteten, wie ich empfand. Selbstbewusst spielte ich äußerlich vor: Da stehe ich drüber. Innerlich jedoch verspannte mich diese Gruppendynamik, erschwerte mir die höchst interessante Arbeit.

Tagebuch, Mai 1986:
„Dieser Druck in mir, mich in kürzester Zeit wie verrückt zu qualifizieren, zu engagieren war wohl in erster Linie in mir, weil ich Anerkennung haben muss und ehrgeizig danach strebe, weil ich sonst nichts wert bin. Wodurch ist ein Mensch eigentlich überhaupt etwas wert? Welche Werte könnte ich sonst noch haben?"

Mein widersprüchliches Innenleben schwächte mich. So verteidigte ich mich kühl, mit sachlicher Stimme, was eher wie Rechtfertigungen gewirkt haben wird. Ich war nicht in der Lage, mich herzerfrischend zu streiten, mal lautstark auf den Putz zu hauen, konnte mich nicht effektiv wehren. Wie seinerzeit in der Freien Schule fühlte ich mich so manches Mal zwischenmenschlich in die Enge getrieben, verstand nicht, was vor sich ging. Meinen Job fand ich trotz allem enorm spannend, erledigte ihn diszipliniert weiter.
Eine Supervisorin forderte uns auf, Positives über Kolleginnen auszusagen: „An Sabine gefällt mir ihre Hartnäckigkeit." Das traf mich wie ein Stachel, als sei ich verbissen! Ich fand mich beharrlich, weil ich mich nicht unterkriegen ließ, mich engagiert für das Gelingen unserer Arbeit einsetzte.

Tagebuch, Juli 1986:
„Ich will nicht mehr so friedlich, verständnisvoll und höflich sein usw. Ich werde mich fetzen demnächst auf eine erfrischende Art, hoffe ich. Ich muss den Mut entwickeln, das Risiko eingehen, wie meine Mutter zu sein. Aber ich glaube jetzt mal daran, dass ich vernünftig streiten lerne ohne hysterisch, nörglerisch rum zu kreischen wie Mutter."

1987, noch während des Jobs an der TU, betätigte ich mich als Mitbegründerin einer kleinen Berliner Solarfirma, mit der sich für mich ein neuartiges Leben auftat. Die Kunden fragten uns dermaßen Löcher in den Bauch, dass wir kaum zum Arbeiten kamen. Deshalb wurden Kurse eingeführt. „Sabine, kannst Du die Kurse halten?“, wurde ich gefragt. Welch Herausforderung, blitzte es in mir und sagte selbstverständlich zu. Da war ich mal kompetent. Mein Solarlehrer Raimund von der TU versorgte mich mit Graphiken und Zahlen.

Tagebuch, 14. Februar 1989
„Habe Raimund meinen Vortrag vorgestellt. Er fand ihn gut! Habe kaum noch Angst vor morgen. Nur ein ganz kleines bisschen, weil ich nicht so flüssig reden kann, mich womöglich verhaspeln werde. Na, wenn schon! Kopfschmerzen. Stärker und stärker. Ich weiß nicht mehr, wie ich sie aushalten soll, sehne mich nach Trost, würde am liebsten in Danas Armen weinen. Wie soll ich heute Abend den Vortrag schaffen? Diese verdammten Kopfschmerzen behindern mein berufliches Weiterkommen, meine Existenz, meinen Erfolg. Alpträume: u. a.: Robin will mich töten. Ich sehne mich so nach Geborgenheit, körperlicher Wärme, Zärtlichkeit.“

Ich nahm mir vor, trotz Kopfschmerzen – die dürfen mir nichts verbauen! - den Vortrag zu halten. Und siehe da: Eine Stunde vorher lösten sie sich plötzlich in Luft auf.
Der erste Kurs. Ich schaute ins Publikum, oh je: Gestandene Männer: Bauherren, Architekten, Ingenieure, Solareinsteiger aus anderen Projekten und nach der Grenzöffnung viele Installateur-Meister aus der DDR. Ich musste mir einen Ruck geben. Gut vorbereitet legte ich konzentriert los – kann ich ja für kurze Zeit – und verdrängte meine Unsicherheit. Keiner bemerkte diese. Oder doch?
„Was genau sind eigentlich Elektromagnetische Wellen“? wollte ein Kursteilnehmer mit sarkastischem Tonfall von mir wissen. Mir ging die Düse. Ich schaute ihn an und sah in ein fieses Grinsen. Der wirkte nicht interessiert, sondern machte eher den

Eindruck als wolle er mich in die Enge treiben. Was ihm Fast gelungen wäre. Huch, wie wirken die eigentlich genau physikalisch? Keine Ahnung! Und? Ich redete mich, in Arroganz geübt - die Pennälerzeit half mir da gerade mal, diesmal konnte mich ja kein Pauker in die Mangel nehmen - heraus: „Das spielt hier jetzt keine Rolle."
Diese Vorträge mit Demonstrationen an gängiger Hardware ermöglichten mir selbstbewusstes Auftreten zu üben.

Tagebuch, 23. Februar 1989
„Mein erster Solarkurs bei EnergieBISS ist gut gelaufen. Mein Vortrag war prima, habe sicher geredet."

Stolz, weil alles gut gegangen war, lud ich meinen Bruder dazu ein, musste aber frustriert zur Kenntnis nehmen, dass er niemals an meinen Kursen teilnahm. Ob es ihm vielleicht ungelegen kam, dass seine kleine Schwester ihm, dem gestandenen Architekten, einen Vortrag hält?

Tagebuch, 18. Dezember 1989:
„Ich habe drei Stunden Vortag gehalten vor gut informiertem, kritischem Publikum. Locker und heiter, so sicher wie noch nie."
Tagebuch, 20. Februar 1990:
„Täglich vier bis sechs Stunden Arbeit, obwohl ich offiziell arbeitslos bin. Ich sehne mich nach einem geregelten, ruhigen, geborgenen Leben."

Anfang der 90-iger Jahre organisierte der Berliner Solarmobil-Verein ein Solarautorennen von Hamburg nach Berlin, an dem ich natürlich begeistert mit unserem Firmenwagen teilnahm. Da steht man mit einem Elektroauto an einer roten Ampel und? absolute Ruhe, kein Geräusch, kein Vibrieren! Es gibt keinen Leerlauf. Hat ein Haarföhn ja auch nicht. Toll. Wenn ich mich richtig erinnere, waren wir drei Tage unterwegs. Die schneidigen

Selbstbau-Autos der teilnehmenden Bastler-Ingenieure waren richtig schick, ließen allerdings unseren Erad klobig und plump wirken.
Morgens nach dem Briefing startete unser Feld mit vollen Akkus. Abends bei Ankunft wurde der Akkufüllstand gemessen. Tagessieger war derjenige, der auf der Etappe am wenigsten Energie verbraucht hatte. Das hieß, beim Losfahren das Pedal nur sanft antippen und gaaaanz langsam auf fünfzig km/h zu steigern. Als ein sportlicher Radfahrer mir bei jedem Ampelstart davonfuhr, hätte ich am liebsten mal so richtig auf den Pinsel getreten und wäre davon gezischt. E-Autos sind ja zu flotter Beschleunigung fähig. Also, Beherrschung war angesagt. Bei jedem Ampelstopp schaute er überlegen von der Seite zu mir und legte sich bei Gelb mächtig ins Zeug. Diese Konkurrenz schien er in heller Freude zu genießen. Ein Kavalierstart mal von einer besonderen Art. Der wusste ja nicht, dass Energiesparen für mich angesagt war, dachte wahrscheinlich: Was für ein blödes Auto. Nach und nach wurmte es mich regelrecht, konnte mich nur mit Mühe zähmen. Bis, ja, bis ich schließlich meinem Autochen mal die Sporen geben durfte. Hinter einer Ampel ging es mit leichter Steigung die Rominter-Alle hoch. Und innerlich frohlockend zog ich locker am Muskelmann auf seinem Rennrad vorbei. Ein kleines, wenn auch kindisches Highlight dieser Tour. Eine Frau mit Nuckelpinne zieht locker an einem echten Kerl vorbei. Ha!
Auch fanden damals in Berlin Solarbootrennen statt. Ich bestückte ein Kanu mit der entsprechenden Technik - Solarpanel, E-Motor, Elektronik, Akku und allem nötigen Klimbim, und „düste“ mit heller Freude über den Tegeler See. Auf Anhieb sprang ein zweiter Platz für mich heraus und ich war happy. Besonders gefallen hat mir das, weil unmittelbar vorher ein ADAC-Schnellbootrennen mit Ohren betäubenden Lärm über die „Bühne“ gerast war, und nun wir Ökos langsam und leise dahin kurvten, als wäre ein Krieg zu Ende gegangen und Frieden

eingetreten.
Danach plante ich ein Solar-Boot-Projekt mit Wassertaxi für die Berliner Innenstadt.

Tagebuch, 5. März 1990:
„Hearing im Rathaus Schöneberg. Die Politfrauen setzen sich für weibliche Arbeitsplätze in der ökologischen Stadtentwicklung ein und ich bekomme Mut, ein eigenes Projekt zu starten. Bewilligung und Finanzierung der Solarbootstation steigen."

Leider traute ich mich nicht, diese Projekt anzugehen. Die Unterstützung von anderen fehlte mir, insbesondere weil ich noch nie ein Konzept verfasst hatte.

EnergieBiss war zu früh am Markt. Allerhand Kinderkrankheiten, andere Probleme und unsere Unerfahrenheit bewirkte, dass wir schon 1996, nach acht Jahren, Konkurs gingen. Eine riesige Enttäuschung, bannte ich doch für die Solartechnik und unsere Pioniergruppe. Jahre später, als ich mich auf einer Solarmesse unter dem Funkturm über technische Neurungen informierte, wurde ich an einem Stand erkannt: „Oh, Frau Küppersbusch, das ist ja nett, dass ein Urgestein der Berliner Solarszene bei uns vorbeischaut."
Wie schön, diese Anerkennung nahm ich mit einem Lächeln wohlig auf.

Eine große Wende in der Liebe

An einem netten Abend in heiterer Runde - Freundinnen waren bei mir zu Besuch - gefiel mir besonders Bella mit ihrem lebendigen Charme. Ihre fröhliche Art zu lachen, riss mich mit und in der anschließenden Nacht träumte ich von ihr. Erotisch!

Huch, was ist das denn? verwirrten mich meine Gedanken am Morgen. Die Erinnerung an den Traum fühlte sich magisch an. Widersprüchlich entschuldigte ich mich vor mir selbst: So etwas zu träumen, da kann ich echt nichts für. Aufgewühlt taperte ich ins Badezimmer und das kribbelnde Gefühl nahm überhand. Nun konnte ich mich nicht mehr selbst belügen, von wegen platonisch! Endgültig, mit 36 Jahren, musste, konnte ich der Wahrheit ins Auge sehen und Entschlossenheit packte mich. Ich stelle mich vor den Spiegel, schaue mir mit klarem Blick in die Augen und ringe mit fester Stimme heraus: „Ich - bin - lesbisch.“ Meine Stimme klirrt im Raum. Mir wird heiß. Ich schnappe nach Luft, muss schlucken. Wo schaue ich jetzt hin? Trotzig riss ich mich zusammen: „Ich habe es gesagt. So!“
Es nahte der erste Berliner Frauenball im Ballhaus Tiergarten. Da trieb es mich natürlich hin, und auf der Tanzfläche reckte ich immer mal meinen Kopf, schaute heimlich nach Bella mit ihren temperamentvollen, elastischen Bewegungen. Da ich aufs Auto verzichtet hatte konnte ich nicht lange bleiben. Am Ausgang schnappte mich sie mich auf. „Gehst du schon?“
„Ja, ich muss die letzte U-Bahn kriegen“, antwortete ich. In leiser Hoffnung, dass sie mich bittet, zu bleiben. Bella lächelte: „Bleib doch noch, ich bin mit dem Auto da, du kannst bei mir übernachten.“
Mein Gott ja, wie schön, meine Stimmung erhellte sich und ich verschwand mit ihr im Getümmel. Stundenlang tanzten wir miteinander in den Frühling hinein. Wir umkreisten uns mit leichten Berührungen, schauten uns keck an. Wichen nicht mehr voneinander. Und landeten früh morgens in ihrem Bett. Unter Strom lag ich da. Auf dem Rücken, dicht neben Bella, mit geschlossenen Augen. Um Himmels willen, was passiert jetzt? „Du willst doch jetzt nicht schlafen?“ vernahm ich ihre leise Stimme.
Nein, natürlich nicht! Prickelnd außer mir drehe ich mich ihr spontan zu und liege im nächsten Moment wildzärtlich auf ihr.

Bella schnappt nach Luft. Mein Herz pocht. Und mein Blick versinkt in ihrem bildschönen Gesicht. Ganz nah verschwimmen unsere Augen ineinander. Sternchen tanzen darin. Und vorsichtig nähere ich meine Lippen den ihren. Wie weich und sinnlich ihr Mund. Ich schmiege meine Wange an ihre und als ich ihre weiche glatte Haut an meiner spüre, schnappe ich nach Luft. Wie von selbst streichen meine Hände zart über ihren seidigen Körper. Jede Berührung so leicht wie der im leisen Wind sanft wehende weiße Vorhang am geöffneten Fenster dieses Maimorgens.
In diesem Frühling schwebte ich im zwölften Himmel, befand mich im Konzert lang erahnter Glückseligkeit. Besonders auch ihre Verliebtheit in mich zu spüren, beflügelte mich. Berauschender Sex zog uns zueinander. So anders, so intensiv. Aus dem Himmel klangen 1000 Harfen und ich fühlte mich vollkommen erlöst.
Nun ließ ich mich in ihre Welt fallen, ging mit ihr, zehn Jahre jünger als ich, in die Disco. Der Gesang von Jennifer Rush „The Power of Love" ließ mich voller Schwung wie eine 20-jährige tanzen. So alt war ich ja auch noch nicht.

Zu Besuch bei meinen Eltern wollte ich meine neue Stärke demonstrieren: „Ich muss euch etwas mitteilen", nahm ich Haltung an. Überrascht vom Ernst meiner Stimme drehten sie mir ihre Köpfe aufmerksam zu. Da hatte ich schon mal was erreicht.
„Ich liebe jetzt eine Frau."
Stille im Raum. Nach einer Weile findet Vater zuerst Worte, eher gleichgültig, erheitert:
„Sach bloß."
Mutter schießt giftig nach:
„Erzähl das bloß nicht in der Zeppelinallee!"
Innerlich frohlockend dachte ich mir: Verwandtengetratsche. Wenn das ihre ganze Sorge ist. Ha! Die erfahren das ja doch

irgendwann. Scheißliberal wie meine Eltern eben waren, gab es keine schlimme Reaktion. Das Ding war gelaufen. Ich hatte einen souveränen Auftritt, empfand mich ganz und gar rund mit mir.

Tagebuch, 13. September 1985:
„Traum: *Ich kraule wie eine junge Göttin durchs Wasser. Mein Oberkörper ragt vor lauter Kraft aus dem Wasser.*“

Tagebuch, Oktober 1985:
„Heute hat meine Scheißmutter mich wieder am Telefon angegriffen, weil ich in eine Frauen-WG ziehen will: Du machst alles falsch in deinem Leben.
Wie kann sie so ekelhaft, so verletzend sein?
Ich habe ihr folgenden Brief geschrieben:
Liebe Mutter, unser Telefongespräch hat mich entsetzt. Wie kannst Du Dir anmaßen, Dich derart in mein Leben einzumischen. Wenn es Dir 100mal nicht gefällt, wie ich lebe, Du hast es zu akzeptieren, mein Leben. Wie ich Dein Leben akzeptiere. Ich verbitte mir für alle Zeit, dass Du noch einmal in so einer Art mit mir umgehst.
Heute Morgen ruft Jochen bei mir an: Mutter traue sich nicht bei mir anzurufen. Mein Brief sei so kalt. Sie sei ohnehin gerade in einer depressiven Phase. Ich habe Mutter angerufen. Sie: „So was schreibt man nicht! Den Brief schicke ich dir wieder zurück.“ Und sie machte mir den Vorwurf, wie teuer mein Studium war und dass ich die Lehrerstelle in Wuppertal hätte annehmen müssen. Jetzt merke ich wieder Verzweiflung und Wut, mein Mitleid mit ihr wie wegeblasen. Verdammt noch mal. Sie nimmt mich immer noch nicht ernst. Ich gestehe ihr ein, wie sehr sie mich immer wieder verletzt mit ihren Angriffen und Vorwürfen, und sie wirft mir vor, dass ich mich dagegen wehre. Es ist nicht zu fassen!“

Das wusste ich gar nicht mehr, dass ich damals mit ihr Mitleid gehabt haben wollte. Und ich stelle heute erfreut fest, dass ich mich zu dieser Zeit offensichtlich doch kraftvoll gegen sie gewehrt hatte, sogar meine Empfindlichkeit eingestanden haben soll? Mein Lesbisch-Sein, jedenfalls, hatte sie doch gründlich verärgert. Bei einem späteren Besuch in Gelsenkirchen streiten wir deswegen.
Mutter in miesem Tonfall: „Glaub ja nicht, dass du mal was von uns erbst. Wir haben ein Berliner Testament gemacht. Da erbe ich alles allein."

Zwischenzeitlich in einer Zweier-WG im Grünen wohnend, musste dringend wieder umziehen, weil ich mich ein ums andere Mal von der Hauptmieterin genervt fühlte. Außerdem wohnte diese auf meine Kosten mietfrei im Haus. Schließlich kündigte ich und behielt vorsorglich die Miete für die bis dahin geleistete Überzahlung ein. Bella bot mir an: „Zieh doch zu uns."
Oh ja. Das wollte ich. Am Auszugs-Morgen stand ich vor verschlossener Tür. Die Person hatte von innen das Schloss blockiert. Und meine sieben Umzugshelferinnen stauten sich dicht gedrängt und aufgeregt durcheinander plappernd im engen Treppenhaus.
Da tauchten zwei Polizisten auf und drängelten sich nach oben durch. Die Tür blieb erst mal weiter zu. Und da, äußerst „passend", erschienen meine Eltern, zufällig in Berlin, unten in der Haustür.

Tagebuch, 18. Oktober 1985:
„Laut schallte die gellende Stimme meiner Mutter durchs Treppenhaus, an die obenstehenden Polizisten gerichtet: „Meine Tochter zahlt nämlich keine Miete mehr!!" Empört über Mutters Verhalten konnte ich endlich mal laut und scharf äußern: „Mensch Mutter, misch dich jetzt hier nicht ein. Das geht dich gar nichts an!"

Die Person hatte einen Pfändungserlass erwirkt. Bei mir war jedoch nichts zu holen und die Polizisten zogen unverrichteter Dinge wieder ab. Meine Fußballkameradinnen sorgten nun beim flotten Kisten-Schleppen für eine nette Stimmung und ich zog erleichtert und happy in eine Lesben-WG in Schöneberg.
Eine völlig neue Welt für mich. Nach und nach lernte ich lauter lesbische Frauen kennen. Kühn drauf, einerseits. Andererseits empfand ich mich nicht so richtig dazu gehörig. Irgendwie war ich zu anders und es knirschte schon mal im Sozialgebälk. Dessen ungeachtet bereitete uns unsere Verliebtheit heitere und heiße Stunden miteinander. Erstmals erlebte ich Sexualität federleicht und sinnlich. Viel mehr als nur libidinöse Lust mit schlichtem Orgasmus. In allen Zellen prickelte es und meine Brust weitete sich in intensivem Atem. Ich schwebte in höheren Sphären.
In meiner neuen Lebenslust begann ich mit Gesangsunterricht. Oh du liebes bisschen, fiel mir das schwer. Erst nach etlichen Stunden bei meiner geduldigen Gesangslehrerin sagte diese: „Du hast Fortschritte gemacht. Heute crescendieren wir einmal."
„Wie geht 'n das?", frage ich unsicher.
Laut lässt Margarete ihre Stimme anschwellen und hält den Ton. Ewig lange! Wie angewurzelt stehe ich da, fühle mich weggefegt von ihrem Organ. Tief beeindruckt. Das soll ich mich trauen? Gehemmt räuspere ich mich, nehme schließlich all meinen Mut zusammen. Und? Meine klare Stimme strömt von ganz unten kräftig durch die Brust. Und bleibt da. Schauer rieseln über meinen Körper und Tränen schießen mir in die Augen.
Nach der Stunde saß ich wie gelähmt unten im Auto. Nach Halt suchend hängte ich meine Arme übers Lenkrad und heulte Rotz und Wasser. Was da mit mir passiert war wusste ich nicht, spürte einen unbekannten Schmerz.

Wie das so ist, tauchen bei viel Nähe auch alle möglichen anderen Seiten einer Persönlichkeit auf. Nach Feierabend oft ausgebrannt, sülzte ich meine Liebste mit meinen Arbeits-Problemen voll. Manche Spannungen traten auf zwischen uns und ich suchte - die schrecklichen Streitereien meiner Eltern vermeidend wollend - nach moderaten Lösungen.
Tagebuch, 15. August 1986:
„Immer wieder das alte Lied: Die Erkenntnis meiner Fehler, Angst, dass diese Fehler so groß sind, dass sie alle meine guten Seiten verdecken. Ich mag mich gar nicht mehr. So entwickele ich den Ehrgeiz, besonders toll zu sein, damit ich trotzdem akzeptiert werde."

Tagebuch, September 1986:
„Ich bin ein durchschnittlicher Mensch mit guten und weniger guten Seiten, der es allemal verdient hat, akzeptiert und geliebt zu werden. Wie kann ich mir diese Einsicht bloß in mein Gefühl reinlegen? Mir fehlt das Vertrauen in mich und meine Freunde, dass sie trotz meiner Fehler zu mir halten und mich mögen, bekomme irrsinnige Angst vor Einsamkeit und einem verpfuschten Leben. Bella wird mich ablehnen und bald verlassen. Und dabei bewundere ich sie noch, wie sensibel sie in ihrer Wahrnehmung ist. Sie sagte mir: „Ich will mich nicht von dir trennen, ich will, dass du um mich kämpfst."

Wir begannen eine Paartherapie, kämpfen jedoch war nicht mein Talent.

Tagebuch, 7. Oktober 1986:
„In unserer Paartherapie kam folgendes heraus: Ohne es auszusprechen sende ich kindlich motivierte Bedürfnisse - ich

möchte ernst genommen werden. Meine Eltern/Lehrerbotschaft an Bella: Ich habe das Gefühl, dass du mich nicht ernst nimmst. Meine kindliche Empfindung habe ich mit moralisch autoritärem Tonfall verstellt formuliert. Mir wurde ganz schlecht als Dana dieses Schema aus der Transaktionsanalyse aufzeichnete"

Wieso hatte ich in der Psychoanalyse so wenig dazu gelernt? Unsere unbeschwerte Zeit hatte sich verflüchtigt.
Wenigstens wurde mir eine Wohnung angeboten. Drei Straßen weiter zog ich in eine Ein-Zimmer-Wohnung, Seitenflügel, vierter Stock. Illegal, weil die Vormieterin nicht gekündigt hatte.

Tagebuch, 17. November 1986:
„Unsere Krise ist auf dem Weg nach unten. Irgendwann bin ich geplatzt und habe meine Wut rausgelassen. Als ich ihre Mauer wahrnahm habe ich nicht lockergelassen, wie sonst meistens, sondern sie konsequent kritisiert, ihr gesagt: „Ich glaube nicht, dass alles nur an meinen Fehlern liegt. Eine Trennung scheint mir zum ersten Mal die beste Lösung zu sein." - Auf der Arbeit läuft es auch beschissen. Biggi haut ab, wenn es schwierig wird, Nita ist plötzlich gar nicht zuständig und ich bekomme stellvertretend für das ganze Projekt die pubertäre Motze der anmaßenden Uschis ab."

Schlimmer kann ein November kaum sein: Meine Liebe schwand und die ArbeitskollegInnen waren wenig aufbauend.

Tagebuch, 18. November 1986:
„Mit meinem neuen Gefühl, nämlich meine Wut rauszubringen, habe ich gestern wieder etwas Power bekommen und begann energisch die Paartherapiestunde. Aber alle neue Kraft verließ mich in einer Sekunde. Bella sagte plötzlich, dass sie die Beziehung mit mir nicht mehr weiterführen will. Nach anderthalb Jahren schon. Ich habe gewusst, dass es mich schrecklich treffen

wird, aber ich habe nicht geahnt, dass ich aus diesem Schmerz einen klaren nüchternen Schluss ziehe:
Ich kann nicht weiterleben. Habe mich für meinen Freitod entschieden. Meine Gedanken kreisen nicht mehr um meine Schmerzen und Trauer, sondern darum, wie ich ihn ausführe, um nicht zu leiden, Bella soll wissen, dass sie keinerlei Schuld daran hat."

Nichts ist mehr wie vorher – Krise

Meine Gedanken zermarterten mich, versenkten mich im Strudel des Bodenlosen. In dieser Verzweiflung schaute ich zur Zimmerdecke und flehte: „Bitte, Gott, hilf mir." Einen Augenblick lang gab mir dies Trost, einen winzigen Augenblick.

Tagebuch, 19. November 1986:
„Traum: *Ich esse eine Schlaftablette nach der anderen. Aber ich bekomme sie kaum herunter. Kurz bevor ich sie in den Mund stecken will, quellen sie ganz dick auf, mein Bauch unter einem riesigen Druck. Es brodelt und schäumt in ihm, bis eine gewaltige nicht enden wollende weiße Masse hochsteigt und wieder aus mir herausquillt. „Was machst du denn da?", fragt mich auf einmal jemand.*"

Dieser Traum hatte mich aufgerüttelt. Am nächsten Morgen hielt ich inne: Ich werde leben. Was konnte ich tun? Ganz weit weg wollte ich. Vielleicht nach Neuseeland? Ich bereitete meine Rettung vor. Für die USA hatte ich noch ein Visum.

Tagebuch, 20. November 1986:
„Die Tatsache, dass ich in den letzten Stunden so viel weinen konnte, spricht vielleicht doch dafür, dass ich nicht von Bellas Liebe abhängig bin, sondern mich doch auch ein bisschen selbst

liebe."

Als nächstes rief ich Biggi an, erzählte ihr alles. Und, das hatte ich nicht erwartet: Mit freundlicher klarer Stimme lud sie mich ein: „Komm gleich vorbei".
Ich fand eine gute Zuhörerin, war verständnisvoll aufgefangen und zu meiner Überraschung kündigte sie mir nicht gab mir sogar eine Begleitbrief mit für Adresse in New York.
So flog ich heulend nach Übersee. Eine aufregende Zeit, jung und körperlich fit, erlebte ich zwei Monate lang viel Interessantes und Spannendes, was den Schmerz eindämmte und die Verzweiflung wegbliess. Maureen, meine Berliner Fußballfreundin, die mittlerweile wieder in Minneapolis lebte, rief ich von New York aus an. Sie lud mich gleich ein: „Komm zu mir."

Tagebuch, November 1986:
„Wie soll ich bloß Maureen begegnen? Ich will mich nicht verstellen, ihr aber auch nicht zur Last fallen. Sie soll auch etwas von mir haben. Ich habe oft die Erfahrung gemacht, dass Menschen meine Schwäche wahrgenommen haben und mir dann genau das nicht mehr geben konnten, wovon ich abhängig bin. Wieso habe ich bei Bella so um Liebe gefleht, ihr so deutlich meine Abhängigkeit gezeigt? Ich wusste doch, dass sie mich so eines Tages nicht mehr lieben und achten wird. Ich selbst habe das eigentlich herbeigeführt. Und nun kann ich wieder schön leiden wie mein ganzes Leben. Das kann ich am besten von allem. Es ist eine Sucht! Obwohl ich das alles weiß und es wirklich nicht will, komme ich nicht da raus. Als ich heftig weinte, begann ich laut zu reden und dabei merkte ich, dass ich die alte Sabine, die ich früher war, nicht ablehne. Meine guten Seiten, meine lockere humorvolle Natürlichkeit, offen für alles Mögliche. Das möchte ich wiederfinden.

Maureen vermittelte mir einen Psychotherapeuten, begleitete

mich und übersetzte, wo nötig. Steve und seine Therapiegruppe wurden meine Rettung. In der Gruppe waren erst mal die anderen dran und ich konnte mit Abstand die Atmosphäre dort aufnehmen. Eine Teilnehmerin schilderte tränenreich ein Erlebnis. Und dann passierte etwas für mich Unerwartetes: Steve, ein Schüler von Dan Casriel, ermutigte sie, den Schmerz und die Wut herauszulassen und sie begann laut zu schreien. Nonverbal! Und dann, ich konnte es nicht fassen, fiel die gesamte Gruppe ein, schrie zusammen mit ihr, auch Steve schrie mit.

Der Raum bebt und ich beginne vor Angst zu zittern.

Steve „Do you have fear?“

„Yes, I have fear.- Ja, ich habe Angst“ Kommt es leise aus mir heraus.

„Louder! - Lauter.“

„I heave fear.“ wiederhole ich ein wenig lauter.

„Louder!“

„I heave fear.“ Schaffe ich mühsam noch kräftiger.

„Louder!“

„I heave fear!“ Schreie ich schließlich laut in die Runde und mein innerer Vulkan entlädt sich mit Vehemenz. Die ganze Gruppe und besonders auch der Therapeut schreien mit mir zusammen. All mein Schmerz kommt schluchzend heraus.

Leise erzähle ich danach, wie es mir geht: „After many terrible years with men, I at least was lucky with a woman. Now I am allone.“

Tief bewegt erfahre ich, dass alle Menschen um mich herum mich fest ansehen, mich mitfühlend annehmen.

Stunden später, allein im Gästezimmer, sann ich nach. Und von dem Erlebnis eingenommen, mit kräftiger Stimme meine Gefühle mitgeteilt zu haben brach plötzlich eine ungekannte Energie hervor und ich hämmerte mit beiden Fäusten in unbändiger Kraft auf die Matratze. Laut kam es dabei aus mir heraus: „Ich werde mein Leben nicht beenden. Ich bin stark! Ich werde aufstehen!“ Das Beton-Ei, in dem ich ewig gehockt hatte, war zerborsten.

Tagebuch, 5. Dezember 1986:
„Ich schaute in den Spiegel, sah eine erwachsene Frau, nahm mich ernst. Noch nie habe ich so viel Sympathie und Positives für mich empfunden. Ich bin so überrascht, wo meine Lebensenergie plötzlich herkommt. Die hat niemand in mich hineingepumpt. Die muss irgendwo in mir gewesen sein. Meine Eltern tun mir leid, dass sie mit ihren Problemen so nicht umgehen konnten.“

Eine regelrechte Euphorie für ein neues Leben hatte mich gepackt. Die Casriel-Methode erlebte ich als die für mich Richtige. Und ich war dankbar, dass Maureen mit mir zu dieser Schreitherapie gegangen war.

Tagebuch, 10. Dezember 1986:
„Vom Lachen wache ich auf. Mein Blut durchströmt mich wie verrückt und löst im ganzen Körper ein pulsierendes prickelndes Gefühl aus. Ich lasse zu Bizets „Carmen“ meine Stimme anschwellen. Oh, ich genieße mich! Ich liebe mich!“

Tagebuch, 15. Dezember 1986:
„Heute war es wirklich hart in der Therapie. Selbstaggressionen bearbeitet. Es war furchtbar schwer auf meinen Vater wütend zu werden. Aber Maureen und Steve haben mich so angefeuert, bzw. provoziert, dass es mir offenbar gelungen ist. Phänomenal. Hinterher habe ich verzweifelt geweint, weil ich mich selbst so verletzt habe in den letzten Wochen. Ich werde zu mir stehen und für mich kämpfen.“

Nach zirka zehn Tagen bei Maureen und noch einigen Therapiestunden mit Steve startete ich durch. Mit einer Art Monatskarte für „Delta-Airlines“ flog ich ins Abenteuer. Sechs Wochen lang bereiste ich dieses wundervolle Amerika mit all seinen Natur-Reservaten. Besonders gut tat mir die lockere freundliche Art der Amis.

Tagebuch 20. Dezember 1986:
„Meinen Pessimismus habe ich mir laut weggeredet. Es ist anstrengend mit taubem Gefühl im Bauch. Dagegen agiere ich mit starkem Atmen und Bauchmuskelanspannung“
Tagebuch, Dezember 1986:
„Meine Depression kommt immer wieder. Je mehr ich mich an mein neues Lebensgefühl herantaste, umso heimatloser und haltloser komme ich mir vor. Ich muss all meine Kreativität und Kraft aufbringen, um ins fremde Neuland einzudringen, ein neues positives Ich und damit eine solidere Geborgenheit aufbauen.“

Dieses Silvester bedrückte mich: Was kommt im neuen Jahr?

Arbeit tut gut

Nach meiner zwei-monatigen Lebensrettungsreise-Reise tauchte ich unsicher im Büro auf. Und konnte erleichtert feststellen, friedlich wenn auch distanziert, aufgenommen zu sein. Ein seltenes Glück, dass das möglich war. Biggi Business sei Dank. All die vergangenen Disharmonien mit ihr konnte ich verzeihen. Aber die alten Probleme mit den Uschis machten mir weiter zu schaffen.
Besonders auch meine verletzte Seele. Dazu mehr im übernächsten Kapitel. „Meine Seele schwankt“

Biggi nahm mich zur Brust: „Wenn du weiterhin nicht präsent bist, dich zurückziehst, sehen die Frauen in dir den Sozialfall, nehmen dich nicht ernst.“ In der Tat fürchtete ich die Nähe der Uschis.

Tagebuch, Februar 1987:
„Die haben doch einen Riecher für meine Schwächen, mein mangelndes Selbstwertgefühl und haben das oft schonungslos ausgenutzt, in meine empfindliche Kerbe gehauen. Meine unwirksame Reaktion darauf: mich rechtfertigen mit meiner fachlichen Qualifikation, ironische Witzleien, Zurückziehen.“

Das, natürlich, half keineswegs. Offene Aussprachen traute ich mir wegen dabei zu erwartender Kritik an mir nicht zu.

Tagebuch, 10. März 1987:
„Was ist schlimmer, mein Leben beenden oder weiterleben? Ständige Kopfschmerzen. Ich möchte weiterleben, auf keinen Fall in eine psychiatrische Klinik, mich dem Leben stellen, arbeiten gehen, Kontakte haben, dabei meine andere schwache Seite nicht mehr verleugnen, geduldig sein. Ich will mich lieben und gut zu mir sein.“

Unser Projekt ging zu Ende und mir fehlte die Arbeit. In meinem Tagebuch geht es rauf und runter. Depressionen, Analysiererei und Überlebenspower wechselten sich schier endlos ab. Wenigstens hatte Biggi es geschafft, das ausgelaufene Projekt neu zu installieren.

Tagebuch, 31. Juli 1987:
„… heute meinen neuen Arbeitsvertrag unterschrieben.“

Die Beschäftigungsinitiative startete mit den gleichen Teilnehmerinnen. Unter anderem baute ich ein Floß und schipperte mit den Uschis auf einem Wasserfest im Urbanhafen umher.

Tagebuch, 9. August 1987:
„In Nagasaki sind letztes Jahr noch über 2000 Menschen am Strahlentod gestorben. Habe mir vorgestellt, wie viele liebende Menschen dadurch voneinander getrennt wurden, wieviel Schmerz überall in der Welt ist. Meine Angst, nicht akzeptiert und gemocht zu werden ist immer noch so groß, dass ich gerade wieder viele Tränen vergossen habe. Ich wünsche mir so, dass ich in Harmonie mit mir und dem Leben sein kann."
Tagebuch, 26. August 1987:
„Völlig fertig und zutiefst verletzt komme ich von der Arbeit nach Hause. In der Teamsitzung - ich hatte unkonzentriert nicht gut genug geplant - sagte Biggi: „Du musst das können. Du bist 40 Jahre alt. Wir sind kein Therapieverein." Jetzt wo ich mich einigermaßen berappelt habe, Selbstvertrauen gewonnen, das Kämpfen angefangen habe, versucht sie mich besonders zu belasten, von oben herab runterzumachen. Nach der Arbeit habe ich sie angerufen. Da sagte sie mir, ich habe sie auch neulich angegriffen mit der Äußerung, dass sie so ein Arbeitstier sei."

Wir vereinbarten, in Zukunft freundlicher miteinander umzugehen.

Tagebuch, 31. August 1987:
„Frau im Himmel, war das heute ein Kampftag. Anstrengende Teamsitzung. Streit mit Biggi, regelrecht gezittert habe ich dabei. Hat mich das eine Kraft und Konzentration gekostet. Aber es war gut. Besser habe ich mich noch nie mit jemandem auseinandergesetzt, der mir so überlegen ist (Selbstsicherheit, Machtstellung, verbale Ausdrucksfähigkeit). Meine Selbstachtung ist wieder gestiegen. Allerdings über Kampf. Ich würde gern ohne Kampf glücklich sein. Im Traum weinte ich um meine abgetrie-

bene Tochter.“

Meine Kopfschmerzen hielten mich im Klammergriff, ungefähr drei Mal die Woche, und so stark, dass ich mich mit Tabletten vollstopfen musste, unfähig irgendetwas zu unternehmen. Ich fragte Dr. Bosch, ob er mich vielleicht mit Homöopathie behandeln kann. Er lächelte und gab mir einen Anamnesetermin. Mit den Kügelchen ließen die Schmerzen tatsächlich langsam nach. Selten und aushaltbar sind sie seitdem. Homöopathie wurde ein wichtiger Teil in meinem Leben.

Tagebuch, September 1987:
„Meine Kopfschmerzen kommen immer auf bei unbewusster, verdrängter Angst. Habe heute einen Versuch unternommen, sagte mir laut, oft hintereinander: ich habe Angst. Mein Unterkiefer begann zu zittern und meine Angstschreie weiteten sich zu einem Beben in Bauch und Brust. Vorsichtig strich ich mir mit meiner Hand über die schmerzende Stelle, drückte sanft meinen Nacken. Das Wunder geschah, meine Kopfschmerzen verschwanden ohne Tablette. … Heute habe ich mich heftig gestritten. Mir geht es besser als je zuvor.
Tagebuch, 3. November 1987:
„Dana gab mir Sicherheit, wie gut ich auf der Arbeit kämpfe. Sie schlug mir vor, mir einen unsichtbaren Schutzmantel vorzustellen an dem Giftpfeile abprallen.“
Tagebuch, 7. Februar 1988:
„Mein Horror vor der Teamsitzung war überflüssig. Meine Stelle wird doch verlängert. Erleichterung!!!“
Tagebuch, 15. Februar 1988:
„Heute Morgen kam mir eine Idee: Ich probiere mal etwas: spiele gute Laune als ginge es mir blendend. Raimund sagte mir eben am Telefon, er wolle Biggi sagen, dass er in ihren weiteren Projekten nur mitmachen will, wenn ich auch dabei bin, dass er nämlich gut und gern mit mir zusammenarbeitet.“

Das tat mir gut, dass unser Solaringenieur mich stützte. In der Zeit hielt ich ab und zu Vorträge bei anderen Institutionen zur Alternativen-Energietechnik.

Biggi brauchte für ihren Schlussbericht Informationen und bestellte mich deshalb zu einem Termin, um mir viele Fragen über den Verlauf des gesamten Projektes zu stellen. Martina, unsere studentische Hilfskraft, hatte sie dazu gebeten, zur Entspannung, wie ich vermutete. Gut zwei Stunden hatte ich reine Kopfarbeit geleistet, minutiös alles bestens beantwortet.

Tagebuch, 19. Februar 1989
„Traum: *Ich habe einen schweren Anhänger am Fahrrad. Es wird mir zu blöd und ich schneide das Seil ab.* - Ich habe mal wieder die Kurve gekriegt aus meinem Tief der letzten Woche. Meine vielen guten Eigenschaften kenne ich ja. Und jetzt sollte ich sie wirklich intensiv zum Leben bringen. Meine Persönlichkeit anschauen und genießen."
Tagebuch, 22. Februar 1989
„Guter Tag heute im Büro. Heidrun freundlich und Martina gab mir Bestätigung für meine Arbeit und das Interview: *Du warst richtig gut!* und überhaupt, die ganze Struktur unseres Projektes, damit wäre ich wirklich gut zurechtgekommen, trotz meiner eigenen persönlichen Probleme."
Tagebuch, 27. Februar 1989:
„Ich arbeite zu viel, aber mit Erfolg, bin respektiert von meiner Gruppe und meinen Kollegen, gute Zusammenarbeit von uns allen."
Tagebuch, 27. April 1989
„Habe mich über Biggi so geärgert, dass ich wütend auf alle Polster schlug die sich im Raum befanden. Heute habe ich ihr Contra geboten, ohne sie, wie die letzten zwei Jahre, wütend zu attackieren. Nach der Mittagspause nahm sie mehrmals Kontakt

zu mir auf, suchte mich durch Interesse und Lob für meine Arbeit freundlich zu stimmen. Fragte mich sogar nach meiner Psychologenmeinung zu einem Traum, den sie hatte. Dann stellte sie mir auch noch mit einem Riesen-Computerausdruck ihre Gliederung für den wissenschaftlichen Schlussbericht vor und erläuterte wie schwierig bestimmte Artikel seien. Falls sie nach meiner Anerkennung suchte, ich gab die nur in kleinen humorvollen Portionen. Zu meiner eigenen Absicherung. Mit einem direkten glatten Lob könnte Biggi langfristig nicht umgehen. So meine Vermutung."
Tagebuch, 7. Mai 1989
„Martina sagte mir, dass Biggi wegen meiner Kritik völlig fertig war, nicht mehr arbeiten konnte und so. Das hatte ich nicht gewollt und rief Biggi an, um ihr zu sagen, wie leid mir das tut, ich lediglich meine Wut nicht runterschlucken, aber auch gerade nicht verletzend rauslassen wollte, meine Kritik allerdings berechtigt empfinde. Sie meinte, dass sie meine Angriffe sehr hart findet, auf mich besonders empfindlich reagiert. „Welche Äußerung von mir hat dich denn so verletzt?" Biggi: „Die autoritäre Chefin" - Ich: „Das wäre nur verletzend, wenn es nicht stimmt, was noch zu klären ist." Nach längerer Diskussion beteuerten wir uns beide, uns Mühe geben zu wollen, gut miteinander umzugehen. Entspannung. Wie wenn eine leichte Brise einen Nebel verwehen lässt."

Ein großes Unterfangen auf dem Dach eines Berliner Mietshauses stand an. Es war nach Besetzung nur von Frauen bewohnt und in Eigenregie verwaltet. Im Erdgeschoß wurde ein Frauen-Café, die „Begine", eingerichtet. Unser Projekt baute in diesem Sommer eine große thermische Solaranlage dort ein. Während der Montage drehte sogar ein Film-Team einen kleinen Beitrag auf dem Potsedach. Im Fernseher später musste ich allerdings entsetzt feststellen: Während ich interviewt wurde, habe ich wegen meiner Gesichtsverspannung mit der Zunge gegen die

Wange gebohrt, was deutlich zu erkennen war. Wie peinlich!

Tagebuch, 10. Juli 1989
„Ich habe mitgeteilt, dass ich demnächst als Honorarkraft beim „SPI“ arbeite und dort auch eine Stelle angeboten bekommen habe. Biggi aufgeregt: „Du bist ja jetzt so qualifiziert, dass sich alle die Finger nach dir lecken. Du darfst unserem Projekt aber nicht verloren gehen.“

Am Ende des wie immer zeitlich befristeten Arbeitsvertrages erhielt ich kein neues Angebot und wurde nach über vier Jahren in dem TU-Projekt mit 43 Jahren wieder arbeitslos. Beim Arbeitsamt meldete ich mich nicht, begann, mich mit Solarkursen auf Honorarbasis über Wasser zu halten. Das funktionierte eine Weile. Auf Dauer jedoch schaffte ich es nicht selbstständig zu sein, hatte keinen blassen Schimmer, wie es beruflich weitergehen könnte.

Meine Seele schwankt

Nach zwei Monaten Amerika im kalten zu Hause. Einsame Jahre in meiner 1-Wohnung ohne Mietvertrag folgten.
Tagebuch, 9. Januar 1987:
„Ich zerfließe in meinem Verlustschmerz um Bella. Dana bestärkte mich, mich zurückzuhalten. Es fällt mir ungeheuer schwer, mir das Leben zu nehmen, werde mir noch einmal alle Tricks herausholen, um mir neue positive Energie zufließen zu lassen. Ich melde mich für einen Casriel-Workshop an. Nun habe ich mich schon wieder im letzten Moment vor dem Tod gerettet. Wann begreife ich meine Stärke, doch immer wieder auf die Füße zu kommen? Bei Robin Norwood, in „Frauen die zu sehr lieben“ las ich: „Indem Sie zu sehr lieben, versuchen Sie

Ihre alten Gefühle von Angst, Wut, Frustration und Schmerz zu überwinden.“ - Ist es möglich zu lieben und geliebt zu werden ohne Abhängigkeit? Ich möchte es versuchen.“

Tagebuch, 3. Februar 1987:

„Ich fühle mich trotz meiner vielen Freundinnen einsam, sehne mich nach einer intensiven Partnerbeziehung mit viel Nähe, Vertrauen, Erotik. Ich muss Geduld mit mir haben. Robin Norwood: „Gesund zu werden heißt, sich selbst und das Leben nicht mehr intellektuell zu analysieren, sondern stattdessen den tiefen seelischen Schmerz zu fühlen der die schreckliche Isolation begleitete, die sie als Kind hatte ertragen müssen.“ - Jetzt spüre ich meinen Schmerz. Meine Tränen werden mehr. Wie lange muss ich das noch wiederholen?“

Tagebuch, 7. Februar 1987:

„Narzissmus. Ich bin die Tollste und Größte. Nur dann kann ich mein Kleinsein verstecken. Wut auf meine Eltern. Sie haben mich zu einem seelischen Krüppel gemacht. Wenn ich mich zu wehren versuchte, haben sie mich am Boden zerstampft. Sie haben mir Bella weggenommen, schon vor 30 Jahren. Ich möchte nicht wissen, wie lange ich noch an meinem Unwert-Gefühl herumknabbere. Eins weiß ich sicher, ich kann mich anstrengen, wie ich will, Erfolge haben, mein Selbstwertgefühl bekomme ich dadurch nie wirklich.“

Tagebuch, 25. Februar 1987:

„Da ich gestern bei Dana gelernt habe, dass hinter meiner Trauer auch Wut steckt, habe ich mich eben gezwungen anschließend ans Heulen in den Spiegel zu sehen und mir zu sagen, dass ich mich auch mit meiner Wut liebe. Ich muss vorläufig meine Droge Bella durch Wutarbeit ersetzen.“

Tagebuch, 25. Februar 1987:

„Es war verdammt schwer, sie rauszulassen. Nach ein paar Boxschlägen auf die Matratze wurde ich schwach und feuerte mich an: Mach jetzt nicht schlapp! Los mach weiter! Habe ins Kissen gebissen und geschrien. Bei Opernmusik, Gefangenenchor, Triumphmarsch, Matrosenchor. Jetzt pulsiert es regelrecht in mir mit glühendem Gesicht. Adrenalinstoß gegen Depression."

Weil es in Berlin keine Casriel-Gruppe gab, reiste ich nach Hadamar. Eine zirka 50-Leute große Gruppe kämpfte zwei Tage lang mit Schmerz und Wut.

Tagebuch, 28. Februar 1987:
„Unsagbare Schmerzen. Ich schaffe es nicht, wütend zu werden. Heute 7:30 dynamische Meditation. Ohne Kraft, schwach wie nach einer Narkose, kämpfte ich dagegen an so gut ich konnte, spürte danach eine leichte Entspannung und … wieder seelischen Schmerz, heftiger denn je. Das wollte ich nicht. Sondern Energie tanken! Bei der nächsten Übung dachte ich an einen Typen aus der Gruppe, den ich fies fand und habe laut schreiend auf die Matte gedonnert. Aber so richtig tief, wie der Schmerz ging die Wut nicht. Dafür Kopfschmerzen. In einer Kleingruppe bekam ich die Kurve. Ich bin liebenswert! Beim Abendessen habe ich sogar meinen Humor wiedergefunden."

Bei einer Übung, in der ich plötzliche Wut auf meinen Vater fühlte, schoss mir das Blut aus der Nase und ich war dankbar, dass Charly, der Ko-Therapeut aufsprang, mich in den Arm nahm und mich zu sich herunterzog. Da lag ich dann, 39 Jahre alt, wie ein Baby in seinen Armen und fühlte mich geborgen und geliebt. Ohne mich zu schämen, jedenfalls fast. Schließlich konnte ich dann doch ein wenig lächeln über diese Situation und mich mit dem Gefühl, liebenswert zu sein wieder aufrichten.

In diesen Seminartagen lernte ich u. a.: „Achtet immer darauf in Konflikten eure eigene Empfindung zu äußern, statt andere zu kritisieren." Welch hilfreiche Kommunikationsregel! Das übten wir in großer Gruppe mit anschließendem nonverbalem An-

schreien. Ein Typ hatte mich aufs Korn genommen, weil ich in der übervollen Sauna sitzend, frech „Besetzt!" gerufen hatte. Nun schrie er mich coram publico dafür zusammen. Volle Pulle. Ich musste spüren, wie sehr ich ihn getroffen hatte, wie unsensibel meine Art war.
Ich zitterte, hielt den Atem an. Diese Übung lief noch gut eine Stunde mit anderen Beteiligten. Die Luft im Raum wurde immer dicker. Wir alle haben Einiges begriffen.
Am nächsten Tag wurde diese Nummer wiederholt. Ich traute mich, Gert, den Haupt-Therapeut, zu konfrontieren. Über ihn hatte ich mich geärgert, weil er zu Angela, meiner Begleiterin aus Berlin deren Gesicht vom Alkoholmissbrauch etwas aufgedunsen war, gesagt hatte, sie habe eine Visage. Das fand ich beleidigend. Besonders auch weil sie sich anfangs als Lesbe geoutet hatte und ich mich indirekt mit angegriffen fühlte.
Echt sauer erkläre ich Gert mein Anliegen und überwinde mich, schreie ihn an! Meine Güte, absolut fremd fühle ich mich. Gert, dicht vor mir, verzieht keine Miene. Ich stoppe mein Schreien, sage mit fester Stimme: „Ich wünsche mir, dass du lesbische Frauen achtest und das auch in euer Programm mit aufnehmt, es öffentlich plakatiert neben all den anderen Plakaten hier an euren Wänden. Jetzt wünsche ich mir, dass du mich umarmst." Gert rührt sich nicht. Alle gut 50 Menschen verharren bewegungslos. Gespannte Stille im Raum. Nach gefühlten fünf Minuten geht Gert einen Schritt auf mich zu. Er umarmt mich. Ich atme auf. Boaah, was habe ich gemacht?

Tagebuch, 1. März 1987:
„Es ist vollbracht! Eine halbe Stunde stand ich allein inmitten des Gruppenraumes zwischen allen Leuten und wartete auf die verspäteten Therapeuten. Mein Herz hämmerte wie beim Abitur und Staatsexamen zusammen. Dann habe ich losgelegt. Ich schreie Gert mit geöffneten Augen an, so intensiv, wie ich es mir

nie hätte vorstellen können. Oh, war das gut. Ich habe ihn gebeten, wenn er mich als Homosexuelle akzeptiert, ohne sich als Mann missachtet zu fühlen, dass er dann auf mich zukommen und mich umarmen soll. Er stand eine Unendlichkeit lang regungslos da, ich war kein bisschen verunsichert, wollte gerade tief Luft holen, um ihn erneut in Grund und Boden zu schreien, da kam er auf mich zu und wir umarmten uns. Vor Erleichterung und Freude weinte ich ein wenig. Dann sah ich ihn glücklich an. Anschließend sprach ich zur Gruppe, beschrieb, wieviel Gewalt ich mir angetan habe, als ich meine Gefühle zu Frauen nicht an mich heranließ, um ein ordentliches Mitglied dieser Gesellschaft zu sein und wie glücklich ich mit einer Frau war. Ich konnte mich konzentrieren. Am Ende haben mich viele Frauen in der Mitte umkreist und in den Arm genommen, mir Bestätigung gegeben: „Sabine, ich habe großen Respekt vor dir." „Du warst so mutig." „Ich habe gut mit dir gefühlt." „Du hast es so klar und gut herausgebracht." „Ich liebe dich so, wie du bist." - Ich fühle mich liebenswert, selbstvertrauend, freudig und kraftvoll."

Tagebuch, 11. April 1987:
„Sich liebevoll anschauen mit einem warmen Blick, von meiner Familie kannte ich das nicht. Erst von Bella. Ein solches Begegnen zweier Gesichter ist das Leben wert gelebt zu werden. - Marleen Haushofer, „Die Tapetentür", schrieb: „… wer ein einziges Mal sich an einen anderen verloren hat, wird nie mehr der, der er zuvor war. Er bleibt zurück als ein Teil der verloren gegangenen Einheit, in Wahrheit untröstlich." Nicht alle Literatur wirkt aufbauend. Ich versuchte Wut loszuwerden mit einem Versuch: biss stark auf meine Zähne, mit dicken Tempos dazwischen, bis mir übel wurde und ich den Versuch abbrechen musste. Ohne die Werte von Liebe, Vertrauen und Nähe kann ich nicht lange leben. Gibt es eine selbstlose reine Liebe? Ich versuche hier in Gelsenkirchen bei meinen Eltern der Einsam-

keit ein wenig zu entfliehen, versuche das Positive meiner Familie wahrzunehmen. Immer wieder jedoch versuchen sie mich zu treffen, nicht besonders gemein oder grob – nein, harmlos nebenbei, wie unbeabsichtigt. Ich bemühe mich wie verrückt, ihnen keinen Anlass zu geben. Das geht besser als früher, ist allerdings ein unmögliches Unterfangen. Ich fühle mich so schwach, dass ich trotzdem hierbleibe, mich aber zurückziehe. Die Jupitersynfonie tröstet meine Seele."

Tagebuch, 26. April 1987:
„Heute ist der Jahrestag von Tschernobyl. Wie soll ich Angst vor Radioaktivität haben? Ich wünsche Bella von Herzen, dass sie gesund bleibt, es ihr gut geht. Das Leben ist für mich erst lebenswert, wenn ich eine Frau liebe, die mich auch liebt. Gleichzeitig weiß ich auch, dass ich dann von dieser Liebe abhängig sein werde. Ich will mich so lieben, wie ich bin, aber ich muss mich dringend ändern. So kann ich auf keinen Fall bleiben. Warum soll ich mich dann so lieben? - Jetzt muss ich zur Arbeit. Besprechung der Hinterhofbegrünungen. Mir fehlt mein früheres Engagement. Was nützt schon ein grüner Hinterhof ohne Liebe auf der Welt? Als ich in den Briefkasten schaute, ging es mir etwas besser: Frühlingsgrüße von Marlies aus Griechenland, eine Ansichtskarte mit Blumen drauf."
Tagebuch, 21. Mai 1987:
„Meine Schmerzen über den Liebesverlust werden nicht schwächer, wie die Schmerzen um die Einsamkeit, der mich meine Eltern ausgesetzt haben als Kind. Heute habe ich wieder heftig um beides geweint. Jetzt höre ich durchs geöffnete Fenster einen sanften Mai Regen durch die Nacht rieseln. Dies lässt mich entspannte Harmonie mit mir und dem Leben fühlen. Heute habe ich es geschafft, mein heißes Eisen angepackt, mein Verhältnis mit Dana, fühlte mich besser, aber nächste Woche muss ich noch einen Schritt weitergehen, ihr meinen erotischen Traum mit ihr erzählen. Warum bin ich dabei, mich in Dana zu

verlieben? Meine Bedürftigkeit. Ich möchte laut um Liebe schreien. Ich möchte wie eine Opernsängerin meine Stimme anschwellen lassen bis alle Gläser klirren, voll aus meiner Brust heraus. Mir fällt wieder diese eine Gesangsstunde vor drei Jahren ein, als ich meine Stimme crescendieren ließ und zum ersten Mal spürte, welche Schmerzen tief in meinem Körper begraben ruhten."

Tagebuch, 31. Mai 1987:

„Von der Atemtherapeutin, Ilse Middendorf, hörte ich einen Satz: „Wir schauen in uns hinein. Ich nehme meine Gefühle an, ohne sie zu werten." Das war eine erleichternde Erkenntnis: Nicht werten. Nach meiner Atemgruppe habe ich mir während des Weinens noch einmal ein Tempo zwischen die Backenzähne geklemmt und fest zugebissen. Mir wurde übel und mein Unterkiefer klapperte. Als ich in den Spiegel schaute konnte ich mich annehmen, ohne zu werten."

Tagebuch, 12. Juni 1987:

„Dana war gefrustet, dass ich keine Wutarbeit machen wollte. Wenn ich Verständnis für Bella habe, nehme ich sie und mich nicht ernst."

Tagebuch, 19. Juli 1987:

„Unaufhörlich rauscht der Regen durch die Nacht, als wolle er meine Tränen stützen, meine Schmerzen fortspülen. Seit ich die Liebe zu mir gefunden habe spüre ich eine heftige Trauer um die nicht gelebte Liebe in meinem bisherigen Leben. Die Orchestersuite von Max Bruch, weich, zart, temperamentvoll, erfüllt mein Zimmer."

Allison und ich fuhren nach Holland, um Maureen, die von den USA nach Berlin übersiedelte, mit großem Gepäck vom Flughafen abzuholen.

Tagebuch, 28. Juli 1987:

„Unendlich wölbt sich der Horizont über dem Meer, jagen die

Möwen unter den Wolken, treibt der Wind die nach Tang riechende Seeluft in mein Gesicht. Eine Haarsträhne spielt sanft an meiner Schläfe. Ein blassrosa Lichtstreifen zwischen den dunklen Wolken taucht die Dämmerung über den Strand in ein mildes Licht. Ich fühle mich ruhig und sanft in mir."

Tagebuch, 12. August 1987:

„Ich mochte gern vor dem Spiegel in mein Gesicht schauen, mir liebe Worte sagen, (die ich gern auf Tonband hätte), spüre jetzt viel Liebe und Selbstvertrauen in mir, es war nicht mein Fehler, dass Bella mich verlassen hat und ich habe mir nicht das Leben genommen, sondern mich ins Flugzeug gesetzt. Ich brauche mir nichts vorzuwerfen. Ich lebe und lerne und kämpfe und halte durch, genieße meine kleinen Schritte kann mir Rückfälle zugestehen und verzeihen. Dass ich mich selbst liebe, das glaube und fühle ich, sehne mich nach Berührungen und Umarmungen."

Tagebuch, 11. September 1987:

„Bei Casriel las ich gerade über die Angst. Ich war nicht ein schlechter Mensch! Ich hatte nur Angst, es zu sein! Ach, es geht mir auf einmal so gut, bin voller Selbstliebe und Selbstachtung. Sehr zuversichtlich. Überschwänglich rief ich Dana an, um ihr das mitzuteilen. Dana: „Du bist die erste, die anruft, weil es ihr gut geht."

Tagebuch, 4. Oktober 1987:

„Die Sonne scheint warm durchs geöffnete Fenster in mein Zimmer. Ich fühle mich irgendwie gar nicht, weder gut noch schlecht. Seit zwei Wochen habe ich keine Schmerzen, keine Angst an mich herangelassen, keine Träne vergossen. Eine innere Kühle wächst in mir. Ich spüre, dass ich bald wieder schreien und weinen muss, um auf meinem Weg zu bleiben, mich selbst immer stabiler zu lieben und zu vertrauen, mich wert zu schätzen. Aber mein Leistungsdruck zwingt mich, viel Fachliteratur zu lesen. Mittwoch fahre ich zum Casiel-Maraton. Dort werde ich intensiv fühlen und mir Körperwärme holen.

Eine ruhige Symphonie von Gershwin tut mir gerade gut. Gleich werde ich mich vor den Spiegel setzen und mir verständnisvoll und warm zureden, ohne vorher geweint zu haben. -
Es hat geklappt! Ich mochte mich. Tiefe Freude. Ich habe meine Hitzewellen einmal angenommen, mich nicht ausgezogen, sondern mit geschlossenen Augen jeden Teil meines Körpers mit Konzentration wahrgenommen."
Tagebuch, 25. Oktober 1987:
„In meiner Selbsthilfegruppe war heute „Stärke" unser Thema. Die Kritik an mir: Ich bin zu stark, stehe immer im Mittelpunkt der Gruppe, lasse manchmal verletzende Spitzen los. Ich weiß, dass das stimmt, wollte mich aber nicht selbst runtermachen, versuchte mich wütend zu wehren. Die andern wurden sauer auf mich, ich solle nicht überheblich sein, mich kontrollieren. Um Himmels Willen, das konnte ich bisher viel zu gut! Verdammte Hundescheiße! Schlechtes Gewissen. Wie lange brauche ich noch, um meine Gefühle endlich richtig rüberzubringen? Immerhin haben Antje und ich den Streit hinterher gut auffangen können. Bei Dana war es heute besonders gut. Dana: „Deine Distanz zu den anderen lässt keine echte Nähe zu. Sieh diejenigen, die dir unterlegen sind mal aus deiner Sicht, die du gegenüber deinen Überlegenen hast."
Tagebuch, 25. Oktober 1987:
„Jane heute: In letzter Zeit freue ich mich immer richtig auf dich. Deine Fortschritte finde ich gut." Nach der Stunde lud sie mich noch zu einem privaten Gespräch an ihrem Bistrotisch ein."
Tagebuch, 1. November 1987:
„Einen schönen, fröhlichen Tag mit Inge gehabt. Das gute am Leben ist, dass es trotz aller Gemeinheiten zwischendurch doch immer wieder wunderbare Freuden zu bieten hat."
Tagebuch, 1. Dezember 1987:
„Ich wollte weinen, es kam nicht heraus, atmete tief in den Bauch, da ging das Gefühl weg. Dann atmete ich ganz nach

oben in die obere Brust dicht unter die Kehle und weinte endlich losgelöst und befreiend."

Über Weihnachten und Sylvester reisten Inge, Eggi und ich nach Kairo. Omar und Yvette Dessouky hatten mich seinerzeit eingeladen. Ein Wahnsinn, dieses Menschengewimmel und Hupkonzert auf den Straßen. Später konnten wir in Luxor, dem Tal der Könige und zum Schluss in Dahab auf dem Sinai entspannen.
Tagebuch, 18. Dezember 1987:
„Nachts ins zwei km entfernte Beduinendorf gewandert. Unter einem sagenhaften Sternenhimmel, milde würzige Luft. Ich hatte den Eindruck, dass der laue Wind, den auf dem Berg Sinai verdunsteten Schnee hierher weht. Die zunehmende Mondsichel warf unsere Schattenrisse auf den Weg. Urplötzlich standen wir am Strand. Kein Brandungsgeräusch hatte es angekündigt. Die zarten Wellen im Roten Meer nähern sich eher zögernd dem Ufer, um es dann liebkosend zu umspülen."
Tagebuch, 29./30. Dezember 1987:
„Beim Gespräch mit meinen Freunden über Märchengrusel und Science Fiktion kam Hass in mir hoch gegen diejenigen die bei unrealistischem Grusel Spaß haben. Sie haben etwas gemeinsam mit denjenigen, die sich früher über meine Angst lustig gemacht haben, wie meine Eltern und mein Bruder, die mich öfter in Angst und Schrecken versetzten, um sich an meiner Panik zu weiden. Wenn ich vor Angst schrie, lachten sie sich kaputt. Wenn ich vor Schreck wütend wurde, bekam ich ungeheuer eins drüber und litt unter Schuldgefühlen und unsäglichem Frust. Wenn ich heute Hass und Aggression gegen Menschen fühle, muss das irgendwie die nicht gelebte Wut dieses oder ähnlicher Erlebnisse sein, kann sie nur so äußern, dass es pädagogisch wirkt. Verdammt! Verdammt! Verdammt! Ich will das ändern. Wie? Wie? Wie? Ich kann mir nur vornehmen, einen Moment innezuhalten und nach meiner Verletztheit zu schauen, bevor

ich andere angreife."
Tagebuch, 2. Januar 1988:
„Khan el Khalili, immer wieder sind alle Eindrücke so fremd für mich, dass ich es gar nicht fassen kann, wirklich hier zu sein, dass ein Mensch in der Lage ist, in ein Flugzeug zu steigen und sich in eine völlig andere Welt zu begeben. Ein leicht schlechtes Gewissen kriecht in mir hoch, dass ich mir diese Armut ansehe. Umgekehrt können diese Menschen nicht in meine Welt reisen und etwa unsere vereinsamten Vorstädte befremdet bestaunen. Ich werde kein zweites Mal in ein solches Land reisen."
Tagebuch, 7.Januar 1988:
„Ich verschwende all meine Liebe in meiner Fantasie an Bella, immer wenn es mir besser geht, kommt ein neuer Einbruch. Der Schlamm aus meinem Tal der Schmerzen klebt, wenn ich da heraussteigen will, zäh an meinen Schuhen. Auf dem gläsernen Rand rutsche ich ab, das Glas kracht und ich falle wieder runter. Wie lange muss ich mich noch da durch quälen? Wie lange muss ich gehen, bis der letzte Schlamm getrocknet an mir herunterrieselt? Kann ich die Sprache der Liebe noch lernen? Sicher nicht so weich und gelassen wie ein Mensch, der sie von Geburt an lernte. Ich wünsche mir so, dass ich ein stabiles warmes Gefühl für mich haben kann und damit auch für andere. Noch immer treibt mir die Vorstellung, mit einer anderen Frau eine neue Liebesbeziehung einzugehen, die Kälte in die Adern. Ich sage mir: Sabine, lass dir Zeit. Die Wärme und Liebe, die du für Bella empfindest, ist deine eigene und du wirst sie eines Tages für eine andere empfinden können. - Heute Morgen habe ich frei, lange geschlafen, mich sexuell befriedigt, in Ruhe mit schöner Opernmusik gefrühstückt. Als ich im Bad in den Spiegel sah, überkam mich ein starker Schmerz und ich habe 1 ½ Stunden geweint. Jetzt geht es mir besser. Leider muss ich gleich los zum Treffen der Solararbeitsgemeinschaft Berlin. Lieber würde ich zu Hause bleiben und mich um mich selbst kümmern."
Tagebuch, 17. Januar 1988:

„Niemand hat sich auf meinen Aushang in der Lesbenberatung für eine Selbsthilfegruppe gemeldet. Ich habe einen Rückfall, alles Positive ist wie weggeblasen, habe neuerliche Freitodgedanken. Mit Mühe habe ich heute gegen eine Depression angekämpft, meine Stapel auf dem Schreibtisch geordnet, einen Stuhl gestrichen. Niemals vorher hätte ich mir dieses Gefühl der Einsamkeit vorstellen können. Immer wieder kann ich mich nur auffangen, wenn ich lange und heftig weine, mir im Spiegel gut zurede."

Mir schwante, dass meine Sehnsucht nach Bellas Liebe eine Sucht ist. Nomen Est Omen. Wackelig wanderte ich durchs Leben. Das Gesicht eines anderen Menschen sich wandeln zu sehen zu einem freudestrahlenden Lächeln, auch wenn es in einem Kinofilm geschah, tröstete mich. Mein vorwiegender Halt war meine Therapeutin. Sie tat mir gut mit Sätzen wie: „Du hast ein gutes Reflektionsvermögen." „Du bist so grundanständig." Schwierig war für mich ihre Äußerung: „Du rechtfertigst dich so viel." Natürlich nahm ich mir vor, damit aufzuhören. Aber das klappte überhaupt gar nicht. Bei jeder Kritik brach ich innerlich ein und reagierte äußerlich mit Rechtfertigungen. Wie soll ich das ändern? fragte ich mich.

Was konnte ich noch tun? Ich versuchte mich in einem Kurs: „Kreatives Schreiben". Unter anderem schrieb ich vierzigjähriges Greenhorn:
„Wer hält mein Leben an? Wer wagt es? Ich werde das nicht zulassen. Es gibt keinen Weg zurück. Nachts schlummert alles Leben und doch werde ich älter. Ich will nicht als Kind alt werden wie eine Knospe, die vor dem Erblühen vertrocknet. Ich kämpfe für meine Reife."
und
„Ohnmacht, dich kenne ich viel zu gut. Niemand wird je die Angst ermessen können, die du mir zugefügt hast – das Leiden,

in das du mich gezwungen hast. Du entsetzliches Grauen. In deinem Antlitz liege ich da wie eine offene Wunde, in die alle einmal hineinhauen dürfen. Oh, du schöne Macht, wie liebe ich dich. Komm sei mir hold und verlass mich nie mehr. Angstfrei entfalte ich all meine Kreativität mit dir, schaffe eine neue Welt mit viel Liebe, Harmonie, Frieden und Wohlstand. Amen."
Und:
„Vater, erst jetzt wird mir klar, dass du mir nie klar warst. Ab und zu warst du da, ohne da zu sein. Wer bist du? Du hast kein Vertrauen in mich gehabt. Mehr hat mir jedoch gefehlt, dass ich kein Vertrauen in dich haben konnte. Obwohl Mutter mich geschlagen hat, hatte ich Angst vor dir. Wenn jemand in die Falle getappt ist, hast du draufgehauen, deinen Hass entladen. Nicht einmal Schmerzen hast du mir als Folge erlaubt. Aber ich habe sie wiedergefunden, meine Schmerzen und die Liebe auch. Ich kann lieben. Und ich bin liebenswert. Du hast mich nicht geschafft, kannst mir nicht mehr schaden. Für den Fall, dass du mich eventuell doch lieben könntest: Liebe, die ich nicht spüren kann, ist keine. Für mich ist Liebe etwas Aktives. Mutter, du bist nur ein Schein deiner Selbst. Fast hätte ich die Wunde nicht entdeckt, die der Schatten deines Scheins verdeckt hat. Dein Licht hat mich so geblendet, dass ich blind vor Liebe für dich war. Wie kann ein Mensch von einem Schein verlassen werden? Da kann ich nur die Realität finden: Mein eigenes Ich!"

Erstaunt lese ich heute diese Notizen: Was ich damals so alles gedacht habe. Tagebuch schreiben ist klasse.

Tagebuch, 9. Februar 1988:
„Habe meine Briefe an die Eltern aus der Internatszeit gelesen, bin überrascht keine Depressionsgedanken dort zu lesen. Verblüfft las ich humorvolle, freundliche, dankbare und kritische Briefe, offen und direkt, ohne zu jammern."

Tagebuch, 28. Februar 1988:
„Ich genieße mein Alleinsein, meine Wohnung, höre Haydn und lese interessante Energiebücher. Wenn ich zwischendurch mal unbewusst in ein weniger gutes Gefühl zu mir gerate, konzentriere ich mich und stelle mir vor, wie okay, gut und lieb ich bin. Weiß nicht so genau, wie ich das mache. Vasarelys Bild - hin und her flippen zwischen Vertiefung und Ausbuchtung – ich flippe öfters hin und her (mit meinem Gefühl) „Trompe l òeil"

Ich besuchte die Eltern im geliebten Ferienhäuschen in Rottach. Das war ein Fehler. Der Tagebucheintrag vom 26. März 1988 wurde bereits auf Seite 1 vermerkt.

Tagebuch, 27. März 1988
„Wut, wenn ich sie rauslasse, fühlt sich nicht kraftvoll und befreiend an, sondern beklemmend. Ich darf nicht wütend sein. Dann bin ich ein schlechter Mensch. Schrecklich! Wogegen soll ich diese Wut richten? Ohne jemand anderen übermäßig weh zu tun. Auf die Matratze boxen hilft nichts."
Tagebuch, 30. März 1988
„Traum: *Es gibt ein großes Essen bei meinen Eltern. Alle Gäste speisen genüsslich, nur ich habe keinen Teller.*"
Tagebuch 7./13. April 1988:
„Gestern habe ich Dana meine geheimen Wünsche offenbart, nach viel mehr Zuwendung von ihr als ich haben kann. Dana: Das ist bisher gar nicht rübergekommen, du bist immer so gefasst. Am Ende umarmte sie mich lieb und bot mir an, zehn Minuten lang meinen Kopf in ihren Schoß zu legen und dabei bin ich von ihr gestreichelt worden. Ich mag dich, hörte ich sie zu meinem tiefen Glück äußern. Zu Hause fühlte ich mich beschwingt, spürte wieder Wärme und Zuversicht in mir. Ich glaube, dass ich immer geahnt habe, dass sich Zurückversetzen ins Kindergemüt, eine Chance darbietet, aus dem Leiden herauszukommen. Vielleicht sind meine Lippen deshalb so

entzündet, weil es jetzt meine Zeit ist, ins Säuglingsalter zu regredieren. Kann Dana sich darauf einlassen? Mit mir, einer Vierzigjährigen, intelligenten gebildeten Frau, die ihr Äußeres Leben gut organisiert? Auch muss sich das mit meiner Arbeit vereinbaren lassen. Gerade jetzt fühle ich wieder viel Liebe zu mir. Vielleicht brauche ich nicht lange in die Regression. Dieses kleine Kind in mir ist immer noch mein einziger Trost."
Tagebuch, 2. Mai 1988
„Traum: *Irgendwo in der Wüste stürze ich in einen tiefen Graben. Da entdecke ich eine unterirdische Wasserader, eine Quelle. Weil ich die dünne Erdkruste bei meiner Landung durchschlug, saß ich in einer strudelnden Fontäne. Niemand kommt, um sich an dem frischen Wasser zu laben.*"

Meine Therapeutin schlug einen neuen Kurs an.

Tagebuch, 10. Mai 1988
„Dana sagte mir gestern Dinge, an denen ich schwer zu schlucken hatte: Glaubst du unbewusst, dass dich dein Leiden aufwertet? Kommst du dir dabei nicht selbstgerecht vor? Ich würde mich unter Druck fühlen, wenn du dich mir gegenüber so verhalten würdest. Das war dringend nötig, dass Dana mich so hart rangenommen hat. Dieser Ballast – ich muss leiden, um wertvoll zu sein – ist tatsächlich in einem riesigen Brocken von mir abgefallen. Ich werde mir Positives fantasieren. Heute hatte ich viel Power."
Tagebuch, 23. Mai 1988:
„Heute habe ich Entscheidendes gelernt. Dana: Es ist okay, wenn du nicht alles Selbstbewusstsein und alle Sicherheit aus dir herausholst, sondern Bestätigung von z. B. mir wichtig bleibt. Gesunde Menschen bekommen ihre Sicherheit während der Kindheit durch ihre Eltern, auf die sie bis heute zurückgreifen können. Auch sie also holen sich damit indirekte Bestätigung. Kein Mensch kann ohne diese völlig sicher sein."
Tagebuch, 3. Juni 1988

„In den Nachrichten: Der neue Abrüstungsbeschluss, Verschrottung der SS20. Sacharow und seine Frau gaben eine bewegende Pressekonferenz. Ich spüre freudige Hoffnung für unsere Welt, aber auch Skepsis, dass ein paar wenige Irre irgendwann für einen neuen Weltkrieg sorgen könnten."
Tagebuch, 20. Juni 1988
„Zwei schöne Filme gesehen: „Der einzige Zeuge", ein Film gegen Gewalt. Und „Out of Rosenheim", ein Film als Liebeserklärung an die Menschen. Beide Filme sind eine Botschaft, sich gegenseitig in seiner Andersartigkeit zu akzeptieren."
Tagebuch, 25. Juni 1988
„Irgendwo zwischen Bremerhaven und Hamburg. Herrliche Natur, wie habe ich mich nach dir gesehnt! Völlige Ruhe, kein Lüftchen regt sich. Nur in der Ferne ein Kuhmuhen, ein Vogelpiepen im Baum, ein Hummelsummen in der Heckenrose. Wogende Kornfelder. Ich bin glücklich alles in mich aufsaugen zu können. Nach vier Tagen Kopfschmerzen heute ohne. Vorhin ließ ich mich allein mit dem Kanu bei leichter Strömung und sanftem Wind lautlos durch die Binsen dahingleiten. Ein bezauberndes Geräusch ist es, wenn mein Paddel durch die Luft nach vorn schwebt und die kleinen Wassertröpfchen herabrinnend eine flüsternde Linie auf dem glatten Wasser ziehen. In einer Vogelschutzbucht lese ich einen interessanten Artikel über Frauenfreundschaften, in „Psychologie-Heute". Auf meinem linken Knie lieben sich gerade zwei Libellen. Ein Kuckuck flog vorhin rufend über mich und die Lerchen singen. - Jetzt spüre ich mit dem Buch von Lisa Alther „Other Women" neuen Mut für meine eigene Entwicklung."
Tagebuch, 8. Juli 1988:
„Gestern mit Allison in der Waldbühne die Matthäus Passion gehört, bei wunderschönem, sonnendurchstrahlten Wolkenhimmel mit segelnden Schwalben hoch oben. Um an meine blockierten Gefühle zu kommen ist es wohl die beste Methode, bestimmte Sätze zu wiederholen. Ich werde Dana darum bitten,

mich dazu aufzufordern."

Für die Sommerferien hatte ich einen Wildwasserkurs auf Isar, Ammer und Lech gebucht und auf dem Weg die Eltern im geliebten Häuschen in Rottach-Egern besucht. Mutter, bei einer TV-Darstellung von irgendeinem Ass, sogar freundlich: Das hättest du auch gekonnt."

Tagebuch, 19. Juli 1988, Ammer:
„Die Tage bei den Eltern waren ohne Stress. Jetzt Wildwasser fahren. Herrschaftszeiten!"

Eng saß ich in dem schmalen Kajak, durch die Spritzdecke zusätzlich eingezwängt. Nach dem wir eingewiesen waren, wurden die zu tätigen Griffe erklärt, um nach einem Kentern unter Wasser aussteigen zu können. Mulmige Vorstellung. Während ich locker vor mich hin paddelte, freudig den Bogenschlag probierend, passierte es urplötzlich:
Mein Boot dreht sich. Ich tauche unter Wasser, stecke im Kajak fest. Panik. Wie einst im italienischen Meer unter meinem Kinder-Böötchen. Hektisch strampele ich wie eine Wilde mit den Füßen. Komme frei. Tauche wieder auf. Japsend mit rasendem Herzen. Überstanden.

Keinen der vorher gelernten Griffe war ich in der Lage anzuwenden. Ich schwamm ans Ufer, setze mich in den Sand und machte erst mal gar nichts.

Tagebuch, 31. Juli 1988:
„In „Psychologie Heute" einen interessanten Artikel gelesen: … die Impfung mit dem Placebo-Glauben zieht eine ganze Reihe weiterer kognitiver Konsequenzen nach sich. … allein die innere Konzentration auf Genesungsindizien hat zur Folge, dass diese tatsächlich auch häufiger auftreten."

Mit dieser Erkenntnis unter anderem werde ich dreißig Jahre später meine Heilung bewerkstelligen. Stichwort: „Die Kraft der Gedanken". Zunächst besserten Autogenes Training und Atemgymnastik meinen Zustand.

Tagebuch, 7. August 1988:
„Eine angenehm laue Nacht. Ich komme gerade vom Konzert. Yehudi Menuhin dirigierte vor dem Reichstag Beethovens Klavierkonzert es Dur und die fünfte Sinfonie Cis Moll. Vor dem Konzert reichlich Stress, weil es schwer war, jemanden zu finden, der mit mir hingeht. Jochen traf ich im Tempodrom-Café. Er kam eine dreiviertel Stunde zu spät und sah sterbenselend aus. Habe mich furchtbar erschrocken und ihn wieder nach Hause geschickt und gesagt, er solle morgen zum Arzt gehen."
Tagebuch, 25. August 1988:
„Ich möchte mich so gern verlieben, lieber unglücklich als gar nicht. Oder lieber doch nicht!"
Tagebuch, 14. September 1988:
„Loslassen, loslassen, wie schwer mir das fällt. Oh, wie ich die Gedanken an Bellas liebevollen Seiten vermisse, muss sie jetzt eine Zeit lang wegschicken. Wie in einer Suchtentziehungskur. Heute habe ich einen neuen Arbeitsvertrag unterschrieben. Gleich danach mit Lydia nach Rottach gefahren. Wir hatten unterwegs einen Riesenspaß, haben laut gesungen und gekichert, wie Teenager, wobei mir die Lachtränen übers Gesicht liefen."

Bei meinen Eltern im geliebten Ferienhäuschen war es schwierig. An einem Abend äußerte Vater, in einem Gespräch über irgendein Kindheitserlebnis mit mir: „Da warst du ganz ungezogen." Und in gehässigem Tonfall: „Das weiß ich noch genau." Gekränkt, und plötzlich, wie ich es selten konnte, wehrte ich mich: Mit fester Stimme forderte ich sauer: „Kannst du bitte

auch mal eine nette Erinnerung an mich erzählen?"
„Nein", seine kühle Antwort.
Inzwischen richtig böse fragte ich ihn das noch mehrmals an diesem Abend. Vater jeweils: „Nein"
Am nächsten Morgen nach dem Frühstück fragte ich noch einmal, fest und entschlossen.
„Nein", blieb Vater hart und stur.
Da schmiss ich meine Sachen ins Auto und reiste auf der Stelle ab. Zu Hause merkte ich, dass mir der Abstand zum Vater guttat und beschloss, es dabei zu belassen. – Gut wäre es gewesen, wenn ich hätte äußern können: *„Ich wünsche mir, dass du etwas Freundliches, Liebevolles zu mir sagst."*
Ich trennte mich von den Eltern. Der Tagebucheintrag dazu vom 23. September 1988 wurde bereits auf Seite 1 vermerkt. Mehrere Jahre vermied ich jeden Kontakt zu meinen Eltern. Leider beschränkte sich von da an, weil ich nicht mehr nach Buer reiste, auch Gunis und mein Kontakt auf Telefonate.

Tagebuch, 13. Oktober 1988:
„Habe den TV-Film „Der Schrei nach Leben" gesehen. Ein Junge im Warschauer Ghetto ging mit ungeheurer Energie durch die Hölle dieser Zeit. Es tut mir gut, zu sehen wie er aktiv ist, und auch mit Wärme immer das tut, was in einer Situation richtig ist. Niemals hat er dabei seine Würde aufgegeben."
Tagebuch, 14. /29. November 1988:
„Nelson Mandela kommt frei! 14 Jahre Haft ohne Hoffnung, und nun wird er seine Frau wiedersehen, in Freiheit. Hoffentlich stirbt er nicht vor Freude. Mir fällt wieder ein, wie ich ein Stechen in meiner Brust wahrnahm, als ich im Internat überraschend meine Mutter sah und ansprang. – Nach einem Klärungsgespräch mit Biggi fühle ich mich gut mit mir, habe es nicht mehr nötig Bestätigung von anderen zu bekommen. Eine kleine unglaubliche Euphorie breitet sich in mir aus. Dana meinte: Du bist jetzt bei dir angekommen. Mein Gott, nach fünf

Jahren Therapie! Jetzt spüre ich eine Neugier, wie es sein wird, wenn ich mich neu verliebe, wie anders und freier ich es erleben möchte."

Tagebuch, 25. Dezember 1988, Brief:

„An meine Eltern: „Ich bin zu der Entscheidung gekommen, dass ich für längere Zeit keinen Kontakt zu Euch möchte. Nur ich allein kann für mich sorgen, dass es mir gut geht. Ich werde mich nicht aufopfern, damit es Euch gut geht. Ich habe gelernt, mich zu wehren. Aber ich versuche schmerzhaften Situationen aus dem Weg zu gehen, um mich nicht wehren zu müssen. Erst mit der Liebe und Akzeptanz, die ich in meiner Liebe mit Bella erfahren habe, nahm ich wahr, was mir mein Leben lang gefehlt hatte. Erst dadurch wurde ich sensibel für Trauer und Wut, was ich jahrelang in Depressionen und Krankheiten betäubt hatte. Anstatt mich für eine Psychotherapie zu entscheiden, hatte ich all meine Energie dafür verschwendet, um Eure Anerkennung und Liebe zu gewinnen, und gegen unsere Gesellschaft zu kämpfen. Dabei habe ich mich fast aufgerieben. Ich habe gelernt, mich selbst und andere zu akzeptieren und zu lieben, mich zu behaupten, Verantwortung zu übernehmen, Erfolg zu haben. Ich verbringe mein Leben mit Menschen, die mich akzeptieren und lieben, die mir Wärme und Geborgenheit geben und all dieses auch von mir annehmen. Ich bitte Euch, keinen Kontakt zu mir aufzunehmen und verlange, meine Entscheidung zu akzeptieren."

Ich malte ein riesiges wundes, sich in Heilung befindendes Herz auf ein DIN-A3-Papier.

Tagebuch, 26. Dezember 1988:

„Ich lese Alice Miller „Das verbannte Wissen". Jetzt wird es mir vollständig klar: Bis vor zwei Jahren lebte ich unbewusst in dem Gefühl: Ich bin im Innersten grundschlecht und böse. Und mein Mich-wehren gegen Eltern, Lehrer, Kollegen verhinderte, dass ich gut werde, vergrößerte meine Schuldgefühle ins Unermessliche. Erst seit ich mich zu behaupten und wehren weiß kann ich mich selbst lieben und nicht mehr als Opfer fühlen. Auch ich habe den Eltern bis jetzt Entschuldigungen und Nachsicht gewährt, wollte den Tatsachen nicht in die Augen sehen. - A. Miller: …ich scheue mich nicht mehr, den Gedanken zu haben und ihn auszusprechen, dass die Eltern sich an ihren Kindern verschulden, obwohl sie aus einem inneren Zwang und aus ihrer tragischen Vergangenheit heraus handeln … Trotzdem sind sie schuldig. … Das Kind muss die Freiheit haben, Grenzen zu setzen, wenn es überfordert, schlecht behandelt oder gedemütigt wird. … Ein Dogma lebt aus der Angst seiner Anhänger vor dem Verlust der Gruppenzugehörigkeit. Die Wahrheit über die Häufigkeit und Intensität von Kindesmisshandlungen durch die Eltern ist so unfassbar entsetzlich und schmerzhaft, dass vermutlich die ganze Welt zusammenbrechen würde, wenn sie mit einem Schlage einer großen Mehrheit bewusst würde. - Erst jetzt, wo ich die Schuld meiner Eltern mir erlauben darf, anzusehen, weichen meine Schuldgefühle. Mit Erleichterung fühlte ich nach meiner Wut gegen sie trotzdem Danas Zuneigung. Sie lehnte mich nicht ab, schenkte mir sogar eine Kopfmassage, umarmte mich besonders innig. Heute trotzdem Kopfschmerzen – Verstand und Gefühl sind noch einige Meilen entfernt bei mir. Jetzt möchte ich dieses Thema sorgfältig und behutsam angehen, weil es mein Kernproblem berührt."

Mutter hatte vermutlich die Aussage von Moritz Schreber, ein Mediziner des 19. Jahrhunderts, übernommen, wonach das von Geburt an schlechte Kind seiner Meinung nach „ausgejätet" werden muss.

Tagebuch, 3. Januar 1989:
„Heute Abend rief Vater an. Mir blieb einen Moment die Luft weg vor Schreck. Er war vorsichtig. Freundlich wie noch nie,

wollte alles besprechen. Keine Vorwürfe und Angriffe. Er hat es hingenommen, dass er mich in Ruhe lassen soll, hat gefragt, wie lange ich noch meinen Abstand brauche. Ich sagte ihm, dass ich das nicht wüsste. Dana schlug mir den möglichen väterlichen Satz vor: „Streng dich an, aber wehe du hast Erfolg!" Ja, das hatte Vater mir indirekt vermittelt. Was kann ich heute damit tun? Wie kann ich Erfolg haben?"

Sein Anruf konnte mich nicht erweichen. So kannte ich mich nicht. Ich hätte eine Beratung, ein Training gebraucht, wie ein solches Gespräch laufen hätte können. - Souverän Konfrontieren, nicht nur in Briefen, das ist es, wozu ich wenig fähig war. Das ist es, was Therapeuten mir hätten beibringen sollen. Es müsste überall Workshops geben, in denen Konfrontationsgespräche regelrecht eingeübt werden.
Vertrauen, Zuneigung und Dankbarkeit zu Dana erfüllten mich.

Tagebuch, 4. Januar 1989:
„Bin froh, dass ich gut verdiene und Dana bezahlen kann, auch wenn ich jetzt erst mal das dicke Ende davon habe. Ich liebe sie. - Schauer rieseln mir vom Hinterkopf den Rücken hinunter, so sehr gefällt mir gerade Bruckners „Romantische". Sie ist so ungeheuer dynamisch, spannend, zart, sprudelnd! Meine Brust könnte platzen. - Die Memoiren der Claire Goll, haben mich heute einige Male zum Lachen katapultiert. Wie schön sich das anfühlte, wünsche mir mehr gemeinsames Lachen mit anderen. Leider hat sich Claire Goll vermutlich für eine Handvoll Zärtlichkeit von Männern ausnutzen lassen. Nicht einmal erwähnt sie, Anerkennung für ihre literarische Arbeit bekommen zu haben. Nur immer: Ich lebe und arbeite für Golls Werk. Eine lebendige intelligente Frau, die in 87 Jahren nicht gemerkt hat, wie sie sich selbst nicht genug achtet, schlimmer noch: sich abwertet. Oh Gott, wenn ich keine Therapie gemacht hätte, wäre ich wohl auch so geendet."

Tagebuch, 7. Januar 1989:
„Als Kind liebte ich meine Mutter so sehr, dass ich mich als nicht normal empfand. Jetzt denke ich, dass das, was ich für Liebe hielt, wohl eher Sehnsucht nach Liebe war. Wir Menschen geben uns alle viel zu wenig Anerkennung. Ich überprüfte mich und stelle fest: ich gebe den Kolleginnen im Büro, auch zu wenig Anerkennung. Ja und heute habe ich besonders auf mein Verhalten geachtet, Biggi zu ihrer Arbeit – ein Papier über das nächste Konzept – Anerkennung ausgesprochen. Sie lächelte mit leuchtenden Augen und erläuterte gleich etwas dazu. Diese prompte Reaktion hat mich berührt, betroffen gemacht. Wie gleichgültig bin ich bisher mit ihrer Leistung umgegangen."

Diffuse Wut schlich sich jedoch ein, als mir in den vier Jahren Therapie langsam bewusst geworden war, dass meine Mutter gestört ist, nicht ich die Versagerin bin. In der Folge nahm ich wenigstens manchmal Zorn gegen meine Mutter wahr. In solchen Momenten kam in meiner Vorstellung ein Wunschfilm auf:
„Meine Mutter sitzt als Angeklagte vor Gericht. Der Richter wirft ihr all ihre Vergehen an mir vor und sie wird verurteilt. Mit zerknirschtem Gesicht, ohne etwas zu sagen, sitzt sie dumpf auf der Anklagebank."

Dieser innere Film tat irre gut und es half mir in manchen Missstimmungen diese Vorstellung zu wiederholen, so meine Wut auszuleben. Dana schlug mir einen möglichen mütterlichen Satz vor:
„Bleib da, aber komm mir nicht zu nah!" - mich dabei mit ausgestrecktem steifen Arm festhaltend.
In der Vorstellung schauderte es mich. Und Dana meinte, dass Wut nicht unbedingt heftig ausagiert werden muss, auch im Kleinen geschehen kann. Mut machend!

Tagebuch, 14. Januar 1989:
„Was ich Dana alles sagen möchte: Es kränkt mich schon, daß sie sich nicht in mich verliebt. Seit zwei Jahren predigt sie mir, wie liebenswert ich sei und nun liebt sie mich selbst nicht. Jedenfalls nur platonisch. Ich fühle mich abgewertet. Da kann mir mein Kopf tausendmal sagen, dass das nicht so ist!!"
Tagebuch, 15. Januar 1989:
„In Ostberlin war es richtig schön. Rudi hat mir interessante Ecken gezeigt. In der Familie habe ich dann lieben Kontakt mit den Kindern gehabt. Geschichten erzählen, schmusen, Musik hören. Abends mit den beiden und zwei Gästen, die sie extra für mich eingeladen haben, anregende Diskussionen über Politik, Philosophie und Psychologie. Voll in meinem Element spürte ich meine positive Veränderung, fühlte meinen Selbstwert, brauchte nicht Recht zu haben, verlor nie meinen Humor. Ein wundervolles warmes lebendiges Gefühl."
Tagebuch, 20. Januar 1989:
„Herzlich lachen konnte ich in der Talkshow bei Lea Rosh: Die humorvolle, mutige engagierte Art der Uta Ranke-Heinemann. Das war eine Freude, mit welchen Geistesblitzen und guter Sachkenntnis sie die halsstarrigen Bischöfe konfrontiert hat. Wie dumm müssen die bloß sein, sich so einer Frau öffentlich zu stellen? Für meinen Spaß und die Weiterentwicklung der Menschheit haben sie dieses Opfer gebracht."
Tagebuch, 22.Januar 1989
„Irrationale Angst vor der Zukunft. Todesgedanken. Zum Schreien und Weinen habe ich heute keine Kraft, obwohl mir diese Übungen gut helfen. Eine Riesenblockade. Ich lenke mich lieber ab. Wäsche waschen, Lesen, Fernsehen. In der Sauna neulich stellte ich mir vor, meinen Schmerz so lange laut heraus zu schreien bis mich ein Krankenwagen abholt."
Tagebuch, 26.Januar 1989
„Hatte ein langes Telefonat mit Jochen über unsere Eltern. Er

verklärte sie. Ich schilderte Beispiele, die verdeutlichen, wie wenig Selbstwertgefühl die beiden haben, konstruierte wörtliche Reden, die in diesen Situationen angebracht gewesen und von starken Persönlichkeiten so oder so ähnlich geäußert worden wären. Das hat ihn wohl doch erreicht und er hatte plötzlich Angst, dass sie sich eine Kugel in den Kopf schießen würden, weil ihr Leben totale Scheiße ist. Langes Schweigen. *Jochen, bist du noch da? Ja*, kam es leise und traurig, *für mich selbst sehe ich nur die Rettung darin, ein eigenes Kind zu haben.* Ich sagte ihm, dass das Kind froh sein kann, nicht dafür herhalten zu müssen, dass er sich nicht selbst liebt und erzählte von meiner Therapie, dass ich lerne, mich selbst zu achten und zu lieben, und wertzuschätzen, eine starke, herzliche, warme Persönlichkeit zu werden anstrebe. Trotz dieser Kindheit. Jochen äußerte versteckte Skepsis. Ich fragte ihn: *Traust du mir das zu?* Jochen: *Ich wünsche es dir, aber das kannst du nicht erreichen*

Tagebuch, 31. März 1989

„Traum: *Ich bin allein in der früheren Wohnung meiner Eltern und drehe alle Heizkörper auf.*"

Tagebuch, 27.Januar 1989

„Bella und ich haben uns getroffen. Ich fühle mich ruhig und sicher, bin in meiner Mitte. Dieses Wiedersehen war meine Ablösung von ihr. Ich glaube, ich bin jetzt fast gesund."

Tagebuch, 6. April 1989

„Ich bin in mich selbst verliebt, heiter bis fröhlich, finde bei allen Menschen den richtigen Tonfall, fühle mich von allen respektiert und gemocht - sogar Biggi gehört dazu - bin ausgeglichen, sicher und souverän."

Auf meiner Suche nach weiterem Halt unternahm ich alles Mögliche. Im Buddhistischen Zentrum in Frohnau betrat ich den Tempelraum.

Tagebuch, 16. April 1989

„Eine stille, heilige Atmosphäre empfing mich. Andächtig setzte ich mich auf einem Kissen am Boden: Plötzlich spürte ich eine große Liebe in mir. Die Tränen liefen mir aus den geschlossenen Augen, leise und sanft über mein Gesicht. In meiner Brust fühlte ich einen Schmerz, der nicht unermessliches Leid war wie in den letzten zwei Jahren, sondern eher Schmerz aus Freude, dass ich etwas gewonnen habe, was mir mein Leben lang nicht vergönnt war: die Achtung vor und die Liebe zu mir. Ich streichelte sanft mein Gesicht, spürte die weiche Haut, ertastete mit den Fingerkuppen meine Gesichtszüge, spürte die Liebe zu mir noch intensiver. Streichelte meine Lippen! Eine leise Sinnlichkeit. Dann legte ich meine Hände eine Minute lang auf die Erde mit ausgedehnten Atemübungen. Mit befreitem Gefühl verließ ich diesen zauberhaften Raum."

Tagebuch, 24. April 1989

„Eine schwierige Zeit ist zu Ende gegangen. Mit der Therapie kann ich jetzt bald aufhören."

Tagebuch, 15. Mai 1989

„Das Pfingstwochenende war eine Wonne. Ich habe mir ein Kanu ausgeliehen und bin mit Martina durch die Stadt gepaddelt. Vom Lützow-Platz zur Kongresshalle. Und vom 17.Juni über Landwehrkanal, Spree, Havel, Klein Venedig bis zur „Alten Liebe". Herrlich!"

Tagebuch, 29. Mai 1989

„Mutter sagte mir am Telefon, dass Vater Herzprobleme hat und eine Operation vor sich herschiebt. Ich solle ihm schreiben, dass er sich schnell operieren lassen soll. Mein Rückzug mache ihm zu schaffen. Ich sagte ihr, dass ich im letzten September begriffen habe, dass er mich schon als Kind abgelehnt hat. Mutter: *Ja das stimmt. Oft hat er dich mit harten Bemerkungen abgekanzelt, wenn du lebendig und arglos erzählt hast.* Ich sagte ihr, dass ich erst mal in mich hineinhören werde, ob ich ihm schreibe. Mutter: *Ja, du warst ja schon immer so echt und wahrhaftig. Das verstehe ich.* Sie hat mich nicht runtergemacht und tatsächlich mehreres Gutes über mich gesagt. Das finde ich gut, ohne Freude darüber

wahrzunehmen. Freude nur, dass ich jetzt unabhängig bin."
Tagebuch, 26. Juni 1989
„Ich bin mir nicht sicher, ob ich nicht doch noch einmal trauern muss. Ich möchte nie wieder verlassen werden. Vielleicht muss und möchte ich noch einmal spontan und gewaltig alle Schmerzen wie ein Kind herausweinen, um ganz nah zu mir zu kommen."

Direkt gegenüber im andern Seitenflügel wohnte ein Ehepaar, das öfter laut stritt. Einmal schrie die Frau so fürchterlich, dass ich annehmen musste, sie würde misshandelt. Eine andere Nachbarin vom vierten Stock Hinterhaus stand auch am Fenster. Wir verständigten uns, einzugreifen, trafen uns unten im Hof und stiegen gemeinsam hoch in den rechten Seitenflügel. Die misshandelte Frau öffnete uns die Tür, mit zerzausten Haaren, völlig aufgelöst. Mit meiner Erfahrung holten wir sie aus der Wohnung und brachten sie ins Frauenhaus. Tage später wäre ich beinah Opfer dieses Mannes geworden. Als ich unter seinen Fenstern vorbeiging, fiel ein voller Blumentopf direkt vor meine Füße, meinen Pony noch streifend. Mit Schreck blicke ich hoch und sehe den Mann gerade noch seinen Kopf zurückziehen und höre das Fenster knallend schließen. Eine weitere Mordgefahr überstanden. So langsam glaubte ich an meinen Schutzengel, bin von da an eine andere Strecke durch den Hof gegangen.

Tagebuch, 17. Juli 1989
„Ich habe Angst, doch noch arbeitslos zu werden. Bei Dana war es furchtbar. Nachdem ich ihr mein Dilemma vorgetragen habe, sagt sie: *Ich bin sauer. Du sitzt hier im Selbstmitleid, obwohl du wütend bist.* - Das tat weh, ließ aber einen Ruck durch mich gehen. Dana hatte Recht und sie nahm mich ernst, traute mir zu, ihre Kritik auszuhalten. Zum ersten Mal hat sie mich richtig angegriffen. Ich habe es überlebt. Aber ich bin erschüttert, wie stark meine Sucht ist, mich bei liebenswerten Menschen unmöglich zu

machen, um mir Ablehnung zu holen, und so die neuerliche Bestätigung, dass ich nichts wert bin. Welch grauenvoller Mechanismus. Ich habe Angst vor mir selbst. Will ich vielleicht auch meinen Abschied von Dana schmerzfrei fabrizieren?"
Tagebuch, 8. Oktober 1989:
„Dana gibt mir wieder Halt. Habe die Schlaftabletten die ich mir vor drei Jahren für alle Fälle gekauft hatte in den Müll geworfen. Ich werde nicht durch meine Hände sterben, sondern erst wenn ich alt und glücklich bin. Bei Claude Steiner las ich in „Wie man Lebenspläne verändert": „In diesem Jahrhundert geht es um die Erforschung unserer Psyche und die unserer Mitmenschen. Ich meine, dass wir heute bei der Suche nach Wissen über uns selbst und unser Miteinander ähnlichen Pressionen ausgesetzt sind wie damals Galileo und Leonarde da Vinci."

Diszipliniert wandelte ich weiter durch meine Psychotherapie. Doch an meinen wunden Punkt bin ich nur ansatzweise gekommen, die Schmerzen und die Wut über die Verletzungen in der Kindheit. Reden, reden darüber. Fühlen darin immer zu kurz. Durch das persönlichere Verhältnis zwischen uns ging es mir besser als in der Analyse vor Jahren. Dana half mir, ansatzweise ein Selbstwertgefühl zu erlangen und insbesondere, mich im Alltag und in der Kommunikation auf dem Arbeitsplatz besser zu Recht zu finden.
Eine berührende Geschichte erzählte sie mir: *Ein Therapeut bemühte sich um ein autistisches Kind, indem er mit ihm wiederholt Verstecken spielte. Und jedes Mal, wenn er es gefunden hatte, rief er laut freudig aus: Da bist du ja!* - Dieses Kind soll dadurch tatsächlich geheilt worden sein. Ja, das ist vorstellbar, wie dieses Kind durch diese immer wiederkehrende liebevolle Zuwendung irgendwann ein gutes Gefühl zu sich bekommen hat.

Tagebuch 15. Oktober 1989:
„Kopfschmerzen. Vor Verzweiflung gebetet."

Tagebuch 31. Oktober 1989:
„In der DDR überschlagen sich die Ereignisse. Die Welle der Freiheit rollt und rollt. Die Mauer wird bald fallen. Mir wäre es lieb, sie wird zugeschüttet und zu gepflanzt, so dass ein langer durchgehender Spazierwall durch die gesamte Stadt entsteht."
Tagebuch, 9. November 1989
„Die Mauer ist gefallen, genau acht Jahre nach Philipps Tod. Wie er sich gefreut hätte! Wie fühlt sich jetzt ein DDR-Mensch?"

Am nächsten Morgen fuhr ich zum Grenzübergang Invalidenstraße und ging auf in den bewegenden Gefühlen der Berliner aus Ost und West. Jubel, Lachen, Tränen.

10. November 1989, Berlin Übergang Invalidenstraße

Tagebuch, 10. November 1989
„Es ist wirklich wahr! Eine unendliche Menschenmenge strömte zu Fuß uns wartenden Westberlinern entgegen. Ich war gerührt über ihre Gesichter, die große Bewegtheit ausdrückten, zum Teil nur große Augen mit offenen Mündern, andere strahlten überglücklich, lachten. Beeindruckend diese bewegten Gesichter! Manchen drückte ich mein Herzlich Willkommen aus und genoss ihre freudige dankbare Reaktion, ihr spontanes glückliches Lächeln was mich dann noch glücklicher machte. Viele

Frauen und einige Männer weinten. Davon erfasst, weinte ich auch, zum zweiten Mal in meinem Leben vor Freude."
Tagebuch, 12. November 1989
„Heerscharen von Menschen waren an der Mauer unterwegs. Am Potsdamer-Platz hämmerten viele mit kleinen Haushaltshämmern an der Mauer herum, ein seltsames Konzert! Am Moritzplatz habe ich mich Freitagnacht unter die Ostler gemischt und bin mit ihren zu Fuß Richtung Kontrollstelle Heinrich-Heinestraße gegangen. Schon fast über die Grenze griff mich dann der dritte Vopo doch noch aus der Menge und schickte mich zurück. Mein blauer Hut hatte mich wahrscheinlich als Westler verraten. Mit der U-Bahn zur Friedrichstraße. Dort drückten sich Menschenmassen durch die Gänge, ich wurde wieder zurückgeschickt. Einreise für Westler erst wieder morgen um sieben Uhr. Offenbar waren die Grenzer mit ihren eigenen Leuten überlastet."

Berlin, Dezember 1989

Nach und nach konnte ich klarer sehen. Mein Ich wurde stärker. Aber bei Kritik an mir verschwand mein Selbstbewusstsein im Keller.

Dana: „Aha, du meinst, wenn du einen Fehler machst, seiest du gleich als gesamte Person abgewertet?" Mir fiel es wie Schuppen von den Augen. Ich darf also Fehler machen, Fehler haben, ohne ein schlechter Mensch zu sein?

Tagebuch, 20. November 1989
„Traum: *Ich krieche durstend durch die Wüste und breche plötzlich durch den Boden, falle tief unter die Erde in eine helle Höhle. Noch benommen, höre ich ein leises Plätschern und öffne die Augen. Und? sehe eine sanft sprudelnde Quelle. Gerettet.*"

Dieser Traum gab mir Zuversicht. Ich werde meine Krise überwinden. Alles wird gut.

In meinem Tagebuch zitiere ich aus dem Buch „Die positive Kraft der Träume":
„Angesichts von etwas so Geheimnisvollem wie die menschliche Psyche oder so Unbegreiflichem wie das Universum, in dem wir leben, ist es durchaus keine Naivität, sondern schierer Realismus, die kindliche Haltung einzunehmen, die akzeptiert, dass es mehr Dinge gibt zwischen Himmel und Erde als sich die Philosophien der meisten akademischen Psychologen und Analytiker träumen lassen."

Meine Freundinnen, meine Arbeit und meine vielfältigen Aktivitäten halfen mir, diese Zeit zu überstehen.

6

Das Leben geht irgendwie

Nun hatte ich mich einigermaßen emotional berappelt, auf der Selbstbewusstseins-Leiter ordentlich hochgekrabbelt und arbeitete freiberuflich für unser Projekt.

Tagebuch, 18. Dezember 1989:
„Ich (Arbeitslose) arbeite im Schnitt vier Stunden täglich. Mit Freude. Fachbücher lesen, alte Unterlagen aufbereiten, neue erstellen. Meinen Unterricht fürs nächste Jahr vorbereiten."
Tagebuch, 21. Dezember 1989:
„Heute habe ich mich im Park von Sanssouci entspannt. Sog tief die milde frische Luft ein. Ein Werktag kurz vor der großen Reisefreiheit. Fantastisch diese helle Weite, diese Stille. Ab heute werden die Tage wieder länger."
Tagebuch, 20. Januar 1990:
„Kopfschmerzen. Angst, dass ich die Solarkurse mit den neuen Teilnehmerinnen nicht schaffe. Nun habe ich so hart an meiner Qualifizierung gearbeitet und kann vorerst nichts damit anfangen. Es würde mir nicht nur das Geld fehlen. - In lauten Selbstgesprächen habe ich mir erst meine Angst eingestanden. Mir dann liebe Dinge gesagt. Danach ging es mir besser. Als I-Tüpfelchen noch meine Wohnung geputzt."

Im Team gab es eine Neue, I., welche die Stelle bekleidete, die ich mir eigentlich für mich gewünscht hatte. Bei den Kursen welche ich mit den neuen Teilnehmerinnen, jetzt aus pädagogischen Berufen, halten sollte, beabsichtigte sie, immer dabei sein. Das war mir nicht recht. Ich empfand eine schwere Konkurrenz zwischen uns und konnte eine Supervision durchsetzen.

Tagebuch, 13. Februar 1990:
„Von der Supervisorin erhielt ich Hilfe. Wir einigten uns auf einen Kompromiss. Ich konnte klar und ruhig sagen, dass ich keine enge Zusammenarbeit mit I. möchte, anders als früher, wo ich so etwas nur in spontaner Wut gekonnt hätte. Ich brauche es, als Kursleiterin akzeptiert zu werden, was I. nicht tat. Die Supervisorin rief mich hinterher privat an und teilte mir in einem persönlichen Gespräch mit: *Ich fand ihre Haltung gut und ich wünsche Ihnen, dass Sie sich weiterhin stark behaupten werden. Nehmen Sie sich nicht immer wieder zurück. Machen Sie sich nicht zu klein. Das kenne ich von mir auch.*“

Das tat mir gut. Die Supervision führte wenigstens dazu, dass ich die Kurse ungestört allein halten konnte und ich war froh, I. wenigstens keine Fortbildung durch mich zu gewähren.

Tagebuch, 13. November 1989
„Potsdamer-Platz. Die Menschen kamen über den ehemaligen Todesstreifen gelaufen und gefahren noch während ein Kran damit beschäftigt war, die Mauerteile zu beseitigen. Die VoPos trugen Blumen im Knopfloch, schauten freundlich. Als ich zu Fuß über die Grenze schritt kam ich mir vor wie im Film. Mitten auf dem Ex-Todesstreifen stand ein Tisch. Daran Grenzsoldaten, die mein Visum stempelten und Geld wechselten, was ich nicht mehr als Zwangsumtausch empfand.“
Tagebuch, 6. Januar 1990:
„War im Theater in Ostberlin. Carla und Rudi hatten mich eingeladen. Es gab ein modernes Ballett in der deutschen Staatsoper mit getragener Musik von Gluck und Liszt. In elf Monaten ist Nikolaus. Kotz! Ich sehne mich nach Zärtlichkeit, nach Nähe. Im Traum bekam ich ein Kind.“
Tagebuch, 12. Januar 1990:
„Jetzt kann ich mich und das Leben lieben, bald auch wieder andere lieben, in gelassener Weise mit Fantasie und Kraft mein

Leben gestalten, ausschmücken, komponieren, jubilieren. Ohne Angst zu haben, wieder abzustürzen. Aber immer auf der Hut sein."

Tagebuch, 5. Februar 1990:

„Traum: *Ich habe mir Papiere zurechtgelegt, um Biggi zu beweisen, welches Intrigenspiel sie mit mir getrieben hat. Doch sie redet, wie eine Weltmeisterin und ich stehe verwirrt und hilflos da.* – Dieser verdammte Traum warnt mich wohl, mich nie wieder mit ihr anzulegen. Ich werde ihr aus dem Weg gehen."

Tagebuch, 28. Februar 1990:

„Mein gegenwärtiges Leben ist spannend und abwechslungsreich, aber anstrengend. Ich kann mich aufwerten, will mich aber nicht mehr aufwerten müssen!!!!"

Tagebuch, 20. Februar 1990:

„Ich brauche nicht mehr um Bestätigung ringen. Ich bin okay. Angst vor den Facharbeiterinnen-Kurs. Deshalb heute sieben Stunden am Schreibtisch verbracht. Elektronen, pn-Übergänge und Raumladungszonen. Ich könnte alle Bücher an die Wand klatschen. Techniker können schlichtweg keine Bücher schreiben. Lieber würde ich nach Potsdam paddeln als mich über negativ geladene Positivbereiche zu hocken! Wenn ich nicht wüsste, dass man mit dieser Erfindung Strom aus Sonnenlicht zaubern kann, hätte ich spätestens heute Morgen drei Bücher aus dem Fenster geschmissen. Bei Martina Bücher über „Frau und Geschichte" angesehen. Faszinierend. Vielleicht sollte ich doch mehr auf dem Gebiet arbeiten? – Vom Brandenburger Tor zum Reichstag auf Straßenbahnschienen gelaufen, auf denen 28 Jahre lang die Mauer gestanden hat. Die langen Schlangen am Übergang umgingen einige gewitzt, indem sie eine Wiese überquerten und durch ein Loch im Zaun die Grenze passierten. Ohne Pass von D nach D. Ein Grenzer rückte dann den Zaun wieder zurecht. Die Leute diskutierten freundlich mit ihm, und ich genoss in der Sonne bei 15 Grad das großartige Konzert der Hammerschläge an der noch stehenden Mauer hinterm Reichstag. Das werde ich morgen auf Tonband aufnehmen."

Mein guter alter Kassettenrecorder-Walkman tat sein Bestes.

Tagebuch, 22. Februar 1990:
Vom Waschsalon gleich zum Reichstag. Dem Abbruch der Mauer beigewohnt. Ratternde Presslufthämmer, dröhnende Baumaschinen, quietschende Kräne. Und dann, bei jedem Mauersegment, wenn es umfiel: ein kurzes dumpfes Wumm. Toll! Um Mitternacht schwebte das letzte Stück zwischen Reichstag und Spreeufer in den sternenklaren Frühlingshimmel. Habe leider eine falsche Taste gedrückt und das freudige Johlen von zirka 100 Zuschauern nicht aufs Band gekriegt. Mist! Nun ist die Mauer vorm Brandenburger Tor fällig. Dort noch das alte Bild. Wachposten auf leblosem Gelände – ein Stopp-Schild – nicht einmal das Herbstlaub auf dem Betonboden bewegte sich, kein Windhauch."

Tagebuch, 25. Februar 1990:
„Traum: *Ich fliege mit ausgebreiteten Armen durch die Lüfte, muntere eine Frau, die mich bewundert, auf, mit mir zu fliegen. Wir laufen einen sanften Hügel hinab, schneller und schneller, breiten die Arme aus und fliegen dicht über einem Blumenfeld dahin.*"
Tagebuch, 2. März 1990:
„Traum: *Angenehm überrascht: Auf einem Foto von mir sehe ich weich, fraulich und sinnlich aus. Ich küsse meine schön geformten Lippen auf dem Foto.* - Erinnere mich an meine Jugendzeit, in der ich „Fantastische Nacht" von Stefan Zweig gelesen habe, und empfinde in Erinnerung an damals Wärme für mich. Der Frühling naht."
Tagebuch, 5. März 1990:
„Auf Inges Party traf ich Hannelore mit der ich anschließend im „Lipstick" (eine Lesbendisko) landete und von ihr zu weiteren Treffen eingeladen wurde. Irgendwie verdächtig. Ich nehme mir fest vor, mich nicht zu verlieben, aber eine sexuelle Affäre nicht

auszuschlagen. Ja, und abends kam dann die Nachricht in der Abendschau: Berlin soll Solarhauptstadt werden."
Tagebuch, 10. März 1990:
„So bin ich noch nie an eine Beziehung herangegangen, vermisse meine frühere Leidenschaft, das Hüpfen im Herzen. Ich bin verknallt, aber nicht verliebt, sexuell nur halb erlebnisfähig. Liebevoll von Bella geträumt. Ein weiterer Traum: *Zwei Fische fallen von einem Eisenbahnwaggon und schnappen nach Luft. Ich lege sie in Wasserschüsseln, zwei getrennte. Gierig saugen sie das Wasser ein, um wieder Luft zu bekommen. Bin erleichtert, sie vor dem quälenden Ersticken gerettet zu haben. Danach lege ich beide zusammen in eine Badewanne und freu mich wie munter sie umherschwimmen.*"
Tagebuch, 18. März 1990:
„Ost-West-Frauenseminar vom Bildungswerk für Demokratie und Umweltschutz. Schlecht vorbereitet fuhr ich voller Angst dahin. Unterwegs schimpfte ich mit mir und nahm mir vor, nie wieder so eine Verpflichtung anzunehmen. Alles umsonst! Ich habe völlig frei, nur auf meine Stichpunkte schauend zwei Stunden lang souverän vorgetragen und guten Beifall erhalten. Abends lag ich völlig erschöpft von den letzten Tagen allein vor dem Fernseher und weinte. Heute Morgen Kopfweh. Werde gleich mit Hannelore paddeln gehen. Die Nacht auf ihrem harten Futon war die Hölle. Diese blöde Mode beschert mir Schulter- und Hüftschmerzen. Mit meinem Fahrrad fuhr ich mit schleifender Bremse durch die Gegend, kam kaum vom Fleck. Na, das passte ja mal. Musste schließlich einen neuen Baudenzug einbauen. Freie Fahrt. Wohin?"
Tagebuch, 4. April 1990:
„Auf der Arbeit läuft alles toll. Ich nehme meine Erfahrung und mein Können wahr, finde mich unglaublich gut. Jawoll! Gleich bei Dana werde ich meine Ablösung von ihr bearbeiten."

Dankbarkeit und Zuneigung zu Dana erfüllten mich.

Der Beginn von etwas Sagenhaftem

„Dich schickt der Himmel!" rief Anke im Büro von „FrauenReisen" freudig aus. Im Sommer 1989 wollte ich auf der Suche nach einer Begleiterin für eine Paddeltour nachfragen, ob sie auch Reisepartnerinnen vermitteln. Ja, und da waren gerade die Reiseleiterinnen für eine Paddeltour nach Schweden ausgefallen. Ehe ich mich versah, begann eine wundervolle Epoche in meinem Leben: Reiseleiterin für Frauen-Kanu-Touren.
19 Jahre lang werde ich insgesamt zirka 40 Reisen leiten, beziehungsweise als Skilehrerin tätig sein.
Zunächst einmal startete ich zur ersten Tour. Durch die fremde DDR-Landschaft ging es über Sassnitz mit der Nachtfähre nach Trelleborg. Mit 16 Teilnehmerinnen und der Co-Reiseleiterin Martina tauchte ich in frohgestimmter Atmosphäre ein in eine faszinierende Wasser-, Felsen-, Wald- und Inselwelt. War von der großartigen Weite und vom flirrenden Tanz der Lichtreflexe auf den Seen andächtig gefangen, und konnte ich mich nicht satt sehen, und hören in dieser Vogelwelt. Ein Wiedehopf flog uns schon mal um die Ohren und bei den wundervollen Rufen eines Prachttauchers, die durch die Nacht hallten, schlummerte ich im Schlafsack selig ein, freute mich auf die morgendliche Frische. Meine Fähigkeit, eine Gruppe anleiten zu können und das Kanu mit zarter Kraft durch die Wildnis Schwedens zu steuern, beseelte mich.
Als nach zwei Wochen Abenteuer das Ende der Reise vor uns stand, blickte ich wehmütig auf den spiegelglatten, letzten See vor mir. Beherzt hielt ich die Gruppe an, meditativ zu paddeln. Schweigend, mit sanften Paddelschlägen, näherten wir uns in betörender Ruhe nahezu schleichend dem Zielstrand.

Meine erfolgreiche Reiseleiterin-Tätigkeit hat meinem Selbstbewusstsein enormen Auftrieb gegeben und ich traute mir zu, in Zukunft alle Schwierigkeiten auf der Arbeit besser meistern zu können.

1989, Schweden - Frauenkanutour

Tagebuch, 10. August 1989
„Traum: *Ich stehe an der Quelle eines Wildbaches und schaue die Schlucht hinunter durch die er sich sanft schlängelt. Da kommt plötzlich ein Sturm auf und über eine Felswand werden große Wellen des dahinter liegenden Meeres gespült, so dass der Bach sich in ein munter sprudelndes Flussbett verwandelt. Begeistert springe ich in die Fluten und werde durch die Strömung schnell dahin getragen. Ein wenig Angst vor den steinernen Hindernissen, komme ich aber gut überall vorbei. Ein grandioses Lustgefühl.* - Dieser Traum beflügelt mich. Vielleicht verliebe ich mich doch schneller als ich denke? Ich fühle mich stark genug, ein Risiko einzugehen."

Ein Flirt mit Monika aus der Gruppe endete, zurück in Berlin, gleich wieder, weil sie sich in einer festen Beziehung befand. Aber für eine neue Liebe konnte ich mich wieder öffnen. Welch schöne Aussicht.

Tagebuch, 26. August 1989

„Ich fühle mich kein bisschen abgelehnt, trauere nur wenig. Aber um mich, nicht um sie. Ich wäre ihr Lottogewinn gewesen! Ich lebe seit drei Jahren in dem Zustand: Da muss ich jetzt durch und werde irgendwann glücklich, habe jetzt, glaube ich, die Phase, zu kämpfen, hart zu sein, um mich zu behaupten, beendet. Ich werde von all dem Abstand gewinnen, meinem Kopf gern mal Schonkost geben und einfach nur Sein. Klug, charmant und humorvoll. Ich bin Sabine, liebenswert und in der Lage, Liebe, Wärme, Erotik zu leben. Auf der Arbeit werde ich mich anders fühlen und verhalten als bisher. Diese Konkurrenz in der harten Frauenprojektszene bin ich leid. Sie kotzt mich an. Ich verliere lieber alles, als da weiter mitzumachen. Ich kann auch Reiseleiterin werden und mit weniger Geld leben."

Im Sommerhalbjahr hatte ich mein Kanu, welches ich mir aus Schweden mitgebracht hatte, immer auf dem Autodach und brachte mit meinen Freundinnen Leben in West-Berlins innerstädtische Flüsse und Kanäle. Nach der Arbeit mal eben das Kanu aufs Wasser hieven und von Charlottenburg nach Kreuzberg paddeln. Dabei in ruhiger Idylle die süßen kleinen Entchen von Nahem bestaunen, wie sie in Reih und Glied hinter Mama her strampeln. An der Potsdamerbrücke kurz anlegen, durchs dichte Ufergestrüpp hoch stapfen und oben im tosenden Großstadtleben am sogenannten „Nuttengrill" – dort, neben der Nationalgalerie, befinden sich stets Busfahrer und Prostituierte in spaßigem Gespräch - Pommes und Bier holen. Welch krasser Gegensatz. Das Leben kann so nett sein.

Tagebuch, 9. September 1989
„Mit Mechthild, die sich so schön begeistern kann, eine Paddeltour durch Klein-Venedig zur „Alten Liebe" unternommen. Bei traumhaftem Sonnenuntergang verspiesen wir „Göteborger Heringstopf" und unternahmen anschließend bei lauer Temperatur noch eine kleine Nachtfahrt unterm Sternenhimmel.

Völlige Windstille, Lichter spiegelten sich stimmungsvoll auf dem spiegelglatten Wasser. Die Mondsichel stand im Süden tief über dem See, eine schöne Sommernacht."

Im nächsten Sommer begleitete ich eine weitere Frauen-Paddelgruppe in Südfrankreich auf der wilden Dordogne. Die Landschaft, welche sie durchfließt, erschien mir als ein weiteres Stückchen Paradies. Überall duftet es nach exotischen Pflanzen, der türkisgrüne Fluss schlängelt sich lebendig durch helle Kiesbänke und die Sonne flutet in gleißendem Licht. Unsere schön Erde!

Tagebuch, 14. August 1990:
„Traum: *Ich paddele im Kajak einen Wildbach hinunter, verkante mit dem Becken elegant das Boot. Ein lustvolles Gefühl, weil ich es so gut beherrsche. Am Ende nehme eine Gondel hoch, um die Fahrt gleich zu wiederholen.* - Vielleicht symbolisiert dieser Traum meinen Hunger nach lustvoller Leidenschaftlichkeit, die ich in meiner Liebe mit Bella erlebt habe? Windstille, herrliche Ruhe, die Sonne kommt gerade durch die Wolken und lässt die vom letzten Regen nassen Felsen über der Bucht glänzen. Hinter mir summt eine Hummel im Heidekraut. Ein Käfer schleppt eine Kiefernadel über einen Stein und kleine Wellchen spülen ans Ufer. Mein Lieblingsgeräusch."

Wildwasser! Meine Leidenschaft, hoffentlich geht alles gut, ängstigte ich mich anfangs ein wenig. Indes, alle Teilnehmerinnen waren top drauf, lernten schnell, ihr Kanu durch die starke Strömung zu steuern. Eine heitere Stimmung erfüllte unsere Gruppe, mit diversen Amoröschen, an denen ich nicht ganz unbeteiligt war. Man muss schon sagen, dass es teilweise turbulent zuging. Leser:innen mögen nachsichtig mit mir sein, wenn ich hier Details für mich behalte. Mein angekratztes Gewissen verscheuchte ich mit dem Gedanken: Das gönne ich

mir jetzt mal nach meinem langen Liebeskummer um den Verlust meiner Liebe.
Nach der Tour fuhren Marie, meine Urlaubsaffäre und ich, zu zweit noch in ein Frauenferienhaus.

Tagebuch, Juli 1990:
„Heitere unbeschwerte Tage in der Gascogne inmitten von Korn- und Sonnenblumenfeldern. Ein milder frischer Wind vom Atlantik verwehte heute die Regenwolken, ließ die Landschaft in brillantem Licht leuchten, spielte in unserem Haar, trug unser Lachen über die Gräser. - Traum: *Ich fliege und fliege über einen Fluss mit Sandstrand.*“

Mir gelang ein beeindruckendes Foto am abendlichen Strand bei Montalivet, welches mich seit nun Jahrzehnten als Poster an meiner Wand in frohe Stimmung versetzt.

1990, Frankreich - Montalivet

Tagebuch, 26. Juli 1990:
„Nach fünf Wochen heute Trennung von Marie. Schon sehne ich mich nach ihr, aber es tut gut, auch mal wieder für mich sein zu können. Heute habe ich mich arbeitslos gemeldet, fahre in zwei Wochen schon wieder nach Schweden zur nächsten Kanutour. Ich fühle mich heiter, selbstbewusst, jung und dynamisch.“

Mir war nach weiteren Affären. Mit Hallodri, leichtem Leben und Spaß. So kannte ich mich noch nicht. Eine reife, tragfähige Partnerschaft? Später einmal.

Meine Seele auf Fortschrittskurs

Tagebuch, 2. August 1990:
„Gestern habe ich Bella zufällig auf dem Flughafen Tegel getroffen, wo wir unsere Fußballerinnen zur Gay-Games-Reise nach Kanada verabschiedeten. Wir freuten uns beide, uns wiederzusehen, konnten freundlich und locker miteinander sein. Offen erzählte sie mir, wie es ihr in den letzten Jahren ergangen ist. Zum Abschied gaben wir uns einen Kuss und ich spürte nicht mehr diese starke innere Erregung dabei."

Puh, da hatte ich gut drei Jahre und zwei Affären gebraucht, um so weit zu kommen.

Tagebuch, 12. September 1990:
„In der Therapie sprach ich heute vom Aufhören. Dana: *Ja, das habe ich auch schon gedacht.* So kam es überraschend zum Schluss. Ich fühle mich ganz leicht."

In den folgenden Tagen spürte ich etwas Verlorenes, Hohles in mir. In niemanden war ich verliebt. Keine Sehnsucht, kein Verlangen. Viel Kopfschmerzen. Nicht mal die kleine Sabine konnte ich in mir spüren.

Tagebuch, 29. Oktober 1990:
„Traum: *Bella umarmt und küsst mich erotisch, ich erwidere es, ohne wie früher abzuheben, ganz undramatisch.* - Dieser Traum zeigt mir, wie

mein ungeheurer Mangel an Anerkennung, Liebe und Respekt dazu führte, jedes bisschen Zärtlichkeit und erotische Zuwendung gleich als Errungenschaft all dieser so ersehnten Schätze zu missdeuten. Wie ein Süchtiger der wieder seinen Stoff bekommt. Heute bin ich nicht mehr abhängig davon, habe es verinnerlicht, dass es mir zusteht. Ich kann es mir selbst geben."
Tagebuch, 31. Oktober 1990:
„Eine höllische Kopfschmerznacht. Abends drei Stunden Vortrag. Allein, weil Dirk keine Zeit hatte. So viele Zuhörer wie noch nie, und Bella darunter! Alles gut gelaufen. Zwischendurch schaute ich Bella ungläubig an, weil ich es immer noch nicht fassen kann, dass ich sie nicht mehr erotisch begehre. Irgendwie fehlt mir das, obwohl ich nun endlich nicht mehr leide. Ich brauche offenbar noch eine Weile, um wieder intensiv lieben zu können, ohne dass es aus meinem Mangelgefühl geschieht oder sonst wie neurotisch ist."
Tagebuch, 1. November 1990:
„Traum: *Ich bin mit Petra Möller, ihren drei Schwestern und deren schon erwachsenen Kindern in ihrem damaligen Haus in der Erlestraße, fühle mich in harmonischer Geborgenheit mit so viel Familie.*"
Verrückt! Da marschierte mein Unterbewusstsein wieder in meine vergangene Wohlfühlfamilie der 50iger-Jahre.

Evelyn fragte mich nach der gelungenen Reiseleiterinnenrolle, ob ich auch Skilehrerin kann. Jaaa, Skifahren, meine andere große Leidenschaft. Auf der Stelle sagte ich zu und wir begaben uns in ein einsames, großes Chalet hoch über dem Rheintal mit Blick auf Vaduz. Die Morgensonne schien in unser Zimmer. Es war bewundernswert, wie Evelyn alles bestens organisierte und mit lockerem Tonfall in ihren Ansprachen an gut gelaunte Urlauberinnen aus überall hielt.
Im Duft des Schnees und im gleißenden Licht der weißen Landschaft eröffnete sich ich ein neues Lebens-Kapitel.

Als die Anfängerinnen auf der Piste standen, war bei den ersten Übungen zu erkennen: Die hatten jetzt erst mal alle Schiss vorm Hinfallen. Mit draus resultierender verspannter Körperhaltung lernt es sich schlecht. So beschloss ich spontan, ihnen diese Angst erst mal mit Spaß zu nehmen: „Wir fahren jetzt diesen klitzekleinen Hügel runter und lassen uns unten hinfallen. Schön nach rechts oder links hinten. Eine nach der andern." Damit fuhr ich los und schmiss mich unten auf die rechte Pobacke in den Schnee. Mit Spaß absolvierten alle ihre erste Übung und eine schöne Lockerheit zog ein. Der Unterricht konnte beginnen.

Abends nahm ich am begleitenden Tanzkurs teil. Kaum der Schritte mächtig, wurde ich fest, aber sanft von Tanzlehrerin Gundula, die tags meine Skischülerin war, gegriffen und so exzellent über die Tanzfläche geführt, dass ich nur so dahinschwebte. Argentinischer Tango wurde durch sie eine weitere Leidenschaft von mir. Ja, und mehr. Sinnliche Nähe mit ihr in der Nacht rundeten diese Reise ab.

Tagebuch: 13. Januar 1991:

„Kopfweh heute Morgen. Als ich mich im lauten Selbstgespräch fragte, was er mir sagen will, spürte ich plötzlich die kleine Sabine, die seit einem halben Jahr verschwunden war. Nur die selbstbewusste, erstarkte Sabine, ihre dominante Rolle und ihre Affären hatte in dieser Zeit Raum. Das war mal toll. Aber drängend sehne ich mich auch wieder nach mehr Gefühl, nach mehr Einlassen. Wenn ich wirklich so stark bin, kann ich auch etwas riskieren. Als ich eben im lauten Selbstgespräch zu dieser Erkenntnis kam, konnte ich weinen und die Kopfschmerzen ließen nach. Ich werde nachher bei Gundula darauf zu achten versuchen, auch die kleine Sabine in mir zu spüren."

Tagebuch, 17. Januar 1991:

„Krieg im Golf! War mit 150 000 Menschen am Brandenburger Tor und demonstrierte für Gewaltlosigkeit und Frieden. Wieviel

Geduld werden wir haben müssen? Kopfschmerzen. Die kleine Sabine ist mir schon wieder abhandengekommen. Mit Gundula geht es mir gut. Sie ist reizend, hatte kurz das Gefühl, mich zu verlieben, schob das schnell weg. Mit ihr könnte es länger dauern als drei Monate."

Miteinander Tanzen

Gundulas Art zu lachen, betörte mich und eine heitere Liaison entspann sich mit uns. Am Wochenende tanzten wir durch die Tangoszene. Himmlisch, mich so abzugeben an eine Expertin mit exzellenter Führungsqualität. Tanzen, ein feiner Körpergenuss. Niemals bin ich von irgendwem - in den folgenden Jahren nahm ich an mehreren Tangokursen teil - je so gut geführt worden. Ich schwebte bisweilen dahin. Ein weiterer Lieblingstanz wurde langsamer Walzer. Diese Dynamik, wenn man nach einem weiten Schritt leicht ins Plissee geht, um sich dann nach kleiner Drehung wieder aufzurichten. Oder Rumba, da lässt sich weich das Becken schaukeln.

Tagebuch, 9. Februar 1991:
„Tango tanzen mit geduldiger, humorvoller Gundula. Nachdem ich meine Unsicherheit einigermaßen ablegen konnte, gelangen mir gute Schritte, die sich leicht anfühlten, erotisch berauschend. An den galanten Kombinationen der anderen Paare konnte ich mich kaum satt sehen. Vorher hatten wir einen schönen Tag zusammen auf dem Teufelsberg."

Diese Beziehung war distanzierter als meine erste Frauenliebe. Ostern fuhren wir mit dem Kanu auf dem Dach in die Alpen. Heitere Tage auf der Ski-Piste wechselten sich ab mit Paddeln auf tiefgrünen Gebirgsseen bei herrlicher Aussicht auf die verschneiten Berge. Gundula lernte schnell den Kanadier zu steuern. Mir fehlte in diesen Tagen das Tanzen mit ihr und manchmal erotische Nähe. Die Mutterrolle gefiel mir nicht.

Tagebuch, 15. April 1991:
„Zusammen von Grube nach Alt Töplitz gepaddelt und über unseren Urlaub geredet. Ich konnte ihr mit Mühe sagen, dass ich Distanz von ihr empfinde. Musste ihr deutlich machen, dass ich sie deswegen nicht kritisiere, sie akzeptiere und verstehe, dennoch darunter leide."
Tagebuch, 21. Mai 1991:
„Wir haben mehr eine gute Freundschaft, weniger eine erotische Liebesbeziehung. Ich habe mich auf Sex ohne Liebe eingestellt. Und das ging plötzlich! Unerfindlich die Gefilde von Liebe und Sex?"

In den folgenden Jahren paddelten Gundula und ich mit Kanu und Zelt tagelang durch die vielfältigen Seen rund um Berlin. Ab Ketzin die schöne Havel hinunter, durch Brandenburg-City hindurch, danach rechts ab in den Beetz See. Die Ufer zeigen sich im Frühling besonders lebendig, weil junge grüne Triebe durch das blonde Schilf des Vorjahres drängen. Wie schön unser Berliner Umland doch ist, ein unbezahlbarer Gewinn für uns Westberliner, die wir nun auch schon die Befreiten sind.
Und die Mecklenburgische Seenplatte lockte. Endlich! Diese sanfte Landschaft und das leise Rauschen des Sommerwindes über einem Kornfeld voller Klatschmohn und Kornblumen. Ein Gedicht!
Ab Kratzeburg paddelten wir Havelabwärts über den Käbelicksee und schon nach wenigen Minuten sah ich meinen ersten Kranich über mir, ganz nah, und dachte an den Vogel des Glücks, den kleinen Papierkranich, den mir ein Mönch auf dem Friedensmarsch geschenkt hatte. Wenn es auch gedauert hat, nun hatte das Glück Einzug gehalten.

Nach vier Tagen auf der jungen Havel und ihren Seen erlebten wir das romantischste Abenteuer. Die Schwanenhavel. Mutterseelenallein befinden wir uns auf einem kleinen Fließ mitten im Wald. Paradiesische Stille. Fast wie im Dschungel liegen Bäume quer. Eine Mönchsgrasmücke singt hoch oben. Kuh-Muhen in der Ferne dringt ab und zu durch. Eine Fliege summt vorbei. Diese zarten Töne lassen die Stille hörbar werden. Meditierend gleiten wir dahin. Nach geraumer Weile wird es heller. Die Schwanenhavel verlässt den Wald, noch wenige enge Windungen an einer Weide vorbei - huch, da steht plötzlich eine Kuh direkt neben uns - und durch einen Schilfgürtel geraten wir in den hellblautürkisen Plättlinsee. Gleißendes Licht. Mit einem tiefen Atemzug legen wir unsere Paddel hin und lassen uns ruhig dahintreiben.
Schließlich ließen wir alle Hüllen fallen – anfangs haben wir uns trotz 35° C dick einmummeln müssen, weil ein Heer hungriger Mücken uns freudig empfangen hatte - und spontan sprang ich aus dem Boot, ließ mich köstlich vom erfrischenden Nass umschmeicheln. Gundula schaute sich nur kurz um, um gleich hinterher zu fallen.
Ein schwarzer Milan stieß direkt vor uns herab und schnappte sich eins der kleinen Bläshühnchen. Ist eben auch Natur, suchte ich mich zu trösteten.

In der Volksschule war annodazu im Heimatkunde-Unterricht ein uralter schwarz-weiß-FWU-Film über den Spreewald gezeigt worden. Dieser hatte mich seinerzeit begeistert und seit über 30 Jahren träumte ich davon. Nun war es so weit.
Ein kleines Fließ mit Sumpfdotterblumen, umschwirrt von Prachtlibellen, vorbei an einem einsamen Gehöft. Im Hochwald munterer Vogelgesang. Mir geht das Herz auf. Tatsächlich darf ich dies alles erleben. Sagenhaft.

Im nächsten Sommer wanderten wir in den Bergen.

Tagebuch, 14. Juli 1992:
„Gundula und ich sitzen auf dem Risserkogel. Die Berggipfel rund um uns herum liegen ruhig und stark da. Kein Lüftchen regt sich, und die Sonne wärmt uns. Aus den Tälern klingt das Leuten der Kuhglocken zu uns hoch. Das Krächzen der Bergdohlen über uns und das Summen der Hummeln neben uns das einzige Geräusch.“

Unsere gemeinsamen Unternehmungen ließen es uns gut miteinander gehen. Doch eines Tages gab es cine Nebenbuhlerin. Verärgert legte ich mir auch eine Affäre zu, was mich allerdings keineswegs tröstete.
Tagebuch, 28. Februar 1993:
„Es geht seit Monaten rauf und runter, hin und her, das Ende unserer Beziehung ist nahe, aber beide hängen wir zu sehr aneinander. Ich habe Schuldgefühle, weil ich meine eigenen Schwächen gut verstecken konnte, solange G. sich an meine Stärken anlehnte.“
Tagebuch, 13. März 1993:
„Eine Woche mit anhaltenden Kopfschmerzen und lauter gestrichenen Terminen. Gedankenwust. In „Zärtliches Tempo - Wie Frauen ihre Beziehungen verändern, ohne sie zu zerstören“ von Harriet Lerner befreite mich das Kapitel „Ein konservativer Standpunkt“. Scheinbar negative Charakterzüge entpuppen sich oft als ein und dasselbe mit guten Charakterzügen.“ Diese Lektüre gibt mir jetzt eine satte Bestätigung darin, dass ich zurückgekehrt bin zum positiven Denken und Fühlen.“
Tagebuch, 20. März 1993:
„Mein Problem: Die spannungsgeladene widersprüchliche Vereinigung von extremer Schwäche: Angst vor Ablehnung, Versagensängste, Schuldgefühle, weil ich so beherrschend bin. Ungeheuer verletzlich in meiner Sehnsucht geliebt zu werden. Vergesslichkeit, mangelnde Konzentration beim Zuhören. Und extremer Stärke: meine Kreativität, mein Optimismus, mein

Einfühlungsvermögen, meine Großzügigkeit, meine Hilfsbereitschaft, meine Energie, Unternehmungslust, Selbstkritikfähigkeit. - Mir würde es besser gehen, wenn ich nicht mehr so viel Energie aufwenden würde, um meine Schwächen zu verstecken. Lese gerade: *Gegensätze ziehen sich an. Und genau diese sind es dann später, die Paare voneinander wegtreibt.* Vielleicht wirkte ich anziehend wegen meiner Stärken und werde nun genau deswegen abgelehnt. Ich glaube, dass G. sich trennen muss, um ihre Autonomie zu stärken, um meiner Dominanz zu entgehen."
Tagebuch, 26. Juli 1993:
„Gundula: *Ich habe mich jetzt für Marion entschieden. Aber ich will mich nicht von dir trennen, sondern eine Beziehung mit dir von ganz besonderer Art.* Wie stellt sie sich das vor?"

Beim Abschlussgespräch weinten wir beide.

Tagebuch, 28. August 1993:
„Ich möchte so gern einmal im Leben das Gefühl haben, geliebt zu werden. Mittlerweile halte ich es nicht mehr für möglich, weil über sieben Jahre Psychotherapie, viel Bemühen und viele gute Eigenschaften nicht ausreichen. Noch mehr Therapie? Noch mehr Bemühen? Noch mehr gute Eigenschaften? Nein, nein, nein! Ich will nicht immer kämpfen. Ich will in aller Ruhe normal sein und das Glück geschenkt bekommen."
Tagebuch, 20. Oktober 1993:
„Wie soll ich es schaffen, nicht mehr so verletzlich zu sein? Nicht mehr wie eine Dürstende durch die Wüste zu kriechen? Von einer Oase zur anderen. Die Qualen sind unbeschreiblich, wenn die Quelle nach anfänglich frischem Sprudeln lange Zeit nur noch tröpfelt, um schließlich zu versiegen."
Tagebuch, 25. November 1993:
„Heute vor 20 Jahren haben Philipp und ich uns getrennt. Im Spiegel vorhin habe ich mein Gesicht schön gefunden, sogar vor Rührung geweint."

In dieser Zeit erhielt ich die Kündigung meiner Wohnung wegen Eigenbedarf, und kündigte meine Arbeitsstelle, die mich reichlich Nerven gekostet hatte. Als Überlebensprogramm unternahm ich eine Reise in den Harz, bestaunte in Gernrode ein ehemaliges Frauenstift und wanderte über den Brocken. Bei meiner neuen Therapeutin landete ich erneut im alten Problem: Etwas verliebt sehnte ich mich nach mehr Zuwendung von ihr als ich bekommen konnte.

Tagebuch, 7. November 1993:
„Ein paar schöne Tage sind für mich wie ein Spaziergang eines Lebenslänglichen im Gefängnishof. Einsam. Wie soll ich mich ändern? Wie kann ich wenigstens mal wütend werden? Und wie kann ich das dann auch gut äußern, ausagieren, ohne jemandem zu verletzen? Gundula schrieb mir tröstliche Zeilen: „Kein Tag vergeht, an dem ich nicht schmerzlich an dich denke. Ich bin immer darauf gefasst, dir zu begegnen. Ich wünsch es mir genauso sehr, wie ich mich davor fürchte. Ich habe solche Angst, dass wir uns fremd werden, würde gern wissen, wie es dir geht. Vielleicht auf bald?“
Tagebuch, 12. Dezember 1993:
„Häufig spüre ich ein wohliges Gefühl in Bauch und Brust, welches mit dem Atem weich hochsteigt. Vielleicht kann ich etwas über den Körper ändern? Ich werde langsam ein Feinschmecker bei langsamen kleinen Bewegungen. Nicht mehr der Schmerz lässt mich intensiv fühlen, sondern das Langsame, Feine! Eigentlich weiß ich das schon seit Jahren. Jetzt kommt es richtig an.“
Tagebuch, 27. Januar 1994:
„Ich bin zu sehr im Kopf, dachte gerade aber: Das war meine Rettung, meine einzige Möglichkeit, nicht wie Mutter zu werden.“
Tagebuch, 9. Februar 1994:

„Eine TV-Sendung über einen Autisten. Ich war betroffen über seine schriftlichen Äußerungen. Er wiederholte seine Bedürfnisse nach Achtung, Liebe, Würde. Und das, obwohl er von seinen Eltern offenbar all das bekommt. Ich glaube, dass wir Menschen viel intensiver als wir es je ahnen und wahrhaben wollen, abhängig sind davon. Das moderne Geschwafel von Autonomie erscheint mir absurd. Unsere Gefühle sind so übermächtig, dass wir sie in diesen modernen Zeiten verdrängen und substituieren, oder in psychosomatischen Krankheiten ausleben. Der Autist kann nicht verdrängen. Das ist seine *Krankheit*!“
Tagebuch, 20. März 1994
„Wie kann ich mich vom Gefühl achten und nicht nur mit meinem Verstand?“
Tagebuch, 25. November 1994
„Ich möchte weiterleben, auch wenn ich jetzt furchtbar unglücklich bin. Nächstes Jahr werde ich bestimmt einen schönen Schritt machen, ein wenig Glück in meinem Herzen spüren. Ich darf das, auch wenn ich öfter versage oder andere kränke. Ich bin liebenswert.“

Lange war ich für eine neue Liebe verschlossen. Ein berührender Brief einer Urlaubsbekanntschaft: „Du gehst mir nicht mehr aus dem Sinn, ich sehe Dein Gesicht, Deine Augen, Dein Lachen, Deine Lippen, Deine Hände, ich sehne mich nach Dir.“ - Nicht mal diese betörenden Zeilen haben mich erweichen können, lediglich zu einer höflichen Antwort befähigt. Ich war ein hoffnungsloser Fall.

Ausgedehntes Innehalten

Ausflüge mit meinen Freundinnen ins Grüne schenkten mir Halt. Langsames Dahingleiten mit dem Kanu an wispernden

Schilfgürteln entlang, weiches Glucksen unter dem Boot, die Rufe eines Brachvogels oder ein segelnder Milan über uns. Welche Fülle unserer Natur.
Meine tiefe Leidenschaft für diese Art sich fortzubewegen konnte ich bei Paddel-Touren voll auskosten. Für mich bedeutet meditativ paddeln ein, nein, der Hochgenuss überhaupt:

> Schweigend, mit viel Gefühl das Stechpaddel lautlos eintauchen, es bedächtig nach hinten ziehen und ebenso lautlos aus dem Wasser heben. Während ich es langsam nach vorn führe, flüstern die Wassertropfen, die vom Paddel auf die Wasseroberfläche rinnen: „ßßßßßß". Vorsichtig tauche ich mein leichtes Holzpaddel erneut ein und genieße meine feinfühligen Bewegungen, Kleinigkeiten um mich herum wahrnehmend, wie den Gesang eines Pirols und das hübsche Pfeilkraut am Ufer. Das Herz wird mir weit. Ein ausgedehntes Innehalten.

Im Jahr nach Grenzöffnung fuhr ich ohne Grenzstress über Rügen zur Fähre und tauchte wieder ein in die Weiten der schwedischen Seenlandschaft.
Tagebuch, 13. August 1990:
„Sanft plätschern kleine Wellchen vor meinen Füßen an die glatten Uferfelsen unserer Trauminsel. Hinter mir höre ich das Lachen der Kochgruppe. Die Wolken habe sich verzogen und die Abendsonne wärmt mich aus klarem Himmel."

Wunderbar ergab sich unsere abendlich Stimmung, weil sich Heidrun, eine Chorleiterin, in unseren Reihen befand. Mit Chorgesang am Lagerfeuer, sogar im Canon, wurde friedlich unsere Paddeltag gekrönt. Was war eigentlich schöner? Paddeln oder Singen. Ist ja auch egal, war beides sagenhaft.
Im drauffolgenden Jahr – endlich! - führte ich zum ersten Mal eine Paddelgruppe durch die Mecklenburgische Seenplatte. Der Anblick der friedlich dahinziehenden Frauengruppe, der ich die

sanfte Paddel-Technik vermittelte, erfüllte mich. Nette Kontakte zu Frauen von nah und fern ergaben sich. Meine wechselnden Ko-Reiseleiterinnen hatten ergänzende Begabungen. Rita beherrschte die feine Küche und konnte schon auch mal kleinere Konflikte schlichten. Ein Kanadier nimmt ja mit Anfängern gern seinen eigenen Kurs ein. Dann kann es schon mal hektisch laut werden unter den hängenden Zweigen einer Trauerweide: „Wo fährst du denn hin?“ „ICH? DU paddelst total falsch!“ Abends besprachen wir in aller Ruhe das „Thema“. Interessant war, wie unterschiedlich doch die Frauen sind. Während eine Teilnehmerin in burschikosem Outfit und Gebaren daherkam und mit ordentlicher Kraft paddelte, saß eine andere elegant gekleidet im Boot und „badete“ grazil ihr Paddel. Bei schmalen Wasserläufen zwischen zwei Seen hielt ich die Gruppe dazu an, für diese viertel Stunde schweigend, meditativ zu paddeln. Ein ausnehmend besonderes Erlebnis, in einer größeren Gruppe diese wunderbare Stille und Langsamkeit zu erleben.
Durch die Erfahrungen, wie gut ich Gruppen leiten kann, erhielt mein Selbstbewusstsein exzellente neue Nahrung. Viola schrieb mir nach einer Tour: „Du bekommst die Goldene Reiseleiterin von mir verliehen.“

Zurück im Büroalltag strahlte ich erfrischende Energie aus und konnte Schikanen der Chefin an mir abgleiten lassen.
Voller Elan ging ich die spannende Arbeit an. So turnte ich mal auf dem Dach der Moabiter Schlange, dem neuen Wohngebäude für die Bundestagsabgeordneten herum, auf welches unsere Solarfirma, EnergieBISS, eine PV-Anlage installierte. Unsere Umschülerinnen konnten dort mitarbeiten.
Von weitem sehe ich Anni, ein Modul geschultert, über ein schmales Gerüstbrett gehen von einem Dach zum Nächsten. Ungesichert, Zehn Meter über der Erde, zirka zwei Meter weit. Ich halte die Luft an. Gut gegangen. Puh! Aufgeatmet!

Mit meinem Bruder lief es schlecht. Ich ärgerte mich: Der nimmt mich kein bisschen ernst, so ein Arsch. Sogar über seine langjährige Freundin - beständig an seiner Seite, wenn auch schon lange nicht mehr als Geliebte - sagte er mir einmal mit gehässigem Tonfall: „Die Ina ist furchtbar. Wie die Mutti, nicht zum Aushalten." Ach ja? dachte ich verdutzt. Jochen lässt doch sonst nichts auf unsere Mutter kommen, macht mich zur Sau, wenn ich Kritik übe. Mutter hatte ihm den Bestseller „Emotionale Intelligenz" von Goleman geschenkt. Den hätte sie mal selbst verinnerlichen sollen. Diese Intelligenz wird in der Kindheit angelegt. Nichts davon hat sie uns vermittelt. Wir hätten in einem Kindergarten untergebracht sein sollen. In Obhut liebevoller Kindergärtnerinnen und im gemeinsamen Spiel mit Kindern aus anderen Familien wären wir auf unser späteres Leben sozial vorbereitet worden.
Mutter erzählte: „Jochen hat als Säugling schlecht getrunken. Da habe ich manchmal zu viel gekriegt und gedacht: „Den schmeiß ich jetzt an die Wand." Dabei lachte sie in ihrer mir verhassten Art, allerdings mit einem unsicheren Blick zu mir, ob ich auch mit lache. Das konnte ich nicht.
Erschrocken schweige ich hilflos. Da setzt sie dem noch etwas Unglaubliches hinterher: „Wenn du als Baby so richtig genussvoll getrunken hast, habe ich dir manchmal zum Spaß einfach so die Brust weggezogen. Da hast du vielleicht geschrieen!!!"
Entsetzt schlucke ich. Ich armes Baby. Und jetzt besitzt sie auch noch die Dreistigkeit, mir das heute mitzuteilen. Bloß nichts anmerken lassen: Denk ja nicht, dass du mich damit heute noch einmal quälen kannst!
Doch, das hatte sie natürlich geschafft. Ich fragte mich, wie ich womöglich sonst noch als Baby und Kleinkind von ihr gequält

worden sein könnte und ärgerte mich später, ihr nicht wenigstens dieses Mal mein Entsetzen gezeigt und empört die Meinung gesagt zu haben!

Tante Elsbet, Vaters Schwester, lud mich zu ihrem 75. Geburtstag ein. Eine große Familienfeier in den gehobenen Kreisen, zu denen ich mich nie richtig zugehörig gefühlt hatte. Soll ich, mittlerweile über vierzig, alleinstehend und fest in der Alternativszene verankert, zu meinen großbürgerlichen Verwandten fahren? Wochenlang kämpfte ich unsicher mit mir. Schließlich hatte ich diesen Traum:
In einem großen Tennisstadion sitzt die alte Generation meiner Familie auf der Ehrentribüne. Die junge Generation marschiert nach und nach mit Ehegatten/innen und Kindern ein, an der Tribüne vorbei und wird elitär beklatscht. Nun bin ich dran. Verklemmt, zittrig gehe ich ganz allein ins weite Rund, vorbei an der Ehrentribüne. Ohne jedes Klatschen. Völlige Stille. Ganz, ganz furchtbar! Und dann: Von der Gegentribüne brandet plötzlich lauter Jubel, anfeuernde laute Rufe: „Sabine! Sabine!" Ich wende meinen Kopf und sehe meine Berliner Freundinnen munter Fähnchen schwenkend juchen.

Am nächsten Tag wusste ich: Diese Familienfeier werde ich mir nicht antun. Mein Unterbewusstes hatte sich schlau erwiesen.

Mutter rief an: „Papi hatte einen Schlaganfall. Einer Krankenschwester hat er gesagt, du hättest angerufen und kämst zu Besuch."
Betroffen wurde mir klar: Mein Abwenden hatte ihm doch zugesetzt, und fuhr gleich nach Buer. Eingefallen lag er in seinen weißen Kissen und schaute mich aus hohlen Augen an.

Tagebuch, 20. Februar 1990:
„Grausig, Vater in so einem Zustand zu sehen. Meine Wut auf ihn war weg. Mitleid. Aber auch Distanz. Ich habe ihn an für

mich schöne Momente mit ihm erinnert. Mit einer kleinen Überwindung habe ich ihn zum Abschied sogar auf die Stirn geküsst."

Ohne die letzte Vergangenheit angesprochen zu haben waren wir wieder versöhnt.
Anschließend, Entspannung suchend, beobachtete ich auf einer Parkbank am Berger See sitzend, die Schlittschuhläufer. Ein älterer Herr zog bedachtsam in edler Haltung feine Kreise. Junge Leute neben mir belustigt: „Kumma, wie schön där Oppa fäaht." Als dieser doch mal ins Wackeln geriet: „Abba gezz hatta sich doch fast aufe Schnauze geleecht." Ein anderer: „Abba, kuck, da hatta sich widda gefang'n. Där will so richtich schön faahn." „Elegant issa, jau!" Der Tonfall dieser jungen Leute neben mir beseelte mich. Sie machten sich ihren Spaß auf Kosten des älteren Herrn, aber nicht gehässig. Wohlwollend frotzelnd vergnügten sie sich. Ach, meine Ruhris, jau, deshalb fühle ich mich im Pott zu Hause.
Beim Bäcker am nächsten Morgen eine lange Schlange vor der Brötchen-Teke. Alle locker im Gespräch miteinander. Eine Frau: „Wie geht et denn dem Ährwin?"
„Ach, muss. Där hat ja wiaklich Pech gehabt. Datt wiad abba widda. Tu ma noch'n Teilchen dabei, Frollein. Heut gönn ich mia ma watt."
„Tüss Maagott, und ´n Küssken für Tante Änne."
Keiner drängelt. Allgemeine Heiterkeit.

Wenn meine Eltern doch so schlicht nett wären! In diesen Tagen erzählte Mutter mir haarsträubende Geschichten über Vaters, für ihn teilweise frustrierende, Karriere: Unter anderem waren seine Bestrebungen für einen Kreditkurs in der Fabrik abgelehnt worden: Onkel Rudolf: „Wir machen alles nur mit ehrlichem Geld." Betroffen hörte ich zu und mir ging durch den Kopf: Wenn das alles stimmt, muss das beschissen für Vater

gewesen sein. Zumal seine Exportabteilung immer in den schwarzen Zahlen gewesen sein soll. Wie schön, dass er wenigstens Freundschaften mit vielen Geschäftsfreunden innehatte.
Tagebuch, 20. Juli 1990:
„Er greift mich nicht mehr an. Ich kann wieder seine guten Seiten sehen."

Schwierige Jahre folgten. Schmächtig und zusammengesunken saß er, seiner bleibenden Behinderung ausgesetzt im Sessel und äußerte leise: „Manchmal denke ich: Ich springe aus dem Fenster."

Tagebuch, 2. Juni 1994:
„Am Telefon klagte Vater, dass es ihm beschissen geht. Er hat sich aufgegeben. Ich habe ihn an die Aufbauphase in den Fünfzigerjahren erinnert, an seinen beruflichen Erfolg, seine Reisen, seine Eskapaden. Er räumte ein, dass Vieles schön war in seinem Leben, aber dass es auf der Arbeit Probleme gab, viel Druck von der Konkurrenz und den Kunden. Manchmal, wenn er einen Auftrag nicht erhielt, hat er Depressionen bekommen: *Das hat aber nie einer gemerkt*, verriet er mir und: *Ich musste immer viel kämpfen und bin das völlig leid. Ich will nicht mehr kämpfen.* Ich bin verblüfft und erschüttert. Mein Vater ist plötzlich offen geworden. Jochen riss mich mitten in der Nacht aus dem Tiefschlaf: *Die Ärzte geben Papi keine Hoffnung auf Heilung. Zu viele Gehirnzellen sind abgestorben. Er muss jetzt entmündigt werde, damit Mutti an sein Geld kommt.* - Schlimm für Mutter, ihn jetzt wie ein Baby pflegen zu müssen. Ich werde nächstes Wochenende hinfahren, ihm verzeihen und mich von ihm verabschieden."

Vater und ich befanden uns erstmals in einem intimen Gespräch, in dem er selbstkritisch sein Leben resümierte: „Es war ein Fehler, dass ich an Hitler geglaubt habe." „Ich habe meine Frau noch nie gelobt." Mein Anteil an diesem Gespräch erging sich vorwiegend im Zuhören.

Tagebuch, 6. November 1994
„Traum: *Ich beobachte meine Mutter, die mich Säugling wickelt. Begeistert rufe ich aus: Das bin ja ich! Wie niedlich. Dann passe ich gut auf, ob Mutter mich auch gut behandelt. Sie wickelt mich zügig, dreht mich schnell auf den Bauch. Ich will aber nicht und dreh mich wieder zurück. Mutter dreht mich wieder um. Ich sehe ein, dass ich keine Chance gegen sie habe, beschließe, mich nicht darüber aufzuregen. Dann eben nicht! Ich mache es mir auf dem Bauch gemütlich, schließe wonnig meine Augen, bin ganz bei mir. Als ich das beobachte bin ich angetan von mir Säugling und denke, dass ich schon früh eine Lebenskünstlerin gewesen sein muss.* - Ein schöner Traum, der mich lange gut fühlen ließ.“

Über Weihnachten fuhr ich ausnahmsweise mal wieder nach Buer.

Tagebuch, 2. Januar 1995:
„Die Feiertage mit Familie waren echte Arbeit. Konzentration auf mein inneres liebevolles Ich. Habe mich geschützt vor Aggressionen, meine Weichheit, aber auch meine Wut gefühlt und mich nicht in alte Fahrwasser drängen lassen. Sie haben es letztendlich gemerkt und hingenommen. Langsam lerne ich das Schwierigste: Im Rahmen meiner Familie fühle ich mich nicht minderwertig, eher besonders wertvoll. Ich habe keinen Hass gegen meine Familie, habe verziehen.“
Tagebuch, 4. Januar 1995:
„Bei Alexander Lowen lese ich endlich die Erklärung, warum Menschen Macht haben wollen: „... Macht die zum Ersatz für ein wirkliches Selbstwertgefühl wird ... Macht erzeugt die Illusion, jemand zu sein.“

Im Sommer ging es dem Ende zu. Angespannt saß ich mit Mutter an seinem Sterbebett im Bergmannsheil. Da geschah

etwas Unglaubliches.
Mutter zieht ein dickes Bündel großer Geldscheine aus ihrer Handtasche und lässt dieses vor seinen Augen in ihren Händen wie ein Kartenspiel flattern, mit sarkastischem Gesichtsausdruck. Fassungslos starre ich auf diesen Akt. Mein innerer Film: Im Angesicht seines Todes sich jetzt so an ihm zu rächen, weil sie nie eine Kontovollmacht erhalten hatte. Niederträchtig! Mein Nacken verkrampft. Und ich schweige.
Nicht einmal später auf der Rückfahrt schaffte ich es, endlich mal den Mund aufzumachen.

Tagebuch, 30.Juni 1995:
„Mein Vater ist tot. Ich bin traurig, dass er ein so schweres Leben hatte, er sich nicht selbst lieben konnte. Ich hätte ihm so gern geholfen, ein gutes Gefühl zu sich selbst zu haben. Ich habe ihn an viel Schönes erinnert, zum ersten Mal, Zuneigung zu ihm gefühlt. Es ist ein gutes Gefühl, ihm seine Herzlosigkeit, mangelnde Liebe und Wärme verziehen zu haben. Er hat mir und der Familie Verantwortung entgegengebracht, gut für uns gesorgt und mit seinem Ideenreichtum eine wirklich schöne Freizeitgestaltung mit uns gezaubert. Er hat das Beste aus seiner Situation gemacht. Besser konnte er es nicht. Er konnte es nicht! Er tut mir so leid."
Tagebuch, 8. August 1995:
„Ich versteh mich nicht. Vermutlich bin ich mehr traurig über sein Leben als über seinen Tod. Ich bedaure, keine eigene Familie zu haben. Wie erfüllend hätte es sein können, wenn ich einen lieben Mann gehabt hätte, wenn ich meine Liebe ihm und unseren Kindern hätte schenken dürfen. – Bei Carolyn Merchant im „Tod der Natur" lese ich gerade, dass Thomas Hobbes die Ansicht vertrat: „… von Natur aus waren die Menschen gesetzlos und gewalttätig." Genau diese Meinung vertrat auch Mutter. Sie glaubt tatsächlich, dass Menschen böse und schlecht geboren werden. Nur sie selbst gehört natürlich nicht dazu. Aber

nach ihrer Ansicht ich!"

Als ich in das tiefe Grab auf Vaters Sarg blickte fühlte ich mein Bedauern, dass ich vor Jahren nicht auf sein Gesprächsangebot eingegangen war und hörte mich leise sagen: „Es tut mir leid, bitte verzeih." Jetzt fehlte er mir. Vorsichtig ließ ich eine weiße Rose auf seinen Sarg fallen.

Tagebuch, 2. September 1995:
„Traum: *Ich platze fast vor Energie. In einer Art Rausch, euphorisch regelrecht, renne, springe, ja fliege ich fast durch die Gegend.*"

In den Weihnachtsferien bemühte ich mich mit Freundinnen beim Skifahren von dem Familienstress Erholung zu finden.

Tagebuch, 24. Dezember 1995: Sölden
„Traum: *Vater, ein zittriger Greis, ist mit einem Gewehr hinter jemandem her (ich glaube hinter Mutter). Ich laufe, entsetzt über solche Aggression, auf ihn zu, ringe ihm das Gewehr ab und werfe es über eine Brüstung ins Meer. Große Erleichterung.* - Mein Magengeschwür schmerzt und ich fühle mich kraftlos und elend. Aber auf die Piste schleppe ich mich."

Ein wenig Karriere

Das berufliche Glück blieb mir wieder hold. Ich erhielt einen Anruf, ob ich an einer Projektleiterstelle in einem Frauen-Solarprojekt interessiert sei. Mir fielen Biggis Worte ein: „Die Leute werden sich in Zukunft die Finger nach dir lecken." Für einen Berufsförderungskurs des DGB für benachteiligte Frauen, die über die aufstrebende Solartechnik eine Perspektive aufgezeigt bekommen sollten, schrieb ich zunächst, etwas absolut

Neues für mich, 44 Jahre alt, einen Monat lang das Curriculum für den Kurs. Gut drauf nach dem Gelingen ging ich motiviert und zuversichtlich dieses Projekt an. Hier konnte ich mich beruflich weiterentwickeln. Die Teilnehmerinnen waren lernbegierig und machten gut mit. Einige aber – oh Gott, schon wieder dieser Stress - zeigten sich bisweilen aggressiv.

Tagebuch, 14. September 1991:
„Traum: *Ich stehe in der Diele unserer Kindheits-Wohnung und sehe im Spiegel, wie Mutter mit einer Pistole von hinten auf mich zielt. Reaktionsschnell lasse ich mich fallen. Aber einer der Schüsse traf mich trotzdem im Rücken.*"
Tagebuch, 31. Oktober 1991:
„Ich muss meine Depression, die sich wieder eingeschlichen hat, mit positiven Gedanken bekämpfen, mir meine starken Seiten in Erinnerung rufen."

Spannende Aktionen während dieser Zeit hielten mich auf Trab. So baute ich mit den Frauen ein Solarboot, nahm mit ihnen am Solarbootrennen in Köpenick teil und installierte mit ihnen eine eigens dafür gebaute Mobile Solaranlage im „FEZ" – Freizeit und Erholungszentrum in der Wuhlheide.

Tagebuch, 29. November 1992:
„Kopfschmerzen. Alles Elend kommt auf einmal hoch. Mein Nichtgeliebt sein, meine Erkenntnis, dass ich nicht geeignet bin, im Job mit aggressiv, depressiven Schülerinnen umzugehen, weil ich zu verletzlich und unsicher bin. Drei Stunden geweint."

Das anstrengende Arbeitsklima, während des gleichzeitigen Niedergangs meiner Liebesbeziehung, zermürbte mich so, dass ich am Ende des Kurses kraftlos aufgab und kündigte. Die best bezahlteste Stelle, die ich je hatte. Meine alte Schwäche, mich nicht verbal behaupten zu können, hatte mal wieder über mein

praktisches Können gesiegt und ließ mich hilflos diesen unvernünftigen Schritt tun. Reichlich dumm war ich nie auf die Idee gekommen, an meine Rente zu denken.
Während dieser Jahre hatte ich nebenberuflich einen Werkvertrag mit der Technischen Universität für ein Seminar „Solartechnik als Zusatzangebot für Studierende aller Fachrichtungen". Hier konnte ich mein Wissen und Können an hochmotivierte junge Menschen ohne soziale Probleme weitergeben. Ein herrliches Arbeiten. Eine Studentin schrieb mir danach im Brief: „Vielen Dank für Deine angenehme Art der Wissensvermittlung." Das tat gut.

Tagebuch, 25. Februar 1995:
„Traum: *Ich mache irgendwas mit meinem Körper, habe plötzlich ein unbekanntes Selbstwertgefühl. Erstaunt, voller Wonne denke ich: so fühlt sich das also an!* – Ankündigung einer Wende in meinem Leben?"

Anschließend arbeitete ich in unserer kleinen Solarfirma, die keinen Gewinn einfuhr. So konnte ich dort keinen dauerhaften Arbeitsplatz finden und wurde wieder arbeitslos, 46 Jahre alt. Als „Kundin" des Arbeitsamtes - wer sich diese schwachsinnige Bezeichnung bloß ausgedacht hat - erhielt ich wenigstens wieder eine ABM-Stelle, diesmal WISO-Lehrkraft für Umschüler in Bauberufe. Nicht gerade spannend, aber ganz nett.
Aus dieser Anstellung wurde ich vorzeitig abgeworben und landete wieder auf dem ersten Arbeitsmarkt.

Tagebuch, 2. März 1995:
„Die Kolleginnen freuten sich herzlich über meine spontane Zusage. Ich war ihre Wunschkandidatin."

In einem Privat-Institut für berufliche Weiterbildung wurden Frauen zur Gas-Wasserinstallateurin ausgebildet. Neben ihrer betrieblichen Ausbildung erhielten sie in unserem Institut eine

Zusatzausbildung in Umwelttechnik, für die ich zuständig war. Theorie und Praxis im Wechsel. Ganz meine Welt. Dort hatte ich schon wenige Jahre zuvor als Honorarlehrkraft die Umschülerinnen bei einer Solaranlagen-Lehrbaustelle unterrichtet und angeleitet und Kurse in Technikgeschichte gegeben - 1948 schon hatte Maria Telkes in Massachusetts ein Haus mit Solarheizung konstruiert. - Und? Mein ewiges Schicksal: Wieder mal mit Zwischenmenschlichen Problemen konfrontiert.

Tagebuch, 1. April 1995:
„Mein erster Unterrichtstag. Ich hatte Angst vor einer der Frauen wegen ihrer aggressiven, kühlen Ausstrahlung und hörte schon die Nachtigall trapsen. Muss jetzt aufpassen, dass sie mich nicht als Opfer aussucht, bzw. dass ich mich nicht dazu machen lasse. Kopfschmerzen!"
Tagebuch, 24. April 1995:
„Ich muss mich sehr konzentrieren, meine alten Muster zu bemerken und zu stoppen. Mein neues weiches Gefühl muss ich auch nach außen zeigen. Auf der Arbeit komme ich mit allen gut klar, ohne die tolle Sabine sein zu müssen. Das viele Alleinsein der letzten Monate hat mir gutgetan. Meine süße kleine Wohnung und ich, wir verstehen uns wirklich toll. Aber ich verstehe überhaupt nicht, warum ich jetzt so viele Alpträume habe."

Wenigstens erhielt ich Komplimente aus meinem alten privaten Umfeld.
Brief, Mai 1995, von meiner Klassenkameradin Betty, der ich einen kleinen Gefallen getan hatte:
„Ach, ist das schön, wenn man auf jemanden trifft, der die Sache gleich in die Hand nimmt ohne weiteren Umstand. Du wirkst auf mich noch immer sehr unternehmungslustig, tatendurstig, spontan und überhaupt..."

Leider hat meine Chefin meine Stärken nicht zu schätzen

gewusst.

Tagebuch, 23. September 1995:
„Habe mir alle Anschuldigungen in Ruhe angehört, dabei konzentriert auf meine Bauchatmung geachtet und auf meine Zunge, dass sie locker im Mund liegt. Dann habe ich in langer Rede meine Einschätzung dargestellt, ohne mich zu rechtfertigen: *Ich lasse mich hier nicht zum Sündenbock machen.* Ich konzentrierte mich darauf, sensibler im Umgang mit Almut zu sein. Mein ewig ruhiger sachlicher Tonfall ist offenbar auch nicht gerade das, was bei andern gut ankommt. Zwischen dem aggressiven hysterischen Tonfall meiner Mutter und meinem extrem Anderen muss es doch genügend andere Nuancen geben!"
Tagebuch, 19. Januar 1996:
„Traum: *Mir geht auf der Arbeit alles schief, versage völlig im Unterricht.* - Ich fragte mich etwas unsicher, ob ich den Anspruch der Umschülerinnen erfüllen kann. Ich konnte! Die Frauen haben interessiert und gut mitgemacht. Endlich hatte ich mal wieder das Gefühl: ich mache meine Arbeit ordentlich, bin mein Geld, das ich verdiene, wert. Der Traum war also keine Vorwarnung, sondern nur ein Versuch meines Überichs, mir das Leben schwer zu machen. Irrational!"
Tagebuch, 28. März 1996:
„Auf unserer Team-Fortbildung bekam ich Anerkennung der Dozenten für meine Beiträge. Das tat mir gut.
Almut gibt mir nach wie vor Null Anerkennung. Im Gegenteil, sie macht mich in fiesem Tonfall immer wieder nieder, wenn ich mich selbst mal ein wenig lobe mit Sätzen wie: *Das ist nicht lobenswert, sondern selbstverständlich.* Oder: *Ich habe keine Lust, dir ewig dankbar zu sein.* Ich kann mich endlich wehren!!! Und zwar laut und energisch. Nicht mehr ruhig, sachlich, leise rechtfertigend. Das fühlt sich gut an. Wow!"

Wusste Almut eigentlich, dass Chefs eine Fürsorgepflicht für ihr Team haben? Auf allen Arbeitsstellen hatte ich vergeblich gewünscht, eine nette, harmonische Atmosphäre zu haben. Gegenseitige Wertschätzung, nennt man das heute. Vielleicht hätte ich Almut mal deutlich sagen sollen, wieviel Respekt ich für sie hatte, dass sie dieses Projekt auf die Beine gestellt hat? Hätte sie das annehmen können?

Ein guter Mensch sein musste ich. Wollte ich. Und hielt deshalb gezwungenermaßen den Kontakt zu Mutter. Zu dem Zeitpunkt war sie als Vorsitzende in ihrem Inner Wheel-Club zuständig für das Programm der Treffen. Dazu bat sie mich, einen Vortrag zu halten. Ich reiste an und nahm im Industrieclub am Kopfende Platz. Die eleganten Damen im Rund musterten mich. „Mach's kurz – wir wollen hinterher Kaffee trinken und plaudern", flüsterte mir Frau Heimann zu. Das ärgerte mich. In klammheimlicher Freude referierte ich nicht nur, wie angekündigt, über alternative Energien, sondern auch, weil ich im Rund von zirka 30 wohlbetuchten Hausfrauen saß, über die historische Rolle der Frau im Beruf. - Isis hatte die Ägypter mit Gesetzen, Schrift und Heilkunde versehen und gelehrt, wie man das Land bebaut. Agnodike, in Männerkleidung getarnt, studierte Medizin und betrieb um 300 v. Chr. eine Praxis für Frauen der Aristokratie in Athen. Der Star in Mathematik war um 400 n. Chr. Hypatia in Alexandria. Kaum eine weiß heute, was alles von Frauen geleistet und erfunden worden ist. - Im großen Raum des Industrieclubs Gelsenkirchen wurde es unruhig, manche murrten leise. Mutter zischte: „Thema verfehlt." Zu meiner Erleichterung war auch eine berufstätige studierte Frau im weiten Rund, die mich stützte. Ich atmete durch. Mit fester Stimme referierte ich ungekürzt zu Ende. So!
Auf dem Rückweg musste ich mir von Mutter anhören: „Ich bin neidisch auf dich, was für ein freies selbständiges Leben du führst. Das hätte ich auch gern gehabt."

Was sollte ich ihr darauf antworten? Auf Mutters Wunsch, setzte ich mich abends noch an den Schreibtisch und schrieb eine Zusammenfassung meines Vortrages für die Inner-Wheel-Zeitung. Als ich sie eine Woche später bat, mir das Schriftstück zu zusenden, musste ich mir anhören: „Das habe ich nicht mehr." Sie hatte es nicht veröffentlicht, aber weggeworfen. Ich war stocksauer. Diese ungeheure Missachtung meiner Arbeit! Dabei behauptete sie noch: „Inner-Wheel ist der weltgrößte Frauenverband, mit einer Stimme in der UNO."
Ob das stimmt? Wenn ja, erschien mir das wie ein Hohn. Soviel ich weiß, besteht dieser Club nur aus Ehefrauen von Rotariern. Der Rotary Club, damals nur Männern vorbehalten, pflegte Kaminabende zu veranstalten, bei welchen die Gattinnen mangels eines eigenen Zimmers - eine unglaubliche Demütigung - in der Küche oder im Schlafzimmer sitzen mussten. Womöglich hatten sie vorher noch die Kerle bewirtet. Diese Kränkung hatte wohl dazu geführt, dass die Frauen ihre eigene Sektion ins Leben gerufen hatten.
Vater hatte ich vorgeschlagen, dass er sich doch mal dafür einsetzen könne, dass Frauen auch Rotarier werden können. Leider hat er mich barsch zurückgewiesen. Wie stolz wäre ich auf ihn gewesen, wenn er dies initiiert hätte. Heute ist es der Fall.

Meine Seele dürstet

Versuche, mich an eine mögliche neue Liebe anzunähern verpufften schnell.

Tagebuch 14. Januar 1996:
„War mit Sieglinde, die ich nicht anziehend finde im Planetarium. „Der kleine Prinz" wurde unterm Sternenhimmel erzählt und dabei Harfe gespielt. S.: *Ich fühl mich unwohl neben dem Typ*

rechts von mir. Ich vermutete gleich bei ihr den häufig auftretenden Männerhass von Lesben, den ich abstoßend finde und fragte sie: *Bist du eine Rassistin?* Sieglinde hat sich sofort klar dagegen gewehrt. Eine Lehrstunde für mich. Ich war genervt von ihr, besonders weil sie nie auf etwas einging, sondern immer gleich von sich sprach. Es tat mir gleich leid, ich hatte ein Scheißgefühl zu mir: Ich habe sie - wie meine Mutter! - indirekt angegriffen. Ich wundere mich, dass ich zwar betroffen bin über meine Fehler, mich aber nicht mehr als schlechten Menschen empfinde. Bin in der Pause auf sie zugegangen, hab sie gefragt, wie es ihr geht, ihr meinen Platz angeboten. Ich muss mich darauf konzentrieren, in welchem Tonfall mit welchen Worten ich anderen begegne. Ich muss endlich einen energischen Fortschritt machen in meiner Sensibilität für andere. Ihr nächtlicher Dank auf meinem AB: *Ich möchte mich nochmal bei dir für den schönen Abend bedanken*, habe ich nicht verstanden. Ich überlege, ihr einen Brief zu schreiben. Es ist wohl das Beste, wenn wir rechtzeitig verhindern, eine schmerzhafte Beziehung entstehen zu lassen. Wie sagt man das bloß, ohne zu verletzen? Am besten durch Abstand einhalten."
Tagebuch 3. März 1996:
„Mein Magengeschwür ist einen Zentimeter groß. Es will mir sagen: Ich brauche Zuwendung, Zärtlichkeit, Geborgenheit. Ich sehne mich nach jemand, die mich trotz meiner Schwächen wohlwollend akzeptiert, mich erotisch begehrt, ohne mich auf Distanz zu halten. Vielleicht trage ich auf meinen Schultern, was meine Eltern, Großeltern, Urgroßeltern alle nicht verarbeiten konnten. Aber ich werde daran nicht zerbrechen, werde mein Leben leben, werde mich über jeden kleinen Schritt, den ich nach jahrelangen Bemühungen geschafft habe, freuen, bin mir dankbar, dass ich mich mag, dankbar, dass ich leben will. Auch etwas stolz."

Über Ostern besuchte ich Mutter.

Tagebuch 8. April 1996:
„Mutter hielt mir vor, wie dunkel meine Haare geworden sind. Als ich sie aufforderte, damit aufzuhören, konnte sie es sich nicht verkneifen, mir mal wieder meine Nase vorzuwerfen. Dazu hielt sie mir ein Foto von Uroma Küppersbusch vor, die, um es gelinde auszudrücken, wirklich keine auffallende Schönheit war, und meinte mit beißendem Tonfall: *Da hast du deine Nase her und den Abstand zwischen Nase und Mund.* Da bin ich wirklich sauer geworden: *Jetzt hör auf mit so einem Quatsch. Meine Nase ist völlig okay und mein Abstand sowieso. Ich sehe x-mal besser aus als du. Hör auf mit so einem Käse.* Dass ich mich das getraut habe, so offen diesen Konkurrenzmist zwischen uns anzusprechen! So primitiv auf ihre Aggressionen zu reagieren. Irgendwie blöd, aber doch mal notwendig. Jedenfalls hat das gesessen. Sie hilflos frustriert: *Wenn du davon überzeugt bist.* Ich bin erleichtert, dass ich nicht still gekränkt, Wut unterdrückend schwieg, oder mich beleidigt rechtfertigte wie früher, sondern so reagieren konnte. - Endlich ist der beschissene Winter vorbei. Die Knospen platzen aus allen Nähten, die Vögel trällern, die Sonne wärmt und taucht alles in schönes Licht."
Tagebuch 26. April 1996:
„Meine Energie ist wieder da. Ich arbeite voller Schwung und Selbstvertrauen. Bin kontaktfreudig, unternehmungslustig, lache viel, nehme meinen Humor wahr."
Tagebuch 29. April 1996:
„Traum: *Vater liegt auf seinem Grab, öffnet die Augen sieht den Grabstein und erkennt sein Ende: Ich will nicht sterben, jammert er. Ich lege tröstend meine Wange an seine.* - Ich war bei einem neuen Osteopathen, fühle mich weich, aber auch verletzlich. Komisches Gefühl, so in meine schwungvolle Powerphase hinein, wo ich endlich mal auf den Tisch hauen kann. Es gehört eben beides zum Leben. Ein rundes Gefühl."

Um das Leben, welches auf und ab und auf ging, zu genießen, unternahm ich eine Kurzreise. Schlafsack, Gaskocher und so ins Auto geschmissen und ab nach Rügen, in die mir weitgehend unbekannte DDR.

Tagebuch 13. Juli 1996:
„Bei Sonne und kräftigem Wind auf einem drei Tausend Jahre alten Naturdenkmal. Eine herrliche Aussicht auf das Mönchgut. Rauchschwalben umschwirren mich. Kolkraben rufen und Buchfinken zwitschern wie wild. Ein goldenes Gerstenfeld, durchspikt mit Klatschmohn und Kornblumen wogt seidig unter mir. Ich weiß nicht genau, was schlimmer ist, allein Zuhause oder in beglückender Umgebung schmerzhaft mit der Einsamkeit konfrontiert."

Diese zauberhafte Landschaft hätte ich, glücklich und traurig zugleich, so gern mit einer Freundin geteilt.

Verzagt, aber tapfer managte ich mit Auto, Fahrrad und zu Fuß mein Erkundungs-Programm in dieser vielfältigen Insellandschaft und träumte von meiner Therapeutin:

Tagebuch, 23. August 1996:
„Traum: *Ich mach mich über meine Schwächen und die anderer lustig und lache mit Babett darüber, was sie in ihrem Beruf so alles erleben kann, ohne gleich lachen zu dürfen. Uns laufen die Tränen vor Lachen.*"

Im Herbst wollte Mutter mit mir ins Ferienhaus fahren. Unser süßes kleines Häuschen am Tegernsee, verlockend. Aber die Nähe mit Mutter schien mir bedrohlich. Ich zögerte lange, gab mir schließlich einen Ruck: Wenn die mich ärgert, werde ich nicht schweigen, mich sofort wehren. Bei dieser Vorstellung trat ich kräftig in die Fahrradpedalen.
Und so kam es. Das setzte ich stark um:

„Warum sagst du so etwas über …?“, fragte ich sie manches Mal.
„Das kann man doch mal sagen“, ihre unreflektierte Reaktion. Ich war nicht in der Lage zu entgegnen: *Nein, das kann man nicht.* Schade. Unabhängig ob ihr Gemeckere gegen mich oder andere Menschen gerichtet war, verwahrte ich mich dagegen mit Metakommunikation, übte kühl und sachlich, aber höflich Kritik an ihren Äußerungen, ohne sie niederzumachen:
„Unser Gespräch gefällt mir nicht. Du könntest doch auch mal etwas Nettes über … xy … sagen“, war eine Variante.
Sie verstummte dann jeweils ratlos. Ich wollte mich nicht verausgaben und ließ es meist auf einem kurzen Disput beruhen. Schon der alte Aristoteles wusste: „Jeder kann wütend werden - das ist leicht. Aber wütend auf den Richtigen zu sein, im richtigen Maß, zur richtigen Zeit, zum richtigen Zeitpunkt und auf die richtige Art – das ist nicht leicht.“
Ein wenig stolz konnte ich konstatieren, dies in diesen Tagen einigermaßen hingekriegt zu haben.
Wochen nach dieser Reise beschwerte sich Mutter bei mir:
„Du warst gar nicht nett mit mir.“
Das nahm ich kommentarlos zur Kenntnis. Also hat sie es gemerkt, dass ich anders war. Verstehen konnte sie mich natürlich nicht. Ich hingegen war zufrieden, mich endlich wirksam gewehrt zu haben. Ein großer Schritt.

Im November wartete wieder der Kranichflug als jährliches großartiges Erlebnis. Mit allen meinen Freundinnen nacheinander fuhr ich ungefähr vier oder fünf Mal nach Linum. In den Mittagsstunden beobachten wir sie zunächst auf den Feldern, wo sie geruhsam aufpicken, was bei der Ernte durchs Rost gefallen ist. Richtig edel bisweilen schreiten sie mit ihren Jungen, meist im kleinen Familienverband, umher und lassen sich nur selten mal in Unruhe versetzen. Einmal wurde ich Zeuge wie ein Seeadler dicht über sie flog und glaubte, er könne sich hier

bedienen. Von wegen. Das lassen diese stolzen Kraniche nicht mit sich machen. Mit formidablem Getöse flogen sie auf und umtobten den Adler so, dass er völlig wuschig geworden das Weite suchte. Kluge Kraniche!
An diesen sagenhaften Vögeln konnte mich nicht satt sehen und hören.
Ein großer Trupp schwebt dicht über mir hinweg. Ein Schauer rieselt über meine Kopfhaut. Langsam verschwinden ihre Stimmen im weiten Dunst. Wir drehen uns um und in der Ferne ist schon die nächste Gruppe zu sehen - gleich sind sie da - gespanntes Warten - und dieses Kribbeln, wenn sie näher und näher kommen um dann laut trompetend vorbeizuziehen. Was die sich wohl alle zu erzählen haben?
Auf solchen Ausflügen ist meine Einsamkeit vollkommen aufgelöst. Ich lebe auf! Balsam für meine Seele. Jedes Jahr aufs Neue. Mir fielen dazu Georg Trakls berührende Worte ein:

„Am Abend, wenn die Glocken Frieden läuten,
Folg ich der Vögel wundervollen Flügen …“

Das Kranichkonzert, mit meinem kleinen Digitalrecorder aufgenommen, kann ich mir im Winter auf meiner HiFi-Anlage anhören.

7

Das Leben ist schön

Bei jeder Sternschnuppe hatte ich mir sehnsuchtsvoll eine Liebe für das ganzes Leben gewünscht. Seit ewig. In „Stell dir vor" von Shakti Gawein hatte ich vor Jahren gelesen, dass man sich seine Wünsche konkret vorstellen soll. Jetzt stellte ich mir vor, wie meine zukünftige, bodenständige Partnerin und ich nach Feierabend zu Hause vertraut beieinandersitzen und uns bei einem Tee unsere Tageserlebnisse erzählen.
Außerhalb der Frauenszene sollte sie sein. So lese ich im bürgerlichen „Tagesspiegel" DIE Anzeige: „Frau sucht Frau, die Klassenkampf, Kinder und Karriere hinter sich hat." Das sprach mich an, und prompt antwortete ich.
Eine weiche, dunkle Stimme am Telefon bescherte mir spontan prickelnde Stimmung. Schon nach den ersten Sätzen hatten wir, nach Aufklärung eines Missverständnisses, etwas zu lachen, und mein Herz wurde ein wenig geöffnet. Das konnte ja heiter werden.
Beim ersten Treffen Café „Saalbau" unterhielten wir uns lange in netter Leichtigkeit und ich gewann den Eindruck von einer Frau, die, außergewöhnlich selbstbewusst und heiter, mit beiden Beinen im Leben steht. Wir sind nahezu gleichaltrig. Eine Partnerschaft auf Augenhöhe? Nicht ganz: Sina hat Kinder großgezogen und eine kontinuierliche Berufslaufbahn aufzuweisen.
Bei einem Spaziergang zeigte sie mir ihre Gartensiedlung mit grünem Umfeld. Mit knallroten Ohren stapfte sie kräftigen Schrittes einher. Trotz frostiger Januar-Luft ohne Kopfbedeckung. Wie ich lange später erfuhr, aus reiner Eitelkeit. Wie nett.

Ich hemmungslos mit Stirnband, auch wenn ich blöd aussah. Aber frieren für eine Liebe? Nein, das schaff ich nicht.
Sie hatte eine Badmintongruppe. „Oh, klasse. Das spiele ich auch gern", schnappte ich die Gelegenheit auf, mit ihr zu sporteln. So wurde ich die fünfte, und eine konnte sich immer mal ausruhen. In unserem eher fortgeschrittenen Alter gerade richtig. Auf dem Pausensitz musterte ich heimlich ihre kraftvollen Bewegungen, und besonders ihre entzückenden Herzchenwaden. Wie schön sie sich darstellten bei kräftigen Sprüngen und Stopps. Fasziniert träumte ich vor mich hin, obwohl ich mich eigentlich eher von femininen Frauen angezogen fühle.
Bald darauf wurde ich zum Kaffeeklatsch in ihren uralten, nachbarlicheren Freundeskreis eingeladen. Drei Frauen und ein Ausnahmemann, ähnlich wie Philipp. Neugierig, wenngleich ich mir dabei aber schon auch etwas präsentiert vorkam, ließ ich mich frohen Mutes auf die Runde ein. Diese „Prüfung" zu bestehen, fiel mir leicht.
In Null-Komma-Nix kamen wir uns näher. Schon nach zwei Wochen waren wir sichtlich ein wenig verliebt ineinander. Nach langem Allein-Sein wieder den weichen, duftenden Körper einer Frau spüren dürfen, ihre Lust zu erleben und meine zu fühlen. Ich sank dahin. Es hatte mich heftig erwischt, und das mit 49 Jahren. Selig träumte ich vor mich hin: Wie wohl die nächsten Jahre angefüllt sein werden?

Die kleine Gruppe nahm mich als fünfte offen auf. Doppelkopf spielen und gemeinsame Ausflüge ins Umland bescherten mir heitere Momente. Endlich im Paradies angekommen! Paul Gerhardt hatte einst so schön gedichtet: „Geh aus mein Herz und suche Freud."

Tagebuch, 23. März 1997:
„Wie kann ich das nur fassen? Ich muss es ja gar nicht fassen, auch nicht begreifen. Ich darf es nur annehmen. Sina, ich

möchte immer liebevoll mit Dir umgehen. Dich glücklich wissen, Dich noch glücklicher machen. Dir eine treue Weggefährtin sein, Dich zum Lachen bringen, Dich über vieles andere lachen sehen und hören. Dich tröstend in die Arme nehmen, wenn Du weinst. Dir meine Anerkennung aussprechen, wenn ich von Deinem Verhalten angetan bin. Dir geradeaus ins Gesicht sagen können, wenn ich mich nicht gut fühle mit uns. Dich voller Wohlwollen betrachten, wenn Du nicht gut drauf bist. Dir verzeihen, wenn Du mir weh tust, mit Dir singen und tanzen, mit Dir in die sanften Tiefen der Lust tauchen, immer wieder und bis ins hohe Alter. Meine Therapeutin Babett sagte mir: *Dieses Glück kann sich niemand verdienen. Das ist eine Gnade.*“

Wie man weiß, kommt irgendwann ein erster Streit: Nach der Arbeit, wie verabredet, zu Sina gefahren, sah ich mich gezwungen, eine Unternehmung, die wir für den Abend verabredet hatten, kurzfristig abzusagen, weil mich auf der Arbeit irgendetwas gestresst hatte. Sina, verärgert, beschimpfte mich überraschend heftig. Ich, sofort auch sauer, hielt dagegen. So heftig wie wir verliebt waren, genau so heftig brandete unser bühnenreifes Wortgefecht hin und her, spontan und laut. Und? Völlig ungewohnt, behauptete ich mich. Am Ende lächelte Sina mich an: „Da haben wir uns eben ganz schön gefetzt, was“? Da war ich baff. Und erleichtert. Unser erster Streit hatte sich in Wohlgefallen aufgelöst. Ich weiß beim besten Willen nicht mehr, welche Lösung wir gefunden hatten, aber ich erinnere mich, wie gut ich mich mit mir fühlte, die ich völlig anders aufgetreten war als früher in ähnlichen Situationen. Eine frische Liebe gibt offensichtlich auch im Streit eine exzellente Energie.
Milde Ostertage lockten uns an die Ostsee. Mit und gegen den Wind strampelten wir mit den Rädern voller Vergnügen durch das abwechslungsreiche Darßer Hinterland und bestaunten immer wieder aufs Neue seine unvergängliche Schönheit.

Neben meiner Geliebten in einer Düne liegen, Möwen zuschauen, wie sie schneeweiß vor blauem Himmel in unvergleichlicher Eleganz umhersegeln, und mit ihren Rufen die Stille hörbar machen. Das Dünengras wogt wispernd in mildem Licht, und ein paar Sandkörnchen streicheln im Frühlingswind sanft meine Haut. Ein federleichtes Glücksgefühl durchströmt mich.

Mir fiel Joseph von Eichendorff ein:

„Mir war, als hätt der Himmel die Erde still geküsst"

Tagebuch, 13. April 1997

„Ich bin so glücklich mit Sina und doch habe ich Angst, dass sie mich verlassen könnte. Ich weiß, dass mein Unbewusstes diese Angst hat, weil ich Sina meine schwache Seite bisher nicht gezeigt habe, und keine Gelegenheit war, in der sie zum Tragen hätte kommen können."

Sinas zahlreiche Liebesbriefe beruhigten mich stets.

17. April 1997, Brief von Sina:

„Du, meine Allerliebste, ICH LIEBE DICH! Das hat mir noch einmal ganz deutlich gemacht, wie sehr ich mich eingelassen habe auf diese wundervolle Frau. Sie ist das allerbeste, das mir passieren konnte!!! Ich weiß immer noch nicht, wo das jemals enden soll. Kann ein solch toller siebter Himmel lebenslang halten? Ich möchte, dass wir so gleichermaßen empfindlich und klar miteinander umgehen können. Ich will ganz viel mit Dir erleben, mir alles von Dir zeigen lassen, gemeinsam völlig neue Erfahrungen machen und erleben, wie unsere Falten und Runzeln immer mehr werden, um dann Hand in Hand mit Dir als eine von zwei spannenden alten Frauen auf ein erfülltes, aufregendes und glückliches gemeinsames Leben zurückzublicken! Laß uns durchhalten bis dahin. 50 Jahre sind schnell vorbei, wenn alle Tage so schön und voll sind, wie die Zeit seit dem 23.01.1997! Ich liebe Dich, immer mehr! … bis bald, Du meine Allerschönste ...“

In meinem Tagebuch finde ich einen Text, den ich ihr geschrieben haben könnte:

Tagebuch, 20. April 1997:
„Sina, ich danke Dir, dass es Dich gibt, dass Du so voller aktiver Liebe für mich bist, Dir so Vieles ausdenkst, um mir Deine Liebe zu zeigen, dass Du mich so wunderbar warm anschaust, Deine Liebe zu mir in Deinen Augen leuchtet, deine Lippen zu einem sinnlichen Lächeln sich erweichen. In diesen Augenblicken durchfahren mich süße, warme Wellen, vom Herz in den Bauch und wieder zurück. Oft durchströmt es mich so, wenn ich mich an Dein Gesicht erinnere oder mir vorstelle, wie Du mich bald wieder ansehen wirst. Ich dürste nach Deinem Blick, nach Deinen Küssen, mal zart, mal wild. Nach Deinen Händen, die mich berühren. Ich danke Dir, dass Du meine Liebe annimmst, mir vertraust. Dir die Unendlichkeit unserer Liebe wünscht. Sina, ich danke Dir, dass Du so viel Nähe zulassen kannst, ohne mich zu klammern, ohne Forderungen an mich zu stellen, dass Du Deine Verletzlichkeit so geradeheraus vermittelst, so dass ich immer aufmerksamer für Dich werden kann. Ich möchte Dich auf Händen tragen. Ich möchte für Dich sorgen, wenn Du es brauchst, Dich in meinen Armen halten. Viele kleine Dinge tun, um Dich zu erfreuen.“

Unsere erste gemeinsame Kanutour. Ich war selig, meine Geliebte in diese kostbare Welt entführen zu dürfen. Oh jeh, ausgerechnet da ging sie baden. Ich hatte nicht aufgepasst. An einer schrägen Kaimauer - logisch ist die glitschig – ließ ich sie aussteigen. Ihr Fuß rutschte in die Tiefe und sie hinterher. Bei einem Gläschen Weißwein am Abend umgab uns romantische Zweisamkeit.

Karte von Sina 23. Juli 1997:
„Unsere Liebe hat all meine kühnsten Hoffnungen und Wünsche weit übertroffen, und so will ich das auch für den Rest meines Lebens haben! Ich liebe Dich dimensionslos – auch pitschnass im Kanu – ICH DANKE DIR, dass es Dich für mich gibt und freu mich maßlos auf jeden neuen Tag mit Dir."

Sogar ein Gedicht schrieb sie mir. Ein Auszug davon:
„… bei den lachenden Augen
Ich zähle die geliebten kleinen Falten
Kuschele mich in Deinen Arm
fühle mich maßlos geborgen
Du bist so warm!
Hab nur einen Wunsch:
halt mich fest!"

Im August feierte ich in meinen 50-igsten Geburtstag hinein. Ein fröhliches Fest mit vielen alten und neuen Freundis durfte ich in Sinas Haus verleben. Um Mitternacht hakte meine alte Freundin Inge mich unter: „Komm mal mit."
Wir treten vom Garten ins Haus. Da stehen alle Gäste im Kreis und singen „Viel Glück und viel Segen auf all deinen Wegen". Umfangen von Glückseligkeit wurzele ich am Boden fest. Dann kommt auch noch Sinas Sohn mit einem leuchtenden Tablett herein, darauf zur 50 geformte Teelichter. Mir bleibt der Mund offenstehen. Schließlich schaffe ich es, tief Luft zu holen. Solche Aufmerksamkeiten kannte ich aus meinem früheren Leben nicht. Mutter und Bruder – sie waren an dem Tag zusammen unterwegs - erschienen nicht, obwohl sie schriftlich eingeladen waren. Diese Lieblosigkeit meiner Ursprungsfamilie war so normal für mich, dass ich an diesem Abend keinen Schmerz zu fühlen bereit war. Sauer war ich erst am nächsten Tag, weil sie mir nicht abgesagt, keine Karte geschrieben, nicht einmal angerufen hatten.

Hermann Hesse ließ „Goldmund“ einmal sagen: „Mein Leben ist arm an Liebe gewesen. Es hat mir am Besten gefehlt. Dir, Narziss, verdanke ich, dass mein Herz nicht verdorrt ist, dass eine Stelle in mir blieb, die von der Gnade erreicht werden kann.“
Sina, meine Liebe, so ging es mir auch mit dir. Gern hätte ich es dir so poetisch sagen mögen. Das Schicksal hatte mich beschenkt, mit meinem ewigen Wunsch: Nahe Zweisamkeit in Geborgenheit.

Tagebuch, 11. September 1997
„Traum: *Sina hat eine Nebenfrau. Gestresst gerate ich in einen Sandsturm, an dem ich zu ersticken drohe.* -
Als ich panisch japsend aufwache, werde ich von Sina getröstet. Am Morgen fuhren wir mit Kate nach Usedom. Ich vermute, dass ich mich vor der Dreiergeschichte mit Kate fürchtete. Die beiden verbindet eine 21-jährige Freundschaft.“

Wie Sina mir erzählt hatte, wollten die beiden als Rentnerinnen zusammenziehen.

Bei einem Besuch im „Operncafé“ Unter den Linden sagte Mutter in entgeistertem Tonfall: „Die Männer drehen sich alle nach dir um! Du bist wirklich zu schade für eine Frau.“
Das hätte sie mit Sicherheit nicht in Sinas Anwesenheit gesagt. Aber einige Zeit später gestand sie mir: „Ich hatte auch mal Sex mit einer Frau. Gigi hatte richtig was davon, mir hat das nichts gebracht. Und unsere Männer standen vor der Tür und hämmerten dagegen … Und Tante Emmi (die unverheiratete Schwester ihrer Mutter) hatte eine feste Freundin, mit der sie immer über Männer herzog“, ergänzte sie noch, um mitzuteilen, dass die lesbisch gewesen sein muss.

Im Herbst wurde Sinas Tochter flügge. Gerührt nahm ich wahr,

wie meiner Geliebten, der starken Persönlichkeit, Tränen in den Augen schimmerten. Nun entschwand auch ihr zweites Kind aus dem Haus. Für mich bedeutete dies: Ziehe ich bei Sina ein? Ja, zögerte ich keinen Moment. Nahe Zweisamkeit, wie lange schon wünschte ich mir das.
Als ich zu ihr gezogen war, fand ich abends auf meinem Kopfkissen eine Karte von ihr mit Picassos zwei Frauen:

Oktober 1997:
„Ich liebe Dich rund rum mit allen Schwächen und Stärken, und alles macht Dich für mich so liebenswert! Ich freu mich unendlich auf jede Minute mit Dir – aufs gemeinsame Wohnen, Lieben, Streiten, Wachsen, Lachen, Weinen und jetzt erst mal auf das Aufwachen morgen früh neben Dir“

Von Beginn an fühlte ich mich uneingeschränkt willkommen. Achtsam gewährte Sina mir Raum in ihrem Häuschen. Und Stückchen für Stückchen bauten wir uns ein Nest miteinander. Wenn ich von der Arbeit nach Hause kam, war Sina meist schon da und kam gleich die Treppe herunter, um mich zu begrüßen. Meist saßen wir dann bei Latte Machiato zusammen und erzählten uns die Tageserlebnisse. Herzlich lachen konnte ich über die netten Vorkommnisse in ihrem fröhlichen, humorvollen Kollegenkreis. Und ich konnte über meine neuen Solar-Projekte berichten oder mich locker über meine doofe Chefin auslassen. Genauso wie ich es mir vor Monaten mit der Lektüre von Shakti Gawein vorgestellt hatte.
Die Abende verbrachten wir gemeinsam in ihrem Zimmer, nebst den Kätzchen. Nachdem diese sich ein bisschen gestritten hatten, wer auf meinen Schoß darf, einigten sie sich darauf, dicht an mich geschmiegt eine rechts, eine links zu liegen, Köpfchen auf meinen Oberschenkeln.
Täglich beteuerten wir uns unsere Liebe auf vielfältige Weise, mit Liebes-Kärtchen und -Briefchen. Mit einem kleinen Hüpfer

im Herzen mal hier und mal da gefunden. Die vielen Jahre, die ich mit Träumen von der großen Liebe in der Zukunft gelebt hatte, waren im Hier und Jetzt aufgegangen. „Du bist meine tausendste Sternschnuppe“, flüsterte ich weich. Lebendige, reiche Jahre hatten begonnen. Nachts im Gärtchen sitzen und der Nachtigall im nahen Park lauschen. Ach, war ich glücklich. Wir hatten beide eher unterschiedlichen Stärken, die sich ergänzten. Manchmal hallte ihr verzweifelter Ruf laut durchs Haus: „Schatzi!“ Herbeigeeilt fand ich Sina angespannt im Raum stehend auf eine Spinne an der Wand starrend. Ich, andere Phobien-Habende, durfte jetzt mal die Starke sein und die Spinne ins Freie befördern. Ach, wie besonders ich sie in diesen Momenten liebte, zeigte doch eine starke Frau mal hemmungslos eine Schwäche.
Liebevolle Geborgenheit war in meinem Leben eingezogen. Ich bin mir grad unsicher, ob ich ihr das je deutlich genug zeigen habe können.
Etwas schwierig waren für mich die kalten Nächte. Als Frischluftfanatikerin schlief Sina auch bei minus zehn Grad mit geöffnetem Fenster. Während sie völlig zerzauselt in den Tiefen ihres Plümos verschwand, half ich mir, den Nordpol zu überstehen, indem ich im Bett eine Mütze überzog. Natürlich zu ihrem Amüsement. Wir lachten viel zusammen. Bisweilen suchte ich mitten in der Nacht in der Dunkelheit ihre Hand. Ein leichter, kurzer Gegendruck ließ einen kleinen süßen Schauer über meine Schultern fließen, ohne Worte, ohne ganz wach zu werden.
Im Frühlings-Gärtchen nach Herzenslust zu buddeln, öffnete weiter meine Seele. Das war etwas anderes, als im Vorgarten meiner Eltern zum Unkrautjäten verpflichtet worden zu sein. Nur ein Beet war für mich tabu, Sinas Beet. Wie ich sie schon wieder dafür liebte. Mit überquellenden Körbchen auf unseren Rädern strampelten wir vom Gartencenter fröhlich heim in unser kleines Paradies. Viele weiße Blumen fanden so ihren Platz. Die bevorzuge ich, weil sie in der Dämmerung noch weit

leuchten.

Tagebuch, 12. Mai 1998
„Traum: *Ich will mir das Leben nehmen und schlucke Tabletten. Während ich noch irgendwelche Dinge erledige, habe ich Hoffnung, dass die Wirkung noch länger auf sich warten lässt, weil ich noch so viel tun möchte. Und dann spüre ich allmählich wieder Lebenswillen und überlege, wie ich die Wirkung der Tabletten verhindern kann. Dabei fällt mir auf, dass sie gar nicht gegen meinen starken Körper und Willen ankommen. Ich bin nur etwas lahm, kann alles so machen wie ich will und überlebe.* - Vermutlich habe ich heute Nacht noch einmal meinen früheren Suizidgedanken von 1986 verarbeitet."

Im Juni, nach gut einem Jahr Zusammensein, führte ich sie auf meine Lieblingsinsel Rügen, und wir radelten stundenlang durch diese prächtigen Landschaften. An einem Morgen – ich bereitete geschäftig unser Frühstück in der Ferienwohnung in Baabe vor - bemerkte ich dabei nicht, wie Sina unbeweglich mitten in der Küche stand und mich ansah. Unvermittelt höre ich sie leise sagen: „Nimm mich doch einfach mal in den Arm."
Überrascht gibt es da plötzlich keine Küche, kein Frühstück, nichts mehr für mich. Allein Sina. Und spontan umarme ich sie. Inniglich. Lange. Etwas Unbekanntes durchströmt mich: Liebe. Ich liebe!
In früheren Liebesbeziehungen war ich verliebt oder nicht auf Augenhöhe. Das hatte ich für Liebe gehalten. Mit einem Mal fühlte ich anders, war in diesem Leben angekommen. Vielleicht fühlt sich ein Pinguin ähnlich, wenn er nach kalter, langer Zeit an Land, mühsam tippelnd, zum ersten Mal in seinem Leben voller Wonne im Meer schwimmt?

Sina schenkte mir die Autobiografie Senta Bergers, eine bewundernswerte Frau, wie ich finde: „Eigentlich geht mir das ja gegen den Strich, dir ein Buch meiner Konkurrentin zu schenken."

So ist sie, aufmerksam und zugewandt. Und das meist mit Humor.

Bei einer Stadtführung durch Weimar konnten wir als einzige Teilnehmerinnen einer Führung die interessanten Informationen einer pensionierten Lehrerin genießen. Als sie uns im Wohnhaus der Anna Amalia erzählte, dass diese dort nach dem frühen Tod ihres Mannes jahrzehntelang mit einer Freundin gelebt hat, bemerkte ich kess: „Das muss ja nicht unbedingt eine platonische Gemeinschaft gewesen sein."
Unsere Führerin drehte überrascht den Kopf: „Ja, das kann sein."

Und „mein" Ruhrgebiet wurde für uns zu einem Lieblingsurlaubsziel. Gelsenkirchen entdeckte ich nun noch mal anders. Was es da alles zu bestaunen gab! Die ehemalige Lohnhalle von Zeche Rhein-Elbe in Gelsenkirchen etwa: Ein ästhetisch aufwendig und doch schlicht gestalteter Raum. Nur für die Kumpels, herrlich. Und die Halde mit Himmelstreppe dahinter, oder die Halde Rungenberg. Bei lauem Lüftchen und bizarrer Stille, mitten im Pott, sogen wir eine sagenhafte Aussicht auf: Soweit das Auge reicht, von Duisburg bis Dortmund, ein grüner Kohlenpott. Hie und da lugt mal ein Förderturm oder eine Kirchturmspitze hervor. Meine Heimat. Die lockere Freundlichkeit und Sprache der Ruhris rührt mich an. Immer mal ertappte ich mich dabei, auch wieder Kohlenpottsch zu labern. Meine Eltern sprachen Hochdeutsch, aber in der Schule lernt man ja auch vieles, was nicht im Lehrplan steht. Bei einer Veranstaltung sang ein Bergmannschor: „Glück auf, Glück auf, der Steiger kommt. Und er hat sein helles Licht bei der Nacht, schon angezündt". Mir liefen die Tränen. Wie sowas funktioniert? Ich war ja keine Bergmannstochter, besaß nur Klassenkameraden aus diesem Lebenskreis und fühlte mich doch dahingezogen. Mit Sina das zu genießen war Glück pur. Wochenlang radelten

wir durchs Ruhrgebiet. Herrlich, wie viele ruhige grüne Radwege entstanden sind. Auf alten Treidelpfaden die Ruhr entlang von Duisburg, am „Aquarius“ – ein alter Wasserturm mit Ausstellung - vorbei, bis zur schönen Fachwerkstadt Essen-Kupferdreh, oder zum Gasometer Oberhausen. Sina und ich konnten prima zusammen reisen.
Auch mit unseren Müttern unternahmen wir einige Kurzreisen. Es war nett, die beiden alten Damen über die Binzer Promenade wackeln zu sehen, oder wie sie ihre alten Füße befreiten, um genussvoll barfuß am Spülsaum zu spazieren und hübsche Steinchen und Muscheln zu sammeln.
Lange schon träumte ich davon, mit einem Hausboot monatelang durch Europa zu fahren und konnte Sina auch dafür begeistern. Nun war es beschlossen: Wenn wir Rentnerinnen sind, werden wir von Mai bis Oktober auf Flüssen quer durch Europa unterwegs sein und freuten uns schon aufs Alter.

Das komplizierte Glück

Auf unserer ersten großen Radtour in kleiner Gruppe hatten Inge und ich uns nach einem Frühstück in die Kräuter eines Klostergartens verguckt, dabei die Zeit vergessen, kamen zu spät zum verabredeten Start. Unachtsam. Die anderen warteten ungeduldig und Sina machte mich zur Schnecke. So ein Wutanfall! Von meiner großen Liebe! Unter dieser ungeheuren Wucht zusammengestaucht, stand ich wie gelähmt da. Unfähig, mich zu wehren. Mein alter Fehler: Bevor ich wie meine Mutter bin, sage ich lieber gar nichts. Kurz darauf, froh, endlich in die Pedalen treten zu können, verlor ich den Anschluss an die Gruppe, weil ich lange einem Bussard nachgeschaut hatte.

Auf einem anderen Ausflug hatte ich mich von unserer shoppenden Gruppe gelöst, um einen Hafen zu erkunden. Auf dem Hintergrund unserer festen Bindung empfand ich das richtig. Dabei jedoch habe ich lediglich mein eigenes Interesse gesehen.

Tagebuch, 31. Mai 1999
„Ich fühle mich traurig und hilflos, habe das Gefühl, dass unsere Beziehung eine erste Engstelle erreicht hat. Ich muss mich in Situationen, in denen ich es eigentlich nicht einsehe, zurücknehmen bzw. auf meine Bedürfnisse mit Überwindung verzichten, weil Sina verletzt wäre, wenn ich es nicht täte, weil sie an diesem Punkt ein uraltes Trauma hat: Sie hat das Gefühl, dass sie mir nicht wichtig genug sei. Sie hat mir im Streit gedroht, dass sie mich verlässt, wenn ich dazu nicht in der Lage bin. Mein Trauma-Punkt!“

Mein Trauma, verlassen zu werden, hatte ich leider offenbart. Später sah ich es klarer, würde auf manches verzichten und vieles mitmachen damit ich an der Seite meiner Liebsten bin und zur Gruppe dazu gehöre. „Friede-Freundschaft-Eierkuchen“ ist so verkehrt nicht. Dieses verflixte Autonomiegequatsche erscheint mir fast schon als moralischer Druck. Ja, es ist wichtig, autonom zu sein. Aber sich deshalb außerhalb einer Gruppe stellen? Nein, das muss fein überprüft werden. Ich möchte mich nicht mehr selbst ausgrenzen, wie es in meiner Kindheit des Öfteren notwendig gewesen war. Es kommt auf die Gruppe und die Situation an. Diese Sensibilität fehlte mir zu dieser Zeit noch. Sina muss sich mies gefühlt haben, dass ich nicht an ihrer Seite war an diesem Tag.

Tagebuch, Juni 2000
„Traum: *Ich fühle im Hals eine Enge, wie zugeschnürt, dann ziehe ich ekelige schwarze Fäden, wie behaarte Spinnenbeine heraus. Erst ein, dann zwei, dann mehr und mehr, irgendwann ein ganzes Knäul. Mein Hals ist befreit, aber ich habe mich fürchterlich geekelt* - Ich habe seit längerem

mal wieder heftig Streit mit Sina. Sie macht sich Sorgen um ihre Kinder. Ich sorge mich um meine Armut. Ab September bin ich entlassen, weiß nicht, ob ich je wieder Arbeit finde, habe Angst. … All die schönen Naturausflüge - ich brauche große Wasserflächen und wogende Kornfelder, und Stille! Wenn ich dafür kein Geld mehr habe, kann ich meine gedrückten Verstimmungen, die immer wieder kehren, nicht verscheuchen. Ich traue mich nicht, Sina das offen zu sagen. Sie könnte aufhören, mich zu lieben, wenn sie begreift, wie abhängig mein Gemütszustand von diesen Naturerlebnissen ist."

Dies war die letzte Tagebucheintragung für die nächsten sieben Jahre. Die ewige Analysiererei meiner Probleme widerstrebte mir. Meine wenig ausgeheilten Schäden von annodazu kompensierte ich, hatte sie keineswegs erfasst. Ich wollte das Leben genießen. Mit zahlreichen Ideen für erfüllende Gemeinsamkeiten. Da wusste ich noch nicht, dass es heilsam wäre, ein Glückstagebuch zu führen.

Nach etlichen Jahren behaglicher Zufriedenheit stand unser kleines Reihenhaus zum Kauf an. Wir waren uns gleich einig: „Wir kaufen." Der Pflichtteil meines Erbes reichte für das halbe Haus. Und Mutter hatte diesen freiwillig herausgerückt. Wahnsinn. Wir waren Eigentümerinnen unseres trauten Heimes, ohne einen Kredit aufnehmen zu müssen.

Bald darauf zog Mutter nach Berlin in eine luxuriöse Seniorenresidenz. Dort wurde ich ihre Putze, weil sie den Staub auf ihren Möbeln und den Schmier auf ihrem Telefon nicht sah, wohl auch noch nie in ihrem Leben selbst beseitigt hatte.
Bald hatte sie begriffen, welch starke Persönlichkeit meine Lebensgefährtin ist und umgarnte sie ständig, mich links liegen lassend. Bei allen Besuchen schenkte sie Sina etwas. Mir nicht. Als ich einmal beobachte, wie sie sich komisch vor ihr bewegte,

blieb mir angewidert kurz die Luft weg. Nicht zu fassen! Offensichtlich versuchte Mutter, sich bei meiner Partnerin erotisch in Szene zu setzen. Aufreizend? Unbeholfen tänzelte die alte Frau mit kleinen Schrittchen komisch lächelnd vor Sina herum. Zu meiner Erleichterung hatte Sina das gar nicht bemerkt. Die peinliche Situation, darüber reden zu müssen, blieb mir erspart.
Und immer wieder, und immer wieder aufs Neue gab Mutter verletzende Äußerungen aller Art gegen mich von sich. So ganz nebenbei, aus heiterem Himmel. Daran gewöhnt ging ich ignorierend damit um. Mit der Zeit war Sina das aufgefallen und verärgert bremste sie Mutter. Wie befreiend! Auf dem Nachhauseweg meinte sie: „Deine Mutter geht beschissen mit dir um. Da gehst du mir nicht mehr allein hin, nur noch in meiner Begleitung. Das lasse ich nicht zu, wie sie dich behandelt." Von da an fuhr sie Mutter jedes Mal, wenn es angesagt war, über den Mund, und ich hatte Schutz. Mutter nahm sich tatsächlich etwas zurück.
Es hatte die Zeit begonnen, wo mir vertraute Menschen aus meinem alten Umfeld starben. Trauerbriefe schreiben wurde ein Thema. Und dabei konnte ich noch einmal die guten Erinnerungen an Freunde der Eltern hervorholen. Das Feedback von Tante Johanna rührte mich: „Du bist immer verkannt worden." Ich atmete tief ein und aus: „Danke Johanna, das von dir zu hören tut mir gut." Diese kluge gebildete Intellektuelle, von der ich so viel hielt, wußte mich heute zu schätzen. Mir wurde in dem Moment bewusst, was ich geschafft habe trotz dieser Eltern. Und der Wunsch, auch von anderen erkannt zu werden, trat deutlich in mein Bewusstsein.
Tante Hi schrieb mir: „Dein Beileidsschreiben ist so herzlich und außergewöhnlich, dass ich es immer wieder lesen muss, so dass mir dicke Tränen über die Backen rollen."

Als Tante Elsbeth 89 war, besuchte ich sie noch einmal in

Stuttgart. Dabei fragte ich sie nach ihrem Leben, wobei sie mehr und mehr auftaute. Erstmals erfuhr ich manche Begebenheiten aus der Familie meines Vaters: „Als junger Mann war dein Vater in die SA eingetreten. Ich sehe ihn noch in seiner Uniform provokant im Türrahmen stehen. Unsere Eltern, keine Nazis, Vater war Freimaurer, verstummten."
Mir kam die Vorstellung: „Vielleicht war das damals seine Art, gegen die Eltern zu protestieren, so wie ja auch ich das in meiner Jugend praktiziert hatte, wenn auch anders."
„Das kann gut sein. In der SA war eigentlich mehr die Unterschicht vertreten", äußerte Tante Elsbeth nachdenklich. Sie erzählte und erzählte, blühte richtig auf, holte sogar aus einem anderen Zimmer einen Schuhkarton voller Fotos und Schriftstücke. Uns ging es ausnehmend gut miteinander in diesen Tagen. Das war mal richtig nett.

In all diesen glücklichen Jahren mit Sina spürte ich manchmal, dass tief unten, wie unter einem Betondeckel, in meinem Unterbewusstsein etwas Bedrückendes schmorte. Dieses Gefühl verdrängte ich, sobald es aufkam: Ich bin doch ein guter Mensch! In meiner Toleranz gegenüber Schwächen von Sina empfand ich bewusst eine schöne Stärke. Und doch lebte ich in der Furcht, wieder verlassen zu werden.

8

Der Anfang vom Ende

Die Solartechnik, mittlerweile marktreif geworden, etablierte sich nach und nach. So wurden Modellprojekte logischerweise nicht mehr staatlich gefördert. Für mich bedeutete das: Unser Umschulungsprojekt endet, meine Arbeitsstelle gibt es nicht mehr. Entsetzen ergriff mich: Es gab keine Möglichkeit mehr, im erlernten Beruf zu arbeiten. Um die Angst zu verdrängen, versuchte ich mich erst mal mit dem Gedanken zu beruhigen: Dann bin ich diese Chefin los, von der ich fünf Jahre lang mehr oder weniger traktiert worden war. Bald aber musste ich der Tatsache ins Auge sehen: Wieder arbeitslos. Ohne irgendeine Aussicht! Welche beruflichen Möglichkeiten bleiben einer Dreiundfünzigjährigen noch? Als Quereinsteigerin konnte ich mit keinem ordentlichen Quali-Papier aufwarten. Im Prinzip hatte ich gar keinen Beruf, fühlte mich nicht mehr wertgeschätzt. In einem Wahn von Existenzangst bewarb ich mich nun tatsächlich im Schulamt, nicht wirklich daran glaubend, dass ich noch einmal in einer Regel-Schule unterrichten könnte. Und siehe da, sie wollten mich nicht. Mit der Begründung, dass das Fach Technik in Berliner Grundschulen nicht vorgesehen ist.

Ich brauchte unbedingt eine neue Aufgabe und ergatterte zwischenzeitlich einen Job in einer Jugend-Wohngemeinschaft in der Siebzehnjährige mit meiner Anleitung Elektronik- und Solar-Spielzeug produzierten, wobei ich über deren eigene kreative Ideen staunen konnte. Eine echt nette Zeit.

Vom Arbeitsamt erhielt ich, wie immer auf ein Jahr befristet, ein Angebot für eine Stelle, die jetzt „SAM“ hieß, schlechter bezahlt

wurde als frühere „ABM“-Stellen und ohne anschließende Berechtigung zu Arbeitslosengeld I. Ein Projekt, das sich zum Ziel gesetzt hatte, kleine und mittlere Unternehmen zu vernetzen, suchte Mitstreiter. Bei zirka zwanzig Bewerbern gehörte ich zu fünf Auserwählten, und freudig belohnte ich mich mit einem 150 Mark teuren Holzpaddel aus Kanada.
Neugierig auf ein völlig anderes Betätigungsfeld in meiner Berufslaufbahn startete ich ins Ungewisse. So richtig spannend wurde der Job dann doch nicht. Im Prinzip eine gute Sache, aber ohne größeren Erfolg für die kleinen und mittleren Unternehmen.
Danach wieder zum Arbeitsamt. Das war jetzt nur noch für „Normalos“, Kurzzeitarbeitslose denen Arbeitslosengeld-I zustand, zuständig. Das alte Arbeitslosengeld-II wurde in dieser Zeit abgeschafft und durch Hartz-4 ersetzt. Nun mein Los. Dieses jedoch erhielt man nebenan im schon länger stillgelegten Altbau. Konsterniert wechselte ich auf die andere Straßenseite ins „Arbeitsamt Zweiter Klasse“, das jetzt Jobcenter hieß und traute meinen Augen nicht. Im überfüllten Eingangsraum wand sich eine lange Schlange in einer eingezäunten ebenen Serpentine mit größtenteils ärmlich aussehenden, ungebildet wirkenden Menschen. Da gehöre ich jetzt zu? Mein Nacken verkrampfte. Mir blieb nichts weiter übrig, als mich da hintenanzustellen. Mein Gott, wie beschissen! Nun befand ich mich für gefühlte drei Stunden inmitten von zum Teil dumpf wirkenden bis sich rüpelhaft benehmenden Leuten und empfand mein mir zustehendes Arbeitslosengeld als wie ein Betteln um Almosen. Ein Abstieg sondergleichen. Meine Seele schrie.

Eine Idee ritt mich. Ich könnte mich selbstständig machen. Als leidenschaftliche Bootfahrerin fantasierte ich: Ich werde Reiseleiterin für Rentner, die gern Hausboot fahren möchten. Dazu wollte ich einen Kurs in Krankenpflege absolvieren. Organisieren kann ich, abends muss ich dann zwar kochen, nicht gerade

meine Lieblingsbeschäftigung, aber vorlesen, Konversation machen oder mit ihnen Karten spielen oder, oder, stellte ich mir nett vor. Voller Ideen und schon in Vorfreude entwarf ich einen Werbetext, den ich in den Seniorenresidenzen aushängen wollte. Freisein und Boot fahren. Wäre das schön gewesen. Das aber blieb leider ein Traum.
Nach einiger Zeit erhielt ich eine neue SAM-Stelle. Ein Träger für Arbeitsbeschaffungsmaßnahmen, der in Schulen unterrichtsfreie Kinder betreute, stellte mich ein. Mal wieder mit Kindern zu tun zu haben, das wenigstens, war aufbauend. Neben der Hausaufgabenbetreuung regte ich Gedichte-Schreiben an, wie ich es schon seinerzeit als Referendarin durchgeführt hatte. Dabei freute ich mich wie eine Schneekönigin über die kindlichen Fantasien, und organisierte mit gleicher Freude wieder Töpfern. Dieser Job währte leider nur ein halbes Jahr.
Erneut arbeitslos quälte ich mich zur armseligen Hartz4-Schlange im Job-Center. Daran, so weit unten angekommen zu sein, konnte ich mich nicht gewöhnen.
Aber so schnell lasse ich mich ja nie unterkriegen. Ich rief Dirk, unseren früheren EnergieBISS-Chef an und fragte ihn, - in der leisen Hoffnung so wieder in gewohntes Fahrwasser hineinzutreiben - ob er mir eine Praktikantenstelle in der Solarbranche vermitteln könnte. Er legte sich gleich ins Zeug für mich und so kam ich zu einer spannenden Stelle in der großen Solarfirma SOLON.
Mit 58 Jahren arbeitete ich zum ersten Mal in der freien Wirtschaft. Wareneinkauf, Logistik, Vertrieb, Aktienkäufer werben. Wohin das Leben einen so treiben kann. Endlich gab es moderate sachliche Kommunikation in den Arbeitsabsprachen. Warum bin ich nicht von Anfang an in die Wirtschaft gegangen? fragte ich mich, innerlich lachend ob meiner sozialistischen Vergangenheit. Hier hat doch alles Hand und Fuß. Kein ewiges Herumdiskutieren, sich nicht so bekloppt besonders zu fühlen, weil man alternativ ist. Mir kam plötzlich eine völlig neue

Sichtweise unserer Kultur in den Blick. Ist nicht auch die freie Wirtschaft ein Stück Kultur? Jedenfalls solange sie sich an Ethikregeln hält. So eine Einstellung zu haben, wäre mir als junge Frau nicht in den Sinn gekommen. Wie erleichternd es doch ist, an Lebenserfahrung zu reifen. Vater wäre bestimmt stolz auf mich gewesen.
In dieser Firma mit angenehmem Betriebsklima, wollte ich bis zur Rente bleiben. Ein krönender Abschluss meines Berufslebens. Alles wird gut. Aber: Das hochgemeine Schicksal jedoch gönnte mir nach wie vor mal wieder nichts. Mit Enttäuschung musste ich nach einem halben Jahr die Nachricht entgegennehmen: Ende. Jetzt hätte ich gern wieder diskutiert. Aber die freie Wirtschaft kennt ja, wie ich vorher noch erfreut wahrgenommen hatte, so etwas nicht. Also Punkt aus. Fertig. Eine feste dauerhafte Anstellung musste ich mir abschminken und strudelte wieder in die alte gedrückte Verstimmung.
Unterdessen zog ich mich am eigenen Schopf aus diesem Tief, marschierte ins Jobcenter, bemühte mich erfolgreich um eine neue SAM-Stelle, und wurde Projektleiterin einer „Kreativwerkstatt“ für Kinder, deren ausgelassene Lebendigkeit mich belebte. Toll!
Der Frühling konnte kommen. Auf der diesjährigen Kanutour nahm ich wahr, dass es mir langsam schwerfiel, diese Touren zu organisieren. Die Schlepperei der vielen Ausrüstungsutensilien und der tägliche Auf- und Abbau unseres Küchenzeltes kostete reichlich Kraft. Abends, schon im Schlafsack, hörte ich Claudia, die seit über zehn Jahren an meinen Touren teilnahm, ächzend ins Zelt robben: „Dies ist mein letzter Campingurlaub.“ Lächelnd erhaschte mich der Gedanke: Ja, für mich auch.
Nach neunzehn Jahren dieser exzellenten Tätigkeit mit ungefähr vierzig Touren zog ich in diesem Augenblick spontan einen Schlussstrich unter meine Reiseleiterinnenzeit.

Ohnmacht

Ganz langsam in dieser Zeit, nach neun Jahren, hatte sich ein Nachlassen unserer erotischen Anziehungskraft eingeschlichen. Unsägliche Angst, verlassen zu werden, saß mir deshalb im Nacken. Wie sollte ich damit umgehen? Ich war mir schon sicher, dass mich dieses Schicksal wieder ereilen wird, sprach mit niemandem darüber. Meine Verdrängung ließ nur eines zu: Aber jetzt noch nicht! Ich bekam einen trockenen Husten, der sich hielt und nicht zu diagnostizieren war. Und im Spiegel sah ich eine faltige, alternde Frau.

Tagebuch, April 2006:
„Traum: *Ich bin unglücklich und weine hemmungslos.*
- Wovon ich aufwache."

Vermutlich stand dieser Traum für mein Gefühl, nicht mehr geliebt zu sein.
Sina ließ einen Bemerkung los, die dumpf in meiner Magengrube landete. Hat sie das wirklich zu mir gesagt? Nur nichts anmerken lassen. Wieder mal trieb ich in meiner Sprachlosigkeit dahin.
Auf unserer Sommerreise ergriff mich schwindelnde Erschöpfung. Sina fuhr mit mir in ein Klinikum, wo nach einigen Untersuchungen nichts herauskam. Auf der Rückfahrt hörte ich sie sagen: „Jetzt merke ich wieder, wie sehr ich dich liebe."
Ich atmete auf, fühlte Zuwendung von meiner Liebsten. Durch Kranksein, wie in der Kindheit.
„Ich habe gedacht, du liebst mich nicht mehr", kam es leise über meine Lippen.
Sina fest: „Doch. Das ist noch so."

Zu Hause in Berlin hing ich lurig herum, bis Sina energisch beschloss: „Ich fahr dich jetzt ins Krankenhaus." Mir war klar,

dass irgendetwas Ernstes mit mir nicht stimmte, und ging deshalb ohne Widerstand mit. Nach acht Stunden Warten mit rund dreißig Menschen im Raum erfolgte eine kurze Untersuchung, ohne Diagnose. Eine schlaflose Nacht folgte neben einer alten schnaufenden Frau. Am nächsten Tag stellten sie alles Mögliche mit mir an. Wo ist mein schönes Leben geblieben?
„Ich will in die Sachsenklinik", versuchte ich mich mit Humor, und konnte Schatzi zum Lachen bringen. Wie nett. Eine weitere fürchterliche Nacht im Krankenhaus, noch mehr Untersuchungen. Ich sollte einwilligen in die Entnahme von Rückenmarksflüssigkeit.
„Wie geht das?", fragte ich ängstlich.
Die sachliche Belehrung des Arztes: „Dabei wird Ihnen eine lange Nadel zwischen den Lendenwirbeln hindurch ins Rückenmark gestochen."
„Welches Risiko gibt es dabei?"
„Sie können davon querschnittgelähmt werden, ist aber höchst unwahrscheinlich."
Meine Schultern, mein Nacken versteiften sich. Zögerlich unterschrieb ich. Der Hammer: Eine Studentin darf bei mir diese heikle Maßnahme durchführen, zum ersten Mal für sie.
Verkrampft liege ich da. Fürchterliche Angst! Dann der Stich. Ein schlimmer Schmerz. Mir wird übel. Kalter Schweiß. Zähne klappern. Plötzlich bin ich allein im fensterlosen Raum. Ich bewege meine Füße. Zitternd und ermattet bin ich außerstande aufzustehen. Erst eine lange Zeit später hilft mir eine Schwester auf und bringt mich in mein Zimmer.

Am nächsten Tag kam Sina. Der Arzt betrat kurz darauf den Raum, sah lediglich sie an und teilte ihr mit: „Es ist MS." In meinem Gesicht zuckte es. Wie in fernem Nebel hörte ich die sachlichen Stimmen von Sina und dem Arzt, starrte paralysiert in den Raum, wünschte mich in Sinas Arme.
Danach wurde ich an den Tropf gehängt und bekam einen

hochroten Kopf. „Unkraut vergeht nicht“, stammelte ich am Telefon, als Inge anrief. An die folgenden Tage habe ich wenig Erinnerung. Kein Besuch. Mutter hatte immerhin mal angerufen, und Jochen meinte am Telefon: „So was bekommen doch immer nur die anderen.“ Er wollte witzig sein. Mir fiel nichts ein, wie ich darauf eingehen sollte.
Fünf Tage mit täglichen Infusionen und jagenden Gedanken des Nachts. Bis ich endlich wieder nach Hause konnte. Während der Heimfahrt fühlte ich mich ähnlich wie bei einem schlimmen Kater.
„Traum: *Ich stürze einen steilen unbewachsenen Erdhang hinab und suche Straßen außen herum, die wieder zum Ortszentrum führen. Dabei verlaufe ich mich barfuß. Eine gewählte Straße erweist sich als falsch und leblos. Ich kehre um, wähle eine andere, erreiche erleichtert wieder die Ortsmitte mit Menschen.*“

Sina schenkte mir einen süßen kleinen Schutzengel - „für mein Schatzi“ - der seitdem in meinem Gummibäumchen hängt.
Pflichtbewusst quälte ich mich zur Arbeit, erledigte das Nötigste. Nach nicht einmal sechs Wochen bekam ich wieder einen Schub und landete erneut im Krankenhaus. Mir wurde ein Medikament, täglich unter die Haut zu injizieren, mit dem Hinweis verordnet: „Das ist keine absolute Sicherheit, reduziert lediglich die Schübe um zirka 50 Prozent.“ Welch beklemmende Aussicht, jeden Tag spritzen, und das ist noch nicht mal sicher!
In den folgenden Monaten bekam ich einen Schub am anderen. Kraftlos und niedergeschlagen schleppte ich mich herum, kämpfte mich zwischendurch zur Arbeit. Im Büro hatte ich mir eine provisorische Liege gebastelt, Gartenstuhlkissen auf zusammengeschobenen Stühlen. „Eine Stunde arbeiten – zehn Minuten ruhen“, die Empfehlung der Ärztin. So schaffte ich einigermaßen das Pensum. Zu Hause gab Sina mir Halt, brachte mir fertiges Essen aus der Kantine mit. Abends saßen wir meistens vertraulich mit unseren Katzen vor der Glotze, und ich

genoss ihr lautes Lachen mit dem Team der Sachsenklinik. Oder wir spielten „Skip Bo“. Sie schenkte mir ein Päckchen mit Karten, auf denen verschiedene Denkübungen angeregt werden. Ich fragte mich: Glaubt sie jetzt, dass ich geistig abbaue? Die Übungen erwiesen sich als Klacks für mich. Ha! Auch mal was Neues: Ein Gedicht zum Auswendiglernen lag dabei. Eichendorffs „Sehnsucht“. So erhielt ich einen kleinen neuen Halt.
In den Folgejahren werde ich noch weitere Gedichte wie Goethes „Auf dem See“ auswendig lernen.
Sinas häufiges, kräftiges Lachen wurde weniger. Die Belastung durch meine Erkrankung nahm sie sichtlich mit. Hatte sie doch auf der Arbeit mit Schwerkranken zu tun. In ihrem Kollegenkreis gingen sie fröhlich und humorvoll mit diesem Stress um. Zu Hause erwartete sie nun eine Partnerin, die in den Seilen hing, kein bisschen fröhlich. Ich wusste, wie ungeheuer belastend dies für sie war, ohne dass ich in der Lage gewesen wäre, dies anzusprechen. Häufig lag ich mit geschlossenen Augen auf unserem „Bauhaus“-Sofa herum, und versuchte mich mit tiefer Bauchatmung zu entspannen. Wenn ich mich nicht bewegte, fühlte ich keine MS und keine Trauer. Aber mein Gehirnkarussell jagte: Ist sie durch mich jetzt an die schwere Krankheit ihrer Schwester erinnert? Wie furchtbar! Sina möchte gern ein fröhliches unbelastetes Leben führen. Mit mir problembeladener Partnerin geht das nicht mehr. Ich bin nicht gut genug für sie wegen all meiner Schwächen.
Mehrmals hörte ich sie äußern: „MS verändert den Charakter.“ Mein Gedankenwust setzte sich fort: Will sie damit sagen, dass ich jetzt ungenießbar werde? Nein, das werde ich nicht! Ich bin doch ein guter Mensch, werde achtgeben und bleibe es auch mit dieser Krankheit. Indes, ich vermisste ihr Lächeln, sehnte mich nach wärmerem Mitgefühl.
In dieser Zeit konnte ich Häufchen Elend meiner fröhlichen kraftvollen Partnerin nichts mehr geben. Apathisch schlich ich durch die Welt. Unheilbar! Ohne Aussicht auf Besserung!

Stumme Verzweiflung. Wo sind meine schönen Seiten?
Ein kleiner Optimismus aber lebte noch, wie ein Traum mir sagte:

Tagebuch, März 2007:
„Traum: *Ich fahre mit einer Art Sessellift durch Berlin und bewundere die Neugestaltung der Stadt. An einer Stelle macht er einen größeren Umweg durch eine Baustelle, weil ein altes Viertel noch im Weg ist. Ich stelle mir vor, wie schön bald die Stadt sein wird.*“

Nach einer Reha wieder zu Hause, schaffte ich es rechtzeitig den Abschlussbericht für die Kreativwerkstatt zu schreiben.
Wieder arbeitslos. SAM-Stellenbefristung. Der Bericht aus der Klinik bescheinigte mir Arbeitsunfähigkeit. Den habe ich nirgends vorgelegt. So schaffte ich es wieder mal gleich im Anschluss, eine neue SAM-Stelle zu ergattern.

Tagebuch, Juni 2007:
„Traum: *Ich bin auf einem großen Schiff im Hafen. Plötzlich dreht es sich einmal um die eigene Achse, so dass ich in Lebensgefahr gerate und große Angst habe. Dann bin ich wieder oben und stehe an der Reling, sehe nach wie ich aussteigen kann, um mich zu retten. Dann erkenne ich dicht dran die Kaimauer, springe kurz entschlossen, etwas waghalsig an Land, komme heil an, schaue, wohin ich gehe, und sehe zwei breite Wege. Während ich zögere, entdecke ich dazwischen hinter Büschen noch einen dritten schmalen Weg. Leicht geschwungen mit dichtem Bewuchs. Den nehme ich.*“

Mutter rief an und warf mir vor: „Ich bin frustriert. Du kannst jetzt nicht mehr für mich da sein mit deiner Krankheit.“
Mir verschlug es die Sprache. Kein Wort des Mitfühlens. Noch schlimmer: Eines Tages wollte sie in eine Ausstellung, bei der am Eingang eine lange Schlange zu erwarten war. „Da will ich mit dir hin. Du kannst doch mit deinem Behindertenausweis an der Schlange vorbei?“

Ärger ergriff mich. Nein, das machte ich nicht mit, wehrte mich, wie meistens, nur passiv. Wenigstens das.

In dieser Zeit begann es, dass Sina bei alltäglichen Kleinigkeiten an mir herummeckerte. So hatten wir bisher nicht gestritten. Wie meistens war ich nicht in der Lage, mich kräftig zu wehren, konnte mich lediglich sachlich verteidigen.

Tagebuch, September 2007:
„Traum: *Sina küsst mich mit sanften Lippen. Mein Herz hüpft, ich drehe mich aber, um wegzugehen. Sie sagt: Verzeih mir! Ohne mich umzudrehen, hebe ich im Weggehen die linke Hand als Zeichen, dass alles OK ist.* - Sogar im Traum musste ich die Coole spielen. Ich wünsche mir, einen Umarmungstraum zu haben."

Immerhin gab es auch Lustträume in dieser bitteren Zeit.
Tagebuch, Oktober 2007:
„Traum: *Ich fahre auf Skiern einen steilen, schwierigen Hang hinunter, halte einen großen Gleitschirm als Halt in den Händen. Leicht und beschwingt düse ich voller Begeisterung durch schwierigstes Gelände.*"

Jedoch, mir fehlte Sinas freundlicher Tonfall. Nach einigen Wochen eskalierte es. „Ich brauche eine Beziehungspause", verordnete sie mir. Höllenwochen begannen. Kein Lächeln, keine Umarmung, nicht die kleinste Berührung zwischen uns. Abends saßen wir kühl zusammen vor der Glotze. Außer unseren regelmäßigen Gruppen-Doko-Abenden gab es kaum noch gemeinsame Unternehmungen. Ihre Liebe konnte ich nicht mehr spüren. Und, wie ich es mir angewöhnt hatte, zeigte ich mein Leiden nicht. War unfähig, ein klärendes Gespräch mit ihr zu führen. Eine gedrückte Stimmung erfasste mich in einem fester werdenden Klammergriff. Nach Wochen raffte ich mich auf: So kann es nicht weitergehen. Die Muckibude fiel mir ein. Dort schaffte ich wenig, wurde aber wenigstens etwas vitaler.

Und mir kam der Gedanke: Krankheit hat ja auch eine psychische Seite. Vielleicht kann ich ihr begegnen, wenn ich meine Mutterprobleme angehe? In zehn Jahren Psychotherapie waren schmerzliche Erlebnisse zwar angesprochen worden, aber wirklich überwunden hatte ich sie offensichtlich nicht.

Tagebuch, Oktober 2007:
„Traum: *Ich räume auf, und zwar den ehemaligen Schrank von Mutter in der Wohnung, in der sie schon Jahren nicht mehr wohnt. Ich wundere mich, wie viel Mist sie da zurückgelassen hat und schmeiße praktisch alles weg, sauer, dass ich überhaupt mal wieder ihren Scheiß in Ordnung bringen soll. Weniges lege ich zur Seite für sie.*“

Nun klemmte ich mich an den Schreibtisch und startete einen verzweifelten Versuch. Alles, was ich Schreckliches aus meiner Kindheit und Jugend erinnerte, listete ich nach und nach auf. Dabei sank meine Stimmung noch tiefer hinab, weil ich nicht weinen konnte. Lässt sich unsere Liebe dadurch retten? Wohl kaum!
Mir fiel Toni ein und ich versuchte, eine Zeitungsannonce im Gelsenkirchener Lokalblatt aufzugeben. „Danke Toni. Du hast mir von Geburt an liebevolle Zuwendung gegeben. …“ Die Zeitung rief mich an: „Diese Anzeige nehmen wir nicht an.“ Obwohl ich sogar ihren vollständigen Namen, Antonie Mercks, erinnerte, versuchte ich vergeblich, Tonis Adresse herauszufinden.

Im November stellte sich wieder erhöhter Schwank-Schwindel ein, der siebte Schub. Wenigstens brauchte ich diesmal nicht ins Krankenhaus, erhielt eine ambulante Behandlung. Als Ergänzung nahm ich bei meinem Hausarzt, Dr. Bosch, wieder eine homöopathische Behandlung auf. Das gab mir ein sicheres Gefühl.

9

Krise

Der Fall ins Bodenlose

In der Adventszeit stand Sina in der Küche vor mir: „Ich muss mit dir reden."
Ihr Tonfall schreckte mich. Ärgerlich wies ich sie zurück: „Jetzt möchte ich erst mal in Ruhe zu Ende essen."
Beklommen stopfe ich die letzten Bohnen hinein. Als ich noch kaue, taucht sie festen Schrittes wieder auf:
„Ich muss es jetzt loswerden: Unsere Beziehung ist zu Ende. Ich liebe dich nicht mehr."
Meine Kehle schnürt sich zu. Die Stille im Raum prasselt auf mich ein.
Sina: „Unser Leben geht so weiter, nur mit dem Unterschied, dass wir jetzt kein Paar mehr sind."
Durch mein Gehirn bröckeln klirrende Worte: Vorbei … für immer … mein Leben ist am Ende. Stumm, wie von Geisterhand getrieben, steige ich die zwei steilen Treppen hoch in mein Zimmer. Werfe mich aufs Bett und weine. Zu nur wenigen Tränen fähig. Am absoluten Nullpunkt angekommen. Nein, tief darunter. Vernichtet. Alte Botschaften bemächtigen sich meiner: „Ich bin nicht liebenswert." Mein Tod der einzige Weg?

Ein Klopfen an meiner Tür riss mich aus der Lähmung: Von unten Sinas freundliche Stimme: „Kommst du runter?"
Die Vorstellung quälte mich: Wie jeden Abend? Ein Nebeneinander ohne Liebe? Wie soll ich das können?
„Nein", antwortete ich leise. Und hörte die Tür klacken. In mir

war nichts. Ich konnte nicht reden, mich nicht bewegen.
Nach nahezu schlafloser Nacht dröhnte es in mir: Ich will überleben, muss funktionieren. Und schleppte mich ins Büro, arbeitete mechanisch mein Pensum herunter.
In den nächsten Wochen versank ich in eine leblose Verfassung. Nach Sinas Mitteilung – „Ich liebe dich nicht mehr“ – hatte ich keine Möglichkeit, um sie zu kämpfen. Wochen schlichen grau dahin. Weihnachten verbrachten wir, wie jedes Jahr, mit ihren Kindern. Teilnahmslos saß ich am Tisch. Irgendwie ging der Abend friedlich rum.
Sylvester fuhren wir, wie schon lange geplant, mit unserer Doko-Gruppe in ein Ferienhaus an der Ostsee. Allein - warum bin ich nur mitgefahren? - lag ich nun in dem Zimmer, welches wir früher zusammen bewohnt hatten. Einsam unter Freunden.
In der Silvesternacht, unter dem Feuerwerkshimmel umarmt mich Sina überraschend: „Ich wünsche dir fürs neue Jahr alles Gute, mein Schatz.“ Ihre warme Stimme lässt mein Herz schmelzen. Liebt sie mich doch noch ein bisschen?

Resignation

Nein. Ich spürte keine Nähe mehr. In den nächsten Wochen schwand alles Normale Stück für Stück dahin. Ein ums andere Mal musste ich in kühlem Tonfall kleinliches Gemecker einstecken. All die Jahre hatte ich doch gerade ihren so weichen, freundlichen Tonfall geliebt und ihre humorvolle Art, mit meinen Fehlern umzugehen. – „Ach, spielen wir mal wieder umräumen?“, wenn sie ein Utensil nicht finden konnte. -
Der nächste Doko-Abend stand an, diesmal bei uns. Sina war dran mit Kochen. Ich wusste: Der Abend wird unerträglich und konnte mir nur radikal helfen, teilte der Gruppe mit, dass ich aussteige. Keiner sagte etwas. Verloren verließ ich den Raum.

Unsere von mir so geliebte Doko-Gruppe gab es nicht mehr für mich. Jetzt hatten wir nichts Gemeinsames mehr. In der folgenden Zeit dachte ich voller Sehnsucht an die anderen, wie sie gerade bei heiterem Zusammensein miteinander lachten. Wie gern wäre ich noch dabei gewesen. Was habe ich getan? Ausgegrenzt aus der Liebeszweisamkeit hatte ich mich endgültig selbst ausgrenzt. Mein starkes Ich war zum vermeintlich starken Ich mutiert. Diese Art von Selbstschutz war vernichtend für mein soziales Eingebundensein.
Während des Gehens schwappte mein Gehirn im Schädel herum als seien seine Halteseile ausgeleiert. Dabei empfand ich ein zittriges Gefühl, als laufe ich über ein vibrierendes Brett. Offensichtlich setzte mir die MS verstärkt zu. Mir wurde angst und bange, und ich wusste nicht, mit wem ich darüber reden könnte. Nicht einmal mit Arbeit konnte ich mich ablenken. Die SAM-Stelle war mal wieder beendet. Welche Aussicht gab es noch für mich? Auf dem normalen Arbeitsmarkt konnte ich kein Land sehen und hatte keine Kraft, keine Motivation mehr, mich beim Amt wieder um eine nächste SAM-Stelle zu bemühen, glitt in einen faden Alltag. Es war Winter.
Resigniert beantrage ich die Rente. Die Gutachterin, eine unabhängige Neurologin, ließ mich durch den Raum laufen und als ich drehte, musste ich mich torkelnd an die Wand retten. Danach folgten indiskrete Fragen zu meinem Leben, und am Ende musste ich mir von ihr anhören: „Ihre Frühverrentung ist eher Psychisch-Sozial indiziert.“ Oder so ähnlich. Der Antrag wurde bewilligt.
Aus. Freuen kann ich mich über den Bescheid nicht. All meine guten Qualitäten. Wie kann ich diese noch einbringen?
Nun, ohne Liebe, ohne Gesundheit, ohne Arbeit, steckte ich im zähen Sumpf fest. Wie konnte ich weiterleben? In den Nachrichten kamen zudem Informationen, die mich zusätzlich niederdrückten: Ständig neue Wahrheiten über den DDR-Staat: In Werkhöfen waren Jugendliche aufs Schlimmste gedemütigt

worden, mit nachhaltigen Folgeschäden in ihrer Vita. Obdachlose bekommen so gut wie keine Lösungen angeboten. Und das Finanzgebaren der Rendite-Junkies empfand ich nur noch wie Monopoly-Spielen von Süchtigen, Turbokapitalismus hatte sich nach der Wiedervereinigung herausgebildet. Ich konnte den Fernseh- oder Radio-Ton gar nicht so schnell wegdrehen, wie ich solche Nachrichten zu ertragen in der Lage war.
Wenigstens musste ich nicht mehr kämpfen. Oder doch? Ein Besuch bei meiner Mutter stand an. Das erste Mal seit Jahren musste ich diesen nun allein absolvieren, ohne Sinas Schutz. Ich zwang mich: Das muss ich schaffen. Verantwortung für meine alte Mutter, 87 Jahre alt, hatte ich und riss mich zusammen. Verhalten saß ich da und hörte ihren Erzählungen zu, was einzelne Leute in ihrer Seniorenresidenz so gesagt oder getan haben, wer gestorben ist. Gejammer über ihre körperlichen Altersbeschwerden verstopften mein Kurzzeitgedächtnis. Dann eröffnete sie mir einen Plan: Sie wollte in Gelsenkirchen alte Bekannte besuchen, und ich sollte sie mit dem Auto dahinfahren.
Welch düstere Vorstellung: Diese Mutter, lange und eng an meiner Seite! Meine Selbsterhaltungskraft wachte in mir auf: Nein, das werde ich mir nicht antun und schlug ihr eine andere Regelung vor: „Ich bringe dich zum Zug. Beim Umsteigen gibt es professionelle Hilfe von der DB und am Ende wirst du abgeholt. Das organisiere ich alles für dich."
Bockig äußerte sie alle möglichen Einwendungen dagegen und ich - wie immer sachlich, klar, kühl - alle möglichen Lösungen gegen ihre Einwendungen. So diskutierten wir herum, bis sie platzte:
„Du bist selbst schuld, dass Sina dich nicht mehr liebt."
Meine Kehle schnürt sich zu. Nacktes Entsetzen. Im nächsten Moment springe ich auf, renne aus ihrem Appartement. Sprachlos. Kopflos. Ohne Abschied. Am Ende des Flures höre ich sie laut hinter mir rufen: „Ich wollte dir doch noch was mitgeben!"

Im Wahn vermeide ich den Aufzug, renne die Treppe hinunter. Es tut irre gut, die Stufen fest unter meinen Füßen zu spüren. Mein Versagensgefühl, sie nicht mit ihrer Boshaftigkeit konfrontiert zu haben, wandelte sich in Zorn. Sie ist ein Unmensch. Tiefe Verachtung für diese Frau klemmte in mir. Mein Leben nahm endgültig Kurs an die Wand. Erst am nächsten Tag konnte ich rational denken: Trost von ihr hätte ich gebraucht. Ich werde mich selbst trösten, auf mich aufpassen. Bei diesem Gedanken legte ich meine Hände weich an meine Wangen, schloss die Augen und atmete tief ein und langsam aus, wie ich es einst beim Autogenen Training gelernt hatte. Ein unbekanntes, warmes Gefühl zu mir tauchte auf.

Inge hatte mir zum Geburtstag eine Klangschalenmassage geschenkt. Was es alles gibt! Schwerelosigkeit, mit einem sagenhaftem Kribbeln im gesamten Körper. Wundervoll! Ich erinnerte mich an einen Workshop von Hugo Kückelhaus, den ich als junge Studentin besucht hatte. Uns Teilnehmern war ein riesiger, schwerer Gong vor die Brust gehalten und mit großem Klöppel zur Vibration gebracht worden. Sagenhaft, wie die Schwingungen in mich eingedrungen waren, mich schwerelos fühlen ließen.
Asiaten sollen in der Vorzeit ihre Sportler so auf den Wettkampf vorbereitet haben. Vielleicht noch ein Geheimtipp für unschädliches Doping? Stelle ich mir lustig vor, wenn der Physio in einem Fußball-Länderspiel am Spielfeldrand mit solch einem Gong stünde und Thomas Müller oder so mal kurz stoppen, um sich aufpeppen zu lassen.

Bei einem Gelegenheitsjob - eine Firma suchte Testpersonen für ihre Navis – musste ich mich einem Intelligenztest unterziehen. Eine halbe Stunde lang rauchte mir der Schädel. Die Versuchsleiterin stellte erstaunt fest: „Alles richtig! Das hatten wir noch nie.“ Boaah, war ich stolz! Mit meinem desolaten MS-Gehirn und meinem geringen Konzentrationsvermögen hatte ich Außergewöhnliches geleistet. Dieser Tag bescherte mir gute Laune, obwohl ich hinterher im Simulations-Stuhl das Auto öfter gegen die Wand gefahren habe. Als gute Autofahrerin verunsicherte mich das nicht. Ein kleines Highlight im trüben Leben.

Ich versuchte mich in einer MS-Selbsthilfegruppe. Befremdet saß ich im Kreis unlebendiger TeilnehmerInnen und langweilte mich. Als ich eine Frau neben mir fragte, wie ihr Familien- und Freundeskreis mit ihrer Krankheit umgeht, erntete ich einen bösen Blick mit kühler Antwort: „Darüber rede ich nicht.“ Mein Versuch, über alternative Medizin zu reden, führte zu keiner Resonanz. Nach diesem öden Treff ging ich mit einem anderen MS-Kranken zum U-Bahnhof. Flott marschierte er mit Krückstock neben mir her, zückte in der U-Bahn seinen Behindertenausweis und forderte einen Passagier auf, für ihn den Platz zu räumen. Entsetzt - es waren genug andere Plätze frei - starrte ich diese Nummer an. Mir ging es noch schlechter als ohnehin. Nach diesem einzigen Termin wurde mir deutlich, dass mir diese Menschen nicht guttun.

Tagebuch, 22. Februar 2008:
„Seit zwei Monaten sind Sina und ich getrennt. Ich bin traurig, leide unter ihrer Kälte. Sie lässt mich deutlich spüren, dass sie mich nicht mehr liebt. Ich rette mich mit Meditationen, verbiete mir alle negativen Gedanken, wenn sie aufkommen. Sage mir positive hilfreiche Worte und Sätze, achte auf meinen Atem. Wenn es zu schwer wird, mache ich mir Sinas Seiten bewusst, die ich an ihr nicht mag, aber hinnehmen konnte, weil ich sie so tief liebe. Ich bastele gerade an dem Kunstwerk, meine Liebe zu ihr zu spüren, und mich trotzdem von ihr zu lösen. Was kann ich ihr Gutes tun, aus Liebe, ohne zu erwarten, dass sie mich dafür wiederliebt? Jeden Tag muss ich mich überprüfen,

Entscheidungen treffen. Liebevoll mit mir und ihr umgehen, mit dem Wissen, dass ihre Liebe zu mir für immer aufgehört hat. Ich schaue nach meinen Anteilen, ohne mich unliebenswert zu fühlen. Es ist schwer, mich nicht minderwertig zu fühlen. Sina: „War deine Oma eigentlich liebevoll mit dir?“ Ich frage mich, wie ich überhaupt ein Mensch habe werden können, der Liebe geben kann … selbstlose Liebe?“

Hinter Sinas Frage nach meiner Omabeziehung vermutete ich, ihre Einstellung, dass ich absolut lieblos aufgewachsen, und so unheilbar seelisch krank sei.

Tagebuch, 28. Februar 2008:
„Ich fühle mich nicht geachtet, konzentriere mich jetzt darauf, mich nicht als Opfer zu fühlen, sondern als starke Erwachsene, die sich selbst liebt und Liebe geben kann. Dazu nehme ich meine Schultern leicht zurück und straffe meinen Rücken. Dieses Körpergefühl zusammen mit positiven Sätzen tut mir gut. Manchmal komme ich mir ganz fremd vor.“

Meinen Rücken zu straffen, schaffte ich nur, wenn ich gerade Mal daran dachte. Mein Leben dümpelte dahin. Im Früh-Herbst entschied mein praktischer Verstand: Das werde ich nicht weiter ertragen. Ich muss weit weg von Sina sein.
„Wir können unser Haus verkaufen.“
„Ist das dein Ernst?“ ihre Rückfrage.
„Ja“
„Dann beauftrage ich den Makler.“
Unser Zusammenwohnen währte in kalter Atmosphäre weiter. Aber aus dem Nichts hörte ich ihre Äußerung: „Wir können auch heiraten.“
Widerborstig entgegnete ich: „Du kannst Kate heiraten.“
Hilflos vermied ich ein Nachfragen, wie ich das verstehen soll. Wo werde ich enden?

Es gab ein Wohnprojekt „Lesben im Alter". Vielleicht kann ich da ein Zuhause finden? tauchte eine kleine Hoffnung auf und ich schloss mich dieser Arbeitsgruppe an, wechselte aber, weil ich mich dort unwohl fühlte, in eine persönlichere Gruppe, welche nach kurzer Zeit leider ein Ende fand.

Tagebuch, 3. November 2008
„Mein gutes Gefühl zu mir spüre ich jetzt häufiger. Aber auch die Trauer, dass ich Sina nicht mehr liebe. Wir haben so viel Schönes zusammen erlebt. Es wäre wunderbar gewesen, bis an unser Ende zusammen zu leben. Aber wir haben sicher zu viel an der anderen ausgehalten, was nicht zusammenpasste. Wir passen nicht zusammen. Und das ändert sich nicht. Auch nicht, wenn ich mich jetzt geändert habe."

Ich glaubte tatsächlich, ich hätte mich schon entscheidend geändert. Ein Irrtum.

Gerd Scobel:
„Frühkindliche Misshandlungen haben einen maßgeblichen Einfluss auf die Gehirnentwicklung. Das Vertrauen in die eigenen Gefühle geht verloren und führt zur Bindungsunsicherheit. Ein beschädigtes Selbst führt dann zu fehlerhaften Strategien. Das Ergebnis sind gestörte Paarbeziehungen."

Tagebuch, 13. November 2008
„Seit ich entdeckt habe, dass ich vom Händestillhalten traurig werde, bin ich oft traurig. Nicht nur weil unsere Liebe zerbrochen ist, sondern weil ich furchtbare Einsamkeit empfinde."

Ein neuer Versuch in einer MS-Selbsthilfegruppe, diesmal eine angenehme offene Gruppe nur mit Frauen, freundlich angeleitet von einer Betroffenen. Einmal sollte jede eine CD mit ihrem Lieblingsstück mitbringen. Reihenweise traurige Musik musste

ich mir an diesem Abend anhören und am Ende mit leidendem Gestus: „Das ist meine Musik." Betretenes Schweigen in der Runde. Das zog mich runter. Schwer auszuhalten. Hätte ich doch bloß auch was mitgebracht – z.B. den „Baby-Sitter-Blues" von Bill Ramsey. Bei einem anderen Treffen versuchte ich, mit einem kleinen Bericht über diverse alternative Methoden, wie „Selbstheilungskräfte aktivieren", über die ich einiges gelesen hatte, eine Selbstheilungsgruppe zu initiieren. Gründlich missverstanden schlug mir verärgert entgegen: „Ich bin nicht schuld an meiner Krankheit." Unfähig, mich verständlich zu machen, fand ich keine die sich beteiligen wollte. Und konfrontiert mit schwer Erkrankten, die im Rollstuhl gebracht wurden und alle mögliche Hilfe brauchte, drängte sich ein Horror auf: Bin ich eines Tages auch in einem solchen Zustand? Diese Angst schob ich weg, wollte an Heilung glauben. Wunder gibt es doch. Wieder mal floh ich aus einer Gruppe.
Ich fuhr an die Ostsee, ein Haus hüten. Auf einer Schiffs-Rundfahrt über die Warnemünder Bucht wurde ich verzaubert von der Sanftmut der schimmernden See vor dem Hintergrund der Hafenkräne. Im dem fahlen Licht der Wintersonne drang das Stampfen des Dampfers in meine Knochen. Da endlich konnte ich richtig schluchzen. Sina fehlte mir.

Tagebuch, 25. November 2008
„Im RE 5. Der nächtliche Schneefall hat die Landschaft in schönes Licht getaucht. Ich fahre mit Furcht nach Hause, das kein Zuhause mehr ist."

Ich suchte ein Foto heraus, auf dem ich Kleinkind mich auf dem Arm meiner Mutter befinde, schnitt Mutters Gesicht heraus und klebte an deren Stelle ein Foto von mir Erwachsener hinein, die nicht in die Kamera schaut, sondern zur kleinen Nati-Sabine.

Sabine hält die kleine Nati-Sabine

Mutter rief an: „Ich möchte gern mal wieder etwas mit dir unternehmen."
„Ich aber nicht mit dir." Meine kalte Antwort schreckte mich. Mutter hatte nie aufgehört, mich ständig neu zu verletzen, egal wie alt wir inzwischen geworden waren. Mir fehlte die Fähigkeit, ein konstruktives Gespräch mit ihr zu führen. So sehr ich mir unsere Versöhnung gewünscht hatte, so sehr war sie ausgeschlossen.

In meiner Verlorenheit dachte ich an Guni und traute mich, sie anzurufen. Die Nummer konnte ich noch auswendig, obwohl ich sie über zehn Jahre nicht gewählt hatte.
„Kunz", ihre vertraute Stimme. Mein Herz klopfte.
„Guni, du bist noch immer in meinem Herzen, so nahe wir uns einmal gestanden waren. Mir geht es nicht gut."
Ich vernehme ein gedrücktes Lachen von ihr, berichte von meinem Schicksal und versuche, ihr mein Gefühl für sie zu beschreiben. Guni hört mir ruhig zu. Und teilt mir dann mit, dass sie auch schwer krank ist: „Aber es geht mir einigermaßen gut dabei, nur die Behandlung alle paar Wochen ist nicht schön."
Ich erschrecke.
Ein wenig austauschen konnten wir uns schließlich doch. Guni taute auf. Und ich bat, sie im Herbst besuchen zu dürfen.
Ihre Stimme, wieder weich: „Ja, komm her."

Ich atmete auf.
Für das Treffen mit ihr sammelte ich monatelang Energie, suchte nach den richtigen Worten, mit denen ich ihr als jetzt reife Frau, von Angesicht zu Angesicht sagen könnte, wie wichtig sie für mich gewesen war, wie tief ich auch sie geliebt hatte, wie leid es mir getan hatte und noch immer tat, sie so verletzt zu haben. Ich wollte sie aus ganzem Herzen noch einmal um Verzeihung bitten. Aber würde sie mir heute noch einmal vergeben, was ich ihr damals angetan hatte?
Das Unfassbare geschah: Kurz vor meiner Reise zu ihr hielt ich ihre Todesanzeige in meinen Händen. Atemlos, entsetzt. Eine große Leere breitete sich in mir aus: Guni wird all das nicht mehr vernehmen können. Meine Reue kann ich nicht mehr ausdrücken, unsere frühere Liebe füreinander nicht mehr mit ihr zusammen spüren. Mit dieser Schuld muss ich leben.
Verzeihen konnte ich mir nur noch selbst.

Ich befand mich in einer bedrückten Phase mit wiederkehrenden, mich quälenden Erinnerungen und Gedanken. Negatives Wiederkäuen, wie es in der Fachsprache heißt.
Mein Gehirnkarussell erfuhr eine Auferstehung:
In mir herrschte sechzig Jahre lang das alte in mich introduzierte Gefühl, minderwertig zu sein. An der Körpersprache kann das abgelesen werden. Das ist es, glaube ich, was Menschen in manchen Momenten unsympathisch wirken lässt! Bin ich deshalb hie und da auf Zurückweisung gestoßen?

Tagebuch, 21. Dezember 2008
„Traum: *Ich unterhalte mich offen mit Sina über meine neuen Erkenntnisse und Gefühle. Wir sind uns dadurch überraschend nah, umarmen uns liebevoll, aber ohne Erotik.*"

Die Kälte zwischen uns ließ mich vor Weihnachten fürchten. Irgendetwas musste ich tun und buchte eine Billig-Reise an die polnische Ostsee. Lauter Menschen um mich herum, mit denen ich mich nicht unterhalten konnte, stürzten mich in dumpfe Einsamkeit. Allein spazierte ich täglich zum hässlichen Strand und fror vor mich hin. Am „Heiligen Abend“ langweilte ich mich mit den anderen am einigermaßen festlich gedeckten Tisch und musste mir anhören, wie billig die T-Shirts im hiesigen „Kaufland“ sind. Bald verschwand ich in meinem Hotelzimmer, suchte mit einer kleinen Lichterkette und Tannenzweigen etwas Wärme zu zaubern. Philipp, der immer in meinem Herzen ist, wachte ein wenig über mich. Liebevoll sprach ich mit ihm auf Wolke neun und genoss meine Tränen.

Tagebuch, 28. Dezember 2008
„Ich bin froh, wieder zu Hause zu sein. Lieber einsam allein in meinem Zimmer als einsam mit unangenehmen Menschen in einem Hotel. Seit drei Wochen massiere ich mir täglich das Gesicht. Das empfinde ich als große Erleichterung in meinem Gefühlsleben.“
Tagebuch, 5. Januar 2009
„Heute Abend ruft um 23 Uhr Mutter an. Sie teilte mir mit, dass sie ein Testament machen will. Ich klärte sie auf, dass das nicht möglich ist, weil das alte Berliner Testament gilt. Da versuchte sie, mich unter Druck zu setzen: „Die Ina hat ein Auge auf das Silberbesteck geworfen. Du musst mal kommen, um den Nachlass zu besprechen.“
Hart entgegnete ich: „Nein, ich komme nicht.“
„Hast du denn gar kein Gewissen?“
„Nein.“
„Du hast ein schlechtes Erbteil.“
Entsetzt drücke ich spontan auf den roten Knopf. Schade, dass man heutzutage nicht mehr den Hörer kräftig in die Gabel schmeißen kann.“

Mutter beabsichtigte offensichtlich, mir wieder einreden, dass

ich von Geburt an schlecht sei. Meinen Zorn konnte ich lediglich mit dem sprachlosen Beenden des Telefonats erledigen. Hätte ich doch bloß die Fähigkeit besessen, ihr stattdessen mal so richtig meine Wut entgegenzuschmettern. Voller Abscheu wusste ich: Von der lasse ich mir kein Minderwertigkeitsgefühl mehr suggerieren.
Tagebuch, 25. Januar 2009
„Gestern habe ich von Rudi erfahren, dass sie mit schlechtem Erbteil den Bruder ihrer Mutter meinte, der zum Totschläger geworden war. Eine große Schande für die Familie. Nicht zu fassen!!! Entsetzlich genug, dass sie so denkt. Dass sie mir und offensichtlich auch anderen das auch noch so sagt!! Vermutlich hat sie keine andere Möglichkeit ihr eigenes Minderwertigkeitsgefühl auszuhalten."

Die Würde des Menschen wird angetastet. Immerzu und nachhaltig.

Flucht

Immer unerträglicher wurde mir das nebeneinanderher Leben. Endlich spuckte mir das Internet im Umkreis von drei Kilometern rund um Pichelsdorf, meinem Wunschziel an der Havel, eine bezahlbare Wohnung aus. Als ich bei der Besichtigung aus dem Fenster schaute, schnappte ich nach Luft: Diese Aussicht! Grandios! Der Hahneberg lag vor mir, und ich schaute meilenweit in die Brandenburgische Wildnis. Spontan entschloss ich mich: Hier werde ich in Ruhe zu mir finden. In einem barrierefreien Senioren-Wohnhaus mit viel Natur gleich dahinter hatte ich eine Ein-Zimmer-Wohnung im zehnten Stock gefunden. Meine Furcht vor einer zunehmenden Gehbehinderung beruhigte sich etwas. Mit Rollator oder Rollstuhl könnte ich eines Tages

problemlos in meine Wohnung gelangen.
Am Winterende zog ich aus. Sina kam noch einmal auf mich zu: „Darf ich dich zum Abschied umarmen?" Überrascht, und mit gebremstem Gefühl, nahm ich die Umarmung an, diesen winzigen Trost nach ihrem monatelang~~en~~ kühlen Umgang mit mir.
Diese Umarmung spüre ich jetzt - sechs Jahre später - während des Niederschreibens schmerzlich. Hätte ich sie doch fest an mich gedrückt zum Abschluss, meinen Schmerz unmittelbar zugelassen.
Mit zugeschnürter Brust werfe ich meinen Hausschlüssel in den Briefschlitz, wende mich ab von unserem geliebten Eigenheim und tapere die letzten Schritte durch den kleinen Vorgarten.

Am 28. März 2009 erhielt ich eine Karte von Sina: „Liebe Sabine, ich wünsche Dir eine fröhliche und behütete Zukunft, alles Liebe Sina"
Glaubte sie ernsthaft, mir wäre es möglich, jetzt fröhlich zu sein?

In meinem neuen Umfeld waren die Menschen anders. Schon am ersten Tag musste ich die Hasstirade einer Greisin über mich ergehen lassen, weil andere Bewohner in der öffentlichen Waschküche das Flusen-Sieb nicht gereinigt hatten. Bizarr fremd fühlte ich mich dort. Viele der hundert Bewohner ließen mich frösteln. Der Anblick manch ungepflegter Haare, abgerissener Kleider und ausgelatschter Pantoffel, zudem teils muffeliger Geruch ließen mich so manches Mal vorzeitig aus dem Aufzug fliehen. Ein solches Elend kannte ich lediglich aus früheren Erlebnissen während meiner Zeit als Einzelfallhelferin. Schnell meine Wohnungstür schließen und aus dem Fenster schauen.

Zwei Wochen später stand der Termin beim Notar an. Am absoluten Ende angekommen, bekam ich wieder einen Schub. Und riss mich, nach erneuter Infusion, zusammen, setzte mit angehaltenem Atem meine Unterschrift auf die Verkaufs-Urkunde unseres gemeinsamen Heimes.

Wochen später erhielt ich von ihr tröstende Zeilen, die mich warm durchströmten: „... ich denke oft an Dich ... unsere Verliebtheit und Liebe ... an viele schöne gemeinsame Stunden ... an unsere Reisen ... und viele kleine Dinge ... dieses Erinnern ist nicht immer schmerzlos ... bin ich doch rückblickend zu der Gewissheit gelangt, dass wir beide eine überaus schöne und bereichernde Zeit hatten, die ich keinesfalls missen möchte".
Mein Herz klopfte: Wie vertraut Sina mir noch ist. Wie gern ich doch weiter mit ihr zusammenleben würde, wenn auch anders. Ich riss mich vernünftig zusammen: Sie möchte es nicht. Punkt. Wie gern hätte ich diese Mail in ihrer Handschrift auf Papier.

Da lebte ich nun allein. Weit, weit weg, mindestens eine Stunde entfernt, von allen Freundinnen. Kann ich so zu mir finden? Wenn ich vorn aus der Haustür trat, befand ich mich in einer tristen Beton-Siedlung. Meine alte bunte Gartenstadt-Siedlung mit ihrem schmucken Grün und freundlichen Nachbarn fehlte mir.
Auf der anderen Hausseite tröstete die Natur. Zahlreiche Schwalben tobten vor meinem Balkon umher und ab und zu segelte ein Milan vorbei. In der Nähe sang ein Pirol und im Bett liegend, konnte ich dem Lied der Nachtigall lauschen. Auf dem Hahneberg tönten Alphörner im Wechsel mit dem Berliner Jodelchor, der von dort oben energiegeladen vor tief stehender Sonne in den Himmel schmetterte. Unser facettenreiches Berlin! Und ich dachte mir interessante Fahrrad-Touren durch die vielfältigen Spandauer Lande aus oder kreuzte ausgiebig mit der Regionalbahn durchs Umland. Einmal außen um die Stadt herum.

2009, Staaken, Blicke vom Balkon

Tagebuch, 24. Juni 2009
„Die Landschaft des Havellandes fliegt in der Dämmerung an mir vorbei. Wegwarte leuchtet in fahlem Licht zwischen verrosteten Gleisen. Es scheint, als ob ich die tiefste Stelle meines Tales durchschritten habe, spüre wieder deutlich meine Selbst-

liebe. Helga hat in einem kleinen Vortrag zu Beginn des Meditationsabends gesagt: *Man kann nichts machen, um angenommen zu werden.* Ich kann jetzt loslassen. Beim Meditieren stelle ich mir das Foto vor, auf dem ich kleines Kind in den Armen von mir Erwachsener bin. Beim Einatmen empfange ich Kleine die Liebe von der großen Sabine, beim Ausatmen gebe ich Erwachsene Liebe an die kleine Sabine."

In dieser Zeit begann ich mit dem Sammeln von Musik aus der Jugendzeit – Elvis, „How do you think I feel" - und anderer Gattungen wie Schuberts „Ständchen". Aus dem Netz auf meinen PC geladen. Per Stick in die Hi-Fi-Anlage und mein Zimmer erklang in berauschender Fülle. Balsam für meine Seele. Wie gut, dass es moderne Technik gibt. Aber nachts meldete sich mein Unterbewusstsein:
Tagebuch, 21. August, 2009:
„Traum: *Ich liege neben meinem Bruder im Bett und fühle ein fürchterliches Vibrieren am ganzen Körper. Jochen erwacht und hat das gleiche Gefühl. Ich kann nicht sprechen und habe Todesangst. Da sehe ich, dass unsere Mutter versteckt in der halb geöffneten Tür steht und ein Strahlengerät gegen uns richtet. Von mir entdeckt verschwindet sie. Das schreckliche Körpergefühl lässt nach. Wir leben.* - Gestern Abend in der Meditation wurde mir endgültig klar: Ich kann Mutter jetzt nicht vergeben. Ich bin aggressionsgehemmt mit ihren Quälereien umgegangen, wie später auch bei anderen Menschen. Jetzt muss ich erst einmal lernen, mich zu wehren. Nicht mehr die sanfte, liebe Sabine sein. Aber davor habe ich Angst. Bei meinen Eltern und anderen habe ich bei solchen Versuchen meist noch mehr Aggressionen abbekommen. Trotzdem: Ich werde mich in Zukunft wehren."
Tagebuch, 5. Mai 2010
„Traum: *Ich lasse mir Sterbehilfe geben, liege da, warte und bleibe wach. Aufgeregt teile ich den andern mit: Noch nicht. Ich bin noch wach, ich bin noch wach! Dann sage ich mir: Ich bleibe am Leben. Ganz oft sage ich mir*

den Satz und spüre wieder Kraft."

In diesem Sommer erfuhr die Krise eine kurze Pause. Als Jungrentnerin mit Unternehmungsgeist organisierte ich meinen seit Jahrzehnten gehegten Traum, Hausboot zu fahren. Mit Marlies, Bella und Elke in fröhlicher Gemeinschaft aufgehoben, schipperte ich eine vergnügliche Woche lang im großzügig verglasten Holz-Bungalow auf einem Floß über die Seenplatte nahe Berlin. Mit einem Gefühl der Schwerelosigkeit konnte ich die Landschaft genießen, eingewoben in die Rufe des Milans und das Plätschern unserer Bugwelle. Gemächliches Boot fahren wirkt in mir wie Musik von Max Bruch. Der Katamaran steckte, ohne zu schaukeln, alle Wellen weg, so dass mir nicht schwindelig wurde. Unsere Langsamkeit und das abendliche Ankern in stillen Buchten erfüllten mich mit sanfter Ruhe. Im Alphawellen-Hoch genoss ich die morgendlichen Dämmerung. Vom Bett aus konnte man das zeitlupenartige Vorbeiziehen der Landschaft beobachten, weil das Boot sich langsam um den Anker drehte. So verlebten wir famose Tage. Bis mein Handy schrillte. Lieselotte, die Frau meines Cousins aus Hesselbach: „Deine Mutter hat sich den Oberschenkelhals gebrochen." Mein Nacken verkrampfte. Warum hatte ich dieses blöde Handy bloß an? Ich versuchte, alle bedrückenden Gedanken zu verdrängen, darin bin ich doch geübt. Aber es wollte mir kaum gelingen.

Meine Familie löst sich auf

Mutter hatte ein neues Hüftgelenk, stand aber nicht mehr auf und aß kaum etwas, wie ich von meinem Bruder erfuhr. Ich dachte darüber nach, ob ich doch irgendetwas tun kann für sie. In der bedrückenden Vorstellung, sie zu besuchen und wieder von ihren Worten, in ihrem oft scheußlichen Tonfall mit eben solchem Gesichtsausdruck, verletzt zu werden, ergriff mich Furcht vor einem neuen Schub. Ich schaffte es nicht, mich zu überwinden.

Tagebuch, 30. August 2010:
„Traum: *Weil meine Mutter krank ist, will ich sie besuchen. Ich nähere mich vorsichtig dem Seeufer. Sie liegt in meinem Kanu mit steifem, verbundenem Bein, umringt von wenigen Familienmitgliedern. Ich schaue durch die Blätter eines Busches, unschlüssig, sehe ihr mießgrämiges Gesicht. Abgeschreckt wende ich mich ab, gehe weg.*"

Nach diesem Traum entschied ich, Mutter nicht zu besuchen.

Tagebuch, 8. September 2010:
„In meiner Therapiestunde bin ich mit Ursula zur endgültigen Entscheidung gelangt: Ich werde Mutter nicht besuchen. Meinem Bruder mailte ich folgenden Brief mit der Bitte, ihn auszudrucken und ins Krankenhaus zu bringen:
Liebe Mutter, Dein Beinbruch ist sicher furchtbar für Dich, und Du tust mir leid. Jochen schrieb, dass Du die OP gut überstanden hast. Jetzt wirst Du wohl nicht mehr an einem Rollator vorbeikommen. Ich habe lange mein Herz befragt, ob ich Dich besuchen sollte. Ich kann es nicht. Leider. Das Risiko möchte ich nicht eingehen. Du könntest mich erneut seelisch verletzen. Das wäre nicht gut für mich. Ich bin gerade auf einem guten Weg, mich zu stabilisieren. Seelisch und körperlich, was ja zusammenhängt. Ich wünsche Dir baldige Genesung. Eine nette Erinnerung: Es liegt 40 Jahre zurück. Wir waren in der Bretagne. Papi öffnete gerade die Hotel-Zimmertür. Während wir warteten, schaute ich an die Flurdecke. Du schautest auch hoch und musstest lachen, weil da gar nichts war. Wir lachten zusammen. Da waren wir unbeschwert und uns nah. Vielen Dank für Deinen Humor. Ich rette mich heute oft mit diesem „Erbe". Lachen über kleine Situationen bereichert das Leben.
Es grüßt Dich Deine Tochter Sabine.

Diesen Brief hat mein Bruder ihr nicht überbracht, nur davon erzählt, und meine Furcht, von Mutter erneut verletzt zu werden, nicht erwähnt: „Ich dachte, Mutti wird noch mal gesund."

Tagebuch, 20. September 2010:
„Heute habe ich, glaube ich, wieder einen wichtigen Schritt getan. Ursula fertigte auf Papier einen
Keis zum Thema: *Annahme – Entlastung*. Ich konnte mir meine Verletzlichkeit zugestehen. Dieses alte Muster - ich zeige nicht meine Verletzlichkeit, um meiner Mutter nicht ihren sadistischen Triumpf zu lassen - hat sich so stark einbetoniert, dass ich auch anderen meine Verletzlichkeit nicht zeige bzw. sie kaum noch selbst wahrnehme. Ich weiß noch nicht, wie ich diesen Beton aufbrechen kann."

9. November, Philipps Todestag. Meine Gedanken weilen bei ihm. Das Telefon klingelt. Lieselotte: „Deine Mutter ist tot." Ich schließe die Augen, atme tief ein. Und langsam aus. Vorbei. Meine innere Stimme: Jetzt kann sie mich nicht mehr verletzen. Ich bin in Sicherheit. Endgültig.

Mein Gehirnkarrussel jedoch drehte wieder auf Hochtouren. Unaufhörlich drängten leidvolle Erinnerungen hoch. Eine nach der anderen. Meine positiven Imaginationen blieben auf der Strecke.
Für die Trauerfeier in einem Berliner Beerdigungsinstitut bespielte ich eine CD mit sorgfältig ausgewählter Musik. Mozarts „Ave Verum" unter anderen. Damit begab ich mich auf schwachen Beinen dorthin.
Die anderen nehmen noch einmal Abschied am offenen Sarg. Ich sitze starr in einem dunklen zugigen Durchgang zum Hinterhof. Dieses tote Gesicht meiner Mutter. Eine grausige Vorstellung. Nein, das tue ich mir nicht an. Rudis Tochter,

Hanne, neben mir. Wir schweigen. Musik ertönt. Ich betrete den Andachtsraum. Es ist nicht die Musik, die ich mitgebracht hatte. Wie im Nebel trete ich an den Sarg heran und binde ein Kärtchen an das Blumengesteck.
Auf ein Foto mit kleinen Wolken im hellblauen Himmel hatte ich auf der Rückseite folgenden Text geklebt:
November, 2010
„Liebe Mutter, wie gut hätte es mir getan, wenn Du mich mit warmen Augen hättest ansehen können. Wohlwollend, voller Zuneigung und Bestätigung, dass ich gut bin, so wie ich bin. Ich hätte dies so sehr gebraucht von meiner Mutter. Du konntest es nicht. Es ist kein Trost für mich, dass Du dies sicher auch nicht von Deiner Mutter bekamst. Ich leide unendlich unter diesem Mangel. Und doch suche ich nach meiner verlorenen Zuversicht, dass ich eines Tages meine Einsamkeit überwinde. Du bist in den Armen Deines Sohnes gestorben. Dies war für Dich ein Trost zum Abschluss Deines Lebens. Ich bin Dir dankbar für die Sensibilisierung zur Natur. Manch Schönes erlebten wir dort zusammen. Gehe in Frieden. Deine Tochter Sabine“

Mein Bruder hatte das Vorgespräch mit dem Pfarrer geführt. Befremdet musste ich mir anhören, was für eine Frau sie gewesen sein soll. Traurigkeit erfasste mich nicht. Jochen weinte unaufhörlich. Still sann ich: Jetzt fühlt er, dass er endgültig niemals in seinem Leben mütterliche Liebe erfahren kann, nahm seine Hand, hielt sie bis zum Schluss, erstmals zu einer solchen Geste bei meinem Bruder fähig.
Auf dem U-Bahnhof Blissestraße verabschiedeten wir uns. Ich wollte ihn indirekt warnen damit er vorsichtig mit mir umgehen soll und teilte ihm deshalb mit: „Ich habe einen sehr hohen IQ.“ Er schaute unsicher, sagte nichts, musste das zur Kenntnis nehmen.
Der Kontakt zwischen uns verlief sich bis auf wenige Telefonate ins Nichts. Ich schlug das Erbe aus. Mutters Wohnung habe ich

nach ihrem Tod nicht betreten. Es half alles nichts: Ich bekam wieder einen Schub, musste mich mit starkem Schwindel erneut ins Krankenhaus begeben. Nach fünf Tagen holte meine alte Paddelfreundin Claudia mich ab und ihre Heiterkeit munterte mich ein wenig auf. So auch eine „Woman-Fair-Travel"-Silvesterreise mit vielen Frauen bei einem Malkurs an der Elbe. Kaum wieder allein zu Hause, mit zögerlicher Hoffnung, hatte ich keine Vorstellung, was mir das Jahr 2011 bringen wird und Einsamkeit zog mich abermals hinunter. Ein neuer Schub bahnte sich an, der elfte. Mit zunehmenden Gleichgewichtsstörungen musste ich wieder ins Krankenhaus. Diesmal holte Evelyn mich ab. Meine treuen Freundinnen.
Wieder zu Hause, kam Inge aus Schöneberg angereist, versorgte mich mit Lebensmitteln und bezog mein Bett frisch. Dankbar nahm ich alles an. Danach wieder allein quälte ich mich selbst: Ich bin wertlos geworden. Für wen kann ich noch eine gute Freundin sein? Von mir hat keiner mehr etwas. Die Folge eine Woche später: Erneutes Torkeln, der Schub war nicht überwunden. Erneut im Krankenhaus lag ich eine Nacht neben einer schwer röchelnden alten Frau und stellte mir mein durchlöchertes Gehirn vor. Auf dem MRT wurden 51 Herde festgestellt, eine Irrsinnszahl.
Wenn ich mich jetzt mit einer Schlaftablette in den Krankenhausgarten lege, werde ich bei dem starken Frost heute Nacht erfrieren und bin erlöst.
Da flammte mein Verstand wieder auf: Falsche Imagination! Ich blieb im Bett. Am nächsten Morgen fragte ich nach einer Psychologin. Die stand Stunden später kurz an meinem Bett. Mit kühlem Gesichtsausdruck, kein bisschen zugewandt. „Psychopharmaka helfen erst nach längerer Zeit", erteilte sie meinem Wunsch eine Absage und verschwand postwendend. Ich hatte das Gefühl, ich sei ihr lästig, passte gerade nicht in ihren Arbeitstag. Ärger kam in mir hoch. Und? Der brachte mich wieder in die Spur. Trotzig entschloss ich mich: Euch werde ich

es zeigen. Ich schaff das auch ohne eure Pillen. Obwohl, es wäre zu schön: eine Tablette täglich und meine Stimmung sei gut.
Tagebuch, 2. März 2011:
„Traum: *Ich wache im Krankenhaus auf. Meine Bettnachbarin: Da sind sie ja wieder. Sie waren wochenlang im Koma.*

Diesmal erhielt ich die doppelte Dosis Chemie in meinen Körper. Nach fünf Tagen holte mich Hilla ab. In meiner Wohnung angekommen, ging es mir beschissen. Der Schub zwar vorbei, aber sobald ich mich erschöpft hinlegte, quälten mich starke Brustschmerzen. Magensäure schob sich in die Speiseröhre. Unfähig zu ruhen, stand ich auf, trank etwas Tee, lief durchs Zimmer, zum Fenster, zur Tür und wieder zum Fenster, legte mich ermattet wieder hin. Nach einer halben Minute kamen die Brustschmerzen wieder. Aufstehen. Mit zur Decke gestreckten Armen durchs Zimmer laufen. Ein steter Wechsel zwischen Erschöpfung und Brustschmerzen. Nichts ging mehr.
Mein Lebensmut verlässt mich, und ich beschließe, vom Balkon zu springen. In diesem Moment durchfährt ein heftiger Stich mein Herz. Der lässt mich vom Bett springen: Nein! Das tue ich mir nicht an! Matt schleppe ich mich in die Küche, krame Dinkelgries hervor. Der Brei blubbert im Topf, warmer süßer Dampf steigt mir ins Gesicht und mit dem Kochlöffel rührend atme ich langsam. Alsbald füllt der Brei samtweich meinen Mund und wie ein Baby genieße ich, bevor ich ihn durch meinen Schlund rinnen lasse. Mein Bauch fühlt sich wohlig an und meine Seele beruhigt sich.

Tagebuch, 3. März 2011:
„Traum: *Jemand spritzt mir in den rechten Arm Gift. Ich spüre wie sich das Gift schmerzhaft im Körper verteilt. Ich sterbe.* - Wache von erbärmlichem Jammern auf."

Nächte und Tage schlichen dahin. Gedanken, mich mit dem Freitod zu erlösen, tauchten täglich auf. Und jedes Mal legte ich, ruhig atmend, meine Hände auf mein Herz.
Diesmal erhielt ich die doppelte Dosis Chemie in meinen Körper und eine Ärztin hatte mir eine Blutwäsche vorgeschlagen, um die schlimmen Zellen zu eliminieren. In neuer Hoffnung begab ich mich wenige Zeit später wieder ins Krankenhaus. Diesmal wurde mir unter heftigem Schmerz ein dickes langes Metallteil tief in den Hals gestochen. Schaudernd vernahm ich: „Das bleibt nun zehn Tage drin."
Damit saß ich täglich eine Stunde - oder länger? - an einen Apparat geschnallt und musste fremdes Blutplasma in mich einfließen lassen, unsicher, ob das hilft und unsicher ob ich mir damit womöglich irgendetwas anderes einfange. Neben mir drei Dialysepatienten an noch größeren Geräten. Dumpf starrte ich vor mich hin. In dieser Siechenatmosphäre erschien plötzlich ein Engel: Eine Schwester schlenderte lächelnd durch den Raum: „Hallo Leute, alles schön hier." Plötzlich, voller Bewunderung, wie manche Menschen ihren Beruf zur Berufung machen, kam wieder eine kleine Lebensfreude auf.

In „Revolte des Körpers" von Alice Miller las ich: „Misshandelte Kinder brauchen ihre Eltern nicht lieben und ehren. Es würde destruktiv wirken, indem der Körper dafür bezahlen würde. Wenn uns unser Körper so deutlich an unsere Geschichte der einst erlittenen Misshandlungen erinnert, haben wir keine Wahl, als seine Sprache ernst zu nehmen. Unser Körper ist unser Verbündeter, der uns helfen kann." Jäh ging ein Ruck durch meinen Kopf.

Tagebuch, 7. März 2011:
„Innere Revolution. Eine Bewegung geht durch mich. Ich rede laut energisch, böse mit Mutter: So, jetzt ist es genug, jetzt hast du ausgeschissen. Ich bin aus meiner Opferrolle raus, frei von

dir. Jetzt krieg ich die Kurve."

Am letzten Abend traf es mich noch einmal hart. Mir wurde ein neues Medikament verordnet, eine Spritze mit einer dicken, langen Nadel tief in den Muskel gestochen. Mitten in der Nacht wachte ich auf, fürchterlich zitternd mit ängstlichen Beklemmungen. Mein Tod schien mir der einzige Ausweg, nicht so irrsinnig leiden zu müssen. Wie kann ich aus diesem Leben gehen, ohne andere zu belasten?" Mein Gehirnkarussell drehte auf:
Ich sehe mich in eine Gletscherspalte hinabseilen. Mit Isomatte, Schlafsack, Wärmflasche, MP3-Player, Rotwein und Schlaftabletten. Niemand in diesem Jahrhundert würde mich finden und entsorgen müssen. „Aber jetzt noch nicht", ruft es in mir.

Lange lag ich wach, atmete flach. Den Horror der letzten Wochen wollte ich nicht noch einmal erleben. Diese Stress-Chemie muss mir helfen, keine Schübe mehr zu bekommen. Diesmal holte mich Marlies ab, zusammen mit Rainer, einem Freund von ihr. Die beiden wanderten dann, nachdem sie mich wohlbehalten abgeliefert hatten, auf den Hahneberg. Von meinem Sessel konnte ich länger ihren Weg verfolgen und freute mich als sie mir von oben zuwinkten. Von da an stach ich mir einmal die Woche die lange, dicke Nadel selbst tief in den Muskel und musste danach, mich zitternd elend fühlend, länger liegen.

Gehirnkarussell:
Alle meine Freundinnen sind Einzelpersonen für mich, kennen sich untereinander nur flüchtig. Als Kind und als junger Mensch hatte ich immer eine feste Freundin, gehörte zu einer Gruppe: unsere Doppelfamilie, die FreundInnen, die KommilitonInnen, die Wohngemeinschafts-GenossInnen, die PolitmitstreiterInnen, die SportkameradInnen, einige KollegInnen. Ich sehne mich

nach einer Gruppe, nach einem Zugehörigkeitsgefühl.

Meinem Cousin Ulrich, den ich sehr schätzte, schickte ich nach Absprache mit ihm Beispiele von meinem kindlichen Gequält-Sein, in der Hoffnung, dass er als Pfarrer mich mit Verständnis ernst nimmt. Seine Antwort: „Ich sehe deine Mutter jetzt mit ganz anderen Augen. Meine Solidarität sei dir gewiss. Gott schütze dich."
Ich sog Ulrichs Wohlwollen auf und wünschte mir, bei einem ruhigen Treffen mit ihm, Hilfe zu erhalten zum Thema Verzeihen. Zudem hatte ich ihm von der Visualisierungsmethode erzählt, in der Hoffnung, dass sie auch ihm bei seinen Beschwerden helfen kann. Er zeigte sich interessiert, und ich sah unserem Treffen auch deshalb zuversichtlich entgegen.
Wie in jedem Sommer in den letzten Jahren fuhr ich wieder nach Hesselbach und freute mich diesmal besonders auf Ulrich.
Unmittelbar vor der Reise rief mich Lieselotte an: „Pack mal etwas Schwarzes ein. Ulrich ist gestorben."
Hilflos stand ich an seinem Grab. Er fehlte mir unsäglich.

Den Kontakt zu meinem Bruder empfand ich aussichtslos, und fühlte mich befreit durch die Entscheidung, diesen laufen zu lassen. Kein innerlicher Druck mehr. Es geht nicht! Und doch, im Spätsommer, fast ein Jahr nach Mutters Tod, traute ich, etwas stärker und gereifter, mir zu, einen letzten Versuch zu unternehmen. Ich mailte ihm: „Wir müssen doch irgendwie wieder zueinander finden. Für mich geht das nur über die Wahrheit, absolute Ehrlichkeit." Und hängte mein Exzerpt von „Revolte des Körpers" an. Seit Jahren fertigte ich Exzerpte der Sachbücher an, welche mir Erklärungen und neue Wege zur Heilung zeigten, um dieses Wissen zu festigen. Wochenlang erhielt ich keine Reaktion darauf. Schließlich rief er mich an, um mir zu sagen, dass er seinen Geburtstag in seiner Wohnung feiert: „Du kannst auch kommen."

Im Gedanken an seine Messiwohnung, vollgestopft mit Möbeln und Gegenständen aus unserem Elternhaus, verspannte sich mein Nacken und ich sagte ab.
Bruder: „Ist es wegen unserem Konkurrenzverhältnis?"
„Ich habe kein Konkurrenzverhältnis zu dir, Jochen."
„Ich aber zu dir", seine tonlose Entgegnung.
Sein Bedauern hätte mir gutgetan. Sprachlos dachte ich: Ja, das habe ich immer gespürt. Und vermutete, dass dieses Geständnis sich auf meinen Wunsch nach Ehrlichkeit bezog. Mir jedoch war es darum gegangen, mit ihm gemeinsam Schmerz, Trauer und Zorn wegen unserer erlittenen Kindheitstraumata zu erleben.
Wenn er gesagt hätte: *Ich würde mich freuen, wenn du auch kommst,* hätte mich das vielleicht erweicht, seine deprimierende Wohnung zu betreten. Wenig zuversichtlich hoffte ich: Vielleicht wird es irgendwann später an einem neutralen Ort einmal möglich, ein tieferes Gespräch mit ihm zu führen.
Im Dezember teilt mir die Freundin meines Bruders am Telefon mit: „Jochen ist an Lungenkrebs erkrankt, mit Metastasen in der Leber."
Ich erschrak und rief ihn gleich an, fragte nach Worten suchend: „Hast du Angst?"
Jochen mit fester Stimme: „Nein, Angst habe ich nicht. Ich ärgere mich nur, dass ich nicht mehr lange lebe."
Mir verschlug es die Sprache. Dann erinnerte er mich an eine ewig lang zurückliegende Autofahrt, bei der ich darauf bestanden hatte, dass er nur bei Pausen außerhalb des Autos raucht. Das hatte ihn erbost. Sein Tonfall in diesem Telefonat klang aggressiv. Ich bat ihn um Freundlichkeit.
Mein Bruder höhnisch: „Jetzt liest man dauernd, man solle sein Herz öffnen. Wenn ich das schon höre!"
Hilflos sagte ich schließlich: „Du bist ein armer Kerl."
Da wurde seine Stimme weinerlich: „Ja."
Was konnte ich tun? Ich schickte ihm CDs mit Ruhrpott-Schlagern, die lustige Texte haben, und in denen Gelsenkirchen-

Buer - reimt sich so nett auf „Ruhr“ - einige Male vorkam. Und einen MP3-Player, den ich mit seiner Lieblingsmusik aus der Jugendzeit gefüttert hatte. „Mitternachts Blues“ von Walter Scholz, „Wheels“ von Billy Vaughn und „The young ones“ von Cliff Richard, Elvis–Songs. Andere berichteten mir, dass ihm dies gefallen habe. Mich fragte er trocken: „Wo hast du das denn alles her?“ Ich hätte so gern ein freudiges: *„Das hat mir gefallen, danke.*“ gehört und mit ihm schöne Erinnerungen an Feten in unserer Jugend ausgetauscht. Täglich rief ich ihn nun an. Für einen Besuch fand ich nicht die Kraft und den Mut. Angst vor einem neuen Schub bedrohte mich.

Tagebuch, 1. Januar 2012
„Jochen ist tödlich erkrankt. Mein Gedanke: Seine Mutter hat auch ihn auf dem Gewissen. Armer Kerl.“

Die Chemo setzte im zu. Anschließend kam er ins Pflegeheim. Mein Telefon schreckte mich hoch. Ina kühl: „Du kannst dir denken, warum ich anrufe?“
„Wegen Jochen…“ antwortete ich leise.
„Jochen ist tot.“
Zermarternde Gedanken:
Jetzt schon? Ich wollte mich doch noch ehrlich mit ihm über unsere Familie austauschen. Die letzten Wochen müssen furchtbar für ihn gewesen sein. Hat er womöglich schnell sterben wollen?

Tagebuch, 9. Februar 2012:
„Mein Bruder ist tot. Ich bin betroffen. Nicht traurig. Viele alte Dinge, unter denen auch er gelitten hat, kommen wieder hoch. Es ist vollkommen tragisch, wenn ein Mensch aus dem Leben geht, ohne je als Erwachsener einen Erwachsenen geliebt zu haben. War es bei ihm so? Die seelische Verkümmerung, die unsere Mutter, teils auch Vater, in uns erzeugt hat, nahm ihm

alle Möglichkeiten, wohlwollend mit den Menschen ein gemeinsames Leben zu gestalten. Wie tragisch sein Leben. Niemand kann mich jetzt mehr an Familienqualen erinnern. Ich habe mich lieb!!! bin jetzt frei."
Tagebuch, 21. Februar 2012:
„Mein Bruder tut mir so leid. Er hat nichts von unserer Familiendramatik verarbeitet, und ist, im tiefsten Innern unglücklich, aus dem Leben geschieden. Mein Zorn auf ihn ist verschwunden. Alle Lieblosigkeiten, die er sich, mir und Ina angetan hat, waren ein hilfloser Schrei nach Heilung. In unserer Familie herrschte das unehrliche Spiel, nett und freundlich vor allen Außenstehenden, zu verstecken, wie lieblos und aggressiv sie in unserer Kleinfamilie sind. Nach wurde mir die Rolle *Schwarzes Schaf verabreicht.*"

Ulrichs Tochter Gabriele, ebenfalls Pfarrerin, kam zur Beerdigung und hielt eine Trauerrede mit ihren persönlichen Erinnerungen an Jochen. Ich dachte still an seine Stärke, seine Fähigkeit zum Flow. Was von ihm bleibt sind die Bahnhöfe, deren Restaurierung er geplant und begleitet hatte. Myriaden von Menschen werden zum Beispiel über die Natursteinplatten im Bahnhof „Hackescher Markt" eilen, die er mit Leidenschaft einbauen ließ. Eine schwere Zeit folgte. Mein Bruder fehlte mir nicht. Und wieder doch. Neuerliche Familien-Erinnerungs-Gewitter tobten in mir und ließen sich schwer abschalten. Gehirnkarussell hoch zehn! Denk positiv! Schaffte ich nicht!

Tagebuch, 21. März 2011:
„Traum: *Ich ziehe an meinem Auto die Handbremse an und es rollt trotzdem weiter. Ich wiederhole es stärker. Trotzdem rollt es weiter. Unheimlich.*"

In ihrem Buch „Dein gerettetes Leben" schrieb Alice Miller „Es ist üblich, beschuldigt zu werden, angriffslustig zu sein, wenn

man die Dinge beim Namen nennt. Es ist beliebt, die Brutalität der Eltern zu verschleiern."
Tagebuch, 2011:
„Als ich dies las, drängte sich mir Angst auf, meinen Freundinnen alles über meine Kindheit, meinen Missbrauch zu sagen, weil sie danach möglicherweise auf Abstand zu mir gehen könnten. Eine Freundin mit einem *verstümmelten Leben* wie Alice Miller es bezeichnet ist wohl eine Belastung für die eigene Lebensqualität."
Gehirnkarussell:
In einer Familie, die ihr eigenes Schicksal aufgearbeitet hat, wäre mir ein befriedigender Lebensweg möglich gewesen. Ich sehne mich nach einer eigenen Familie. Trotz hohem IQ, guter Bildung und fortwährendem Engagement in etlichen Bereichen gab es für mich Glückserfahrungen meist nur kurz. Jahrzehntelang hatte ich mich erfolgreich für Freundschaften und kreative Freizeitgestaltung engagiert. Jetzt schränkt mich meine Behinderung ein. Trotz Freundinnen und guter sozialer Vernetzung fühle mich einsam. Mir fehlen zärtliche Umarmungen, eine Partnerin, mit der ich den täglichen Trott teilen kann.

Tagebuch, 7. Juli 2012:
„Traum: *Voller Freude halte ich Sinas Enkelin meine Hände entgegen und bitte sie, zu mir zu kommen. Als sie loslaufen will, hält Sina sie fest.*"

10

Wanderung zur Heilung

Unheilbar krank? Nein! Platon sagte vor x-tausend Jahren: „Willst du den Körper heilen, musst du zuerst die Seele heilen." Meine Seele hat mehrmals die gleiche Erfahrung machen müssen: Von geliebten Menschen verlassen zu werden. Seit ich im Alter von fünf Jahren Toni verloren hatte, erzeugten etliche Liebesverluste jedes Mal eine Retraumatisierung. Irgendwo las ich: „Die Heilung einer Retraumatisierung unterliegt völlig anderen Abläufen als ein normaler Heilungsprozess. So braucht sie viel mehr Zeit."
Zeitlich parallel zu meiner Krise stakste ich erste kleine Schritte, die mich auf einen Trampelpfad zur Gesundung führten. Seelisch wie körperlich. Derer Schritte wurden es viele. So dauerte es sieben Jahre.

Das innere Kind - Affirmationen

Sina schenkte mir das Buch „Aussöhnung mit dem inneren Kind" von Erika Chopich und Margaret Paul. Darin las ich mit Bestürzung:
„Wir müssen begreifen, dass es letztlich nicht unsere Eltern, geliebte Menschen (oder Gott) sind, die uns verlassen haben, sondern wir haben uns selbst verlassen."
So verlassen. So allein. Und ich sollte selbst schuld sein?
Dann sah ich in der Ferne Land: „Das geliebte Kind in uns ist etwas so Kostbares und Schönes, dass ein auch nur sehr flüchtiger Kontakt mit ihm uns die Tür zu reiner Lebensfreude öffnet."

Ich ahnte eine Möglichkeit, wie ich weitergehen kann. Schon mit 41 während eines Liebeskummers hatte ich ja ins Tagebuch geschrieben:
„Dieses kleine Kind in mir ist immer noch mein einziger Trost.“
„Wir sollten uns entscheiden, von unserem inneren Kind zu lernen. Liebevolles Verhalten dem inneren Kind gegenüber heißt, dass ich die Verantwortung für meine Gefühle übernehme, indem ich zusammen mit meinem Kind die falschen Glaubensmuster kennen lerne, die meinen Schmerz verursachen.“
Verantwortung, das war für mich bis dahin eher falsch besetzt, bedeutete für mich in erster Linie Druck, etwas leisten zu müssen. Nach dieser Lektüre konstatierte ich: Meine Stärke ist es, Verantwortung übernehmen zu können, bei mir angefangen.
„Der liebevolle Erwachsene ist ein Lehrer und heilt das kindliche System der falschen Überzeugungen, indem er dem Kind die Wahrheit sagt. Der liebevolle Erwachsene ist eine mächtige, kompetente Persönlichkeit in dem Sinne, dass er Macht hat: Macht über das Selbst, über seine Entscheidungen und die Fähigkeit, die Träume des Kindes zu verwirklichen.“
Verantwortung, Wahrheit, Macht. Dies ließ mich achtsam werden.
Meine tägliche Übung hieß nun: Mein inneres Kind spricht laut mit der inneren liebevollen Erwachsenen, sagt was es möchte. Ich unterhalte mich als liebevolle innere Erwachsene laut liebevoll mit meinem inneren Kind. Was mich schon auch zum Lachen brachte, weil mein Kind so keck und geradeheraus redete.
Diese Unterhaltungen und positive Affirmationen wurden ein fester Bestandteil meines Alltags. Wiederholt sagte ich mir: „Ich bin erwachsen.“ So kam ich zu einem guten Gefühl für mich.
Ich fuhr fort, meine Kindheitserinnerungen aufzuschreiben in der diffusen Hoffnung, dies könnte mir weiterhelfen.

In der Bibliothek der DMSG fand ich Jose Silva, „Der Heiler in dir". Er schrieb fantastische Dinge, von denen ich nichts wusste: „Der menschliche Organismus ist mit Selbstheilunskräften bestens ausgestattet." Meine Miene erhellte sich: Ja? Das schaue ich mir an.
Silva: „Alle großen Errungenschaften des Menschen nahmen ihren Ursprung im Geist, in der inneren Welt. Bewusstsein ist Energie."
Aufgeweckt freute ich mich: Da kann ich ja selbst tätig werden. Auch John Lennon hatte schon gesungen: „Imagin".
Leichter Optimismus wehte durch meinen Geist. Das autogene Training ist ja auch so etwas. Kann ich doch.
Silva: „Wissenschaftler haben herausgefunden, dass der Raum zwischen Erdoberfläche und Ionosphäre einem riesigen Resonanzkörper gleicht, dessen elektromagnetische Energie eine Frequenz von zehn Hertz aufweist. Dem Mittelwert des Alphafrequenzbereichs des menschlichen Gehirns. Das Gehirn besitzt etwa 30 Milliarden Neuronen. Sie nehmen viele spezialisierte Aufgaben wahr. Ihr Hauptauftrag ist überleben."
Ja, überleben wollen, dieser starke Willen ist allen Lebewesen gemein.
Silva: „Der Geist steuert das Gehirn und das Gehirn steuert den Körper." Und: „Es ist nicht nötig, bis ins kleinste Detail zu visualisieren. Ich tue es nach meinen Fähigkeiten und Möglichkeiten. Das Gehirn erkennt und entschlüsselt auch weniger konkrete Heilungsinformationen."
Und: „Oft ist ein mangelndes Selbstwertgefühl Hinweis auf eine krankhafte Störung."
Silva sagt, dass alle Imaginationsübungen damit beginnen sollen,

Beta- zu Alphawellen herunter zu dimmen. Dafür schlägt er rückwärts zählen unter anderen Methoden vor. Alpha-Wellen treten hauptsächlich bei geschlossenen Augen auf. Ach ja? Vielleicht auch deswegen liege ich oft mit geschlossenen Augen herum? Der Blick über große Wasserflächen oder Kornfelder erzeugt ebenfalls Alphawellen im Gehirn. Staunend entdeckte ich: Mein Geist kann mich nicht nur krank machen, sondern auch gesund. Dieses Buch fesselte mich. Zunächst etwas überfordert, fragte ich mich: Wie kann ich dies alles aktiv nutzen? Was ist der nächste Schritt? Das half mir, anzufangen. Ich achtete beim Gehen auf ein weiches Becken, spielte damit. Jedenfalls wenn ich gerade Mal daran dachte. Fortan übte ich mehrmals täglich und fühlte schon mal so etwas wie ein kleines Wohlgefühl dabei.
Ich erinnerte mich an Shakti Gawein: „Stell dir vor", was ich mit Mitte 40 gelesen hatte. Anfängerin war ich also nicht. Als nächstes begann ich, zunächst rückwärts zählend, mir die Blut-Hirschranke vorzustellen, wie sie, einem Schlagbaum ähnlich, herunter ging und meine Zellen, rundherum sich teilend, die Lücken abdichten. Kein Durchkommen mehr für die bösen Fresszellen!

Carl Simonton hielt in Berlin einen Vortrag mit Workshop. 10. Februar 2007, Heilig-Kreuz-Kirche. Zu Hunderten lauschten wir seinen Worten. Ruhig saß der alte Mann da, sprach unspektakulär über sein Wissen und seine Erfahrungen. Zwischendurch ließ er uns kleine Übungen absolvieren, High-Lights visualisieren. Das gefiel mir. Ich erinnerte mich an die Mondsichel wie sie sich mitten in der Nacht über die Dünenkante in den magischen Sternenhimmel hervorschob, hörte währenddessen das Rauschen des Meeres. So entschwand ich für Minuten aus Kreuzberg nach Pilat am französischen Atlantik in meine alte heile Welt vor über 30 Jahren neben meinen Frauenhausfreundinnen. Die heilsame Kraft der Imagination!

Und die Reparaturzellen (Oligodendrozyten) sah ich, wie sie neues Myelin produzieren und meine angefressenen Nervenhüllen reparieren.
Seit diesem Erlebnis wechsele ich in den Vorstellungen zwischen solch schönen konkreten Bildern und meinen Zellenaktivitäten hin und her. Zum Beispiel gehe ich in Gedanken federnden Schrittes mit weichem Becken über eine Blumenwiese. Visualisieren wurde mein täglicher Halt.
Alsbald kamen Gespräche mit meinem Körper dazu. Richtig lustige Unterhaltungen mit meinen diversen Zellen entstanden, wobei ich oft laut lachen kann. Was die mir alles antworten! Ach, sind die nett, wir haben richtig Spaß miteinander. Die Zellen, welche die Adern von innen eifrig mit einer undurchlässigen Schicht versehen, nannte ich Mädels. Wenn ich sie begrüßte, riefen sie: „Hallöchen“ und schlidderten fröhlich mit weichen Schühchen durch meine Adern.

Besonders hilfreich für mich wirkt Silvas Aussage: „Es ist nie umsonst.“ Man weiß ja, wie schwierig es sein kann, diszipliniert zu üben. - *Wenig Zeit – das Telefon klingelt – in der Küche siehts aus wie … – jetzt mag ich gerade gar nicht - und so weiter.*
Ja, und dann sage ich mir diesen Satz: „ES IST NIE UMSONST“! Immerhin habe ich jetzt ein bisschen geübt. Gut so! Wie oft ich mir diesen Satz inzwischen gesagt habe, weiß ich beim besten Willen nicht. Echt gut, dass ich ihn habe. Mein Lieblingssatz.
Vermisst, oder überlesen habe ich bei Silva allerdings, den Atem mit einzubeziehen. Die vor über 30 Jahren gelernte Entspannungs-Atmung wendete ich jetzt wieder häufiger an und belastende Grübeleien machten Wunschgedanken Platz. Jedenfalls mal so ab und zu. Manche inneren Bilder zauberten ein Lächeln in mein Gesicht und eine neue Lebendigkeit zog bei mir ein.

Etwas Unbekanntes – Das Gehirn

Viele neue Erkenntnisse erwarb ich nun: Das Gehirn ist plastisch und lässt sich trainieren wie ein Muskel. Echt? Allerdings, die bekannte, häufig verkündete Aufforderung: „Denk positiv!" wirkt nicht, wenn sie pauschal bleibt. Die Beschwichtigung „Alles wird gut" klingt schwammig, bezieht sich auf die Zukunft.
Das Gehirn kann nur Gegenwart, Konkretes und Positives, lernte ich. Die Gedanken sind frei? Bisher eine schöne Idee. Das jedoch sind sie also nicht ganz. Die Gehirnforschung sagt, dass alle gedanklichen Übungen mindestens 30 Sekunden dauern müssen, um eine nachhaltige Veränderung in den Verschaltungen unseres Gehirns zu bewirken. Und um dieses durch eine körperliche Übung zu erreichen, muss man eine bestimmte Haltung mindestens drei Minuten durchhalten. Puh! Drei Minuten die Schultern nach unten hinten ziehen!
Ab sofort versuche ich dies bedenken, nahm ich mir voller Elan vor. Und suchte nach Affirmationen, die konkret eine positive Alternative im Jetzt ausdrückten. Aber, es war schwer zu texten: „Ich bin gesund." Dabei wurde ich unsicher, ob ich mir etwas vormache, oder ob ich jetzt mir gegenüber ehrlich bin. Jedoch: Sich etwas vormachen ist nicht das gleiche wie sich etwas vorstellen.
Die häufige Wiederholung von Affirmationen und Vorstellungen bewirkte ein stabileres Gefühl. In Träumen war ich immerhin zuweilen gesund, wedelte mit lustvoller Leichtigkeit auf Skiern über eine sonnige, sanfte Piste mit majestätischer Fernsicht.

Ein Tausendsassa - Das Herz

Bei der Lektüre des Buches „Die neue Medizin der Emotionen" von David Servan-Schreiber lernte ich Spannendes: „Das Herz verfügt über ein eigenes, halbautonomes Nervensystem. … Das Herz hat ein Magnetfeld, das 500- bis 1000-mal stärker ist als das des Gehirns, ist noch mehrere Meter entfernt messbar. Es hilft den Selbstheilungskräften."
„Man sieht also: Die Bedeutung des Herzens ist für die Sprache der Gefühle nicht nur eine Metapher. Das Herz nimmt Dinge wahr und fühlt. Und wenn es spricht, beeinflusst es die Physiologie unseres gesamten Körpers, angefangen beim Gehirn."
Fasziniert fiel ich von einem Staunen in die nächste Begeisterung, was mich inspirierte, weiter zu wandern auf diesem Pfad.
Schreiber zitiert William James: (Vater der amerikanischen Psychologie 1890): „Ein Gefühl ist vor allem ein körperlicher Zustand und erst dann eine Wahrnehmung im Gehirn. Darm und Herz sind eigene Netzwerke von zigtausend Neuronen, die so etwas wie kleine Gehirne im Körper darstellen."
Weiter las ich: „Das wichtigste Werkzeug für die Heilung ist die Macht des Gehirns. Nur zu zehn Prozent ist das Gehirn das Zentrum des Denkens – die anderen 90 Prozent dienen der Gesunderhaltung des Körpers."

Mit diesem neuen Denken war ich ausgefüllt.

Um Himmels Willen - Meditation

Meine treue Freundin Marlies gab mir Thich Nhat Hanh zu lesen: „Das Wunder der Achtsamkeit". Dadurch berührt für

neue Einblicke ins menschliche Leben, suchte ich mir eine Meditationsgruppe in der Nähe: Da saß ich nun in dunkler kalter Kirche unter lauter fremden Menschen. In eine Wolldecke eingehüllt auf mich besonnen. Eine Ewigkeit. Mein ganzes Unglück drängte mit Karracho auf mich ein und ich verfiel in mein altes Muster: Erstarrung. Noch stark in meiner Krise verhaftet verfiel ich mit dem Nicht-Bewegen in Nichts-Fühlen. In der Nachbesprechung log ich, dass ich nichts gedacht habe. War ja nicht wirklich gelogen. Erstarrung eben. Lange habe ich diese beim Meditieren eingesetzt. Das eigentlich angestrebte innere Loslassen - der mögliche Gewinn einer Meditation - konnte so wenig Raum finden.
Aufgeben? Nein. Vielleicht tut sich mit der Zeit etwas bei mir. In einer Gruppe zu schweigen, die mir nach und nach vertraut wurde und in der ich mich entspannt sicher fühlen konnte, gab mir wenigstens ein Gefühl kleiner Geborgenheit.
Der Spruch des Dalai-Lama: „Lass den Gedanken fallen“, geht das? Meines Wissens ist unser Gehirn nicht in der Lage, nichts zu denken. Bei Auftauchen negativer Gedanken half erstmal die Konzentration auf den Atem. Dann versuchte ich, mit liebevollen Gedanken Kontakt zu meinem inneren Kind herzustellen. Kurz ging das. Aber schnell tauchten dabei wieder schreckliche Kindheitserlebnisse auf. Atmen! Mein Bauch bewegt sich sanft. So rettete ich mich mühsam über die Zeit. Das Läuten des Gongs erlöste mich nach gefühlten drei Stunden. In echt: fünfzig Minuten. Freundliche Gespräche im Anschluss bei einem Bierchen in der Kneipe gegenüber holten mich wieder runter. Gut, dass ich nicht das Depressionsgen habe. Nach Jahren in dieser Gruppe erfuhr ich in einem Magazin, dass Meditation für alle Menschen hilfreich ist, außer für Traumatisierte. Deshalb meldete ich mich bei meinen Meditationslehrern ab und verlor nun auch diese Geborgenheit.

Fahrrad fahren wurde schwierig wegen meines mangelnden Gleichgewichts beim Anfahren und wegen meiner mangelnden Ausdauer. Deshalb kaufte ich mir ein gebrauchtes E-Rad. Das war klasse: Sattel runtergestellt, beide Füße auf den Boden, sicher anfahren, ohne die Füße ganz vom Boden zu nehmen, erst bei Stabilität durch die Geschwindigkeit Füße auf die Pedale und treten. Nun konnte ich sicherer durch die Gegend radeln und dank der Unterstützung durch den Motor auch schon mal wieder kleinere Ausflüge unternehmen.

Tagebuch, 19. November 2008:
„Gestern war ich zu einem Vortrag über die Grinberg Methode mit kurzen Übungen zum Mitmachen. Ein bisschen Hoffnung keimt in mir auf. STOPPEN scheint mir kraftvoller, aktiver als LOSLASSEN, welches bei mir zu Leere führte. Vielleicht bringt mich das voran. Bei der Lektüre von Clemens Kubys „Unterwegs in die nächste Dimension“ habe ich gestern begriffen: Ich muss noch stärker an meine Selbstheilungskräfte glauben.“

Meine Selbstheilungskräfte, was genau kann ich damit anfangen. Marlies gab mir Gerald Hüther zu lesen: „Biologie der Angst“. Das verblüffte mich kolossal. Im Folgenden einige Zitate:
„In unserem Gehirn gibt es eine Unmenge verschlungener Pfade. Viele davon werden im Lauf unseres Lebens und in Abhängigkeit davon, wie oft wir sie in unseren Gedanken beschreiten, zu leicht begehbaren Wegen, zu glatten Straßen oder gar zu breiten Autobahnen. Wem es wichtig geworden ist, sein Ziel möglichst schnell … zu erreichen, der übersieht all zu leicht die verträumten Pfade, die sonnigen Feldwege und die beschaulichen Nebenstraßen, die ebenfalls dorthin führen. Sie wachsen so allmählich zu und sind irgendwann kaum noch

begehbar."
Ja, ich werde neue Wege suchen, wurde mir immer klarer.
Hüther weiter: „All die kleinen Erfolge, die eine Stressreaktion kontrollierbar machen, bahnen Verschaltungen in einem Gehirn, die ein Mensch fortan bei der Suche nach dem Glück immer wieder benutzt." Und: „Wenn die Probleme eines Menschen riesengroß werden, kommt es wieder, dieses sonderbare, schon längst vergessene und für immer überwunden geglaubte Gefühl im Bauch. Man macht noch einige vergebliche Versuche, mit den alten Strategien durch die neuen Anforderungen zu kommen, und dann steckt die Karre endgültig fest."
Gerald Hüther hat hier wohl beschrieben, wie mein Leben mit langem Anlauf an die Wand gefahren war. Weiter schreibt er: „Wir haben die Stressreaktion nicht deshalb, damit wir krank werden, sondern damit wir uns ändern können. Krank werden wir erst dann, wenn wir die Chancen, die sie uns bietet, nicht nutzen, wenn wir uns weigern, die Angst zuzulassen und unsere Ohnmacht einzugestehen. … Schwere, unkontrollierbare Belastungen ermöglichen … die Neuorientierung und Reorganisation von bisherigen Verhaltensmustern … Es konnte gezeigt werden, dass im Gehirn dieselben Neuronenverbände mit nahezu derselben Intensität angesprochen werden – unabhängig davon, ob man eine Situation tatsächlich erlebt oder „nur" in der Fantasie."

Durch dieses Buch wurde ich stärker motiviert auf neuen Pfaden zu wandeln und ich freute mich: So, die Wissenschaft kann heute belegen, was die Esoterik schon ewig propagiert. Was früher abfällig mit dem Kommentar „Einbildung" abgewertet wurde, ist jetzt mit naturwissenschaftlichen Methoden als äußerst wirksame Gehirnaktivität belegt.
Hüther: „Unser Gehirn kann nicht zwischen Realität und Fantasie unterscheiden. Beim bloßen Gedanken an eine Situation schickt es Botenstoffe los. Z. B. beim Erinnern an Glücks-

momente feuert es aufhellende Opioide. Es reicht, Bilder in unserer Vorstellung zu produzieren." - Phänomenal! - „Gelingt es z. B., mir intensiv einen Ort vorzustellen, an dem ich mich sicher fühle, dann kann ich in genau diesem Moment auch ein Gefühl von Sicherheit und Geborgenheit spüren (oder zunächst vielleicht nur ahnen)", so Hüther.
Nun erinnerte ich mich häufiger an schöne Momente in meinem früheren Leben. Mein High-Light-Programm. Dabei ging es mir leidlich. Das war ein Anfang.
Zur Bestätigung las ich einige Jahre später bei Stefan Klein in „Die Glücksformel": „In Erwartung eines freudigen Ereignisses schüttet das Gehirn Botenstoffe aus, die uns Lust erleben lassen." Und: „Wenn Sie glücklich sind, pulsiert das Blut schneller in Ihren Adern, die Hauttemperatur steigt, der elektrische Widerstand sinkt, entspannen sich die Muskeln, und werden geschmeidiger."
Guni und Philipp wären begeistert gewesen über solch neue Gedanken. Voller Optimismus freute ich mich stärker, zu meiner Heilung beitragen zu können.

Psycho-Therapie – Noch einmal

In etlichen Jahren Psychotherapie war ich auf Faustkeilen Rollschuh gelaufen mit dem Ziel, eine dauerhafte achtsame Partnerschaft zu gewinnen. Nun musste es noch einmal angegangen werden. In einem Workshop ging es um Bindung, und ich traute mich zu einer Session mit einer Therapeutin meines Alters. Ihre weiche Stimme sprach mich an und - auf einer Matte liegend - blickte ich in ein zugewandtes Gesicht, empfand spontan Vertrauen und verabredete anschließend einen Termin mit ihr.

Tagebuch, 30. Dezember 2008
„Ich war zum ersten Mal zur Körpertherapie. Ursula ist mir sympathisch. Ich werde mich bestimmt eines Tages bei ihr emotional öffnen."

Bei Ursula fühlte ich mich von Anfang an angenommen, geborgen und sicher. Ihre Hand sanft auf meinem Herzen, wurde ich von ihr gefragt: „Was fühlst du jetzt?"
Befangen höre ich mich plötzlich über die Lippen bringen: „Ich bin minderwertig." Mir stockt der Atem.
Mein Unterbewusstsein steht schonungslos auf der Matte.
Ursula sieht mich liebevoll an, ihre Hand weiter leicht auf meinem Herzen. „Wo ist dein Atem?"
Leise befand sich da auf einmal eine weiche Insel in meiner Schotterwüste.

Tagebuch, 5. Januar 2009
„Heute in der Therapie gelernt: Meine guten Seiten, wie mein Feingefühl, sind nicht nur Kompensation."

Ursula stärkte mir jede Woche mein Herz und erinnerte mich unaufhörlich an meine Stärken. Sie bot mir folgendes aufbauendes Programm:

„Geborgen im tiefsten Grund meines Herzens habe ich Fähigkeiten: Feinfühligkeit, Einfühlungsvermögen, Ehrlichkeit, Anständigkeit, Humor, Kontakt knüpfen, Kreativität, Interesse wecken, motivieren, Zugang ermöglichen, begeistern, organisieren, tatkräftig sein"

Ursula kann ich glauben. Nach Monaten freundete ich mich mit meinem Herzen an. Es sagte mir: „Ich bin klein, aber oho!"
Gerührt strömte ein Lächeln in mein Gesicht. Ein erstes Glücksgefühl in der Krise erschien, und etwas Selbstvertrauen

zog ein.
S. Schönemann/Ulrike Fach schrieben in der Zeitschrift „Sein“: „Die Aussicht auf Heilung veranlasst das Gehirn dazu, neue neuronale Netzwerke zu produzieren und die Bildung körpereigener Wirkstoffe zu bewirken, die Heilungsprozesse einleiten. Entscheidend dabei ist die Überzeugung des Patienten … und der unbedingte Wille, wieder gesund zu werden.
Ja, Überzeugung und Wille. Hatte ich beides. Mein Gehirn ist also gut versorgt, um meine eigene Medizin herzustellen.

Tagebuch, 3. Februar 2009
„Traum: *Mit einem Riesenspaß sause ich leicht, kraftvoll und elegant mit Skiern über die Piste. Auf einer recht flachen Strecke habe ich es dann mal laufen lassen (Schussfahrt). Irgendwer, den ich Huckepack hatte, meinte: Jetzt wird es zu schnell. Da habe ich sanfte Schwünge eingeschoben, um das Tempo zu reduzieren. Alles wunderbar.*“

Meine Träume gaben mir hin und wieder Kraft, und von Ursula erhielt ich Halt. Sie sagte, dass gerade diejenigen, die eine schwere Zeit überstanden haben, besonders sensibel und stark daraus hervorgehen.

Weiterleben – von Oase zu Oase

Nun, am Stadtrand mit viel Natur gelandet hangelte ich mich in meiner Einsamkeitswüste von Oase zu Oase. Bei Lieselotte und Wilfried in Hesselbach tankte ich Geborgenheit und dörflich Ruhe, frönte meiner Seelenmassage, indem ich mit meinem neuen digitalen Aufnahmegerät die dörflichen Laute festhielt: das Kirchenglöckchen mit Kinderstimmen, Hühnergegackse, Pferde Wiehern und Kuh muhen.

Und meine Leidenschaft fürs Bootfahren wollte ich ausleben trotz meiner körperlichen Eingeschränktheit. Da ich im Sitzen nicht mit dem Gleichgewicht kämpfen muss, ist meine Ausdauer beim Paddeln höher als beim Laufen oder Radeln. Auf einem See gibt es ja keine Schlaglöcher. Die nächste Oase wurde eine Gruppen-Kanutour - mit älteren Damen von Hotel zu Hotel - durch die vertraute Mecklenburgische Seenplatte. Es tat ausnehmend gut, drei Jahre nach Beendigung der Reiseleitertätigkeit meine Erfahrung und mein Organisationstalent noch einmal einbringen zu können.
Tagebuch, 20. Juni 2009:
„In einem Traum teile ich irgendwem mit: *Ich bin wieder gesund.* - Wenn ich so träume, bin ich doch auf einem guten Weg."

Im folgenden Sommer genoss ich mit fröhlichen Freundinnen das Hausbootfahren.

Tagebuch, 18. März 2011:
„Lese grad zum zweiten Mal das Buch „Aussöhnung mit dem inneren Kind". Jetzt, vier Jahre später, ist mein Zugang emotionaler. Dabei laut ausprobiert: Kinderstimme und Erwachsenenstimme. Mit riesigem Erfolg: Viel Liebe zu meinem Kind. Es hat Humor, schimpft mit meiner inneren Erwachsenen. Die hat Verständnis und entschuldigt sich. Beide lachen zusammen, fragen sich gegenseitig, wie es der anderen geht, besprechen den nächsten Schritt. Ich fühle mich wohl mit der inneren Erwachsenen. Sie ist liebevoll, klug und fürsorglich."

Musik hören bestärkte meine Fähigkeit, mich anzunehmen. Besonders berührte mich das Largo „Die Melodie des Regens" mit Gewitter. Und ich wünschte mir dies zur Trauerfeier am Ende meines Lebens. Das wird ein passender Abgang werden.

Alice Millers Werk: „Abbruch der Schweigemauer“ riss mich aus allen Träumen. Jetzt begriff ich, was in meinem Leben stattgefunden hatte, wie verwirrt ich jahrzehntelang gewesen war. Alice Miller schrieb: „Ich habe es (das kleine Kind damals) verraten müssen, weil niemand mir geholfen hat, die Wahrheit zu sehen und sie auszuhalten.“
Vor Jahren bereits hatte ich einiges über das kleine Kind in mir gelernt. Jetzt tauchte DER Begriff auf: „Wahrheit“. Alice Miller: „Kindesmisshandlungen sind ein Verbrechen. ´Sie wollen doch nicht etwa Eltern beschuldigen`- wird man in drohendem Tonfall gefragt. Natürlich tue ich das … Warum sollten Eltern den größten Freibrief für Verbrechen genießen?“
Mir fiel wieder ein, wie ich mir vor ungefähr 30 Jahren in meiner Fantasie vorgestellt hatte, meine Mutter sitze vor einem Richter auf der Anklagebank. Eine bewegende Bestätigung für mich. Da die meisten Quälereien, die ich von meiner Mutter in Abständen jahrzehntelang habe hinnehmen müssen, nicht sichtlich brutal waren, hatte ich sie nicht als schwerwiegend erkannt. Nun wurde mir nach diesen Zeilen erstmals die Tragweite, die tatsächliche Dimension, die Ungeheuerlichkeit der ständig neuen Demütigungen bewusst. Sie waren für mich zerstörerischer als alle Schläge, die ich von Mutter erhalten hatte. Jetzt verstand ich KZ-Überlebende, die äußerten, dass das Schlimmste für sie die Demütigungen waren.
Mit 63 Jahren hatte ich begriffen, wie mein Leben verstümmelt worden war. Entsetzen erfasste mich. Äußerungen von Freundinnen: „Das liegt doch nun schon so lange zurück. Das solltest du mal abhaken“ wurden mir endlich als verharmlosendes Bagatellisieren deutlich. Traumata können nicht abgehakt werden. Dies hatte ich immer wahrgenommen, mich aber auch

mies gefühlt, weil ich so viel in der Vergangenheit herumstocherte und Freundis damit nervte.
Alice Miller: „... was früher als Sünde angesehen wurde, nämlich die Kritik an den Eltern, im Grunde unsere einzige Chance ist, gesund zu werden." Und: „Weshalb ist es nicht verboten, ein wehrloses Kind zu misshandeln, wenn es doch eindeutig strafbar ist, einen erwachsenen Menschen zu misshandeln, der sich immerhin noch wehren kann?" Leider hat sie den juristischen Fortschritt diesbezüglich nicht mehr erleben dürfen. Ach, Frau Miller, wie gern hätte ich Sie kennengelernt, mich mit Ihnen umarmt. Dieses Buch fesselte mich. Endlich hatte ich etwas gefunden, was mir den Schleier um meinen Kopf entriss. Und ich erhielt eine Bestätigung, dass ich auf einem richtigen Weg bin, wenn ich meine schrecklichen Kindheitserinnerungen aufschreibe.
Radikal wandelte sich meine Neigung zum Erstarren in Empörung und Zorn. Endlich konnte ich laut ausrufen, allein, zu Hause, ein halbes Jahr nach dem Tod meiner Mutter: „Jetzt hast du ausgeschissen, du Scheusal!!!!" - Vor wenigen Jahren hatte sie bei einem Darmkatarrh ihre Wohnung mit Fäkalien besudelt, ich stundenlang mit Gummihandschuhen und Desinfektionsmittel alles beseitigt. Ohne Dank dafür. Bei dieser Arbeit empfand ich endlich mal Wut: Immer muss ich ihren Scheiß wegmachen! Wenigstens hatte ich ihre vollgeschissenen Kleidungsstücke in eine Plastiktüte gestopft und meinem Bruder übergeben: „Die kannst du mal in die Waschmaschine stecken."
Frau Miller: „Ich versuche in diesem Buch zu zeigen, weshalb wir sowohl als Individuen als auch als Gesellschaft nicht auf die Wahrheit verzichten können noch dürfen. ... Mit Hilfe ihrer Wahrheit können sich Überlebende der Misshandlungen von deren Folgen befreien."
Ich bin kein schlechter Mensch, wenn ich diese ausspreche. Nur nicht schweigen! Die Wahrheit wurde mein Thema.

Verzeihen ! ?

Alice Miller schreibt: „Heute weiß ich, dass wir nicht frei werden, wenn wir die in der Kindheit erlittenen Grausamkeiten … bagatellisieren und verzeihen, … denn Verzeihen löst den latenten Hass und Selbsthass nicht auf, sondern überdeckt ihn vielmehr."
Dies las ich mit Bestürzung. Ständig hatte ich von mir erwartet, meiner Mutter verzeihen zu müssen. Christliches Gedankengut hatte ewig in mir gewabert und mich etliche Bemühungen gekostet, ein guter Mensch zu sein. Bis zur nächsten Attacke von Mutter. Verzeihen – neue Attacke – Verzeihen – neue Attacke – jahrzehntelang. Hätte ich sie doch bloß mit ihren verletzenden Worten konfrontieren können. Wenn es Bestandteil meiner Psychotherapie gewesen wäre, eine solche Konfrontation vorzubereiten und zu begleiten, das vermutlich, hätte mir geholfen. Vielleicht hätte Mutter so wenigstens einmal gesagt: *„Tut mir leid, das war bestimmt nicht schön für dich …"* oder so ähnlich. Vermutlich wäre ich berührt und zu heilsamem Verzeihen in der Lage gewesen. Meiner Mutter heute zu verzeihen, wäre nicht heilbar für mich. Mit der Energie, die ich für Verdrängen und Kompensieren verschleudert habe, könnte ich den Leuchtturm von Kap Arkona bis nach Trelleborg scheinen lassen. Mindestens 1000 Nächte.

Autoaggression ?

Alice Miller schrieb: „Die nie erfahrene Wahrheit, die nie erfolgte Konfrontation, das falsche Verzeihen … hat die Folge, Aggression … wenn nicht gegen andere, dann gegen sich selbst

zu haben.“
Ein Gewitter tobt durch mein Gehirn: MS ist eine Form der Selbstaggression! In mir tauchte eine dunkle Erinnerung auf: Harte, hektische Hände denen ich als Kleinkind bei der Körperpflege ausgesetzt worden sein muss. Bin ich vielleicht heute autoaggressiv? Übernehmen meine Hände die Aggressionen von Mutters Händen? Hat das Zwieseln in meinen Lippen, meine verspannte Zunge bei Reinigungsarbeiten damit zu tun? Ich musste mir eingestehen: Manche Arbeiten mit den Händen fühlen sich aggressiv an. Ich schämte mich vor mir selbst: Niemand darf das wissen, dass ich so bin, nicht einmal meine Therapeutin. Ratlos schaute ich aus dem Fenster, betrachtete die Wolkenformationen, und wusste: Ich muss mich konzentrieren. Mehr denn je. Atmen, munterte ich mich auf. Und mein Kopf fing wieder an zu arbeiten, wehrte aufkommende Verzweiflung ab: Oh Gott, wie komme ich darüber hinweg? In meinen vergangenen Therapien hatte ich erfahren, dass alles Erinnern, Bewusstmachen und Verstehen Linderung gebracht hatte. Und einige Verhaltensänderungen. Aber altes Übel auf diese Art überwinden können, das funktionierte bei mir nicht. Punktuell war es mir schon gelungen, einiges besser zu machen, aber nicht kontinuierlich. Der blanke Horror: Rückfälle!
Wie kann ich jetzt damit umgehen? Was tun? Visualisieren! Ich stellte mir bei meiner Körperpflege vor: Toni, mein Kindermädchen, berührt mich liebevoll. Ich sprach mit ihrer Stimme zu mir: „So meine Süße, jetzt hast du einen prima sauberen Popo, bist schön eingecremt. Gib mir mal ein Füßchen, schwupps, isses in der Strampelhose, und nun das andere.“ Ich stellte mir vor, wie sie mir beim Zuknöpfen ein Lied singt und mich zum Schluss in den Arm nimmt. Wunderschön. Ich umarmte mich selbst, spürte ein Lächeln in meinem Gesicht.
Aber morgens beim Erwachen stand dieses Gefühl des alles umfassenden Gequält-Seins weiter im Raum. Mein Gesicht schmerzte. Im Schlaf kann ich nicht visualisieren! Vielleicht

sollte ich mal einen Kurs finden, wie man seine Träume beeinflusst? Gibt es den? Alles Quatsch natürlich! Ich werde meinen Weg finden. Beim Abtrocknen meiner Zehen zum Beispiel halte ich kurz inne, atme bewusst, nehme das Nachlassen der Verspannungen wahr, dann erst zwänge ich vorsichtig das Handtuch zart in die Lücken. Aber ständig kamen Gesichtsverspannungen bei allen weiteren Reinigungsarbeiten wieder. Indes, es gab eine neue Aussicht. Ein Versuch: Ich formte meine Lippen zu einem Kussmund. Das löste die Verspannung. Aber als ich das vor dem Spiegel probierte, sah ich welche gemeinen Falten sich dabei über der Oberlippe bildeten und suchte diese sofort wieder weg zu massieren. Dies nun erwies sich als eine Entdeckung: Gesichtsmassage! Regelmäßig massierte ich dieses nun und belegte es mit warmen Kompressen, genoss die Erleichterung und das nahezu unbeschreibliche Wohlbehagen danach. Mir wurde deutlich: Meine Todesgedanken hatten mir dazu gedient, mich vom Leiden zu befreien, jetzt plötzlich kam mir in den Sinn: Es wäre Selbstaggression! Und damit letztlich ein von mir Weiterführen der mütterlichen Taten an mir selbst! Das werde ich nie tun!!! Wenn ich sterben würde, wäre all mein Mühen umsonst gewesen. Niemals! Ich bin gut zu mir. Sofort. Und werde es immer sein. Endgültig beendete ich meine Suizidgedanken. Die Krise war vorbei.
In einem Jahr sollen in Deutschland 10 000 Menschen Suizid begehen. Unfassbar!

Das schwierige Leben

Weiter las ich bei Alice Miller: „…ein gequältes Kind, das sich nicht wehren darf, dem es verboten ist, zu weinen, zu schreien, wütend zu sein, einfach zu leben, von dem nur Gehorsam und gutes Benehmen erwartet wird … es bleibt ihm, wenn es die

Begabung hat, nichts anderes übrig, als einen herausragenden Intellekt zu entwickeln."

Ja, fühlte ich mich getroffen. Was habe ich doch alles unternommen, um zu verstehen und mit dem Verstand einen Weg zu finden. Mit Teilerfolgen, jedoch nicht so entscheidend, dass mein Leben eine grundsätzliche positive, vor allem dauerhafte Wendung erfahren hätte.

Der Modespruch: „Du bist zu sehr im Kopf, geh mal in deinen Bauch." tauchte wieder auf. Was soll ein Verwirrter ohne Selbstwertgefühl da? Dieser Spruch bringt mich auf die Palme. Könnte ich doch bloß gut reden und dem Schlaumeier darlegen, wie es im Bauch chronisch Traumatisierter aussieht.

Tagsüber in Kontakt mit anderen Menschen brauchte ich mich nicht anstrengen. Da befand ich mich vorwiegend bei den anderen und in der jeweiligen Situation. Im Hier und Jetzt. Die erwachsene Sabine mit all ihren guten Seiten. Da ging es. Aber wehe, wenn ich kritisiert wurde! Anfänglich versank ich ins alte Muster in welchem sich dieses elende Minderwertigkeitsgefühl wieder meiner bemächtigte! Ich hör schon wieder andere: „Hör auf damit! Das hast du doch gar nicht nötig." Die haben keine Ahnung. Man kann schlichtweg nicht ohne weiteres mit einem Gefühl aufhören!

Tagebuch 2011

„Ich verstehe nicht den Unterschied zwischen Liebe, sexueller Liebe und gernhaben. Die biblische Forderung: *Liebe deinen Nächsten wie dich selbst*, finde ich quatsch. Wer sich selbst liebt, liebt doch auch seinen Nächsten. Bei mir hieße es besser: *Liebe dich wie deinen Nächsten.* Seit Ewigkeiten gehe ich gut mit mir um. Mein Selbstbewusstsein ist groß. Vom Intellekt her. Aber tief in meinem Unterbewusstsein war die Botschaft meiner Mutter aktiv „D*u bist minderwertig*". Diesen Widerspruch kann ich jetzt nicht ohne weiteres ablegen, weil ich das möchte, brauche konkrete Maßnahmen dazu! Mit welcher konkreten Übung sollte ich mich wert fühlen und unabhängig werden?“

Hoffnungslosigkeit kroch in solchen Situationen in mir hoch. Nein, raffte ich mich zusammen und mein Gehirn kochte hoch: Jetzt werde ich mir etwas einfallen lassen, was ich fühle, denke, tue, wenn ich kritisiert werde. Und was? Visualisieren und affirmieren. Wie anstrengend. Spontan in einer alltäglichen Situation und dann auch noch im Affekt! Herrjemine: Konzentration! Da habe ich es wieder: Meine Super-Schwäche! Es hilft alles nichts. Unaufhaltsam versuchte ich es erneut. In den Bauch atmen, Visualisieren, Affirmieren, mich wieder auf meine starken Seiten konzentrieren. Mir selbst zu verzeihen war ich noch nicht in der Lage. Wie gern hätte ich mich mit Menschen ausgetauscht, die ähnliches erlebten.
Und dann ein Schreck: Bei Alice Miller las ich in „Revolte des Körpers“, dass die Lebensgeschichte im Körper gespeichert ist. Angst erklomm mich.
Meine Therapeutin stärkte mich ein ums andere Mal, um mich wert zu fühlen. Ihre Hand auf meinem Herzen, kam die Erinnerung in mir hoch, wie Mutter eine Pistole auf mich gerichtet und dreimal abgedrückt hatte. Mit entsetztem Tonfall und erschrockenem Gesicht entfuhr es Ursula: „Das ist ja grausam!“ In diesem Moment spürte ich heftig meinen Schmerz und konnte weinen. Ich fühlte! In all den Jahrzehnten hatte mir das Bewusstsein gefehlt, dass ich traumatisiert worden war in dieser Situation. Verachtung für meine Mutter hatte mir jahrzehntelang den Weg zur Trauer versperrt. Es tat mir gut, nun endlich meine Tränen zu spüren. Ich hatte die Kurve gekriegt. An meiner Seite Ursula mit ihrer weichen Stimme. Ihr bin ich unendlich dankbar.
Tagebuch 2011:
„Ich möchte die Empörung bei anderen wahrnehmen, wenn ich über meine Kindheit berichte. Nur Ulrich empörte sich. Ich vermisse ihn. Nur meine Therapeutin ist meine *Wissende Zeugin.* Sie hat mir ausdauernd meine guten Eigenschaften vor die Nase

gehalten. Allerdings: Diese Stärken sitzen nicht. Sie zu genießen, gelingt mir kaum. In meiner Verwirrung kann ich oft nicht unterscheiden, ob ich jetzt gerade wirklich stark bin oder nur kompensiere. Ich muss mir Halt geben: Mein Gott, ja, irgendwie bin ich doch eine Persönlichkeit."

Ursula hielt mich weiter an. „Spüre dein Herz!" Wie wichtig mir diese Wiederholungen geworden waren. So kann ich meinen Selbstwert fühlen. Trotzdem ging es oft wild durcheinander mit meinen Gehirnkarussell:
Ich muss mit kräftiger Stimme aussprechen, was mich bewegt. Ich darf Wut äußern, wenn passend. Ich darf Fehler machen. Deshalb bin ich nicht als gesamte Person fehlerhaft. Ich brauche Mut, um meine Schwächen zu zeigen. Alte Synapsen-Verbindungen kappe ich jetzt in meiner Vorstellung. Wenn das doch bloß funktionieren würde! Konzentration! Oh je, mein Unterbewusstsein schießt ständig falsch quer.

Wie anstrengend. Ursula ermutigte mich: „Du hast gute Aussichten. Dein Humor und deine Kreativität sind deine Stärken." Sie brachte mich auf einen für mich neuen Gedanken: Ich brauch mich nicht mehr anzustrengen, Gutes zu tun. Ich kann Vertrauen in mich haben, nur Sein statt Tun. Ich besann mich auf mein neues zartes Selbstwertgefühl!

Tagebuch, 24. November 2011:
„ICH MUSS NIX MACHEN!"

Und doch: Nur mit dem Kopf konnte ich meinen Körper entspannen. Immerhin funktionierte bei mir stets mein gutes Bauchgefühl bei der Wahrnehmung der Körpersprache anderer Menschen. Einen anderen Menschen spontan lächeln, oder sich ästhetisch bewegen zu sehen, eine freundliche Stimme zu hören, das inspiriert mich!

Tagebuch, 5. Mai 2012
„Man darf sich die Zukunft positiv fantasieren, auch auf die Gefahr hin, enttäuscht zu werden, las ich irgendwo."

Glück des Hier und Jetzt

In dieser Zeit, 64 Jahre alt und durch den Tod meines Bruders in ein weiteres Tief gefallen, suchte ich mich aufzubauen mit erheiternden Momenten in meinem Leben. Da half es mir, zu wissen, welches Glück ich hatte, unter guten Allgemein-Bedingungen aufgewachsen zu sein.

Ich notierte Details:

Ich gehöre zu einer ausnehmend privilegierten Bevölkerungsgruppe. Vielleicht die einzige Generation, die es je gut getroffen hatte.

<u>Epoche:</u>
Im Frieden, zwei Jahre nach Kriegsende, geboren lebe ich in einer nie dagewesenen Demokratie. Ohne Hungersnot, kaum Armut. Aufbruch in eine neue geistige Aufklärung Antiautorität, Friedensbewegung, Psychotherapie. Zum ersten Mal wurden von der UNO Menschenrechte erklärt. Das Kinderschutzgesetz greift weiter durch. 2000, spät zwar, wurde es konsequent ins Grundgesetz aufgenommen:
„Kinder haben ein Recht auf gewaltfreie Erziehung. Körperliche Bestrafungen, seelische Verletzungen und andere entwürdigende Maßnahmen sind unzulässig."
Der Wohlstand wächst seit 1948 - materiell und menschlich.

1950-iger Jahre:
- Spielen mit viel Bewegung an der frischen Luft (keine elektronischen Medien)
- Spielen mit selbst gebastelten Spielzeugen (z. B. Windvogel aus Holzleisten und Papier)
- wenig Lärm (kaum Autos, kaum maschinelle Haushalts- u. Gartengeräte)
- nachts die Milchstraße sehen (geringe Beleuchtung der Städte)
- persönliche Gespräche beim Einkauf im Tante-Emma-Laden
- wenig Süßigkeiten
- ausreichende und relativ gesunde Ernährung
- Milch kaufen von umherfahrenden Milchbauern
- Klüngelskerle (fahrende Schrotthändler mit Pferdewagen und Flöte)
  gaben uns ein paar Pfennige für altes Eisen und die Gelegenheit,
  ein Stück auf dem Kutschbock mitzufahren
- Schneekristalle auf der Schiefertafel fangen
- bei Klassen-Ausflügen romantisch-heiter „Im Früh-Tau zu Berge"
  singen

Jugendliche in den 1960-iger Jahre:
- besaßen kaum Druck, Ansehen gekünstelt zu ergattern wie z. B. über Markenartikelkleidung
- konnten ohne größere Sanktionen legere Kleidung tragen (erste Jeans, auch bei Mädchen)
- erlebten eine Wende in der Musik - vom deutschen Liedgut über Swing, Boogie-Woogie, Rock'n Roll zum Beat
- besaßen materielle Sicherheit: ein Speichenschloss am Fahrrad genügte z. B.
- kannten weder Umweltprobleme noch Terrorismus

Junge Erwachsene in den 1970/80-iger Jahren:

- nach der Schule erhielten nahezu alle einen Ausbildungsplatz.
- nach der Berufsausbildung gab es für jeden einen Arbeitsplatz
- Karrieremöglichkeiten ohne großen Konkurrenzdruck
- Aussteigermöglichkeiten ohne zwingende Armutsfolgen
- Lebendige Kommunikation durch Auflockerung hierarchischer Strukturen
- Beginn einer Bewegung zu emanzipierten, weniger autoritären, zwischenmenschlichen Beziehungen
- öffentliches Ernstnehmen der menschlichen Gefühle (moderne psychologische Therapien)
- deutliche Fortschritte in der Emanzipation von Frauen
- Entstehen zahlreicher kreativer Projekte (antiautoritäre Kinderläden, Abenteuerspielplätze, Koedukation, Freie Schulen,
  Off-Theater, erste Bioläden)
- gesellschaftlicher Aufbruch, Anti-AKW- und Friedensbewegung,
  politische Basisgruppen, Arbeits-Kooperationen, Bio-Landwirtschaft, Fair-Trade-Handel, effiziente Nutzung erneuerbarer Energien wie Sonne, Wind, Wasser etc.
- Befreiung der Sexualität durch Auflösung beklemmender Moral

Region:

- fruchtbare grüne abwechslungsreiche Landschaften, mildes Klima
- nahezu keine Gefahr von Naturkatastrophen wie Erdbeben, Vulkanausbrüchen, Wirbelstürmen, Überschwemmungen, Dürre
- Faszinierende Architektur (von Kathedralen, Schlössern, Fachwerk
  über Neoklassizismus, Gründerzeit und Jugendstil zum

Bauhaus)
- Die Menschen im Ruhrgebiet besitzen eine ausgesprochene Warmherzigkeit, Zugewandtheit und Heiterkeit.

Dies alles zu sammeln, machte mich mal recht zufrieden.

Imagination für Fortgeschrittene

Ich erwarb eine CD „Visualisierung bei Multipler Sklerose“ von B. Fell. Aus dieser CD, nicht so ganz mein Fall, schöpfte ich neue eigene Visualisierungen, sprach die Oligodendrozyten, dort Ollis genannt, mit Jungs an:
„Hallo, Jungs, aufi, aufi. Ihr dürft mal wieder euer Bestes geben und zeigen, was ihr draufhabt. Seht ihr die schlampig reparierten Nervenhüllen? Kein Wunder! Das habt ihr unter Zeitdruck schaffen müssen damit es mir schnell wieder besser ging, und ich das Krankenhaus verlassen konnte. Danke dafür. Jetzt dürft ihr da noch mal ran! Alles in Ruhe ausbessern. Erst die harte Schicht vorsichtig aufweichen und in die Wüste schicken, dann langsam Schicht um Schicht eine neue exzellente Myelinhülle fabrizieren. Dafür begleite ich euch liebevoll in Gedanken und gebe euch lecker zu essen und besonders viel Energie aus der Verbrennung meines Leberfettes. Wusch. Da staunt ihr, was?“
„Hey Sabine, das klingt ja doll! Das traust du uns zu? So eine schwere Arbeit. Das wird nicht leicht!“
„Nee, nä. Türlich nicht! Das ist doll schwer. Weiß ich. Aber ihr habt das Zeug dazu. Weiß ich auch.“
„Und kann dauern.“
„Ja, klar. Arbeitet in Ruhe. Ich habe Geduld.“
Damit ging es mir klasse. Dieses Programm spule ich seitdem in vielen Varianten täglich ab. Auch so: „Euer Tempo geht mir auf den Geist. Wie die Politiker!“

Die Jungs: „Dafür wird's bei uns echt solide."

Im Newsletter der DMSG, Deutsche-MS-Gesellschaft, stand: Forscher haben festgestellt, dass die T-Zellen bei MS-Kranken während der Lungenpassage krankhaft umprogrammiert werden. Daraus kreierte ich eine neue Imagination:
„Hallo ihr Lieben T-Zellen, jetzt geht es wieder los, aufi, aufi! Superstabil marschiert ihr durch die Lunge und kommt sauber programmiert da durch. Ihr könnt weiter euren normalen Job erledigen - Schädlinge aufspüren und auffuttern."
Antwort meiner Zellen: „Supi! - die schmecken sowieso am besten."

Hilla aus der Meditations-Gruppe, mit der ich mich angefreundet hatte, schenkte mir „Der zweite Code" von Peter Spork: „Wir stehen an der Schwelle zu einem neuen Denken in der Biologie … denn der neue Zweig der Genetik liefert das lange gesuchte Bindeglied zwischen der Umwelt und den Genen." Ich wurde neugierig, wie mir das vielleicht helfen kann. „Die Epigenetik macht uns neue Hoffnung, dass auch wir uns verwandeln können, dass wir Macht über unser Erbgut haben. Das Potential für ein gesundes, langes Leben und für eine einnehmende Persönlichkeit steckt höchstwahrscheinlich in den Genen der meisten Menschen. Man muss nur den Weg finden, es abzurufen." Das inspirierte mich, einen weiteren neuen Weg zu suchen. „Die Werkzeuge des Epigenoms sind sogenannte epigenetische Schalter. Das Epigenom ist die Software, die den Zellen hilft, die Hardware - also ihren Gen Code - richtig einzusetzen." Und: „Das Epigenom definiert die Bestimmung einer Zelle. Es sagt dem Genom, was es aus seinem Potential machen soll. Es entscheidet, welches Gen zu welcher Zeit aktiv ist und welches nicht." Das haute mich um, galt doch bislang: „Gegen die Gene kannst du nichts machen." Nun doch! Gene haben Schalter. Klasse! Mensch und Umwelt nehmen Einfluss

drauf, wann sie geöffnet werden oder eben nicht. Bestärkt, da geht was, baute ich das sogleich in meine Imaginationen ein. Meine Fantasie ging ab wie die Post:
„Na ihr MS-Gene? Ihr seid abgeschaltet. Schlaft ihr schön? Gut so! Eure Schalter bleiben alle zu. Für immer!"
„Prima, da brauchen wir also nicht mehr arbeiten?"
„Nö, gar nicht"
Dabei sah ich wie die Schalter schlossen. Richtig gute Laune bekam ich dabei.
Peter Spork zitiert Moshe Szyf: „Die Epigenetik schenkt uns die Verantwortung für unser Handeln zurück."
Ja, es ist ein riesiges Gefühl, Verantwortung zu übernehmen. Ich kann, statt ans Schicksal zu glauben.
Ist religiöser Glauben nicht auch Imagination? Ich bin froh, dass es Kirchen gibt. Diese heilige Atmosphäre, die sie ausstrahlen, wirkt auch ohne Glauben ergreifend auf mich. Ich stelle mir vor, wie engagiert Baumeister diese entwarfen, wie aufwendig Handwerker all dies herstellten. Eine tiefe Ehrfurcht kommt dabei auf. Die Gläubigkeit bringt mit wundervoller Kraft viel Gutes hervor. War schon schön, als ich noch glaubte.

Tagebuch, Mai 2011:
„Traum: *Ich bin auf der Arbeit wieder bei SOLON. Etwas unsicher, aber froh, wieder dabei zu sein. Anpacken wollte ich. Arbeit könnte mich von meinem Elend ablenken.*"

Wenn ich mal wieder durchhing, fragte Ursula mich: „Und wenn du dir vorstellst, deine Freundin sei liebevoll bei dir?" Ach, Sina, meine alte Liebe, welch schöne Vorstellung. Vielleicht bringt es mich weiter, wenn ich in Kontakt zu ihr trete? Die Erkenntnis, dass der einzige Weg zur Heilung darin besteht, Gefühle zuzulassen, mich also nicht mehr vor Schmerzen zu schützen, gab mir den Mut, ein Treffen mit Sina anzugehen.
Alles was ich ihr sagen wollte, bereitete ich schriftlich vor, weil

ich es mir nur so zutraute. In einem langen Gespräch konnten wir über unsere vergangene Partnerschaft sinnen. Sie hörte mir zu, kommentierte wenig, teilte mir einiges von sich mit.

Tagebuch, Mitte Dezember 2011:
„Wir haben uns wiedergesehen. Meine Vermutung, dass sie mich wegen meiner Krankheit zurückgestoßen hatte, hat sie ungefragt bestätigt: *Mein größtes Trauma war die Krankheit meiner Schwester.* Und: *Deine Krankheit begann ja gleich so heftig.* - Ich bin nicht darauf eingegangen. Zu einem späteren Zeitpunkt möchte ich gern mit ihr einiges Alte ansprechen und versuchen, dies eventuell aufzuarbeiten. Bin erleichtert. Ich bin ihr noch wichtig. Sie möchte unsere Liebe auch in eine Freundschaft wandeln. Ich habe sie nicht völlig verloren! Sicher wird unsere Freundschaft jetzt echter als früher. Besonders wohl gefühlt habe ich mich mit ihr, weil mir klar wurde, dass sie auch einen wunderbaren Humor hat, nicht nur ich. Das war sicher ein wesentliches Merkmal unserer früheren Liebe und wird sicher auch unsere neue Freundschaft mitprägen. Die Abschiedsumarmung war herzlicher als die Begrüßungsumarmung. Wunderbar! Das lässt mich den Beginn einer neuen, anderen Freundschaft erwarten."

Das erste Wiedersehen wurde nicht so schmerzhaft, wie ich gefürchtet hatte. Erleichterung umhüllte mich, und es gelang mir, Fortschritte zu erkennen. Auch durch die Art, mich nicht mit anderen Menschen zu vergleichen, sondern mit mir, wie ich früher war. Unser Mail-Kontakt anschließend:
Ich: „Ich habe mich wohl gefühlt mit dir."
Ihre Antwort: „Ich fand es auch richtig schön mit uns."

Auf und Ab - und AUF

Auf und Ab

Freunde versuchten mir bisweilen einzureden, wie viel Vorteile das Singleleben haben kann. Aber wenn ich allein bin, fühle ich intensiv meine Einsamkeit. Ich bin kein Single. Ich bin alleinstehend.

Tagebuch, Januar 2012:
„Ursula sagte mir, vor wenigen Tagen: *Deine Hoffnung auf eine Freundschaft mit deiner früheren Partnerin schwächt dich.* Das war neu für mich. Jetzt fühle ich stärkere Trauer denn je. Realität anzusehen ist hier schmerzhaft. Ich war ja nicht unrealistisch, aber bei der Vorstellung, sie umarmt mich zärtlich, bekomme ich ein wohliges Bauchgefühl. Das versage ich mir jetzt. Kalter Entzug! Meine starken guten Seiten dienten vorwiegend der Tarnung meiner Minderwertigkeit. Obwohl ich dies genau verstanden habe, kann ich es schwer ändern. Alle Hilfe durch Ursula und eigene Selbsthilfe-Versuche wirken nur Sekunden. Furcht vor der Reaktion meiner Freundinnen. Werden sie die Achtung vor mir verlieren, wenn ich ihnen dieses mitteile?“

Ab und Auf

Im Spandauer Volksblatt stand ein Artikel über einen Gospelchor, der neue Sänger sucht. Dies traf meinen lang gehegten Wunsch, und ich traute mich wegen der Zeile: „Man muss nicht gut singen können.“ Gleich wurde ich freundlich aufgenommen. Unsere Chorleiterin, Erika, hat eine angenehme Art, uns anzuleiten, locker und humorvoll, sowie ein Händchen, neue Lieder herauszusuchen, eins schöner als das andere. Inmitten unserer Gruppe genieße ich die Töne um mich herum und wie sie heilsam aus meinem Bauch über die Brust durch die Kehle in den Raum strömen. Schwebe schon mal dahin. Und das, obwohl ich kaum Stimme habe. Konzentriert lausche ich meiner Nebenfrau und treffe meistens den richtigen Ton.

Tagebuch, 22. Mai 2012
„Heute bei Ursula gelernt: Ich kann einen Zugang zu meinem Herzen bekommen über das Gefühl der Dankbarkeit. Ich fühle Dankbarkeit: Dass ich überlebt habe, dass ich Toni hatte, Philipp, viele Freundis und an mich, weil ich mich unentwegt bemüht habe, zu heilen. Jetzt fühle ich Vertrauen, dass ich wirklich heile, seelisch und körperlich."

Auf und Ab

Bei der Vorstellung, eine neue Partnerin zu umarmen, erschlich mich die Empfindung des Fremdelns.

Tagebuch, 17. August 2012:
„Wahrscheinlich kann sich kein Mensch, vorstellen, wie sich meine Art von Minderwertigkeitsgefühl anfühlt. Soll auch keiner. Das ursprünglich neurotische Gefühl ist heute ersetzt durch die Erfahrung, dass ich viele Schwächen habe und zum Teil deshalb von meiner langjährigen Partnerin emotional verlassen worden bin. Bin ich so nicht tatsächlich minderwertig geworden? *Im Hier und jetzt Sein.* So ein Scheißgefühl. Diese Sprücheklopfer wissen nicht ansatzweise, was sie da fordern. Die Einsamkeit ist jetzt hier. Und die Krankheit. Und die Bedrohung von Armut."

Unsummen Geld für Psychotherapie und alternative Heilmethoden gab ich aus. Und für schöne Erlebnisse mit Freundinnen wie Ausflüge und kleine Reisen. Ich ängstigte mich: Wie lange hält mein Sparbuch noch?

Ab und Auf

Tagebuch, 3. Dezember 2012:
„Gestern Abend hundert Stimmen in der Nicolaikirche, Inge-

borgs Chor. Berauschend. Am Schluss berührte mich ein Ereignis: Alle Zuhörer durften mitsingen: *Der Mond ist aufgegangen.* Der Chor schwärmte aus in den ganzen Kirchenraum. Da taucht von hinten Ingeborgs Kopf dicht neben meinem auf, so dass wir unsere Stimmen zusammen hören konnten. Eine reizende Geste von ihr."

Tagebuch, 31. Dezember 2012:
„Meine mich belastenden Gefühle kamen meist aus dem kindlichen Opfergefühl. Aus dieser Rolle bin ich ewig raus. Ich stelle mir bei der Körperpflege vor, ich Erwachsene berühre mich zärtlich liebevoll."

Einem Kinderbrief zufolge hatte ich offensichtlich die mir fehlende fürsorgliche Zärtlichkeit kompensiert, indem ich sie meiner Puppe zuteil kommen ließ:

„Liebe Mutti! Es ist gar nicht schön ohne Dich. … Petra und ich spielen bei dem Regenwetter oft mit Puppen. Wenn ich aus der Schule komme, lege ich die Puppe immer trocken und ziehe sie an. Dann gebe ich ihr Bananenbrei und Milchfläschchen. Sie muss jeden Tag eine halbe Stunde spazieren gefahren werden. Hoffentlich hast Du nicht so viel zu tun, wie ich mit meiner Puppe."

Wie schön, dass Mutter diese Briefe aufgehoben hatte.

Durchbruch

Tagebuch, 19. Januar 2013:
„Traum: *Ich hatte eine nette Begegnung und konnte über irgendeine humorvolle Bemerkung von mir selbst lachen.* - Davon wachte ich auf.

Lachend."

Ich sollte mal an einem Lachyogakurs teilnehmen, nahm ich mir vor.

Tagebuch, 20. Februar 2013:
„Theorie: Es heißt, man soll einen Menschen so lieben, wie er ist. Das aber setzt m. E. voraus, dass dieser Mensch grundsätzlich okay ist und nur einzelne Schwächen und Fehler hat. Jahrzehnte lang dachte ich, ich sei so. Ein Mensch, der ausschließlich im Kopf ist, das meiste in seinem Leben richtig macht, zum Teil besonders gut, der aber im Unterbewusstsein ein Minderwertigkeitsgefühl besitzt und das mit viel Kraft versteckt, vor sich und anderen, ist der liebenswert, so wie er ist? Ich bin traurig, wie Sina darunter hat leiden müssen. Ich bin unendlich dankbar für ihre Liebe, ihre vielen liebevollen Aufmerksamkeiten. Sie war ein riesiges Geschenk für mich. Eine neue Freundschaft wäre mein Traum. Vermutlich aber hat sie kein Vertrauen in mich, dass ich jetzt wertvoller bin denn je, dass ich durch mein Arbeiten an mir ein Anderssein, Neu-Sein erworben habe. Sie kann nicht wissen, wie leid es mir tut, dass ich ihr in all unseren gemeinsamen Jahren nicht habe schenken können, was ich ihr in meiner tiefen Liebe zu ihr gern geschenkt hätte – eine sich selbst liebende lebendige Frau. Oh, mein Schatz, es tut mir so leid!!! Ich würde so gern in schlichten lebendigen Begegnungen mit dir mich selbst neu erleben."

Draußen am Stadtrand war mein einziger Kontakt manchmal tagelang zur Kassiererin im Supermarkt.

Tagebuch, 24. Februar 2013:
„Traum: *Ich bin zu Besuch bei Sina. Ich möchte gern über uns reden, mich mitteilen. Finde aber keinen Anfang, schweige! Ihr Enkelkind liegt als Säugling in meinen Armen. Glücklich genieße ich die zarten Berührungen,*

fühle Liebe für das kleine Menschlein, freue mich, dass es sich wohl fühlt mit mir. - Ich muss Die Realität annehmen, keine Mutter und Oma zu sein."

In meiner Therapie bei Ursula kam ich langsam zu dem Gefühl: Ich bin jetzt stark genug, allein an mir weiterzuarbeiten. In insgesamt 15 Jahren Psychotherapie, die mein Leiden gelindert hat, habe ich gelernt, meinen Umgang mit Menschen besser zu gestalten. Ursula war es besonders durch ihre Persönlichkeit gelungen, mich auf den Weg der Heilung zu bringen.

Ein Postulat: „Tue nichts, was andere nicht wissen dürfen!" machte mir klar: Das gilt auch für negative Gedanken zur eigenen Situation. So begann ich, mich mit aller Kraft darauf zu konzentrieren, meine Gedanken so zu steuern, wie ich es vor anderen vertreten kann. Wie soll das funktionieren, Selbstwert fühlen? Erste Hilfe: Alle belastenden Gedanken überschrieb ich gleich nach ihrem Auftauchen mit Erinnerungen an Situationen, in denen ich mich mit mir eins gefühlt hatte. Um nicht mehr mit außergewöhnlichen Leistungen Anerkennung von andern anzustreben, versuchte ich mich mit der Affirmation: Ich spüre meine Begeisterung für schöne Dinge und gute Taten und strahle sie aus und machte Pläne, die ich weiterhin hatte.

Weiter suchte ich aufmerksam alles, was zur Heilung beitragen könnte. Im Internet fand ich einen kuriosen Klipp: Gesichtsmuskeltraining als kosmetische Antiaging-Übungen:
Mund etwas öffnen. Lippen nach innen ziehen. Wie bekloppt sich das anfühlt. Diese Grimasse! Echt saublöd. Wenn mich jemand so sehen würde.
Schon konnte ich auch über mich lachen. „Tue nichts, was andere nicht wissen dürfen", fiel mir wieder ein. Meine Güte, wie schwer! Da muss ich jetzt durch. Jedenfalls das darf niemand sehen, beschloss ich eisern. Dass ich diese Kosmetikübung so

missbrauche, wurde dann auch lustig. In vielen Situationen, bei allen Wischtätigkeiten und besonders morgens beim Aufwachen, absolvierte ich diese Nummer. Man glaubt es kaum. Es half etwas. Natürlich nicht gegen Falten. Aber eben gegen die Schmerzen im Gesicht. Leider wenig dauerhaft.
Bei meinem Hausarzt Martin Bosch und seiner Kollegin Anna Kast, nahm ich an einem Wochenendworkshop in „Living Gestalt & Körperbewusstheit" teil, angelehnt an Leland Johnson. Bei einer Übung dachte ich mir den Satz aus: „Ich bin souverän." Die beiden Therapeuten beobachteten dabei, dass ich mit diesem Satz festen Schrittes durch den Raum schritt, nicht einmal bei einem am Boden liegenden Kissen ins Stolpern geriet.
Bei meiner Klangschalenheilerin erhielt ich einige Stunden mit der für mich neuen Trauma-Therapeutischen-Technik „EMDR". Unsicher, ob mir diese seltsamen Augenbewegungen Heilung bringen.

Tagebuch, 1. März 2013:
„Irgendwie stagniert meine Weiterentwicklung. Bei jeder Tätigkeit, die mit Reinigen zu tun hat, nehme ich ein Zwieseln in den Lippen wahr. Diffus erinnere ich mich dann an grobe bis aggressive Berührungen, die Mutter mir Kleinkind zufügte, und befinde mich in der Opferrolle. Sofort denke ich: Ich bin erwachsen. Das hilft kurz. Selbst nach der Bearbeitung dieser Misshandlung mit EMDR hat es nicht aufgehört. Was kann ich noch tun? Ich muss etwas finden, das Kopf und Gefühl zusammenbringt. Dauerhaft."

Bei einem Seminar „Macht der Gefühle" gab es Spannendes zu lernen. Eine NLP-Trainerin zeigte uns Wege auf, wie ein Gehirn neu programmiert werden kann. Ich meldete mich bei ihr für eine Einzelstunde an und packte mit ihrer Hilfe viele Menschen aus meiner Vergangenheit in eine Kiste und verstaute sie für immer in irgendeiner Ecke am Ende der Welt. Genaue Erinnerung an den Ort habe ich nicht. Gut so. Was ich weiß: Es hat mir geholfen, aus der Opferrolle auszusteigen.

Tagebuch, 15. März 2013:
„Traum: *Morgendämmerung am Ufer eines Sees. Ein zart blassblauer Himmel mit leichten hellgrauen Wölkchen und einem rosa Schimmer darin. Der Vollmond, kurz vor dem Untergang, scheint riesig und mild durch die Wölkchen. Da entdecke ich, dass sich dicht neben ihm der Horizont gleißend erhellt. Gleich wird die Sonne dort aufgehen, eine seltene Konstellation: Vollmonduntergang und Sonnenaufgang in einem. Ich bin fasziniert.*"

Dieser Traum hat mir lange eine entrückte Stimmung geschenkt und ich malte dieses Mond-Sonne-Bild in Aquarell und Acryl. Dilettantisch, aber egal.

Tagebuch, 19. April 2013:
„Wenn ich heute innerliche Sätze formuliere wie – *Ich bin erwachsen und souverän*, zucken meine Gesichtsmuskeln, besonders um den Mund herum. Ich fühle ein schlechtes Gewissen, weil ich lüge. Vor einer Woche, im Zuge des Allein-Seins durch die Erkältung, sah ich mich plötzlich vor meinem vergangenen Leben wie vor einem Scherbenhaufen: In meinen Partnerschaften bin ich viel gescheitert. In meiner beruflichen Laufbahn bin ich gemobbt worden, habe fünfmal deswegen die Stelle gewechselt. Bin einmal sogar rausgemobbt worden: Mein riesigstes Unglück, die Beschäftigung an der Freien Schule zu verlieren. Dort war ich glücklich mit den Kindern und fachlich gut, darüber hinaus engagiert, freundlich und kollegial, wie auch in allen anderen Arbeitsstellen. Ich kann es im Augenblick nicht fassen: Meine Schädigung des Selbstwertgefühls und das Unvermögen, dies zu erkennen, hat meine gesamte berufliche Laufbahn immer wieder aufs Neue gestört, schließlich die Frührente anzutreten. In meiner immensen Konzentration aufs

Verstecken und Kompensieren habe ich sicher die mich umgebenden Menschen zu wenig wahrgenommen, zu wenig respektiert, zu wenig in mein Herz gelassen. Mein moralischer Werdegang hat mich das nicht merken, nicht ändern lassen. Zuerst wollte ich nur lieb sein, um geliebt zu werden. Ich war Christin, um ein guter Mensch zu sein. Ich wurde Humanistin, um ein guter Mensch zu sein. Ich wurde Marxistin, um ein guter Mensch zu sein. Ich wurde Öko, um ein guter Mensch zu sein. Ich wurde Psycho, um ein guter Mensch zu sein. Stets im Kampf und Anerkennung und Liebe. Ich bin am Ende! Keine Kraft mehr! Kein Glauben mehr. Jetzt konzentriere ich mich aufs Gefühl. Wie weiß ich noch nicht. Erst mal, indem ich meine Schultern fühle, weich und liebevoll. Vielleicht indem ich meine Augen lächeln fühle. Mein Gott, kann das gehen?“

Ich klappte das Tagebuch zu, saß still da, blickte in den Himmel und probierte, die Wölkchen anzulächeln. Hermann Hesse hatte für solche Momente wohlgefällige Worte gefunden: „Und jedem Anfang wohnt ein Zauber inne, der uns beschützt und der uns hilft, zu leben.“
Seit diesem Moment versuche ich, im Alltag ohne einen äußeren Anlass fürsorglich für mich die Augenmuskulatur zu erweichen. Und wenn ich nur meinen Spülschwamm anlächelte. Dieses entzückende Augengefühl stellte sich auch ein, wenn ich meine Spatzen beobachtete, wie sie sich an Sonnenblumensamen, Bulgur, oder Hirse ergötzen, dafür sogar Schlange saßen, bei Hitze schon mal abhängend mit geöffnetem Schnabel. Es fehlte nur noch, dass sie ihre Zunge raushängen ließen. Meist bevölkerten sie meinen Balkon in Gruppen, laut palavernd wie eine Halbstarken-Bande und ich stellte mir schon mal vor, was sie sich untereinander so zu erzählen haben: „Was gibt's denn heute? Achtung! Mensch! Nix wie weg!“
Oder ich stellte mir etwas Schönes aus der Vergangenheit vor, was ein weiches Gefühl in meinen Augen bewirkte. Beim Yoga

früher hatte ich gelernt, mich langsam und sanft zu bewegen. Mit meiner eingeübten Ausatmung jedoch, bis zu einer Minute lang langsam zischend durch den Mund, wurde ich auch mal ungeduldig, fiel unwirsch ins alte Muster: In diesem Tempo werde ich gar nicht fertig. Ich muss noch so viel erledigen.

Laut sage ich mir: „Ich bin okay!“ Lauter! Meine Stimme im Raum. Unangenehm. Mein Tonfall! Freundlich: „Ich bin okay!“ Erleichterndes Durchatmen.

Mir fiel Vasarely ein: „Trompe l òeil“: Gefühl gleich minderwertiges Opfer, Verstand gleich souveräne freie Erwachsene. Dies flippte diesem Phänomen ähnlich hin und her. Ich kam mir fürchterlich arm vor. Was konnte ich noch tun?

Und wieder half mir die Imagination:
An meiner Seite ist eine mir wohlgesonnene Freundin. Es ist heute. Ich bin eine liebevolle, und souveräne Frau. Das weiß ich doch längst. Trotzdem: Ich stelle es mir konzentriert vor. Meine Augenmuskeln sind weich. Auch beim Anblick eines Gegenstandes, den ich gerade mit meinen Händen bearbeite.

Nicht gerade einfach, wenn es eine verkrustete Bratpfanne war. Erst so, ganz deutlich, spürte ich erstmals tiefe Selbstliebe, streichelte mir sanft mein Gesicht und konnte ohne das Minderwertiges-Opfer-Gefühl in meiner Einsamkeit traurig sein.

Meine Augen-Muskulatur zu bewegen, ist ein Auftauchen aus dem Leidenssumpf. Konzentration, mein großes Thema. Unheilbar ist diese Krankheit nicht. Und das Gesicht eines anderen Menschen in einem Lächeln aufblühen zu sehen, erzeugt in mir spontan das gleiche. Meine Spiegelneuronen sind in Topform.

Gerald Hüther schreibt: „Es geht auch umgekehrt." Das Gehirn steuert den Körper, aber der Körper kann auch das Gehirn steuern. Aufgerüttelt sann ich:
Kann ich mich bei Triggern allein auf die Augenmuskulatur konzentrieren? Ja, kann ich. Meine Augen können wohlwollend dreinschauen, ohne dass ich mir erst etwas vorstellen muss. Dabei fühle ich mein Selbstwertgefühl! Mein Selbstbewusstsein hat eine Mutter bekommen. Seit ich dies erreicht habe, brauche ich auf kaum etwas anderes achten. Aber auf den Atem. Alles ergibt sich daraus! Jetzt bin ich durch!!!!! Es ist ein Wunder.

Frühling, Du Großartiger

Summen und Zirpen in Carwitz. Wenn wir am Ortsanfang aus dem kleinen Kreisverkehr in die Dorfstraße einbogen, hatte ich das Gefühl nach Hause zu kommen. Ein prima gelegenes Ferienhäuschen haben wir dort entdeckt. Motorbootfreie Seen in nahezu unverbauter Landschaft. Beim Frühstück auf der Terrasse hörten wir die Rohrdommel rufen und folgten den Segelflügen von Rohrweihe und Milanen. Graugänse weideten auf der Nachbarwiese und die Rauchschwalben flogen munter umher.
Auf dem Carwitzer See trieb ein Zitronenfalter auf der Wasseroberfläche. Schnell, mit kräftigem Paddelschlag das Kanu dahin gelenkt, konnte ich ihn mit der hohlen Hand herausschöpfen. Und? Federleicht flog der nasse Schmetterling unmittelbar aus meiner Hand in den Himmel. Welch beglückender Augenblick! An einsamen Buchten das Kanu anzulanden und sich nackt in die Fluten schmeißen, lustvoll ohne gleichen. Immer wieder berührte dieses himmlische Fleckchen Erde, ein letztes Paradies, meine Seele.

Welch riesiges Glück, dass ich mit meiner Behinderung wenigstens genussvoll paddeln kann. Wehmütig indes habe ich bisher zurückbleiben müssen, wenn Marlies zu Wanderung aufgebrochen war. Mit meiner mangelnden Kraft konnte ich bei längeren Gehstrecken nicht mithalten. In diesem Frühling - von Jahr zu Jahr war es mir langsam besser gegangen - traute ich mich überraschend: „Ich komm mit." In einem Wäldchen rief Marlies laut: „Da fliegt ein Goldvogel!" Gerade noch sah ich den Pirol auch, den ich seit der Maueröffnung bei vielen Ausflügen gehört, aber noch nie gesehen hatte. Mein Herz hüpfte. Mit vielen kleinen Pausen auf Bänken mit herrlichen Aussichtspunkten über den Zansen-See schaffte ich sogar auch noch einen kleinen Umweg bis zum Teufelsstein. Bester Laune trug ich mich ins dortige Gästebuch ein: „Dieser Weg ist Balsam für meine Seele."
Im Gärtchen des Schäferladens ruhte ich in warmer Aprilsonne aus, während Marlies Kaffee besorgte. Ein sagenhaftes Summen von tausend Bienen belebte das blühende Bäumchen über mir. Wie schön doch unsere Welt ist. Bewegungslos saß ich da und glaubte die Schwingungen dieser zauberhaften Tierchen in mir zu fühlen. Und dachte daran, dass Bienen den Winter überstehen, weil sie sich durchs Zittern ihrer Flugmuskulatur warmhalten und dabei pausenlos ihre Plätze tauschen damit alle mal im Inneren der warmen Traube ein warmes Plätzchen genießen dürfen. Die arbeiten toll zusammen. Das wird die weltweite Menschheit noch lernen müssen.
Auf dem Rückweg rezitierten wir Mörikes Frühlingsgedicht, abwechselnd jede eine Zeile.

„Frühling lässt sein blaues Band
wieder flattern durch die Lüfte, …
Horch, von Fern ein leiser Harfenton!
Frühling, ja du bist's! …"

Tagebuch, 26. April 2013:

„Die schöne Carwitzwoche geht zu Ende. Ich bin angetan vom Frühling und vom Roman „Quell der Einsamkeit“ von Radcliff Hall. Schön und klar schrieb sie: *…jene schöne, grenzenlose Traurigkeit, die uns zuweilen überkommt, wenn wir Schönheit geschaut haben.*“

Ja, die Schönheit, auch mir tut sie gut. Dieser Spruch: „Es kommt auf die inneren Werte an“, ist doch unvollständig. Vor Jahren sah ich einem netten Film:
Einige Finkenmännchen wurden von einzelnen Finkenweibchen begutachtet und anschließend eine Tabelle erstellt. Das Männchen, welches bei den Weibchen am beliebtesten war, kam auf Platz eins und so weiter. Dann wurde dem Looser vom letzten Platz eine rote Feder aufs Köpfchen gepappt. Drei Mal darf man raten, wer nach einem neuen Durchgang auf Platz eins gelandet war.
Schon Charles Darwin hatte nach seinen Evolutionsforschungen in etwa geschrieben:
Es gewinnen die Energiesparer. Und, offensichtlich leicht enttäuscht: Aber die Schönheit siegt doch auch immer wieder.

Nun kann man sich vorstellen, woher unsere Eitelkeit kommt. Die Evolution ist schuld. Ha! Da fällt mir noch der Laubhüttenvogel ein: Dieser eifrige kleine Kerl bastelt mit Hingabe ein exzellentes Stillleben, um ein Weibchen zu gewinnen.

Das Leben erfüllte mich. Meine Augen sind meine Liebe.

Tagebuch, 1. Mai 2013:
„Die Natur grünt und blüht. Vögel singen. Ich bin wieder begeistert, als erlebe ich diesen wundervollen Frühling zum ersten Mal. Flieg hinaus du meine kleine Seele und genieße den Augenblick.“
Tagebuch, 9. Mai 2013:
„Gestern Adonisröschen in der traumhaften Landschaft des

Oderbruchs mit Hilla, die genauso genießen konnte. Das entspannt mich. Heute mein Lieblingsplatz im Britzer Garten, der Apfelbaumhain mit einzelnen Narzissen und Tulpen im grünen Gras darunter."

Tagebuch, 11. Mai 2013:

„Immer klarer wird mir, wie ich mein Unglück konserviert habe. Jetzt ist das vorbei. Mit meinen Augen fühle ich: Nicht mehr die Schwache sehnt sich abhängig nach der Starken. Nein! Ich Starke, sehne mich nach einer gleich starken Partnerin. Mir ist in Erinnerung gekommen, wie ich als Kind im Spiegel in meine Augen sah und mir einbildete, dort in die Augen des Teufels zu blicken. Wenn ich als Erwachsene unsicher war, besonders in Therapiestunden, konnte ich mit Augenschließen Entlastung herbeiführen, mich dabei emotional abgeben an meine Therapeutin. Jetzt kann ich mich selbst halten. Über meine lächelnden Augen. Das Gehirn kann nicht negativ, werde ich von Ursula zuverlässig erinnert. Es ist kaum zu fassen: Das Gefühl über meine Augen ist tatsächlich mein Durchbruch. Meine erwachsenen lächelnden Augen haben meinen Verstand und mein Gefühl zusammengeführt. Vielleicht ist *lächelnd* etwas irritierend, besser trifft *wohlwollend.* Festigen kann ich das durch Wiederholungen, und durch aufmerksames Achten auf lächelnde Augen anderer Menschen."

Tagebuch, 25. Mai 2013:

„Traum: *In einem Aquarium wurde das Wasser energetisch behandelt. Ein Fisch schwimmt auffallend mit wachen Augen umher. Ich möchte auch so behandelt werden wie das Wasser.* - Vorgestern fragte mich Anna vom Stammtisch, ich strahle so eine schöne Energie aus, ob ich verliebt sei? - Es ist wunderbar durch ein solches Feed-Back bestätigt zu bekommen, dass mir wirklich der Durchbruch gelungen ist."

Allmählich konnte ich bei Reinigungstätigkeiten die Verspannungen um den Mund herum nicht mehr durch gymnastische

Gegenbewegung vermeiden, sondern durch Konzentration auf meine Augen und meinen Atem. Aber nur mit Konzentration. Mein Tagebuch ist mein treuester Begleiter.

Tagebuch, 29. Mai 2013:
„Gestern habe ich meine Therapie beendet. Selbstwertgefühl: Jaaaaah"
Tagebuch, 31. Mai 2013:
„Brief: *Liebe* Ursula, *Du warst mir eine unermessliche Bereicherung in den vergangenen Jahren, eine riesige Hilfe und Stütze auf meinem langen, äußerst schwierigen Weg, auf dem ich jetzt eine entscheidende Etappe geschafft habe: Ich fühle meinen Selbstwert. Damit kann ich jetzt meine Kraft produktiv einsetzten für weitere Etappen. In unendlicher Dankbarkeit, herzlich Sabine*"

Tagebuch, 3. Juni 2013:
„Traum: *Ich bin in der Akutsprechstunde bei Dr. Bosch. Er sagt: Es gibt drei Energiestufen. Ich sei auf Stufe eins. Ganz unten. Ich muss spontan weinen* - Meine Interpretation: sechs Jahre lang befand ich mich auf Stufe Null. Oder tiefer. Jetzt geht`s los!"
Tagebuch, 4. Juni 2013:
„Öfter fallen mir meine alten Muster auf: Mich gut verkaufen, um Anerkennung kämpfen. Statt mein Selbstwertgefühl zu spüren und zu vertrauen, dass ich von meinen Freundinnen gemocht werde, ohne toll zu sein. Zitat aus „Quell der Einsamkeit": *Eines Tages werde ich den Gipfel erreichen, und das wird die Welt zwingen, mich zu nehmen, wie ich nun bin.* - Ich bin neugierig auf weitere Begegnungen."

Zum ersten Mal konnte ich es aushalten, das Gefühl im Hier und Jetzt. Ich nahm noch einzelne NLP-Stunden und visualisierte in der letzten Sitzung einen Kontakt zu allen Menschen, von denen ich mir Anerkennung wünschte. Ich ließ sie den Satz sagen: „Du bist immer verkannt worden." Und laut gesprochen habe ich Reden gehalten, in deren Rolle an mich, einer nach dem anderen, wobei jeder konkret und ausführlich Wertschätzung für mich ausdrückte. So wie ich es mir wünschte. Das war wunderbar! Erstmals fühlte ich mich geheilt. Und ich konnte Schwächen und Stärken der Menschen vereinbar nebeneinander sehen. Ein innerer Reichtum.

Tagebuch, 15. Juni 2013:
„Traum: *Irgendwo bin ich mit* Ursula. *Sie steht am offenen Fenster und singt hinaus. Mit klarer, kräftiger Stimme.*"

Dieser Traum zeigte mir, dass ich gern mit Ursula weiterhin in Kontakt bleiben mochte, auf einer neuen Ebene.

In einem ausführlichen langen Traum genieße ich, Schülern etwas beizubringen, indem ich durchdacht Fragen stelle, langsam und geduldig, so aufbauend, dass sie von selbst auf die Lösung kommen. Mit tiefer Freude sehe ich den Aha-Effekt in ihren Gesichtern. Später las ich, dass Lehrer auch Potential-Couch sein sollten. In diesem Traum war ich genau das. Ja, das ist eine meiner Stärken. Ich kann einfühlsam vermitteln, bin eine gute Pädagogin. Durch diesen Traum fühlte ich mich einen Tag lang leicht und heiter. Vielleicht könnte ich in Zukunft mal wieder irgendwo als Lehrende tätig sein.

Tagebuch, 21.Juni 2013:
„Einsamkeit erfüllt mich. Gestern war ich mit Freundinnen beim Frauenblasorchester. Wundervoll!! Heute ganz allein. Jetzt bin ich unsicher, ob ich in meiner Einsamkeit überhaupt in der Lage bin, mich für eine neue Liebe zu öffnen, ohne mich gleich wieder in alte Muster zu begeben."

Mein tiefstes Bedürfnis wurde wieder deutlich:
Liebevolle Zärtlichkeit im Zusammengehörigkeitsgefühl erleben.

Tagebuch, 19. August 2013
„Mein größtes Verhängnis war, so zu tun, als ob mir Kränkungen nichts ausmachen und demzufolge mich nicht effektiv zu wehren. Nicht nur ich, sondern auch Sina hätte es gebraucht, dass ich mich wehre. Auch heute noch, wo ich dies erkannt, mir vorgenommen habe, mich zu wehren, schaffe ich dies selten, bzw. nicht überzeugend. Dazu fehlt mir die Übung. Wie kann ich mir da helfen? Alle mir bekannten Techniken reichen dafür nicht aus. Und der Vorsatz? Ja, das wäre schön, wenn man sich so etwas vornehmen könnte."

Die Suche nach einer Möglichkeit, in einem Kurs solches zu lernen, blieb erfolglos. So übte ich allein in lauten Selbstgesprächen.

Tagebuch, 23. August 2013
„Sina hat sicher in all unseren Jahren unbewusst unter meinem Minderwertigkeitsgefühl gelitten, ohne das bewusst zu verstehen. Ich hoffe, dass ich weiterhin mein Selbstwertgefühl als Reichtum in mir wahrnehmen kann und eines Tages eine Freundschaft zwischen uns möglich sein wird."

Tagebuch, 9. Januar 2014:
„Traum: *Ich bin bei einem Kanuverleiher und frage ihn, wie es der Wasserpflanze geht, die ich letztes Jahr bei ihm eingepflanzt habe. - Oh, die hat sich prächtig vermehrt. - Ich gehe unter dunklen Bäumen einen Kanal entlang Richtung See, muss eine große Straße überqueren, dann sehe ich: Die gesamte Bucht ist herrlich mit hellgrünen, kräftigen schilfartigen Pflanzen durchsetzt. Ich bin begeistert.* - Diesen Traum übertrage ich jetzt mal auf meinen seelischen Fortschritt: Etwas von mir Fabriziertes erfüllt sich langfristig in lebendiger verzauberter Schönheit."
Tagebuch, 16. April 2014

„Traum: *Ich lache mit einer Frau über ihre Ohrläppchen. Sie will mir dort irgendeine Besonderheit zeigen, die ich nicht sehen kann. Über das gemeinsame Lachen entsteht plötzlich eine erotische Nähe. Sie nähert sich mir, gleich werden wir uns küssen. Ich liege mit unbekleidetem Oberkörper da, bin aufgeregt* - Ich öffne mich für eine andere Frau, bin über Sina hinweg!!"

Dieser Traum war voreilig. Ich war auf dem Weg, allerdings noch nicht weit genug. Was malt das Unterbewusstsein nur manchmal für Bilder?

Achtung füreinander

Ständige Rückfälle. Eine Begegnung mit Sina - sie brauchte meine Unterschrift für eine Angelegenheit - verlief schwierig, weil ich Kritik einstecken musste für meine Unkonzentriertheit. Ihre Wegbeschreibung durchs Einkaufszentrum zum Handy-Laden konnte ich nicht umsetzen.

Tagebuch, 22. August 2013
„Bei Kritik falle ich sofort ins alte Muster zurück: Die gesunde Lösung gestern wäre gewesen, z. B. zu sagen: *Du weißt doch, dass ich mich schlecht konzentrieren kann. Lass es sein, mich jetzt hier niederzumachen!* Ich hätte gern gehört, wenn sie gesagt hätte: *Gut, dass wir uns hier treffen.* Das wäre achtungsvoll gewesen, und wohlwollend. Ich werde lernen, mich spontan zu wehren."

Tagebuch, 24. August 2013
„Dr. Bosch (mein Hausarzt) erklärte mir gestern diese Situation: *In Stresssituationen fällt jeder in alte Muster. S. müsste mich auch achten, wenn ich Schwächen zeige. Durch diese Demütigung fühlt sie sich gut, raubt mir Energie, wie früher meine Mutter.* - Ist sie vielleicht auch nur

äußerlich selbstbewusst? Das kann ich nicht glauben. Mein Bild gerät aus den Fugen. Sina hat mir so viel gegeben! Ich möchte diese glückliche Zeit mit ihr in schöner Erinnerung behalten. Dankbar sein, dass ich ihre liebenswerten Seiten so viele Jahre genießen durfte. Lasse ich gerade auch emotional los? Eine andersartige Traurigkeit erfüllt mich. Wie kann ich dazu eine neue Affirmation finden? Meine Theorie: Ein Mensch, ohne Selbstwertgefühl hat keine Achtung für sich, verhält sich demnach in vielen alltäglichen Situationen so, dass es manchen schwerfällt, Achtung vor ihm zu haben. Ein Mensch, den man nicht achtet, können viele nicht lieben, höchstens Mitleid mit ihm haben und seine Gesellschaft meiden. Es sei denn, er hat sonst Außergewöhnliches zu bieten. Gerade darauf habe ich mich mein Leben lang konzentriert, erhielt so häufig Anerkennung. Bisweilen sogar von meiner Mutter. Aber ich glaube nicht, dass Anerkennung das gleiche ist wie Achtung. Ich sehne mich nach Achtung, besonders durch Sina. Ich probiere es mit der neuen Affirmation: MIR STEHT ACHTUNG ZU.

Achtung füreinander war es, was in meiner Familie gefehlt hatte. Erleichtert und dankbar nahm ich wahr, dass ich trotzdem fähig bin, Achtung zu haben auch vor Menschen, die ich nicht mag, oder die Fehler erkennen lassen. Meine christlichen Sozialisierung war dafür hilfreich. Ich wünschte mir: Beim nächsten Mal werde ich mit dem Herzen auf der Zunge protestieren. Das aber kann eine nur, wenn das Herz gesund ist, wenn ein Selbstwertgefühl existiert.

In den Ferien erhielt ich Achtung von einer Verwandten:

Tagebuch, 31. August 2013:
„Ich war mit Astrid in Mecklenburg paddeln. Vier angenehme Tage in der Natur. Sie schenkte mir zum Abschluss eine Ansichtskarte mit diesem Text:

„Liebe Sabine, Wesenberg - Villa Pusteblume - Wohnung Wildrose. Danke für den schönen geduldigen, liebevollen, rücksichtsvollen, meditativen, poetischen Paddelkurs 26. – 30.8.13! Dass das so wunderbar, bezaubernd und ermutigend für mich war und mir so guttut, hätte ich nie gedacht! Herzlichst Astrid.“

Diese Zeilen beseelten mich, und mein Selbstwertgefühl hopste eine Stufe höher. Hatte sie mich auch verkannt?

Traumatherapie - Ein schmerzliches Muss

Die Zeit heilt meine Wunden nicht. Keine normale Psychotherapie kann ein Trauma heilen. Schon gar nicht komplexe Traumata über Jahrzehnte.
Wikipedia: „Traumen sind schwerwiegende körperliche oder/und psychische Verletzungen.“
Peter Levine: "Trauma ist der häufigste und der am häufigsten unterschätzte Ursprung menschlichen Leids.“
Aber es ist möglich, bis ins hohe Alter mit entsprechender Traumatherapie auch lang zurückliegende Traumata zu überwinden. Wenn auch mein Trauma nicht einem einmaligen Erlebnis entsprang, sondern einem relativ minderschweren, allerdings jahrzehntelangen Wiederholungs-Prozess, wollte ich dies angehen.

Tagebuch, Dezember 2013:
„Ich versuche noch einmal eine neue Methode der Traumatherapie, „Somatic experiencing“ - „EMDR“ hatte mir ein wenig geholfen, meine Spannungen in der Gesichtsmuskulatur zu beheben. Diesmal bin ich bei einem männlichen Therapeuten, in der Hoffnung, dass ich so weniger gehemmt bin. Er muss mich

nicht liebhaben."
Tagebuch, 3. März 2014:
„Mit dem Zorn bin ich jetzt fertig. Erschreckend klar und deutlich ist mir, wie stark ich tatsächlich traumatisiert bin, dass der Liebesentzug durch Sina eine Retraumatisierung bedeutete."
Tagebuch, Mai 2014:
„Alles auf Anfang!! Heilung ist nur möglich, wenn die verdrängten Gefühle heute zugelassen werden. Jetzt suche ich einen Weg zu diesen Gefühlen. Wie kann ich sie zulassen, ohne zu zerbrechen?"

Der Therapeut meinte, dass meine Affirmationen die negativen Gefühle verdrängen, die ich zulassen sollte zu ihrer Überwindung. Er bewegte mich dahin, Aggressionen gegen meine Mutter auszuagieren. - Eine Erinnerung kam hoch: Mutter hatte mir beim Haare waschen abwechselnd heißes und kaltes Wasser aus der Brause über meinen Kopf gespült, wobei ich vor Schmerz schrie. Mutter schimpfte: *Sei nicht so hysterisch!* Noch Jahrzehnte später hatte sie mich vergnüglich lachend öfter daran erinnert: *Da hast du vielleicht geschrieeen: „Heiß! Heiß! Heiß! … Kalt! Kalt! Kalt!* – Nun, im Schutz des Therapeuten, rächte ich mich in meiner Fantasie: Erst habe ich ihr heißes Wasser über den Kopf gegossen, danach kaltes Wasser. Und wieder Heißes. Sie schrie. Dann habe ich sie ins Wasser geschmissen. Als sie auftauchte, ließ ich sie nach Luft schnappen, und dann drückte ich sie wieder hinunter. Mein Kinn zitterte und ich atmete hechelnd. Als mich der Therapeut in die Gegenwart zurückholte, dachte ich an meine verlorene Liebe. Tränen schwammen mir in Augen und Nase. Es tat gut, mich zu schnäuzen und die Augen abzutupfen. Im Alter von 66 Jahren konnte ich diesen Schmerz zulassen und Jahre nach ihrem Tod begriff ich: Meine Mutter war eine Sadistin!
Zu Hause übte ich, diesen Schmerz an mich heranzulassen. Zirka sieben Mal am Tag fünf Sekunden!!!! Das sind immerhin

35 Sekunden. Weinen konnte ich dabei nicht. Keine Affirmation fiel mir zur Unterstützung ein. Mein Gesicht schmerzte weiter. Ob das richtig war? Dieser Therapeut schien mir wie ein Lehrer, der sachlich seinen Stoff an mir durchzieht. Ich hätte mir gewünscht, dass er mich freundlich ansieht, mich vielleicht zart berührt, wie ich es früher wohltuend bei der Casriel-Therapie und Ursula erfahren hatte. Ich beschrieb ihm meine Gesichtsverspannungen. Da rief er in erregtem Tonfall: „Das ist gefährlich!"

Wieso macht der mir Angst? fragte ich mich reglos. Wieso tut der nichts, was mir daraus hilft? 70 Euro jede Stunde. Mein Sparbuch schmilzt und schmilzt.

Bei der nächsten Sitzung sollte ich mich minderwertig fühlen. Mal wieder erhielt meine schwache Seite neue Nahrung. Das war kaum zum Aushalten, und Verzweiflung wich Empörung: Der hat sie wohl nicht mehr alle. Nein, so komme ich nicht voran.

Herr Therapeut: „Sie müssen sich darauf einstellen, Ihr Leben als Alleinstehende zu leben."

Empört - was für ein Idiot - wehrte ich mich endlich mal laut: „Nein, das werde ich nicht!"

„Der Dalai-Lama lebt auch so."

Spontan widerborstig: „Der hat nie so eine Liebe verloren wie ich, weiß nicht, was ihm fehlt."

Kostbares verloren zu haben ist schmerzhafter, als es nie besessen zu haben. Meine Kraft ziehe ich doch zum großen Teil gerade aus meiner Zuversicht, Heilung zu finden. Mehr und mehr stieg Ärger in mir hoch: Der will mir alle Zuversicht nehmen, bodenlos so eine Aussage von einem Therapeuten! Nein, der ist nicht kompetent. Verärgert meldete ich mich nicht mehr bei ihm.

Dieses schreckliches Wissen, dass erlittene Gewalt Spuren in meinem Gehirn hinterlassen, und meine körperliche, psychische und soziale Entwicklung beeinträchtigt hat, belastete mich. Ich rief in einem neuen Forschungsprojekt, „REALASE“ an der Humboldt-Uni Berlin an. Mir wurde mitgeteilt: „Sie erfüllen die Einschlusskriterien nicht.“ So erfüllte sich die Hoffnung auf eine gelungene Traumatherapie nicht.

Was es alles gibt: Stimmgabel - Jahreston Om, 136,1 Hertz: Ihre Schwingungen auf dem Herzen oder der Stirn sollen Wunden des Herzens lindern und Frieden in den Geist bringen. Dieses schöne Ritual genoss ich nun täglich. Und besonders Stefan Kleins Aussage
„In Erwartung eines freudigen Ereignisses schüttet das Gehirn Botenstoffe aus, die uns Lust erleben lassen“ bewegte mich zu neuen Fantasien. Lust erleben wollte ich. Jaaaa! Wenn ich glücklich bin, entspannen sich meine Muskeln und werden geschmeidiger. Ein prima Potpourri, den wir Menschen uns da brauen können. Nun stellte ich mir konkret vor, was ich in naher Zukunft Schönes erleben möchte, mit allen möglichen Details. Ich war auf dem Weg, mir das Glück wenigstens vorzustellen. Im Unterschied zu meinem alten Leben nahm ich die Lust dabei bewusst wahr und genoss sie intensiv. Mein Augenlächeln! Dieses wundersame, seidige Gefühl kann ich genauso wenig beschreiben wie einen Orgasmus, erzeugt aber ein länger anhaltenderes Wohlgefühl als letzterer.

Tagebuch, 29. Juni 2014:
„Mir ist ein großes Stück Kruste vom Herzen gefallen. Gestern habe ich Sina um Verzeihung gebeten.“

Tagebuch, 19. Juli 2014
„Traum: *Ich sitze mit Leuten am Tisch, da steht jemand neben mir, ich schaue zur Seite: meine alte Mutter! Sofort kritisiert sie mich, ich bin erschreckt, dass sie doch noch lebt und mich* Siebenundsechzigjährige *mit ihren 94 Jahren wieder erniedrigt, ich springe auf und fliehe.*“
Tagebuch, 21. Juli 2014

„Traum: *Es klingelt an der Tür. Ich öffne. Da stehen ein Mann und eine Frau. Der Mann dringt ein und bedroht mich. In Riesenangst versuche ich laut HILFE zu schreien, aber meine Stimme versagt* – Hilfe wimmernd wache ich auf. Solche Träume verunsichern mich. Bin ich doch noch nicht durch? Oder ist das normal?“

Eine Entdeckung - Neues Atmen

Ich tröstete mich mit Luise Reddemann, die in „Imagination als heilsame Kraft im Alter“ schreibt: „Mein Körper atmet und macht dabei Bewegungen. Ich empfinde das wie eine Körperberührung.“

Tagebuch, 7. April 2014:
„Ganz weich nehme ich den Atem in der Brust über dem Herzen wahr. Ein kolossales Gefühl der Selbstannahme empfinde ich dabei. Und meine Augen lächeln spontan.“

Das war eine Entdeckung! Mir hilft die Brustatmung. Alles früher Gelernte, die Bauchatmung, hilfreich zur Entspannung, z. B. beim Zahnarzt oder um Wut zulassen oder Kraft zu tanken. Auch schön. Und wichtig. Aber eben nicht wirksam als Auslöser für mein Selbstwertgefühl.
Jetzt hatte ich eine weitere zuverlässige Quelle gefunden. Durch Konzentration auf meine Atmung ums Herz herum und Konzentration auf meine Augenmuskulatur kann ich mich stabil positiv stimulieren. Diese Entdeckung beflügelte mich. Zumal die MS bei mir auch zu einer leichten Spastik der oberen Brustmuskulatur führt. Allein, ohne fremde Hilfe, allezeit und überall kann ich mich gut mit mir selbst fühlen. Eine kleine Revolution! Und das war noch nicht alles. Ich Schnecke werde noch ausatmen lernen. Dazu später mehr.

Tagebuch, November 2014
„Traum: *Ich habe eine Milliarde Mark geerbt. Kann endlich meine Einsamkeit beenden. Werde ein großes Haus in schöner Umgebung erwerben und ein Wohnprojekt gründen, in dem niemand Miete zahlen muss. Denke nach, wer alles einziehen soll: acht Freundinnen mit zwei Kindern und meine alte Britzer Gruppe. Ein Luxushaus mit großem Garten, Kneippbecken, Sauna, Schwimmbecken, Fitnessraum.*“

Meine Fantasien fuhren an dem Tag zu voller Leistung hoch. Wenn Geld kein Problem ist, was ich dann alles bewerkstelligen könnte: Unten in dem Haus könnte ich ein Physioabteilung und Wohnung einrichten mit Fachfrauen in Osteopathie, Rolfing, Massage, Mediation und so. Und eine große Wohnung für eine Studentinnen-WG durch die wir ein wenig geistige Anregung erhalten. Oder auch mal Hilfe bei körperlich anstrengenden Dingen. Ach, liebe Tagträume, lasst mich doch mal ein bisschen herumspintisieren.

Gehirnkarussell mal anders

Mein Gehirnkarrussel drehte sich nicht mehr nur um meine Misere. Angeregt durch meine Lebensgeschichte, diverse Wissenschaftsmagazine, Literatur und besonders bei allen Nachrichten über Gewalttaten, fragte ich mich: Wenn 90 % der Misshandlungen an Kindern nicht aufgedeckt werden, sondern nur 10 % zufällig zu Tage treten, was kann unsere Gesellschaft unternehmen, um dies zu ändern? Die Verbesserung von Schicksalen – das ist der Wunsch aller – ist wesentlich, damit alle Menschen einen Beitrag leisten können, unsere Welt im humanen Sinn voranzubringen.

Ein besonderer Gedanke dazu schwelte schon eine Weile in mir. Philipp hatte sich schon 1970 ereifert: „Für alles Mögliche braucht man eine Ausbildung. Es sollte ein Elternführerschein eingeführt werden." Das hatte mich damals nachdenklich gemacht. Wie meine Mutter dann wohl mit mir umgegangen wäre?
Gerald Hüther:
„In der frühen Kindheit finden Entwicklungen im Gehirn statt, die für das gesamte Leben prägend sind.
Nie mehr lernen Kinder so viel in so kurzer Zeit. Wie sich Nervenzellen im Gehirn verschalten, ist nicht genetisch festgelegt."
Mahatma Gandhi postulierte einst: „Wenn wir wahren Frieden in der Welt erlangen wollen, müssen wir bei den Kindern anfangen."
Wilhelm Reich sah die Notwendigkeit einer „Neurosen-Prophylaxe." Für zukünftige Generationen sah er die Notwendigkeit, Lebensbedingungen herauszufinden, die die „Freiheitsfähigkeit" der Menschen von Anfang an gewährleistet. „Von Anfang an" sollte meinen: Nicht erst in der Schule, sondern im Kleinkindalter.
Die Weichen, wo es einmal hingehen wird mit einem Menschen, das ist unter Fachleuten längst bekannt, werden in den ersten drei Lebensjahren gestellt, nach Erik Erikson sogar bereits im ersten Lebensjahr. Lieselotte Ahnert, Universität Wien, erforschte in afrikanischen Dörfern die Kindesentwicklung und schrieb: „Individuelle Zuneigung ist wichtig … zum kulturellen Lernen des Kindes."
Bild der Wissenschaft:
„Forscher haben ein brisantes Missverhältnis aufgedeckt. Demnach verursacht ein kleiner Teil der Bevölkerung den Löwenanteil der gesellschaftlichen Kosten für Gesundheitsfürsorge, Sozialhilfe oder Kriminalität. Die Wurzeln dieser Ungleichverteilung liegen dabei in der Kindheit: Die rund 20

Prozent der Kinder, die als Dreijährige am schlechtesten in Bezug auf Sozialverhalten, Intelligenz und Familiensituation abschnitten, sorgten als Erwachsene für 80 Prozent der Probleme.“
Das soll unserem Staat zirka 900 Mio. Euro jährlich verursachen und im nächsten halben Jahrhundert zwei Billionen Euro volkswirtschaftliche Kosten.
Genau dort also, im frühkindlichen Alter, sollte angesetzt werden. Es ist an der Zeit, staatlichen Einfluss zu nehmen auf die Kleinkind-Erziehung. Die Dunedin-Studie in Neuseeland von 1972/73 belegt dies.

Wenn auch ein Führerschein für Kindererziehung kaum umzusetzen ist, so müsste es doch möglich sein, Menschen über die grundlegendsten Erkenntnisse des Wesens von Kindern aufzuklären. Mir schwebt vor, dass unsere Kindergarten-ErzieherInnen einen neuen Stellenwert erfahren werden. Auf höherem Niveau ausgebildet und wie Lehrer vergütet. Die Ausbildung muss die neuesten Erkenntnisse über die genetisch angelegten Ressourcen eines jeden Menschen beinhalten, Kooperationsfähigkeit, Hilfsbereitschaft, Gerechtigkeitssinn und Empathie. Gehirnforschung muss miteinbezogen werden. Traumatisierte Kinder würden geschultem Personal auffallen, und es könnten in Kooperation mit Trauma-Therapeuten Hilfen eingeleitet werden. Hilfen die den Kindern rechtzeitig zugutekommen. Und damit deren Eltern und weiteren Bezugspersonen. Diese benachteiligten Kinder hätten dann bessere Zukunftschancen und könnten eine humanere Welt mitgestalten. Gerade die Kinder jedoch, die in ihrem familiären Umfeld wenig oder keine liebevolle Zuwendung, oder sogar Gewalt erfahren, werden meistens nicht in Kindergärten gebracht, fallen hinter den Wohnungstüren niemandem auf. Sie sind allein gelassen, werden ihr Leben lang für ein zufriedenes Leben zu kämpfen haben.

Düster die Vorstellung, dass unaufhörlich Menschen nachwachsen, die ein unglückliches Leben zu führen verurteilt sind und gesellschaftliche Probleme verursachen werden. Gewalttätigkeiten, physische sowie psychische, sind mir nur erklärlich, weil viele Menschen von früher Kindheit an misshandelt wurden. Alle moralischen Forderungen an ihre Menschlichkeit, wie sie ständig zu hören sind, wenn zum Beispiel Neonazis wieder grausame Taten vollbracht haben, zum Scheitern verurteilt. Wie soll ein ehemals misshandeltes Kind ohne Traumatherapie als Erwachsener diese Anforderungen erfüllen?
Daher ist es für mich unabdingbar, besonders diesen Kleinkindern so früh wie möglich häufige liebevolle Zuwendung zu schenken und ihnen gegebenenfalls eine Therapie zukommen zu lassen, um ihre Sensibilität zu fördern. In einer, wie auch immer gearteten institutionellen Einrichtung, könnte es möglich sein, auch schon Kleinkindern unter drei Jahren regelmäßig, wenigstens ein bis zweimal die Woche, einfühlsame, zärtliche Zuwendung von explizit geschulten Personal angedeihen zu lassen. Ihre Familien und Bezugspersonen können, wenn nötig, von ihnen angeleitet werden. So könnten Kinder von Geburt an ihren Selbstwert erfahren, und eine bestmögliche Förderung käme ihnen zuteil.
Die Rockband „Die Ärzte" textete in einem politischen Song: „Deine Springerstiefel sehnen sich nach Zärtlichkeit. … Warum hast du Angst vorm Streicheln?"

Zuweilen träume ich davon, wie positiv mein und meines Bruders Leben verlaufen wäre, wenn wir als Kleinkinder so aufgefangen worden wären. Unseren Eltern wären ihre eigenen Traumata aus ihrer Kinderzeit bewusst worden. So hätten sie diese nicht an uns Kinder weitergeben müssen.
Lange trug ich solches in meinen Gedanken herum und schrieb schließlich, 2014, einen Brief an die GRÜNEN mit dem Vorschlag, eine Kindergartenpflicht anzustreben. Wobei ich auf

eine Einladung hoffte, um das zu erörtern. Dafür schrieb ich mir Details auf, wie im Einzelnen so eine Reform aussehen könnte: Kindergärten sollten nicht vornehmlich als eine Kinder-Verwahreinrichtung zur Entlastung berufstätiger Eltern angesehen werden. Und auch nicht nur, um Kinder aus bildungsarmen Schichten kognitiv und sprachlich zu fördern. Sondern es ist elementar wichtig, die angeborene Sensibilität von Menschen zu fördern. Leider ohne Erfolg.
Dumm von mir, zu glauben, dass ich meine Vision bei einer politischen Partei unterbringen könne. Für ein Thema, das auf den ersten Blick abstrus erscheint, und keinen schnellen Vorteil, wie Wählerstimmen bietet sind Parteiapparate nicht zu gewinnen. Von der langen Antwort sei hier der erste Satz zitiert: „Einen Pflichtbesuch von Kindertagesstätten halten wir GRÜNE für einen zu großen Eingriff in die persönlichen Freiheitsrechte." Verärgert durchfuhr es mich: Die Freiheit von Eltern, ihre Kinder misshandeln zu dürfen! Unbemerkt von der Öffentlichkeit und nachhaltig für ein ganzes Leben. Scheißliberal. Enttäuscht antwortete ich: „Es ist richtig, sich über Reaktionen von Wählern Gedanken zu machen. Ohne Macht hat keine politische Partei die Möglichkeit, unsere Welt positiv zu beeinflussen, deshalb ist Sie anzustreben. Allerdings sollten langfristige, scheinbar utopische Ziele, die keine Wählerstimmen bringen, dabei nicht außer Acht gelassen werden."

Im Deutschland-Radio-Kultur gab es eine Sendung mit mehreren Fachleuten zum Thema „Kindliche Bildung". Da traute ich mich anzurufen und meinen Vorschlag erneut zu äußern. Wieder einmal, ohne dort auch nur den Hauch von Realisierbarkeit wahrzunehmen. Ein wichtiges Argument war mir zu diesem Zeitpunkt leider noch nicht eingefallen: Es existiert die Schulpflicht. Im Kinder- und Jugend-Alter jedoch kann verantwortliche kognitive Bildung nur dann auf fruchtbaren Boden fallen, wenn im Kleinkindalter die Voraussetzungen geschaffen worden

sind: Sensibilisierung für Zärtlichkeit und emotionale Bildung im Sinne von achtungsvoller Kommunikation! Im beruflichen Alltag später wird eben genau dieses von grundlegender Wichtigkeit sein. Mit klarer kräftiger Stimme Stellung beziehen, dabei unter Umständen auch Gekränkt-Sein zeigen, und Anerkennung für die Leistung anderer ausdrücken.
DIE ZEIT, 28.Mai 2015: „Erkenntnisse von Entwicklungspsychologen, Frühpädagogen und Soziologen zeigen klar: Entscheidend für den Erfolg *in* der Schule ist die Zeit *vor* der Schule."

Wissenschaftler, die große Studien zur Häufigkeit von Alkohol- und Nikotin-Missbrauch durchgeführt haben, zeigen ebenso wie die Statistik über Gewaltverbrechen, dass die meisten Betroffenen in der frühen Kindheit misshandelt worden waren. Diese Wissenschaftler legen Maßnahmen zur Krankheitsprävention nahe, zum Beispiel durch den Einsatz von Familienhebammen.

Angesichts der vielfältigen Folgen von Kindesmisshandlung ist es nicht von der Hand zu weisen: In der Kleinkind-Politik muss etwas radikal geändert werden. Wie soll ich, einfache Bürgerin, das beeinflussen?
DIE ZEIT, 28.Mai 2015: „Wir haben nur eine Chance, wenn wir, die schweigende Mehrheit, uns zu Wort melden."

Ich plädiere für die Kindergartenpflicht. Utopie? Ja, klar, unbedingt! Daran kommen wir nicht vorbei, leben wir doch heute wie selbstverständlich mit vielen Errungenschaften, die einmal Utopien waren.
In der Reformation - zwischen 1517 und 1648 - wurde die Forderung laut, allgemeine Schulen für Jungen und Mädchen einzurichten. Bis zur Umsetzung hat es zirka 100 Jahre gedauert. Schon Marcuse sagte: „Seien wir konkret, streben wir die Utopie an."
Politisch revolutionär? Oh je! Das hatte früher eine beängstigen-

de Eigenschaft, weil Revolution eine mit Gewalt einhergehende abrupte Veränderungen anstrebte. Aber: Meine revolutionäre Vision ist zärtlich. Stichwort Sensibilität. Tanja Singer sagt: „Soziales Bewusstsein kann schneller als die Evolution es vermag, erweitert werden. … Mitgefühl kann von klein auf kultiviert werden.“
Der Kindergarten - vorausgesetzt die ErzieherInnen sind explizit ausgebildet, werden angemessen vergütet, und die Einrichtungen ermöglichen kleine Gruppen - wäre der Grundstein für eine demokratische und friedliche Gesellschaft.

Mir erscheint eine in manchen Familien praktizierte Erziehung so, als würden Vögeln, denen schon im Nest die Flügel gebrochen worden sind, Techniken beigebracht werden, mit denen sie überleben und sich fortpflanzen können, ohne je geflogen zu sein.
Es könnte ein „Tag des unbekannten misshandelten Kindes“ eingeführt werden, an welchem bei Kirchen-Glockengeläut der unzähligen Kinder gedacht wird, die unbemerkt, wohlgemerkt 90%, hinter verschlossenen Türen misshandelt werden.

Erik Erikson schrieb: „Wenn eine Person sich ihrer eigenen Würde bewusst ist, kann sie die anderer nicht verletzen.“

Rückschlag

Die Sehnsuchtsträume nach meiner verlorenen Liebe schwanden durch diese Gedanken nur vorrübergehend.

Tagebuch, 4. Juni 2014:
„Mir kam die Erkenntnis, nicht nur Opfer zu sein, sondern auch Täter: Ich ertappte mich bei einer Äußerungen, die von meiner

Mutter oder Bruder hätte sein können. Ohne Achtung, verletzend gegenüber anderen, hinter Scherz versteckt. Ich schäme mich unsagbar. Mein Minderwertigkeitsgefühl wird konkret real im Hier und Jetzt. Ich tröste mich mit dem Satz: *Das ist ja nur ein Teil von mir.* Und fühle dabei Tränen in meinen Augen."

Ja, die vielen Seiten in einem Menschen. Dummer- oder glücklicherweise lassen sie sich nicht gegeneinander aufrechnen, sondern sind schlicht nebeneinander existent.

Tagebuch, 12. August 2014
„Traum: *Ich liege mit einer Frau im Bett. Ich streichle sie zärtlich, lehne mich im Stütz über sie und schiebe meinen Körper langsam über ihren, ihn leicht mit der Haut berührend, fühle mich dabei wundervoll, erotisch genießend und selbstsicher.* - Ist das nur Wunschträumen, meine alte Stärke, die Sinnlichkeit, wieder zu erleben? Oder bin ich auf einem guten Weg zur Heilung?"

Ich suchte nach Neuem, erotisch Zarten. Ist das nicht auch politisch?

Trotz meiner Fortschritte blieb ein Schwachpunkt: Bei selbst unwesentlicher Kritik von andern an mir, reagierten meine Synapsen hektisch. Minderwertig? Prompt schmiss sich mein negatives Gehirnkarussell wieder an:

Wer kein Selbstwertgefühl hat, kann sich nicht nachhaltig wehren gegen persönliche Kritik. Ich habe doch aber jetzt ein Selbstwertgefühl, oder? Sitzt es noch nicht? Was kann ich noch tun? Ich möchte nur noch mit Menschen zu tun haben, die meine Schwäche mit innerer Größe annehmen. Aber: Das Leben ist kein Wunschkonzert. Außerdem liegt es ja auch an denen. Sie spüren mein mangelndes Selbstwertgefühl und reagieren darauf aggressiv. Ich tue wieder so, als mache mir das nichts aus. Das verdammte alte Muster. Besitzen die anderen vielleicht auch nicht genug Selbstwertgefühl, fühlen sich durch mich gespiegelt? Ja und? Ist ja eigentlich egal warum. Hilft mir das jetzt? Nein. Was kann ich noch tun? Schlagfertigkeit üben, frech reagieren. Dann würde ich geachtet werden. Oder? Ich will das schaffen. Ohne Achtung keine Liebe. Deshalb liebt mich Sina nicht mehr. … Sabine, du zermarterst dich. Hör auf damit! Was kann ich ändern? Ich könnte, statt Rechtfertigungen von mir zu geben, auf die kritisierende Person und die Situation empathisch eingehen. Damit bin ich erst mal bei der, könnte z. B. versuchen: - *Es tut mir leid, wenn du dich schlecht behandelt fühlst, oder wenn das grade nicht okay war. Das möchte ich nicht. Mir liegt am Herzen, engagiert für uns und diese Sache einzutreten.* Das nahm ich mir nun vor. Um es gleich einzugestehen: Spontan so zu reagieren schaffte ich selten.

Tagebuch, September 2014:
„Ich habe noch keine Idee, wie ich das ändern kann. Die üblicherweise überall zu vernehmende Forderung: *Loslassen* funktioniert bei mir nicht. Das Gehirn kann nur positiv. So suche ich weiter nach einer neuen Affirmation."

Mein Gefühl durchs Leben zu wandern, kam mir vor, als stakse ich auf gläsernen Beinen, die nach Brüchen an einigen Stellen geklebt sind. Langsam wurden sie ein wenig dicker und vorsichtig wanderte ich weiter.

Tagebuch, 1. Oktober 2014
„Mein unbewusstes Minderwertigkeitsgefühl von annodazu bekommt gerade neue Nahrung. Es ist offensichtlich, dass ich meinen Freundinnen nicht so wichtig bin, wie sie mir. Ich habe die Einsicht, dass ich mein Einsamkeits-Leiden-Gefühl verstecken muss, um den anderen damit nicht auf die Nerven zu gehen. Sie fühlen sich vielleicht angegriffen, weil ich mich

einsam fühle trotz ihrer Freundschaft, können mir ja nicht helfen, weil sie alle eine Familie oder Gruppe haben, zu der sie dazu gehören."

Morgens wachte ich mit gepresster Zunge auf, musste sie mit Gymnastik lockern. Anstrengend. Und bei der Konzentration auf die Gesichtsmuskeln, verspannte ich die Bauchmuskeln.
Gehirnkarussell:
Wenn ich zwanzig Jahre jünger wäre, hätte ich bestimmt mehr Geduld. Als Rentnerin rennt mir die Zeit davon. Theoretisch weiß ich, dass man in jedem Alter eine neue Liebe beginnen kann … es kann aber auch nicht passieren. …
Denk positiv! Stell es dir vor!

G. D. Duchenne hat ein Experimente durchgeführt:
„Die Bewegung des Augenringmuskels - Musculus orbicularis oculi – ist ein untrügliches Signal für Freude. Es kann kaum künstlich erzeugt werden. Wenn er über elektrische Impulse stimuliert wird, ist ein Mensch in der Lage fröhlich zu lächeln."
Als ich das las, war ich aus dem Häuschen. Das kann ich ja seit einem Jahr! und zwar ohne elektrische Impulse!
Ein Tagtraum führte mich, Geborgenheit spürend, auf meine Sofaecke bei Guni und Philipp. Gebremst, weil eigentlich unvernünftig, versuchte ich, meinen Selbstwert wieder über Philipps Liebe zu wahrzunehmen. Deshalb füge ich hier noch einmal eine Aussage von Philipp in einem seiner Abschiedsbriefe ein: „Wenn Du das Gefühl haben solltest, irgendwann einmal, keiner sei wirklich auf Deiner Seite, keiner könne Dich verstehen, keiner liebe Dich, dann musst Du Dich an mich erinnern, dann musst Du Dir sagen: „Egal wo Philipp jetzt ist, er denkt an mich und weiß, wer ich bin."

Es wurde zur ständigen Übung, meine Defizite, zu akzeptieren. Meine alten Schwächen werden ein, wenn auch kleiner Teil, von mir bleiben. Aber auch bin ich stark, verantwortungsbewusst, empathisch, engagiert. Endlich fand ich eine neue Affirmation: „Ich bin auch SO!“

Durchhalten

Gegen die Einsamkeit im HIER UND JETZT fiel mir ein: „In dieser Sekunde spüre ich meinen Atem in weicher Brust. Und noch eine Sekunde. Rund ums Herz.“ Wie ein kleines Kind freute ich mich über Wiederholungen von etwas Schönem. Diesen Rückschlag konnte ich wegstecken.

Tagebuch, 10. Januar 2015
„Meine nachbarliche Freundin Ingeborg ist gestorben. Ich bin trauriger als ich es vorher gedacht hätte. Wir waren uns nicht von Herzen nah, aber ich mochte sie. Ein tapferes Leben hat sie geführt trotz ihres schrecklichen Schicksals.“

Ingeborg aus dem Nachbarhaus und ich haben in distanziertem Kontakt ab und zu Ausflüge unternommen und Konzerte besucht. Wenn sie von ihrer Familie sprach, bekam ich ein Frösteln. Wieviel glücklicher wäre ihr Leben verlaufen, wenn schon vor Jahrzehnten eine Traumatherapie möglich gewesen wäre.

Die Hoffnung, dass Sina und ich eine neue andere Beziehung haben könnten, hatte ich nun begraben. War ich endlich so stark, dass ich mir die Realität ansehen konnte? Ja, war ich. Mein Selbstwertgefühl erfüllte mich schön. Ich nahm mir vor, ein letztes Gespräch mit ihr suchen, um ihr zu sagen, was ich an ihr geliebt habe. Und um sie zu fragen, wie sie sich eigentlich ein Zusammenleben mit mir vorgestellt hätte, wenn ich nicht

gegangen wäre. Das schrieb ich mir alles auf und verzehrte mich dabei noch einmal nach unserer alten Liebe. Was nicht der Sinn der Sache sein sollte. Und ließ das Papier liegen. Monatelang. Zu einem Treffen fühlte ich mich nicht gedrängt.
Irgendwo las ich: „Einsamkeit ist genauso gefährlich wie Rauchen oder Alkoholkonsum oder keinen Sport zu machen.“ Angst kroch in meinen Nacken: Wie kann ich mich schützen? Meine guten Freundinnen sind mir das wichtigste auf der Welt. Aber eine Partnerin können sie nicht ersetzen. Wenn ich darüber sprechen wollte, bekam ich schon mal zu hören: „Du bist doch nicht einsam, du hast so viele Freundinnen.“ Ich musste konstatieren: Niemand in meinem Umfeld kennt Einsamkeit, weiß, wie sich das anfühlt. Eine Selbsthilfegruppe für Einsame, die so stark sind wie ich. Ach, wenn es die doch gäbe.

Tagebuch, 30. Januar 2015
„Traum: *Ich fliehe vor einem Bären, schließe mehrere verschiedene Türen hinter mir zu, er bedroht mich trotzdem immer wieder neu. Schluss jetzt!! Ich schieße auf ihn. Bin erleichtert. Es fühlt sich gut an, den Bär erledigt zu haben. Keine Angst mehr.*“

Träume sollen auch heilsam sein.

Ich begann, mich selbst zu umarmen, meine Schultern und Oberarme zu streicheln. Weich fließt dabei mein Atem. Brust und Gesicht entspannten sich. Wenn mich jemand so sieht?

Tagebuch, 12. April 2015:
„Traum: *Ich fahre mit meinem Auto rückwärts aus einer Tiefgarage mit vollem Tempo bergauf auf die Straße. Dort befindet sich unter einer dünnen Pulverschneeschicht blankes Eis. Ich gerate beim Bremsen ins Schleudern, voller Schreck fürchte ich, dass ich jetzt mein Auto und einige parkende Autos demoliere. Als ich zum Stehen gekommen bin, stelle ich erleichtert fest. Alles gut gegangen.* - Wow, ich bin doch so eine begabte

Autofahrerin. - In meinem Traumdeutungsbuch, von Günter Pössiger, steht: … *das Auto veranschaulicht die individuelle Energie und Tatkraft sowie die geistig seelische und körperliche Potenz. Die Fahrt mit dem Auto ist die Lebensfahrt.*"

Zuversicht stellte sich wieder ein. Aber meine Trigger! Mit ihnen zu leben, war teuflisch anstrengend. Bei allen möglichen Wischtätigkeiten musste ich Gesichtsmuskelverspannungen aktiv behandeln: Innehalten! Brust-Atmen, Augenmuskeln erweichen, Vergegenwärtigen meines Selbstwertgefühls. Hohe Konzentration. Mit dem Thema MS beschäftige ich mich möglichst wenig.

Wenn ich doch mit dem Körper so schwerelos altern würde wie mit dem Geist. Spiegel zu vermeiden ist gar nicht so einfach. Aus Versehen schaute ich ab und an hinein. Und sah erschreckt die Gram der letzten Jahre in meinem Gesicht. Hängende Säckchen in den Mundwinkeln.
Gerald Hüther half mir mal wieder: „Es geht auch umgekehrt." Wenn Gedanken und Gefühle sich in der Gesichtsmuskulatur äußern, dann könnte ich vielleicht über deren Entspannung positive Gedanken, ein angenehmes Lebensgefühl erzeugen. Irgendwo hörte ich, dass Depressive eine Verbesserung spüren, wenn ihnen Botox in ihre Stirnfalten gespritzt wurden. Wenn das nicht eine Bestätigung ist! Wie auch immer. Nun zog ich meine Mundwinkel leicht hoch und hoffte, dass mein Gehirn sich freut. Drei Minuten! Eine Ewigkeit! Vielleicht sollte ich an einem Lachyogakurs teilnehmen! Das setzte ich echte Schnecke allerdings erst zwei Jahre später um. Am liebsten hätte ich meine Mundwinkel liften lassen.

Tagebuch, Juni 2015:
„Der Film „Kleine graue Wolke" hat mir zugesetzt. Das entsetzliche Elend eines schwer MS-Kranken erzeugte wieder Kopfschmerzen bei mir. Seit Jahren habe ich kaum noch welche.

Und nun wieder. Ich muss aufpassen, mich durch nichts runterziehen zulassen."
Tagebuch, 1. Juli 2015:
„Traum: *Ich erhalte einen Zettel, auf dem steht, dass ich in einem bestimmten Raum gehen soll. Als ich die Tür öffne und die Dunkelheit darin wahrnehme, zögere ich. Eine fremde Frau schiebt sich dann vor mich und geht hinein. Lautlos, mit einem Messer in der Brust torkelt sie gleich wieder heraus. Ich rufe laut um Hilfe.* - Davon werde ich wach. Ich habe tatsächlich laut *Robin!* gerufen."

Immer wieder diese Rückfälle. Eigentlich hatte ich gedacht, dass ich von dem Erlebnis, als Robin mich mit dem Messer töten wollte, kein Trauma zurückbehalten habe. Schließlich hatte ich mich damals besonnen selbst gerettet. Was konnte ich tun?

Die Nachrichten über den Flüchtlingsstrom erzeugten Furcht in mir. Nichts kann ich tun, um die Gründe für ihre Flucht zu beseitigen. Gewalt gegen Frauen und andere Schwache. Kein sauberes Wasser. Hunger. Entsetzlich und verständlich, dass weltweit Milliarden von Menschen aus unterschiedlichen Gründen in friedliche, demokratische, reiche Länder emigrieren wollen. Wie sollen nur all diese vielen Menschen eine Traumatherapie erhalten und friedlich integriert werden? Das wird nicht möglich sein. 300 Millionen Europäer können nicht x Milliarden Asiaten und Afrikaner aufnehmen. Wenn die Politik doch wenigstens sagen könnte: „Ja, natürlich muss es eine Obergrenze geben. Aber die können wir heute nicht beziffern." Wer soll wie aussuchen, wen und wieviel wir aufnehmen? In ihrer Furcht wenden sich viele Menschen an Populisten im irrigen Glauben, diese würden das Problem lösen können. Die moderne Art der Ausbeutung muss ein Ende finden. Erleichtert las ich, dass nun endlich Maßnahmen angedacht wurden, den Entwicklungs-Ländern mehr wirksame Unterstützung zur Selbsthilfe zu geben. Wenn ich mich auf dem Spielplatz, ein häufiger Aufenthaltsort von mir, an der fröhlichen Lebendigkeit kleiner Kinder erfreue, muss ich gleichzeitig denken, mit welchen Anstrengungen diese in den kommenden Jahrzehnten diese schwierige Aufgabe werden angehen müssen.

Ich traute mir zu, mich auf eine neue Partnerschaft einzulassen. Meine Vorstellung dabei: Meine alte und meine neue Liebe geben sich gegenseitig die Freigabe für mich. Sina gibt mich frei für eine neue Liebe. Die neue Liebe gibt mich frei, die alte Liebe nicht zu vergessen. So versuchte ich es, etwas unsicher mit meinen Falten, die an einer Stelle schon in Runzeln übergingen, mit einer Online-Partnerbörse. Bei der Vorstellung, bei einer ersten intimen Annäherung das Licht auszuschalten, musste ich schon über mich selbst lachen.
Und wenn die neue Liebe schwierig wird? Ich ermutigte mich: Lieber mal reinfallen, als misstrauisch sein.
Echt schwierig! Schon am Telefon nahm ich Distanz bei den Suchenden wahr: z. B.: „Ich lebe eigentlich gut allein." Oder: „Meine Ex … voll spießig!" Ich musste zur Kenntnis nehmen: Frauen in meinem Alter, jedenfalls diese Kontakte, schienen nicht gerade offen zu sein, haben wenig sensibles Empfinden für eine Partnerschaft. Den Versuch, aktiv eine neue Liebe zu suchen, gab ich auf. Nun stand die MS wieder im Raum. Was konnte ich tun?

Hippocrates meinte schon: „Der Arzt hilft, die Natur heilt." Die Naturwissenschaft erweckt zuverlässig meine Neugier. Ich lernte im Videofilm von Bruce Lipton „Intelligente Zellen" Spannendes über die Selbstorganisation unserer Zellen und fand Bestätigung:
„Die Psychologie hinkt hinter der Biologie hinterher." „Gene aktivieren sich nicht selbst, sie werden durch die Wahrnehmung der Umwelt aktiviert, gesteuert." „Gedanken sind Energie." „Energie kann mehr bewirken als Moleküle." „Mit Bewusstsein

kann ich jede Programmierung ändern." Und so weiter.
Das komplexe Genaktivitätsprogamm kurbelte neue Hoffnung in mir an. Eine Eingebung erfasste mich: Ich kann noch weiter gehen mit meinen Imaginationen:
„So, meine MS-Gene, jetzt ist es so weit. Ihr mutiert heute."
„Was?"
„Das wird euch gefallen. Ein neues Leben mit viel Vergnügen beginnt."
„Na, denn los."
„Ihr heißt jetzt Mutantis und seid friedlich."
„Das gefällt uns. Supi!"
Ich sah meine Mutantis mit kleinen Flügelchen munter umherschwirren, was ein Lächeln in mein Gesicht zauberte. Wenn ich sie begrüße, rufen sie im Chor „Hallihallo".

Ablenkung tut gut

Wie viele Möglichkeiten es doch gibt, sich in schweren Zeiten von eigenen Problemen abzulenken und über Wasser zu halten. Während ich in kleinen Schritten auf dem Weg zur Heilung wanderte, versuchte ich mich auch mit Erquicklichem: Gedichte auswendig lernen. Nach Goethes „Auf dem See" gefiel mir unter anderen „Eine Briefmarke erlebte was Schönes, bevor sie klebte" von Joachim Ringelnatz und es war beschwingend, meine Stimme heiter in meiner kleinen Wohnung mit Blick in die Ferne klingen zu lassen.

Negatives zu verdrängen und neuen Lebensmut zu schöpfen, schaffte ich insbesondere durch den Konsum von Wissenschaftsmagazinen, nahm neue spannende Aktivitäten vieler Kreativer begierig auf und war angetan vom Ideenreichtum der Menschen:

- Agroforst, Terra Preta, vertikaler Anbau in Städten, Tomaten-Fisch-Kombi, Wasserlinsen, Algen, Insekten und die begonnene Wiederaufforstung von Wüsten (Tony Rinaudo)

Toll! Eines Tages wird die Ernährung ohne Massentierhaltung realisiert werden können.

Tagebuch, 16. November 2015:
„Gabor Steingart schrieb: Die einzelnen Terroristen sind in ihrer Verblendung für Obama, Merkel und Hollande nicht erreichbar, doch ihre Hintermänner und Financiers sind es sehr wohl."

Ja, denke ich: Gegen diese schreckliche Gewalt auf der Welt muss nicht nur von der Politik und vom Militär vorgegangen werden. Sondern intelligent und konsequent durch die Wirtschaft.

Neue Hoffnung erhielt ich durch die Bewegung „Divestment". Diese, u.a. Bill McKibben, nimmt Einfluss auf Banken und Politiker, damit diese keine Kredite mehr in klimaschädliche und Waffen-Industrien fließen lassen. Erste kleine Erfolge wurden erzielt: Die Weltbank will bis 2019 die gesamte finanzielle Unterstützung für Öl- und Gasprojekte einstellen, will

aktiv, Einfluss zu nehmen auf Banken und Politiker damit sie keine Gelder mehr in klimaschädliche Industrien fließen lassen

Und die Bewegung „Effektiver Altruismus", u.a. vertreten durch William MacAskill, erfreute mich. Diese zielt darauf ab, das Leben möglichst vieler Menschen durch vernünftigen Einsatz beschränkter Ressourcen, Zeit und Geld zu verbessern. In unseren Genen steckt egoistisches Verhalten, aber auch Kooperation und altruistisches Verhalten. Weil unser eigenes Schicksal

mit dem Anderer verbunden ist, kümmern wir uns um unsere Mitmenschen. Helfen hat ursprünglich eine biologische Funktion. Gert Scobel: „Bekanntermaßen werden unsere Selbstachtung und Glück genährt, wenn wir helfen. Ethische Integrität stellt sich ein.“
Schon Goethe meinte: „Wer nichts für andere tut, tut nichts für sich.“

Die philanthropische Kampagne einiger Superreicher „The Giving Pledge“ macht sich zur Aufgabe, große Summen gemeinnützig zu spenden. Wenn es gelänge, alle Superreichen zu gewinnen, da einzusteigen, könnte man Bestrebungen zu einer Reichensteuer ad acta legen und diese Gruppe, egal welcher politischen Couleur, könnte sich gut fühlen im verantwortungsvollen vernünftigen Handeln. Spannend, was da alles geschehen wird demnächst! Aber zur friedlichen Revolution reichen wird das wohl nicht, besonders nicht wenn vorwiegend caritativ gespendet wird.
Menschen, die aus intakten Familien stammen, können sich nicht vorstellen, wie eine gefühlsarme Kindheit einen gesamten Lebensweg beeinträchtigen kann. Und solch begünstigte Menschen aus behüteten Verhältnissen haben in der Regel politischen Einfluss. Deshalb tut sich zu wenig in unseren gesellschaftlichen Verbesserungen.
Ein weiteres neues Thema: Irgendwo las ich: „Das Gehirn fühlt nichts." Das ist ja der Wahnsinn, durchfuhr es mich. Dann könnten doch eigentlich alle Machtgierigen, Turbo-Kapitalisten, Krieger oder Priester reduziert werden auf ihren Körper. Sie wollen also eigentlich alle das Gleiche, nichts anderes als jeder Erdenbürger: Körperliches Wohlbefinden, völlig simpel!
Aber: Alle suchen das mit unterschiedlichen Mitteln. Wirtschaftsmächtige über Kicks, wie einen Bonus. Terroristen über einen Kick, wie eine tödliche Bombe. Sportler über den Kick, Erster zu sein auf dem Sieger-Podest. Diese Art von vermeintli-

chem Glück allerdings verflüchtigt sich schnell. Ein Wohlbehagen jedoch welches über sozial positive Tätigkeiten erreicht wurde, das hält lange an. Gehirnforscher haben das gemessen.

Ich spintisierte los: Könnte man Menschen so beeinflussen, dass sie dieses Wohlbefinden über für die gesamte Menschheit positive Handlungen erlangen? Solche, die unseren Planeten mit Vernunft und in Verantwortung behandeln. Das müsste doch gehen. Der Zwang nach ständigen Kick-Erneuerungen würde dann wegfallen. Die Typen wären befreit. Ha!

Ja, meine Fantasien. Ich mag sie. Weisheit und Mitgefühl sollten Pflichtfächer aller Bildungsinstitutionen werden. Außerdem: Wie wär's mal mit einem Ministerium für Tempo? Damit all dieses nicht seinen langwierigen bürokratischen Gang geht.
Wie die Welt wohl in 50 Jahren aussieht? Es wäre doch schön, wenn es ein Weiterleben nach dem Tod gäbe und ich von Wolke 12 zusehen könnte, wie die Welt positiv voranschreitet.

Im Herbst fuhr ich zum Klassentreffen nach Buer. Dort begleitete ich Bettys uralte Mutter ein Stück des Weges. Vor einer Stufe bot ich ihr meinen Arm an. Frau Winkelmann lächelte: „Oh, danke, das tut gut", und ich freute mich, hilfreich sein zu können trotz meines eigenen Gleichgewichtsproblems.
Wie jedes Mal suchte ich auch vertraute Orte auf. Mir fiel der Ginkgo-Baum ein, den ich vor 40 Jahren in den Garten meiner Eltern gepflanzt hatte. Den wollte ich nun bewundern. Ich schlich über das wilde Nachbar-Gelände am Gartenzaun entlang - hoffentlich sieht mich keiner - und? Kein Ginkgo-Baum. Enttäuscht zornig vermutete ich: Sicher hat Mutter ihn damals wieder herausgerissen.

Zu meiner Freude spazierten Marlies und ich noch einmal an der schönen Ostsee-Promenade von Warnemünde. Das Licht an dieser Küste erfüllte mich. Es kann einem ja so gut gehen. Leider ließ sich das fabelhafte Bauhaus-Gebäude, das Kurhaus, schlecht fotografieren. Vom einzigen guten Standort aus präsentierte sich im Vordergrund ein Hundekackbeutel-Spender.

Schreiben lernen

Luise Reddemann schreibt in „Imagination als heilsame Kraft im Alter“: „Menschen höheren Alters sind zur psychischen Anpassung fähig. Die Lernfähigkeit bleibt bis ins hohe Alter erhalten. Zur Stärkung des Kohärenzgefühls kann eine Lebensbilanzierung beitragen, dabei Stärken bewusst wahrnehmen und den Schwächen gegenüberstellen.“ Und Immanuel Kant meinte: „Unser Entscheiden reicht weiter als unser Erkennen.“
Ich entschied mich, etwas anzugehen, das mir in meinem bisherigen Leben nicht in den Sinn gekommen war, meine Lebensbilanzierung zu einem Buch zu verarbeiten in der Vorstellung: Das wird meiner Seele helfen, weiter zu heilen und meine MS ruhig halten. Und ich stellte mir vor, damit auch vielen Lesern Anregung zu geben, ermutigt ihren Weg zu finden. Insbesondere auch sah ich eine Möglichkeit, meine politische Idee ins Rennen zu werfen, etwas bisher Unausdenkbares anzustoßen, eine neue Kleinkindpolitik.
Die Wahrscheinlichkeit, dass mein Buch veröffentlicht wird, war gering, aber nicht ausgeschlossen. Ich wollte es wenigstens versucht haben. Nach den ersten Anfängen, meine unterschiedlichen Niederschriften anzuschauen und zu sortieren, tauchte der Gedanke auf, mir professionelle Hilfe zu suchen. Im Internet suchte ich: „Schreibwerkstatt Berlin“ und fand eine von einer Schreibdozentin und Lektorin angeleitete Biografie-Gruppe. Wow. Die anderen Teilnehmerinnen hatten teilweise auch Traumatisches erlebt und waren so zum Schreiben ge-

kommen. Da fühlte ich mich eingereiht, angenehm aufgehoben. Ihnen zuhören, an ihren Biografien teilhaben war spannend und in den anschließenden Gesprächsrunden genoss ich die lebendige Feed-Back-Atmosphäre in unserer Gruppe, lernte völlig Neues. Welch spannende Herausforderung. Nun begann ich, richtig zu schreiben. Und musste schnell erkennen: Meine Güte, bin ich eine Flasche auf diesem Terrain. Wusste ich eigentlich sowieso schon. Das kritische Feed-Back der Gruppe und unserer Schreiblehrerin öffneten mir die Augen für das, was zu lernen war.

Tagebuch, 9. Dezember 2015:
„Mittwoch war ich dran mit Vorlesen in meiner Biografie-Gruppe. Es war intensiv. Das Feedback hat mich berührt. Einen kurzen Moment fühlte ich starke Traurigkeit. Und ich fühlte meinen Selbstwert. Das gibt mir jetzt ein Gefühl des Wachstums. Wer bin ich? Habe ich mich in den letzten Jahrzehnten selbst verkannt? Hat das meine Einsamkeit hervorgerufen? Als ich mich zum Schluss bei den Frauen für ihr Feedback bedankte, bekam ich zur Antwort: *Wir danken dir.* Überrascht fühlte ich Wärme in mir. Eigentlich hätte ich lieber etwas Lustiges aus der Jugendzeit vorgelesen, aber ich wollte endlich die Kindheit abschließen."

Das, natürlich, war ein Irrtum. Nichts war abgeschlossen. Eine neuartige Liebe zu mir bahnte sich an: Schon als Kind war ich eine Persönlichkeit. Mein Opferbewusstsein schwand. Zu Hause setzte ich mich gleich ans Überarbeiten. Alle Anregungen der Frauen wurden eingearbeitet. Und eigene neue Erkenntnisse dabei gewonnen. Einfühlsame und kompetente Kommentare von Susanne, unserer Schreiblehrerin, inspirierten mich. Weiter, immer weiter, hochmotiviert. Der Schreibtisch wurde mein ständiger Aufenthaltsort, und ich versuchte mich im Optimismus: Was Fritzchen nicht kann, lernt Sabine doch noch!

Zusehends erhielt ich Freude daran und schrieb mir alles von der Seele. Dabei schnürte sich ein ums andere Mal meine Brust zu. Doch so manches Mal - zu komisch manche Erinnerungen aus der Jugendzeit - konnte ich herzlich lachen. Auch war ich bisweilen angetan, wie flott mir einiges aus der Feder geflossen, äh, Taste gesprungen war. Allerdings verfiel ich in einen Reporter-Stil, der, eigene Gefühle vermeidend, diese nicht transportieren konnte. Wichtiges gelernt: In meinem Leben hatte ich schmerzliche Erlebnisse meist schnell kompensiert: Wenn ich das jetzt beim Schreiben fortsetze, wird das nie was mit mir! Nun versuchte ich, während des Schreibens mehr auf mein Gefühl zu achten. Ein Stück Selbsttherapie. Mühsam lernte ich, und ein Wandel fand in mir statt: Ich versuchte, aus Sicht der Leser:in zu schreiben. Diese neue Perspektive befreite mich ein wenig aus meiner inneren Not. Schade, dass ein Computer unfähig ist im Gute-Formulierungen-finden. Er hat schlichtweg keine guten Ideen. Nun also legte ich los, und fiel von einer neuen Erfahrung in die nächste. Lernen ist immer eine Freude. Aber nun reichte es mal langsam mit der Vergangenheit! Ich will mich nicht weiter in altes Elend begeben. Und überhaupt! Und sowieso!
Wenn ich könnte, würde ich eine Ghostwriterin bezahlen, die das Buch fertig stellt. So spielte ich wieder Lotto. Man kann sich's denken. Keine Lottofee läutete. So schrieb ich in zwei Jahren rund 500 Seiten aus dem Gedächtnis nieder, ergänzte sie anschließend mit Brief- und Tagebuchzitaten, brauchte noch einmal knapp drei Jahre für das Überarbeiten und suchte ein Jahr lang vergeblich einen Publikumsverlag.

Unter freundlichen Menschen

Isabel hatte geheiratet und bot mir ihre Wohnung an. Mitten in der Stadt? Meine Natur aufgeben? Zunächst zögerlich ließ ich mich dann doch von Evelyn überzeugen: „Du solltest wieder in unsere Gefilde ziehen." Auf einmal befanden sich lauter freundliche Menschen um mich herum. Ingrid um die Ecke, andere wenige Straßen weiter. Kleine freundliche Gespräche im Viertel mit lächelnden Blickkontakten. „Nochmaaaal", rief ein kleines Kind begeistert seiner Mutter zu. Die Freude dieses kleinen Buben zauberte spontan ein Lächeln in mein Gesicht. Sogar die Kinder sind hier anders, und die Mütter. Ja, das ist es: Wichtig sind die Menschen in der Nachbarschaft, weniger die schöne Umgebung. Alles auf einmal ist wohl selten zu haben. Obgleich: Mein neues Viertel Friedenau, wenn es auch kaum Natur zu bieten hat, offeriert doch ein wertvolles städtebauliches Ensemble mit schmucken Vorgärtchen.

2015, Blick vom Balkon

Wenn ich auch in vier Wochen Umzugsarbeit sechs Kilo abgenommen habe und mein Sparbuch immens geschmälert wurde, konnte ich wieder an vielen Aktivitäten teilnehmen. Zum Beispiel hatten die ergrauten Kumpels vom FC Internationale, mein früherer Fußballverein, eine Senioren-Fußballgruppe ins Leben gerufen. Wie schön: Ü-65 und kein bisschen träge. Sofort beschloss ich: Wenn ich auch nicht alles mitmachen kann, ich versuch es. Bei diversen Gymnastischen Übungen konnte ich

lachen über das Stöhnen und Ächzen von uns Oldies. Ingrid: „Jede Dehnung muss mindestens 30 Sekunden gehalten werden, wenn sie die langfristige Lockerung eines Muskels bewirken soll.“ Das kam mir bekannt vor. Diese Zeitspanne ist ja auch nötig, um im Gehirn durch Gedanken neue Strukturen zu bahnen. Schon hängte ich mich mehr rein. Boaah, wie anstrengend! Da rettete ich mich schon mal erschöpft kurz auf eine Bank. Nach der Gymnastik stellte ich mich hinten vors Tor - für eine kurze Aktion reicht mein Gleichgewicht ja aus - und konnte mich über meine noch guten Reflexe freuen.
Bis, ja bis mich der Hafer stach: Keine MS hielt mich mehr hinten, und ich „stürmte“ nach vorn. Mein Behinderung ließ mich natürlich eher tapernd traben. Und? Schoss nach über 30 Jahren wieder ein Tor. Peter passte mustergültig, mein linker Fuß hob sich in die Flugbahn, volley super getroffen prasselte der Ball ins Netz. Meine Güte, welch erhebendes Gefühl! Wie wiedergeboren frohlockte ich: „Mein fünfter Frühling hat eingesetzt.“ Wie nett doch unsere Kerle sind. Und in der Kneipe hinterher tauschten wir uns aus bei interessanten Gesprächen. Auch im Rentnerdasein sind fast alle noch gesellschaftlich oder künstlerisch aktiv. Ach, kann das Leben schön sein. Wenn auch nur in scheinbar unwichtigen Dingen.
Irgendwo las ich: „Durch körperliche Aktivität soll die Produktivität von Nervenwachstumsfaktoren ausgelöst werden.“ Also Sport ist auch gut für mein Gehirn! Und alles in gemeinschaftlichem Spaß. Supi!
Die bedrückende Betonsiedlung mit zum großen Teil emotional ungebildeten Menschen am Stadtrand habe ich überwunden. Mit diesen Nachbarn lebte ich auf. Der Frühling ist eingezogen. Dicke Hummeln summen durch den blühenden Mirabellenbaum vor meinem Küchenfenster. In unserem Hofgarten gibt es fünf Obstbäume, Küchenkräuter und Brombeeren. Mit Maja, unserer guten Hausseele, pflanzte ich Salat und Tomaten an. Gut wuchsen die allerdings nicht. Mitten in der Stadt schafft die

Sonne es halt nur kurz, mal in alle Ecken zu leuchten. Und wir schwatzen ab und zu auf sonniger Bank, ihre süßen Enkelchen um uns herum. Wenn ich nicht gerade am Rechner klemme - wie haben die Bücherschreiber früher nur ohne PC arbeiten können? - oder meine Wohnung pflegen muss, die viel Zuwendung verlangt, weil sie reichlich groß ist. Wie gut könnte hier eine Lebensgefährtin einziehen.

Bei einem neuerlichen Besuch in Buer saß ich gerührt vor der kleinen Frau Winkelmann, jetzt 99 Jahre alt und geistig völlig auf der Höhe. Ich erinnerte mich, wie gut sie mir getan hatte, als sie mich vor fast 50 Jahren nach meinem ersten Tief - ich war durchs Abi gefallen und soeben am Suizid vorbeigeschrammt - warmherzig aufgenommen hatte. Dafür liebte ich sie. Unbefangen plauderten wir und wackelten mit Rollator mal ein wenig durch einen langen Flur. Am Ende fragte ich sie: „Frau Winkelmann, darf ich sie einmal umarmen?“ Sie schaute mich fest an. Regungslos. Lange. Bis auf einmal ein Lächeln ihr Gesicht aufhellte: „Ja.“
Bewegt kniete ich mich zu ihr nieder und nahm sie sanft in meine Arme. Als ich nach dem Abschied im Türrahmen stand, drehte ich mich noch einmal um und winkte ihr einen letzten Gruß zu. Da sagte sie: „Komm noch mal her.“ Und ich kniete erneut nieder zu einer beinah stürmischen Umarmung. Wir küssten uns auf die Wangen und ich mochte kaum von ihr gehen. Welch schönes Geschenk, in ihr leuchtendes Gesicht zu schauen.
Abends beim freudigen Wiedersehen mit meiner Abi-Klasse hatte Achim seine Gitarre dabei und sang „Here comes the Sun“ und noch ein irisches Volkslied, wobei wir alle den Refrain laut im Chor mitsangen. Wie bei jedem Klassentreffen: Mal wieder eine fröhliche Stimmung in unserer alten Kneipe Rohmann.

Tagebuch, 1. November 2015:
„Traum: *Ich bin zu Besuch bei Sina, vertraut und entspannt. Sie hat im Haus etwas verändert, was wir früher gemeinsam gestaltet hatten. Fremdes Gefühl. Kate taucht auf. Sie begrüßen sich mit Lippenkuss. Verletzt frage ich mich: Haben sie neuerdings eine erotische Beziehung? Würde am liebsten sagen: Das müsst ihr nicht vor meinen Augen tun. Wie gelähmt schweige ich.*"

Dieser Traum ärgerte mich. Verdammt noch mal! Ich will endlich Fortschritte machen. Nicht mehr verletzt sein von meiner alten Liebe! Und wenn schon, es dann auch ausdrücken.

„Stell dir vor", kam mir häufig in den Sinn. Doch nicht immer hatte ich die Kraft und die Fantasie dafür. Das Mich-Erinnern an meine alte Liebe und die Vorstellung, dass in Zukunft vielleicht doch noch eine warmherzige, wenn auch andere Nähe mit ihr möglich sein könnte, hatte mir lange Kraft gegeben, an mir zu arbeiten, mich zu finden, zu wachsen. Es hatte mir das Leben gerettet.

Gehirn-Karussell:

Dass Sina mich wegstieß in ihrer eigenen Retraumatisierung angesichts meiner und ihrer Schwächen ist für mich theoretisch nachvollziehbar, doch zutiefst kränkend. Ich will keine Schwäche bei ihr sehen.

Nein, wollte ich nicht. Dazu war ich zu dem Zeitpunkt zu schwach. Schließlich gewann ich eine Erkenntnis, mit der ich leben konnte: Gut, dass Sina eine neue Freundschaft nicht ermöglicht hat. Mein Schmerz wäre gemildert worden. Aber möglicherweise hätte ich seelisch und geistig auf der Stelle getrampelt, wäre nicht da, wo ich heute bin: Gereift.

Nach über einem Jahr Distanz zwischen uns, rief sie mich an und wir trafen uns. Endlich konnte ich meinen Abschluss bewerkstelligen. Sie saß vor mir. Ich schaute sie an. Sie wirkte fremd. Sachlich kramte ich mein Papier heraus und trug nach und nach vor, was ich mir vor Monaten zusammengeschrieben hatte: Alles was ich an ihr geliebt hatte. Ich war vernünftig. Oder? Wie würde das eine Psychologin nennen? Sinas Feed-Back - erstaunt habe ich ein kleines Einräumen auch ihres Anteils wahrnehmen dürfen - tat mir gut. Ich traute mich zu fragen:
„Warum hast du mir eigentlich in unserer langen unfreundlichen Trennungsphase die Heirat angeboten?"
„Ich wollte dich nicht im Stich lassen."
Mir schoss durch den Kopf: Du hast mich im Stich gelassen. Durch deine Lieblosigkeit! Aber wieder einmal behielt ich es für mich, rettete mich mit der Erklärung, dass Sina damals überfordert war.
Am Ende fragte ich sie: „Magst du ab und zu etwas mit mir unternehmen?" und nahm ein spontanes Kopfnicken bei ihr wahr, vermisste aber ihr Lächeln.
Zum Abschied umarmten wir uns: „Es war schön mit dir", vernahm ich noch ein letztes Mal ihre weiche Stimme, und trippelte auf gläsernen Beinen nach Hause, mit einem leichten Gefühl in meiner Brust. Jetzt hatte ich ihr alles gesagt, was mir lange am Herzen gelegen hatte.

Tagebuch, 23. November 2015
„Unsere frühere Beziehung ist abgeschlossen."

Nach diesem Treffen hat keine von uns beiden je wieder einen Kontakt zur anderen gesucht. Mit einer 20-Sekunden-

Ausnahme, Jahre später am Telefon.
In meiner neuen Stärke konnte ich mir mittlerweile eingestehen: Nicht einmal für eine Freundschaft möchte ich mir Sina wünschen. Habe ich losgelassen? Sicher war ich mir da nicht so ganz. Denn es tat weiter weh. Heißt Loslassen, diesen Schmerz nicht mehr zu fühlen?
Wolfgang Schmidbauer schreibt, dass es „ungesund“ sei, nicht loszulassen. Das leuchtete mir ein. Aber: Wie konkret soll das eigentlich funktionieren? Mit meiner Hand kann ich einen Gegenstand loslassen, indem ich die Muskeln betätige, die die Finger strecken. Ja, und mit welcher Synapse lasse ich meine Sehnsucht nach Sinas Freundschaft los? Sind meine Augenmuskeln dafür zuständig? 30 Sekunden!
Ich schaffte es, meine Augen so zu erweichen, dass ich mich liebevoll mit mir selbst fühle. Zuverlässig hilft mir Gerald Hüthers Aussage: „Es geht auch umgekehrt.“
Auch wenn ich nicht wiedergeliebt werde, Lieben fühlt sich samten an. Dabei fühle ich meinen inneren Reichtum.
Hermann Hesse hilft doch in vielen Momenten: „Wohlan denn Herz, nimm Abschied und gesunde!“
Völlig Loslassen, ist das überhaupt möglich?

Über Weihnachten und Silvester tankte ich wieder Geborgenheit in Hesselbach, freute mich über die Großfamilie, die im ordentlich gefüllten Wohnzimmer von Lieselotte und Wilfried fröhlich den Julclub durchspielte. Wer beim Würfeln eine sechs hatte, durfte sich unter dem Baum ein Päckchen holen. Ich kam mir ein bisschen vor wie in einer Fernsehshow. Diesen „Heiligen Abend“ konnte ich ohne Sentimentalität genießen. Sina fehlte mir kein bisschen.
Das Allerschönste war für mich Großstadtpflanze, die Silvesternacht in dörflicher Ruhe zu erleben. Um Mitternacht drang das Geläut des Kirchglöckchens durchs stille Dorf. Ein Schauer durchlief mich. Alsbald funkelte ein kleines Feuerwerk über

wenigen Dächern mit leisen Knallerchen. Andächtig genoss ich die kleine Heile Welt. Verweilte still. Dann zog wieder Ruhe ins Dorf ein. Froh stolperte ich ins Warme und verschwand alsbald unter meinem dicken Plumeau. Nun doch noch ein wenig sentimental. Ich stopfte die Kopfhörer in die Ohren und dämmerte mit Nancy Vieira „Lus“ ins Jahr 2016. Wie toll, dass der MP3-Player erfunden worden ist. Von wem auch immer. Vielen Dank.

Als ich zu Hause die Treppe von der U-Bahn hochkam, glaubte ich, in Berlin hätte ein Krieg stattgefunden. Die Straßen waren übersät von Böllerresten. Schlecht gelaunt ruckelte ich mein Köfferchen darüber. Ab und an knallte es immer noch. Zum Kotzen. Nach einer Viertelstunde schmiss ich wütend die Wohnungstür hinter mir zu. Brrrhh, kalt in meiner Bude. Mein Ohr begann zu fiepen. Zirka zwei Stunden lang versuchte ich dies und das: den Kopf runterhängen, damit das Blut hineinläuft. Es half, aber das konnte ich nicht lange durchhalten. Was tun? Visualisieren fiel mir wieder ein. In der Vorstellung, dass meine Adern wild pulsieren, hörte es tatsächlich auf. Wunderbar.

Schon fünf Jahre lag nun der letzte Schub zurück, und nichts hat sich verschlechtert seitdem. Meine Kraft ist mehr geworden, und einiges kann ich wieder: Tore schießen. Meine Behinderung ist mir selten anzusehen. Die MS ist gebändigt. Welch großes Geschenk. Unendlich dankbar war ich.
Mit meinen Mädels, Jungs und Mutantis rede ich täglich. Wie prima die drauf sind! Manchmal beschweren sie sich bei mir, dass ich lange nicht da war. Und das im freundlichen Kohlenpottslang. Ja, mein Superdreigestirn, ihr seid prima!

Es gab wieder Energie in mir, so dass ich mich Ingrids Nachbarschafts-Initiative anschließen konnte. Mit Ende 60 politisch werken. Wie in alten Tagen. Klasse. Ein kleines Häuflein Frauen, vorwiegend in unserem Alter, hat sich auf den langen Weg begeben, ein leerstehendes Jugendstilhaus in Friedenau, vor dem Niedergang zu retten und wieder zu beleben. Dabei sorgten wir mit vielen Ideen in netten Aktionen für Freude miteinander.

Im Hintergrund jedoch stetig mein Schicksal.
Tagebuch, April 2016:
„Auf meiner Suche, wie ich jetzt wieder neu verzeihen kann, sagt mir mein Hausarzt, Dr. Bosch, ich könne mich fragen, wie ich mit dieser Mutter fertig werde und wie ich daran wachse."

Mir kam eine Erkenntnis: Oh ja, ich wachse.

Und fiel wieder zurück: Im ZEIT-Magazin las ich von Ilka Piepgras: „Umorientierung geht langsam." Angesichts meines Alters eine bedrückende Gewissheit.

Gehirnkarussell:
Wie lange noch werde ich einsam sein? Wie lange noch werden mich Rückfälle niederschmettern? Scheußlicher Schwindel bei manchen Bewegungen. Am liebsten bewege ich mich gar nicht. Geht natürlich nicht. Wäre auch mein Niedergang. Also los. Meine Beine sind ja fit. Ich zwinge mich zum Laufen. Mein armer Kopf, als wenn mein Gehirn mit ausgeleierten Halteseilen im Schädel wild hin und her schwappte. Meine Kräfte lassen zu schnell nach, und ich vermisse meine unbeschwerte dynamische Kompetenz früherer Tage. An Unternehmungen mit anderen kann ich nur wenig teilnehmen. Nicht alle alten Defizite werden durch mein neues Selbstwertgefühl automatisch außer Kraft gesetzt. Weiterhin kann ich nicht gut reden.
Scheiß Karussell. Hör auf damit! Denk was anderes!

Peter Spork sagte in einem Vortrag in der Urania: „Man hat immer eine Chance." Das machte ich mir, wenngleich er nicht

auf mein Thema bezog, zu Eigen.
Christiane erzählte mir von einer Freundin in Braunschweig, die auch alleinstehend ist. Die wollte ich gern kennenlernen. Eine Fernbeziehung wäre vielleicht etwas für mich. Nach mehrmaligem Insistieren musste ich mir dann anhören: „Ach, nein, die ist nichts für einen Feingeist wie dich."
Meine Zuversicht erhielt einen Dämpfer. Es wird schwer werden - ich war Ende 60 - eine Frau zu finden, die zu mir passt.
Meine Haupttätigkeit verlegte ich aufs Schreiben. Das trug mich und bescherte mir bewegte Stunden, Tage, Monate, Jahre. Nochmal durch alte Leiden stapfen, bisweilen aber auch gerührt Schmunzeln.

Tagebuch, 23. April 2016:
„Traum: *Ich habe eine neue Ein-Zimmer-Wohnung angemietet, gehe zur Besichtigung hoch – fünf dunkle Treppen und erreiche einen großen hellen Raum, sehe mich um und entdecke hinter riesigen Glasfenstern eine Terrasse, trete hinaus. Daneben befindet sich ein kleines Gärtchen. Ich kann Kräuter und Salat pflanzen. Toll. Dann entdecke ich neben dem Garten einen Fuß- und Radweg, sehe mich erstaunt um: Die Ein-Zimmer-Wohnung hoch oben ist auf der Rückseite ein kleiner Holzbungalow zu ebener Erde.* - So etwas von Positiv. Wenn ich diesen Traum doch nur genauer deuten könnte."

Ein bescheidenes Thema umhüllte mich fortwährend: Schlichte, liebevolle Umarmung. Bei Begrüßungen mit Freundinnen versuche ich sie zu genießen. Aber wie kurz die jeweils sind. Eine Sekunde vielleicht? Mit Marlies schon mal fünf Sekunden. Ich sehnte mich, berührt zu werden, zu berühren. Dann entdeckte ich, dass es in Berlin eine Kuschelgruppe gibt und begab mich hoffnungsfroh nach Kreuzberg. Ein vorsichtiger Anfang. Unsicher saß ich inmitten von ungefähr 50 Menschen. Die Regeln wurden erklärt: Jede Berührung der sogenannten Bikinizone ist tabu. Klar doch, sonst wäre ich gleich wieder gegangen. Dieser Abend ließ sich erst mal locker an. Mit unkomplizierten, freundlichen Menschen tanzte ich durch den Raum. Die Aufgabe: Blickkontakte und leichte Berührungen der Hände. Alle ließen sich offen ein. Nach und nach entspannte ich mich. Eine besondere Übung: Man legt sich mit geschlossenen Augen auf eine Matratze und kann sich wünschen, wo und wie man berührt werden möchte. Mein Wunsch, ein leichtes Massieren meiner Schultergelenke und Oberarme wurde köstlich erfüllt. Ohne Neugierde, wer mich so behutsam berührt, gab ich mich genussvoll hin. Einen blinden Dank aussprechen kam mir aus der Seele. Vier Stunden flogen mit verschiedenen Übungen dahin.

Als ich Freundinnen davon erzählte, erntete ich befremdete Blicke mit entgeistertem Tonfall: „Mit wildfremden Menschen, das könnte ich nicht."

Bin ich so anders als andere? Offenbar ja. Ich konnte das. In Freundschaften gibt es für mein Empfinden kaum zärtlichen Körperkontakt. Schon sann ich darüber nach, wie nett es wäre, eine feste Kuschelgruppe von Rentnerinnen in der Nachbarschaft zu haben. Mit diesem Bedürfnis bin ich allein auf weiter Flur. Die wissenschaftlichen Daten dazu las ich später irgendwo: „In der Haut befinden sich eine Milliarde Nervenendigungen mit gut 700 Millionen Rezeptoren, die bei leichter Berührung das Immunsystem stärken, Ruhe einflößen, Ängste abbauen, letztendlich ein Wohlgefühl vermitteln."

Mit dem Schreiben befand ich mich nach gut zwei Jahren am Ende und Erleichterung erfasste mich. Erst mal. Meine Unerfahrenheit musste jedoch von unserer Schreiblehrerin lernen: „Das Überarbeiten dauert genauso lange wie das Schreiben", Da wusste ich noch nicht, dass es bei mir doppelt so lange dauern wird. Ungezählte Runden mit Änderungen und Umformatieren folgten. Aus 500 PC-Seiten wurden 980 Norm-Seiten. Durch umfangreiche Kürzungen 300 Seiten. Ganz zum Schluss nach 5

Jahren - durch Rückübertragungen und Hinzufügen von Fotos 435 Normseiten.
In dieser Zeit konnte ich mich nicht für eine neue Liebe interessieren. Ständig neue Varianten von Bremsen. Werde ich irgendwann offen dafür sein? Wird diese Liebe offen für eine Behinderte sein?
Mir fielen Philipps Briefe ein und ich holte sie aus meinem Schrank. Diese nach Jahrzehnten wieder zu lesen, hielt mich in Atem. Tief berührt begriff ich deutlich: Philipp war eine regelrechte Offenbarung für mich. Welch große Ungerechtigkeit, dass er, der für mich und Guni liebevollste, wertvollste, interessanteste Mensch, so früh sterben musste. Nur 58 Jahre hat er leben dürfen. Dafür unvergleichlich intensiv. Er war einzigartig. Unersetzlich. Nie wieder habe ich mich so intensiv für einen Menschen eingenommen gefühlt.

Gehirnkarussell:
Ach Philipp, lass uns doch jetzt miteinander in der Abenddämmerung auf eure Lärche schauen, und der Amsel auf dem obersten Zweig zuhören. Was würdest du heute für Literatur schreiben? Bestimmt etwas über macht- und geldgierige Männer. Was würdest du zur heutigen gesellschaftlichen Entwicklung sagen? Eigentlich weiß ich es ja. Wie gern würde ich mich mit dir über Politik austauschen Ich stelle mir grad vor, wie du dich hitzig über die acht Superreichen aufregen würdest, die genauso viel besitzen sollen, wie der Rest der Weltbevölkerung zusammen. Ich würde einwenden, dass man das nicht allein moralisch bewerten sollte. Dieser monströse Unterschied wird langfristig zu einer Katastrophe auf unserem Planeten führen. Du würdest dazu feixen: „Die werden dann auf den Mars auswandern." „Na, viel Vergnügen dabei", könnte ich ergänzen. Ach, wie du mir fehlst. Was würdest du zu meiner Vision sagen? Auch das weiß ich ja. Eine Kindergartenpflicht kann viel Gutes bewirken.

Ich stellte mir vor, ich würde ihn umarmen, einen 93-jährigen Greis, und ihm danken, für all das, was er mir gegeben hat. Und Guni zu umarmen, sehnte ich mich. Wie gern würde ich mit beiden als jetzt reife Frau noch einmal über uns drei reden, die beiden in ihrem Altersheim besuchen, mit ihnen die Weltlage diskutieren, sie zu Ausflügen abholen. Ach, wie schön, dass es Tagträume gibt.

Im Frühling hatte ich eine erlösende Idee: Bei Triggern stellte ich mir vor, wie ich mein Paddel sanft eintauche und im Wasser bewege, welch liebevolles Gefühl ich dabei zu mir habe. Kann ich diese Feinfühligkeit nicht auch bei meiner Körperpflege und der Küchenarbeit einsetzen? JA! Kann ich.
Seither gelingen mir Hantierungen mit Leichtigkeit. Jedenfalls meistens. Wenn ich mich konzentriere. Also: Ich stehe vor dem Spülbecken und halte erst mal einen Moment inne, denke: „Paddel!", und beginne dann zart das Geschirr zu reinigen. Klingt albern, klar. Das indes ist das Beste, was mir seit langem eingefallen ist. Es klappt wunderbar. Echt wunderbar! – Jetzt, beim Schreiben kann ich ein wenig über mich selbst schmunzeln – Spülschwamm anlächeln und ihn sanft wie mein Paddel bewegen. Also ehrlich! Und ich muss mich stets auf die Atmung und Körperhaltung konzentrieren. Mundwinkel hoch! Brust raus! Das beeinflusst das Gehirn. Aber drei Minuten! Mannoh, warum nicht wieder 30 Sekunden?

Im TV-Film „Kudamm 56" schmolz ich in einer Szene dahin: Am Ende dieses Films wandelte sich das kritisch strenge Gesicht der Mutter in ein leuchtendes Lächeln. Ohne es anders zu können, erstrahlte sie in begeisterter Liebe bei dem Anblick ihrer tanzenden Tochter. Gänsehaut überzog mich, und Tränen strömten in meine lächelnden Augen. Meine Spiegelneuronen brillierten.
Aber mir vorzustellen, dass meine Mutter mich jemals so

angesehen hätte? Das ist mir nicht möglich. Hier bin ich mit meinen Imaginationskünsten am Ende.
Dieses warme Strömen wollte ich erneut fühlen, Nochmaaaal. Wie gut, dass der Videorecorder erfunden wurde. Immer wieder schaue ich mir diesen Moment an. Immer wieder fliegen meine Dopamine los. Einen großen Dank an den Regisseur Sven Bohse und die Schauspielerin Claudia Michelsen. „Du bist doch mein Mädchen", sprach sie leise zu ihrer Tochter. Auch hier wieder weigern sich meine Imaginationskünste, meine Mutter diese Äußerung über ihr Lippen bringen zu lassen.

Tagebuch, 30. April 2017:
„Traum: *Ich spaziere an einem Gebirgsfluss entlang, schlage mich seitwärts ins Gebüsch und entdecke dabei eine Quelle.*"

Wenn mein Leben doch so prima verlaufen würde wie meine Träume. Wie kann ich es positiv und in der Gegenwart ausdrücken, dass ich zärtliche Berührungen mit einem nahen Menschen herbeisehne, meine Leben gern teilen möchte? Täglich. Im Frühling, mittlerweile 69 Jahre alt, ist mir endlich eine Affirmation dazu gekommen:

„Dieser Tag kommt immer näher"

Tagebuch, 7. Mai 2017:
„Traum: *Ich bin mit zwei Frauen irgendwo in einem Schwimmbad. Wir haben alle nichts an. Die eine sagt, dass die andere heute Geburtstag hat. Ich wende mich ihr zu und frage sie nach ihrem Alter. Ich bin heute hundert geworden. Oh, voller Bewunderung umarme ich sie. Sie nimmt es an und ich genieße den innigen Körperkontakt. Weich und glatt liegen unsere Oberkörper zusammen.*"

Vorfreude: Ich stellte mir vor, wie ich eine neue Liebe finde, wie ich mich zärtlich mit ihr berühre. Lange ohne Sex zu haben, doch schon ein bisschen erotisch. Natürlich.

Tagebuch, 30. Juni 2017:
„Traum: *Ich beobachte mit meiner Mutter eine zirkushafte Darbietung auf einem Platz. Das gefällt Mutter nicht, und mir auch nicht. Wir lachen zusammen, weil es uns gefällt, dass wir uns einig sind. Ich scherzhaft: Das hab ich von dir. Mutter ebenfalls scherzhaft: Oder ich von dir. In diesem Moment mögen wir uns beide.*"

An diesem Morgen fragte ich mich mit einem milden Lächeln: So geht verzeihen?

Tagebuch Juli 2017:
„Ich habe doch schon vieles geschafft, und ich kann noch einiges auf die Beine stellen! Meine neue Idee: Ich möchte einen kritisch, humorvollen Kurzfilm zum Thema Kopftuch drehen. Schaff ich erst, wenn ich mit dem Buch fertig bin. Schade, das würde mir jetzt schon Spaß machen."

Leben mit dem Altern

Eine tiefe Sehnsucht bleibt in mir: Nach einer freundlichen Geste, mindestens 30 Sekunden lang umarmt zu werden, und spüren, dass meine Umarmung angenommen wird. Als Zeichen, mir nahe Menschen mögen mich, ich bin etwas wert. Hin und wieder stelle ich mir das in einer Selbstumarmung vor. Mit lächelnden Augen und weichen Mundwinkeln. Drei Minuten lang.
Mein siebzigster Geburtstag näherte sich und mein Altern bedrückte mich. Wie sollte ich diesen Tag bloß gestalten? Und ich schämte mich, so als Nichts dazustehen: Alleinstehend, ohne Kinder, behindert, arm und jetzt auch noch alt. Dieses Datum verdrängte ich erst mal. Niemand sollte mitkriegen, wie alt ich

bin. Vor dem Allein-Sein jedoch fürchtete ich mich, weil ich in solchen Momenten meine Einsamkeit besonders intensiv spürte. Ingrid, genauso alt wie ich, fragte ich: „Fährst du Boot mit mir an meinem Geburtstag?"
Kurz bevor ich an diesem Morgen zum Boot fahren mit Ingrid losstiefelte, erhielt ich eine kühle Geburtstags-SMS Sinas. Ohne Anrede, ohne Abschiedsgruß. Getroffen rief ich sie spontan an und schmetterte meine Wut ins Handy. Endlich mal hatte ich mein Muster durchbrochen. So! Ihre Reaktion allerdings bremste mich aus. Das hatte ich jetzt davon … von nun an überhaupt kein Zeichen mehr von ihr! Abruptes Knacken in der Leitung. Muster durchbrechen ist echt nicht unbedingt von sofortigem Erfolg gekrönt, besonders nicht, wenn ich spontan bin. Doch fühlte ich mich so stark, mir eine ihrer Seiten anzusehen, die ich ewig negieren musste, um nicht im Nachhinein diese reiche Zeit mit ihr abzuwerten. Seit diesem Wort-Gefecht denke ich nicht mehr schmerzvoll an unser gemeinsames Leben. Endlich losgelassen!

Höhenflug

Ich freute mich auf die Dampferfahrt. Dazu hatte ich noch Mary und Ursula aus unserer Nachbarschaftsinitiative, beide auch schon alt, sogar älter als ich, dazu eingeladen. Für hinterher wurde mir noch eine Überraschung avisiert. Wie nett, vielleicht ein Restaurantbesuch mit weiteren Freundinnen. Am späten Nachmittag in mir fremder Gegend, sagte Ingrid: „Warte mal kurz hier", und verschwand in einem Kosmetiksalon. Es wird mir doch wohl nicht eine Gesichtspackung gegen meine Falten geschenkt? Als wir schließlich in einen dämmerigen Raum traten, war ich gespannt. Und fiel aus allen Wolken:

Urplötzlich dringen zig fröhliche Frauen aus den Tiefen des

Raumes laut singend auf mich zu und es wurde hell durch ein Kerzenmeer auf einer Torte. Etwa 70 Stück? Mir bleibt die Luft weg. Überwältigt verstecke ich hilflos meinen Mund hinter meinen Händen. Erst nach einer Ewigkeit fällt mir ein: Atmen. Tief durch.

Meine alten Fußballkameradinnen! Und noch weitere Freundinnen. Bella, welch treue Freundin, hatte alles organisiert. Wie in alten Zeiten tanzten wir fröhlich und stundenlang. Ein rasantes Fest ließ mich in dieser Nacht mein Alter vergessen.

Ach, wie bin ich doch reich beschenkt mit Freundinnen. Mein neues Selbstwertgefühl futterte an diesem Tag ein Edel-Menü mit sieben Gängen.

Liebevolle Briefe, die mir überreicht wurden:

„… auch mit 70 wirst Du deinen guten Weg gehen! Deine Lebendigkeit, Begeisterungsfähigkeit, Neugier und die Freude an neuer Erkenntnis mögen Dir noch lange erhalten bleiben und mich – und Deine Freundinnen erfreuen! – Alles Liebe von Ingrid“

„Danke. Da hast du alle meine guten Seiten aufgezählt.“

„Die gehen da gar nicht alle drauf.“

Lächelnd holte ich tief Luft: So sieht sie mich?

Und: „… Mögest Du Dich immer gut behütet fühlen … Meine liebe Freundin, lass Dich umarmen und lass uns weiterhin unsere Wege gemeinsam gehen! – Alles Liebe Deine Inge“

Wohlbehagen durchströmte mich.

Eine Anerkennung für mein jahrelanges Bemühen, alle schweren Phasen aktiv durchzustehen.

Und: „… nun süße 70! … alles Gute, alles Liebe, viel Glück und Gesundheit im Leben … und dass ich alles miterleben darf … Christa“

Auch weniger alte Freundinnen wollen mit mir alt werden, fühlte ich fast einen Hauch Vorfreude darauf.

Und: „…70 Jahre und noch immer so munter … noch immer voller Ideen … noch immer so viele „alte“ Freundinnen … und noch viel mehr … Evelyn“.
Auch meine alte Reisebüro-Leiterin und Freundin traut mir noch etwas zu.
Auf einer Karte mit dem Foto einer Oldie-Frauen-Band, übertextet mit „Es kommt nicht darauf an, wie alt man wird, sondern wie man alt wird!“ stand: „… Siehst Du, Du hast alles richtig gemacht! Ich drücke und herze Dich, with love Deine Marlies“

Nach diesem außergewöhnlichen Fest schwebte ich, vom Zuspruch meiner Freundinnen getragen, im Entrückten.

Wieder auf dem Teppich – einem fliegenden?

Tagebuch, 22. August 2017:
„Traum: *Ich rufe Sina an. Am Telefon meldet sich Agathe, meine Masseurin. Verwundert sage ich, dass ich Sina sprechen möchte. Pause. Agathe: Sina ist tot. Laut schreie ich: Nein! Nein! und weine.* - Davon wachte ich auf.“

Mein Hausarzt schaute entspannt, als er diesen Traum las – ich bringe sie ihm alle zwei Monate mit – und klärte mich auf: „Wenn man vom Tod noch lebender Menschen träumt, ist das ein Zeichen dafür, dass man von ihnen losgelassen hat.“
Ich atmete durch: Ich hatte losgelassen! Endgültig!

Meine Imaginationen vernachlässigte ich häufiger. Etwas bange fragte ich mich: Kann ich mir das erlauben, jetzt wo ich geheilt bin? Besser nicht. Sogleich legte ich los:
Hallo, liebe Mutantis, lang war ich nicht bei euch. Ihr seid doch

stabil? Die lieben Gene flatterten munter mit Hallihallo und antworteten mir eifrig: „Und ob! Vorwärts immer. Rückwärst nimmer! Aber du gehst immer zuerst zu uns und den Mädels. Die Jungs sind sauer, wollen auch mal erster sein."
„Danke für den Hinweis. Mach ich."
Nun fing ich meine Imaginationen mit den Jungs an, den schwer rackernden Ollis: „Sorry, ihr seid mir besonders wichtig. Und ich nehme Euren Erfolg wahr. Meine Augen verfügen über einen klaren Blick und meine lädierten Finger bekommen weiter mehr Gefühl. Ihr leistet echt gute Arbeit. Hut ab. Bitte weiter so."
Nun hatte sich mein Gehirnkarussell endgültig ins Positive gewandelt.
Etwas gutes Neues in den Alltag einbauen. Regelmäßig. Und das drei Minuten lang! Nicht zu vergessen: Konzentration!

Tagebuch, 25. September 2017:
„Traum: *Ich sitze mit mehreren Leuten zusammen. Mutter sitzt teilnahmslos am Rande dabei, steht irgendwann auf und geht weg. Mir ist klar: sie kann den Weg nicht allein schaffen. Ich gehe hinterher, begleite sie über eine große Wiese im weiten Tal und über einen niedrigen Berg zur Straße, setzte sie in einen Bus und bitte den Busfahrer, dafür zu sorgen, dass sie eine Haltestelle nach meiner alten Adresse aussteigt.* (Dort wohnt jetzt Sina.) *Auf dem Weg zurück zu meinen Leuten entdecke ich einen kleinen Tunnel durch den Berg. Ich fürchte mich vor Tunneln, bin aber versucht, diese Abkürzung zu nehmen. Als ich sehe, dass andere Menschen hineingehen, traue ich mich schließlich. Unterwegs bin ich dann doch allein darin, und Angst beschleicht mich. Der Tunnel mit Ecken und Treppen ist irre lang. Aber endlich sehe ich Licht und haste die letzten Stufen hinauf ins Freie.*"

Mit diesem Traum ging es mir prächtig. Jetzt hatte meine Seele einen fulminanten Schritt bewerkstelligt. Und mein Körper? Meine Kraft und mein Sehvermögen hatten sich verbessert und seit über sechs Jahren hatte ich schon keinen Schub mehr, die

MS war offensichtlich in den Ruhestand getreten. Die tägliche Spritze zur Schubverhinderung jedoch zog mich jeweils runter. Nun beschloss ich, die Medikation einzustellen. Ich wurde „clean". Toll! Doch einen leichten, flüssigen Gang, ganz ohne Schwindel, nein, den bekam ich nicht hin.
Ich meckerte mit meinen Jungs: „Ihr seid ganz schön lahmarschig."
Die protestierten sofort: „Du weißt doch, wie schwer unser Job ist. Wir arbeiten in Ruhe, und zwar gründlich. Wirst schon sehen. Freu dich erst mal über deine Augen."
„Also ich kann euch weiter vertrauen? Den Gleichgewichtssinn habt ihr noch im Fokus?"
„Türlich!", ihre flotte Antwort.
Ach, meine prima Jungs. Die sind umwerfend. Nach dem Frühstück lege ich mich gern noch mal kurz flach, um mit diesen Visualisierungen den Tag zu beginnen. Und? Dabei entdeckte ich eines Tages etwas Überraschendes. In meinem Bauch flatterten Schmetterlinge. Ja! Als sei ich verliebt. Dieses Wonnegefühl genieße ich seitdem nach jeder Mahlzeit, wenn ich mich unmittelbar danach ruhig hinlege und nicht lese oder so, bin schon ein wenig süchtig danach.
Aber meine Gesichtsmuskelverspannungen. Mir kam die Idee, dass vielleicht die Bearbeitung von Faszien eine Verbesserung bewirken könnte und suchte mir einen Rolfing-Therapeuten.
„Das geht nicht." musste ich zur Kenntnis nehmen.
Der Herr schaute mich an: „Atmen Sie mal."
Selbstsicher präsentierte ich meine seit Jahrzehnten praktizierte Entspannungs-Atmung. Und?
„Mit dieser Atemtechnik verspannen sie Ihre Kinnmuskulatur und Ihre Kehle."
Ja, stimmt! Der hat Recht. Über 40 Jahre habe ich falsch ausgeatmet! Nicht zu fassen! Nun lernte ich weiches Ausatmen. Mit lockerer Zunge. Eigentlich einfach.
In der U-Bahn hinterher übte ich in einer Tour. Ganz weich

wurde mir dabei und, mit einem Mal, fühlte ich Selbstannahme. Ein Wunder.

Sogar beim Einschlafen half diese Atmung! An was ich alles denken musste! Es wurde mehr und mehr:
Herzeinatmung - Augen lächeln – weich ausatmen - Feinfühligkeit wie beim Paddeln - Schultern runter – Brust raus. Ich kam mir vor wie in der ersten Fahrstunde:
Kupplung treten, Gang rein, umgucken, Blinker setzen, Lenkrad einschlagen, rechte Fußspitze vorsichtig nach vorn drücken, linken Fuß vorsichtig nach hinten ziehen.

Das, damals, war alles nichts gegen meinen heutigen Trigger-Kampf. Oh, oh, oh. Wenn ich doch alles so gut könnte wie Auto fahren. ~~Das damals war alles nichts gegen meinen heutigen Trigger-Kampf~~, nicht zu vergessen: Kolossale Konzentration! Ja, ja, ich wiederhole mich. Nur so jedoch gelingt es mir, meine Trigger rechtzeitig zu erkennen und die Verschaltungen im Gehirn mit neuen Mustern zu überschreiben.
Jetzt könnte es doch mal reichen! Oder?

Finissage

Ich stelle mir vor, meine Mutter hätte dieses Buch gelesen. Es wäre möglich, dass sie bereit gewesen wäre, mit mir über ihre Kindheit zu reden und ihr Bedauern auszudrücken, ihre Misshandlungen an mich weitergegeben zu haben. Wir hätten uns versöhnt. Vielleicht.

Irgendwo las ich: „Auch eine Krankheit oder den Verlust eines Menschen überwunden zu haben, sind große Leistungen.“ Ja, jetzt hatte ich etwas geleistet, das über herkömmliches Wissen

und Können hinausgeht, wenn auch mein nach und nach erlangtes Selbstwertgefühl vermutlich nicht so stabil sein wird, wie jenes von Menschen, die es in früher Kindheit durch ihre Eltern geschenkt bekamen, es festigt sich täglich.
Dankbarkeit erfüllt mich vielen Menschen gegenüber, die mich unterstützten und noch unterstützen. Und mir selbst gegenüber, weil ich beharrlich bin. Vielleicht habe ich bereits als Eizelle meine Kraft wahrgenommen:
In „Die Macht der inneren Bilder“ schreibt Gerald Hüther: „Eine Eizelle lässt sich nicht durch ein beliebiges Spermium befruchten, sondern wählt gezielt eines zur Befruchtung aus“
Und: „Irgendein positives Erlebnis muss es in einer lieblosen Kindheit gegeben haben, dass einen Menschen stark macht, sich im Leben zurecht zu finden. z.B.: Ein Mensch der einen so wie man ist, einfach angenommen hat, das Gefühl geweckt hat, wirklich wichtig zu sein. Der einem gezeigt hat, dass man etwas kann, dass es Freude macht, neugierig zu sein und die Welt zu entdecken.“
Viele Menschen in meinem Umfeld beschenkten mich so.

In „Was wir sind und was wir sein könnten“ schreibt Gerald Hüther: „Zeitlebens sucht jeder Mensch nach Beziehungen, die es ihm ermöglichen, sich gleichzeitig als verbunden und frei zu erleben.“

Jaaaaa!

Hildegart Knef hatte einst gesungen:

„Ich möchte nicht allein und doch frei sein“

Bei diesen Zeilen strömt ein wohlwollendes Lächeln durch mein Gesicht. Dieses Lächeln empfinde ich als Glück.

Und Ingeborg Bachmann hatte geschrieben:

„Jeder, der fällt, hat Flügel“

Werde ich noch einmal fliegen können?

Herbstflug

Inhaltsverzeichnis

Bildnachweis:

Kindheitsfotos: Eltern
Hesselbach: Wilfried Bohner
Klassentreffen: unbekannt
Friedensmarsch Wien: Paul Langrock
FC Internationale: Uwe Kirchner
Frauenkanutour Schweden: unbekannt
Alle anderen: Sabine Küppersbusch

Einband:

Fotos und Gestaltung: Sabine Küppersbusch
Technische Umsetzung: Heike Dietzmann

Anhang

Epochen-Kolorit - In persönlichen Erlebnissen finden folgende Themen Erwähnung:
Atomkrieg-Gefahr 1963, Staatliche Fürsorge-Erziehung, Frauenhauspolitik, Friedensvertrag Ägypten-Israel, Friedenspolitik, Psychotherapie, Anfänge der Alternativen Energie-

technik-Projekte und -Firmen, Gemischte Senioren-Fußballgruppe „Ü 65"

Bücher aus welchen zitiert wird:
Robin Norwood: „Frauen, die zu sehr lieben"
Lisa Alther: „Other woman"
Claude Steiner: „Wie man Lebenspläne verändert"
Harriet Lerner: „Zärtliches Tempo - Wie Frauen ihre Beziehungen verändern, ohne sie zu zerstören"
Shakti Gawein: „Stell dir vor"
Günter Pössiger: „Was bedeuten meine Träume?"
Erika Chopich und Margaret Paul: „Aussöhnung mit dem inneren Kind"
Thich Nhat Hanh: „Das Wunder der Achtsamkeit"
Clemens Kuby: „Unterwegs in die nächste Dimension"
Jose Silva: „Der Heiler in dir"
David Servan-Schreiber: „Die neue Medizin der Emotionen"
Radcliff Hall: „Quell der Einsamkeit"
Gerald Hüther: „Biologie der Angst", „Die Macht der inneren Bilder", „Was wir sind und was wir werden könnten"
Stefan Klein: „Die Glücksformel"
Mariella Mehr: „Steinzeit"
Alice Miller: „Drama des begabten Kindes", „Das verbannte Wissen", „Abbruch der Schweigemauer", „Revolte des Körpers", „Dein gerettetes Leben"
Peter Spork: „Der zweite Code"
Luise Reddemann: „Imagination als heilsame Kraft im Alter"

Briefe, aus denen zitiert wird:
Philipp Wiebe, Gunhild Kunz und andere

Tagebücher aus denen zitiert wird:
Sabine Küppersbusch 1982 – 2017

Nachwort

Dieses Buch wurde in den Jahren 2015 bis 2017 geschrieben.
Die Ereignisse der folgenden Jahre, wie die Pandemie, haben manches überrollt, oder, wie es auch zu sehen wäre, manches bekräftigt.
Nun wurde allen deutlich: Kinder ohne Kindergarten und Schule leiden unter Isolations-Stress. Kontakt zu Gleichaltrigen, Umarmung und Berührung sind elementar wichtig.

Mein Dank geht an:
Antonia Mercks, mein Kindermädchen
Meine Psychotherapeutinnen
Meine langjährigen Freundinnen Marlies Volk, Inge Möllgaard, Isabell Thelen und Ingrid Schipper die mir zur Seite standen.
Meinen Hausarzt Dr. Martin Bosch
Meine Schreiblehrerin Susanne Labitzke
Meine Schreib-Gruppe, insbesondere Anne Zühlke
Dieter Chilla, der das Manuskript lektorierte

ISBN 978-3-7549-0841-9
9 783754 908419 000
www.epubli.de